Bequatscht

«Frau Kollegin, Sie sind doch damit einverstanden, oder?»

Schulleiter Fischer wendet sich langsam zu Frau Freitag und sieht sie forschend an. Seit fast zwei Stunden sitzen wir hier schon in unserem Konferenzraum, der mit seinen Gittern vor den Fenstern so gemütlich wie eine Gefängniszelle ist, und beraten darüber, was mit Thomas H., einem schwierigen Schüler aus der Klasse von Frau Nolte, geschehen soll. Die Stimmung ist angespannt, denn dieser Knabe macht uns nicht nur im Unterricht tierischen Ärger, nein, jetzt dürfen wir uns seinetwegen auch noch den ganzen Nachmittag um die Ohren schlagen. Ich habe das Gefühl, Frau Freitag wird gleich laut schreien oder aufspringen und rausrennen. Sie sitzt stocksteif auf ihrem Stuhl, die Handflächen auf den Tisch gepresst, auf ihrer Stirn stehen kleine Schweißperlen, und sie atmet schwer. Dabei weht es frisch durch den Raum, irgendjemand hat ein Fenster weit geöffnet – wahrscheinlich, um die Debatte abzukühlen.

Frau Freitag zuckt hoch. «Nein! Der soll nicht in meine Klasse … ich will nicht, das ist …»

«Wir haben doch alles hin und her diskutiert!», sagt Herr Fischer ungeduldig. «Ich weiß, Frau Freitag, Sie haben es mit Ihren Schülern nicht leicht. Aber irgendwo muss dieser Thomas ja bleiben, wenn seine Klasse auf Klassenfahrt geht. Nach den diversen Vorfällen der letzten Zeit kann Frau Nolte ihn unmöglich mitnehmen. Das ist für alle Beteiligten un-zu-mut-bar. Der Junge kommt ja auch nur vorübergehend zu Ihnen, das heißt erst mal für eine Woche, dann sehen wir weiter. Eventuell ergibt sich ja später eine andere Lösung …»

«Eventuell? Was soll sich da noch ergeben?! Das heißt doch im Klartext, der bleibt nach dieser Woche für immer bei mir!» Frau

Freitag kann es nicht fassen, sie schlägt wütend mit beiden Händen auf den Tisch.

Herr Fischer runzelt die Stirn. «Liebe Kollegin Freitag, ich sage es ungern, aber es ist so: Jeder von uns muss gelegentlich Härten in Kauf nehmen! Also leider auch Sie!»

«Kann man diesen Kerl denn nicht ganz loswerden? Muss der unbedingt an unserer Schule bleiben?» Herr Pommer ist aufgesprungen und zielt mit seinem roten Lehrerkalender wie mit einer Waffe auf Herrn Fischer.

«Herr Pommer! Beruhigen Sie sich! In der Klasse von Frau Freitag ist der Junge gut aufgehoben. Man kann ihn ja schließlich nicht einfach … äh …» Herr Fischer stockt.

«Man kann ihn nicht *was*? Umbringen?», fragt der Pommer und lacht dreckig.

Nach der Konferenz überfällt mich Monika Nolte im Flur. Die Organisation der Klassenfahrt macht ihr zu schaffen. Als ich sie endlich abgeschüttelt habe, ist Frau Freitag verschwunden. Ich kann verstehen, dass sie stocksauer ist, aber einfach so ohne ein Wort abzuhauen! Das ist eigentlich nicht ihre Art. Die fünf Minuten hätte sie auch noch warten können. Sehr schade, wir wollten doch noch in den Späti gehen. Der kleine schäbige Spätkaufladen von Onkel Ali ist unser bevorzugter Hang-out nach der Schule. Praktischerweise liegt er genau an der Kreuzung, an der Frau Freitags und mein gemeinsamer Schulweg endet, und so können wir, wenn wir bis hierhin unsere tägliche «Unterrichtsnachbereitung» nicht geschafft haben, sie bei einem Kaffee fortsetzen. Onkel Ali heißt eigentlich Hüseyin, aber nicht einmal sein Eheweib Emine nennt ihn so. Langsam schiebe ich mein Rad über den Schulhof und werfe noch einen Blick hinter die Turnhalle. Na bitte, da steht Frau Freitag und raucht. Puh, was die für ein Gesicht macht! Da kann man ja Angst bekommen.

«Na, endlich kommst du, Frl. Krise. Was wollte denn die Nolte noch von dir?»

«Sie hat mich gefragt, ob ich mitfahre.»

«Wie, mitfahre?»

«Na, auf die Klassenfahrt.»

«Äh, wieso? Du? Ich dachte, der Pommer fährt mit?»

«Nein, der kann nicht. Der hat es doch so doll am Rücken. Hast du nicht gesehen, wie schief der da eben saß? Der hat einen Bandscheibenvorfall, sagt die Nolte.»

«Aber jedes Wochenende segeln – das geht, oder was? Ich glaub, ich spinne! Und überhaupt diese scheiß Klassenfahrt. Und diese bekloppte Konferenz gerade …»

«Komm, Frau Freitag, lass uns erst mal gehen. Wir können einen Kaffee bei Onkel Ali trinken, ich habe noch eine halbe Stunde Zeit.»

«Meinetwegen.»

«Bist du schlecht gelaunt oder was?»

«Mein liebes Frl. Krise, ich möchte ja mal sehen, wie deine Laune wäre, wenn man dir soeben mitgeteilt hätte, dass Thomas H. in deine Klasse käme …»

«Ich weiß, ich weiß! Ich will den auch nicht geschenkt haben. Aber es ist doch nur für eine Woche! Wir können den unmöglich mit nach Falkenthal nehmen. Der macht doch alles kaputt!»

«Und dann soll der *mich* kaputt machen, oder wie? Und was heißt denn eigentlich *wir*? Du fährst doch da nicht wirklich mit, Frl. Krise?»

«Na ja, ich habe noch nicht fest zugesagt. Ich muss das erst mal überschlafen. Andererseits … eine Woche Brandenburg … ein kleiner See, schönes Wetter, kein Unterricht – warum eigentlich nicht?»

«… endlose Wanderungen mit schlechtgelaunten, fußlahmen Achtklässlern, Streitereien von früh bis spät, schlaflose Nächte, schlechtes Jugendherbergsessen und eine Woche die perfekte Monika Nolte. Darum nicht!»

«Mensch, Frau Freitag, *eine* Woche wirst du Thomas doch aushalten können. Schließlich hast du so viel Erfahrung und ein gutes Händchen – gerade für schwierige Jungen!»

«Pass auf, dass du nicht auf deiner Schleimspur ausrutschst. Du weißt doch genau, das bleibt bestimmt nicht bei der einen Woche. Den habe ich für immer, wirst du sehen! Ich könnte diesen Knaben auf den Mond schießen, kann ich dir sagen, und den Fischer und die liebe Kollegin Nolte gleich mit! Ich hätte nicht gedacht, dass du mir so in den Rücken fällst. Fährst auch noch weg mit der Nolte. Schöne Freundin!»

«Hallo, Onkel Ali! Zwei Kaffee und einmal Kippen für Frau Freitag. Und Achtung, die ist sehr schlecht gelaunt!»

Frau Freitag ist nicht die Einzige an diesem Tag, die mit schlechter Laune auf mein Vorhaben reagiert:

«Klassenfahrt? Das ist ja wohl nicht dein Ernst!» Männe legt das Salamibrot, in das er gerade reinbeißen wollte, auf seinen Teller zurück und starrt mich an.

«Ja, weshalb denn eigentlich nicht? Ich würde kurzfristig als Vertretung für den Pommer einspringen. Haben wir eigentlich keine Oliven mehr?»

«Und weshalb musst ausgerechnet *du* da mitfahren? Das ist doch gar nicht deine Klasse!»

«Ich habe dieses Schuljahr gar keine Klasse, Männe. Deswegen hat mich Frau Nolte ja auch gefragt.»

«Andere Kollegen haben doch auch keine Klasse, zum Beispiel dieser neue Referendar, von dem du immer erzählst, dieser Felix 28 oder wie er heißt.»

«Felix 26! Wir nennen ihn so, weil er erst sechsundzwanzig ist. Der absolut Jüngste im Kollegium. Der kann nicht, der muss doch jede Woche ins Seminar.»

Männe runzelt die Stirn. «Also, ich verstehe dich wirklich nicht. Anstatt einmal eine etwas ruhigere Kugel zu schieben, lässt du dich wieder voll einspannen! Nachher bist du fix und fertig, und ich kann mir wochenlang das Gejammer anhören.»

«Hast du Angst, dass du ohne mich verhungerst, Männe? Ein paar Tage keinen Unterricht und keinen Haushalt – das könnte ich mir gut vorstellen. Außerdem bietet die Jugendherberge in Falkenthal ein Programm mit Floßbauen und Klettern an. Das wird von zwei Sozialpädagogen geleitet, wir brauchen nur noch Aufsicht zu führen – überhaupt nicht anstrengend.»

«Tzzz! Als ob du dich schon jemals auf einer Klassenfahrt erholt hättest!» Männe erhebt sich und geht kopfschüttelnd an den Kühlschrank. «Die Oliven sind alle. Warst du heute nicht in der Markthalle?»

«Nein, ich bin mit Frau Freitag gleich nach der Schule in den Späti zu Onkel Ali gegangen.»

«Dass ihr immer dahin geht! In einem dunklen Kabuff hocken und rauchen – sehr gesund!» Männe setzt sich wieder an den Tisch und stochert unwillig mit dem Messer im Fleischsalat herum. Langsam reicht es mir.

«Hat du noch mehr zu meckern, Männe?»

«Hm. Na ja, ihr müsst ja wissen, was ihr tut. Ich könnte mir was Angenehmeres vorstellen. Und was ist mit Eileen? Musst du ihr nächste Woche nicht mal die Kleine abnehmen?»

«Eileen kann eine Woche ohne mich auskommen. Zur Not passt du mal auf Viktoria-Estelle auf!»

«Nee, meine Liebe, das kannst du vergessen. Ich hab jeden Tag volles Programm. Im Grunde ist es sowieso eine Zumutung, dass deine ehemalige Schülerin uns in Sachen Kinderbetreuung dermaßen einspannt. Sie tut ja fast so, als wären *wir* die Großeltern ihres Kindes.»

«Jetzt mach mal einen Punkt, Männe! Sag nichts gegen Eileen! Wenn man bedenkt, aus was für schrecklichen Verhältnissen sie kommt. Und wie toll die sich in den letzten Jahren entwickelt hat! Niemand hätte geglaubt, dass sie es schafft, ihren Schulabschluss nachzumachen.»

«Wo liegt dieses Falkenthal eigentlich?»

Jetzt versucht er abzulenken. Natürlich ist er ganz verliebt in Eileens Baby Viktoria-Estelle, auch wenn er sich immer über diesen Namen mokiert. Außerdem weiß er genau, dass ich keine Ahnung habe, wo irgendwas in Brandenburg liegt. Ehrlich gesagt ist dieses Bundesland für mich so eine Art unentdeckter Kontinent.

«Falkenthal liegt nördlich von Berlin, glaub ich.» Monika hat mir das zwar schon mal genauer erklärt, aber man kann sich ja nicht alles merken.

«Oberhavelkreis? Ostprignitz-Ruppin? Barnim? Havelland?» Wie gemein dieser Kerl sein kann! Nee, mein Lieber, auf dieses Niveau lasse ich mich nicht herab.

«Also, die Nolte hat jedenfalls in Falkenthal ihr Sommerhaus. Bestimmt sind alle Zimmer im Landhausstil eingerichtet, so mit weißen Möbeln im Shabby-Stil und gestreiften Stoffen und überall Rosenmustern.»

«Sonst wird ja auch nicht viel zu sehen sein in dem Kaff», sagt Männe mit schadenfrohem Unterton.

«Doch! Es gibt auch noch einen abgelegenen kleinen See mit einer schönen Badestelle. Oh Gott, da fällt mir ein, ich muss mir unbedingt einen neuen Badeanzug kaufen! Ich hab bestimmt fünf Kilo zugenommen. Meinst du, ich kann mich überhaupt noch so am Strand sehen lassen?»

Der Mann, der einstmals gelobt hat, mich in guten und schlechten Tagen zu lieben und zu ehren und mit mir durch dick und dünn zu gehen, kaut und schweigt.

«MÄNNE!»

«Was denn?»

«Findest du mich zu dick?»

«Och, nee, Frl. Krise, nicht das schon wieder!» Männe rollt die Augen.

Danke schön auch! Mir ist der Appetit vergangen. Ich stehe auf und räume nur meinen Teller in die Spülmaschine. Soll er doch sehen, wie er nächste Woche ohne mich klarkommt. Mein Entschluss steht fest: Falkenthal, ich komme!

Manchmal ist die Stimmung im Lehrerzimmer so wie im Warteraum eines Krankenhauses, in dem alle gerade erfahren haben, dass ihre Verwandten lebensgefährlich verletzt oder soeben verstorben sind. Jedenfalls gucken die Kollegen hier oft äußerst deprimiert. Vor allem die, die in den Unterricht müssen. Frl. Krise hat es gut, die kommt mittwochs erst zur vierten Stunde.

«Guten Morgen, Monika, guten Morgen, Herr Voss.»

Monika Nolte dreht sich kurz vom Bildschirm des Computers weg und nickt mir zu. Herr Voss senkt seine Zeitung ein paar Millimeter und guckt mich an. «Guten Morgen, Frau Freitag.»

Tobias Voss ist erst seit Schuljahresbeginn bei uns. Er ist der neue Fachbereichsleiter für Mathe und Physik. Meistens sitzt er im Lehrerzimmer, trinkt Kaffee und liest Zeitung. Er trägt immer Jeans und diese karierten Hemden mit kurzen Ärmeln, die wohl extra für Mathelehrer hergestellt werden. Eigentlich könnte er ganz attraktiv sein, wenn er sich etwas modischer anziehen würde. Im Gegensatz zu Peter Pommer hat er nämlich noch sehr viele Haare auf dem Kopf. Trotzdem ist dieser Voss irgendwie komisch. Eigentlich duzen wir uns hier alle, aber bei ihm traue ich mich das nicht. Vielleicht, weil er vom Gymnasium kommt. Susanne Brendel habe ich sofort mit ihrem Vornamen angesprochen. Ich würde sie sogar Susi nennen, wenn sie das wollte. Sie ist sehr jung, und man wundert sich, dass sie überhaupt schon eine fertige Lehrerin sein soll. Die Schüler benehmen sich bei ihr dementsprechend. Frau Brendel hat es nicht leicht in den Klassen. Sie ist einfach zu zart. Und zu nett. Viel zu nett. Vor allem die Nolte-Klasse setzt ihr zu. Dort unterrichtet sie Musik. Bisher sind wohl die meisten Musikstunden im Chaos untergegangen. Die Tür geht auf, und Herr Pommer kommt rein.

«Guten Morgen, Peter», sage ich.

«Was soll an diesem Morgen gut sein?», fragt er genervt und lässt sich auf den Stuhl neben Herrn Voss fallen.

«Hast du schlechte Laune, Herr Pommer?», will Monika wissen und fährt den Computer runter. «Was tust du überhaupt hier? Hast du nicht gerade zusammen mit dem Referendar Sport in meiner Klasse?»

Pommer verschränkt die Hände hinterm Kopf und lehnt sich auf seinem Stuhl zurück. Nach Bandscheibenvorfall sieht das nicht aus. «Der Felix macht alleine mit denen Sport. Das bringt nichts, wenn ich da immer mit drinhocke. Der muss langsam lernen, sich durchzusetzen. Und ja, ich habe schlechte Laune. Und die hättest du auch, meine liebe Monika, wenn du eben dabei gewesen wärst. Dein Thomas H., warum haben wir den überhaupt aufgenommen? Kaum habe ich die Turnhalle aufgeschlossen, stürzt der in den Geräteraum, wirft sich auf den Mattenwagen und rollt damit gegen die Wand. Da ist jetzt ein dickes, fettes Loch im Putz. Und dann kam Hakan heulend aus der Umkleidekabine und meinte, dass Thomas ihm in der Pause einen Nackenklatscher gegeben hätte. Einfach so, ohne Grund. Und als Felix mit Thomas sprechen wollte, sagt der nur, dass er das nicht war. Ich ertrage das echt nicht mehr. Und dieser Mert, der ist ja auch nicht besser …»

«Ach, Mert war heute da?», fragt Monika. «Das ist ja schön.»

«Na, ich fand das überhaupt nicht schön, und Yavuz bestimmt auch nicht, denn dem hat Mert einen Volleyball an den Kopf geschossen.»

Monika geht zu unserer kleinen Küchenzeile und füllt Wasser in den Wasserkocher. «Ich mein ja nur, weil der Mert in letzter Zeit immer wieder geschwänzt hat und ich am Freitag die Mutti hierhatte.»

«Ach, die Mert-Mutti war hier – hast du der auch erzählt, wie sich ihr Herr Sohn bei uns benimmt?»

Wir hören, wie ein Schlüssel ins Schloss der Lehrerzimmertür gesteckt wird. Aber es kommt niemand. Stattdessen dreht sich der

Schlüssel wieder im Schloss, und von außen wird an der Tür geruckelt.

«Vielleicht hat ein Schüler einen Lehrerschlüssel geklaut und schließt uns hier ein», sagt die Nolte leicht panisch und hält sich dabei die Hand vor den Mund.

«Tzzzzz, Monika, also bitte», sagt Pommer, steht auf, geht heroisch zur Tür und öffnet sie mit einer schnellen energischen Bewegung. An der Tür hängt Susanne Brendel. Ihr Schlüssel steckt im Schloss, und der hängt an einem Band, das sie um den Hals trägt. Durch die Wucht, mit der die Tür geöffnet wurde, prallt Susanne mit ihrem Kopf gegen Pommers Bauch.

«Susanne?», fragt er. «So stürmisch heute?»

Herr Voss hat mittlerweile seine Zeitung auf den Tisch gelegt und betrachtet interessiert, wie Susanne Brendel umständlich versucht, sich von der Tür zu trennen. Warum nimmt sie nicht einfach das Schlüsselband vom Hals? Offensichtlich klemmt ihr Schlüssel im Schloss. Ihr Gesicht ist jetzt so rot wie ihre Haare.

«Äh, Peter, 'tschuldigung, ich, äh, der Schlüssel … ich weiß auch nicht …»

Pommer steht immer noch neben ihr und grinst. Warum setzt der sich nicht wieder hin? Dieser Macho. Manchmal ist er echt unerträglich. Herr Voss faltet seine Zeitung zusammen, ohne seinen Blick von Frau Brendel zu wenden, und grinst auch. Noch so ein Macho. Zum Glück ist wenigstens Felix 26 anders drauf, sonst hätten wir Frauen hier von dem ganzen Testosteron im Lehrerzimmer bestimmt schon Vollbärte. Mittlerweile hat sich Susanne Brendel von der Tür befreit, sich zu uns an den Tisch gesetzt und ihre Tupperdose aus der Tasche geholt. Geschälte Apfelstücke und Karotten. Ich habe nur ein Schokoladencroissant mit. Wenn ich mich gesünder ernähren würde, dann hätte ich vielleicht auch so volle Haare wie Frau Brendel und nicht nur so ein schlaffes dünnes Gewächs auf dem Kopf. Sogar Frl. Krise hat festere und erheblich mehr Haare, obwohl sie zehn Jahre älter ist als ich.

«Monika, hast du an die Adressenliste deiner Klasse gedacht?

Die wolltest du mir doch geben», sagt Pommer. Herr Voss nimmt wieder seine Zeitung hoch und verschwindet dahinter.

Monika Nolte dreht sich nicht zu Pommer um, sagt aber leicht pikiert: «In deinem Fach, mein lieber Peter. Schon seit Freitag!»

Herr Pommer hockt sich vor die Lehrerfächer und kommt mit einem Stapel Papier zu uns an den Tisch. «Kaum guckt man mal einen Tag nicht in sein Fach, ist es voll.» Er nimmt sich nach und nach jedes Blatt vor, zerknüllt die meisten und wirft sie in den Papierkorb, der vor dem Fenster steht.

«Was ist das denn hier? Ein Schreiben von der Technischen Universität Berlin. Wollen die mich jetzt als Professor haben?»

«Pffff, bestimmt nicht», sagt Frau Nolte, schmeißt ihren Teebeutel in den Müll und setzt sich zu uns an den Tisch. Herr Pommer reißt den Briefumschlag auf. Der Voss senkt kurz seine Zeitung und guckt zu ihm. Herr Pommer überfliegt den Brief und schüttelt den Kopf: «Tzzzzz, Mannomann, was die sich denken …»

Dieser Pommer, wie der sich jetzt wieder aufspielt.

«Nun sag schon, Peter! Was wollen die denn von dir?»

«Ach, das ist wieder so ein bekloppter Projekt. Diesmal nennen sie es ‹Kleine Forscher – raus aus dem Klassenzimmer. Die natürliche Neugier von Kindern und Jugendlichen fördern› und blablabla, unsere diplomierten Wissenschaftler ‹bieten Einblicke in› blabla und so weiter, und so weiter … hier. Die Schüler sollen an einem Langzeitprojekt teilnehmen, das die Effekte der Sauerstoffzufuhr in Berliner Gewässern untersucht.»

Susanne Brendel nimmt ihre leere Tupperdose und steckt sie in ihre Schultasche. «Klingt doch toll.»

Pommer zieht verächtlich die Augenbrauen hoch. «Ja, ich sehe schon Mert und Thomas, wie sie stundenlang mit irgendwelchen Wissenschaftlern am Tegeler See hocken und Wasserproben entnehmen. Nee, nee, Susanne, so was kannst du mit unseren Schülern nicht machen.»

«Wieso, Peter?», mischt sich Frau Nolte ein. «Ich mache doch auch dieses Tanzprojekt mit meiner Klasse. Morgen ist der erste

Termin. Also, ich glaube, den Schülern wird das großen Spaß machen. Schließlich wird das von professionellen Tänzerinnen geleitet!»

«Ja, ja, professionelle Tänzerinnen, die keine Ahnung von Pädagogik haben und nicht wissen, wie man mit unseren Schülern umgehen muss.»

«Und du denkst, wir wissen das, Peter? Warum haben wir denn so viele Probleme mit der Disziplin an unserer Schule? Vielleicht ist unser Ansatz auch nicht der beste.»

«Also, ich finde, das klingt super. Die Schüler müssen sich doch mit ihrer Zukunft auseinandersetzen. Und Verantwortung übernehmen. Umweltbewusstsein ist wichtig.» Susanne Brendel guckt kurz zu Frau Nolte, die ihr zustimmend zunickt, und sagt leise: «Habe ich jedenfalls gelesen.»

«Susanne, wenn du so interessiert bist an Projekten, dann hab ich was für dich.» Pommer springt auf und geht zum Regal neben dem Fenster.

«Peter», sagt Monika streng, «du holst doch jetzt nicht die Keksdose.»

«Doch.»

«Peter Pommer, also echt … manchmal bist du wirklich unerträglich.»

Pommer öffnet die besagte Keksdose und zieht einen Umschlag heraus. «Hier, Susanne, vielleicht wäre das was für dich: ‹Generationen treffen sich› – das Altersheim aus der Heimstraße sucht Schülerinnen und Schüler, die gemeinsam mit Sozialarbeitern ein Projekt zur generationenübergreifenden Freizeitgestaltung erarbeiten. Finanziert von der Caritas. Oder vielleicht lieber das hier: Zur Hypologika in Marienfelde werden Schulen gesucht, die lebensgroße Pferde bemalen. Das Pferd und die Farbe werden gestellt. Das wäre doch was für unsere Schüler.»

Herr Pommer ist jetzt voll in Fahrt. Begeistert holt er immer neue Projektideen aus der Keksdose. Ab und zu lässt nun auch Herr Voss seine Zeitung sinken und schüttelt den Kopf. Nachdem einige Kollegen gnadenlos mit solchen Projekten gescheitert sind, haben wir uns angewöhnt, solche Anfragen in die Keksdose zu verbannen.

Susanne nimmt sich ein Faltblatt aus der Keksdose, liest und sagt leise: «Also, das hier klingt doch gar nicht so schlecht.»

«Nichts für ungut, Susanne. An den meisten Schulen könnte man bestimmt das eine oder andere Projekt durchführen. Aber bei uns …»

«Also, was ihr alle habt», mischt sich jetzt Frau Nolte ein. «Meine Klasse freut sich total auf das Tanzprojekt. Merve hat vorhin noch gesagt: ‹Alles ist besser wie Schule.›»

Die Fußgängerampel springt auf Rot. Oh nein! Jetzt werden sich Thomas und Erkan bestimmt noch auf die Straße stürzen! Die beiden sind vorgerannt – wie immer.

«Wartet! Stehen bleiben!»

Der Verkehrslärm droht meine Rufe zu überlagern, aber Thomas, der schon mit einem Bein auf der Straße ist, dreht sich wirklich zu mir um und zögert einen Moment. Erkan zieht ihn am Ärmel auf den Bürgersteig zurück. Gott sei Dank! Ich bin bestimmt noch fünfzig Meter von der Kreuzung entfernt. Aber ich kann ja schließlich nicht gleichzeitig vorne bei den schnellen Läufern und hinten bei den Schleichern sein. Warum muss *ich* eigentlich mit dieser achten Klasse von Frau Nolte unterwegs sein? Und dann auch noch alleine, denn sie ist auf einer Fortbildung. Ich frage mich, was die noch lernen will. Die suhlt sich doch jetzt schon in ihrem Perfektionismus!

«Geht doch mal etwas schneller, Leute! Mert, Yavuz und du auch, Gülcan! Ich komme mir vor, als wäre ich mit einer Seniorengruppe unterwegs.»

Mit großer Verspätung fallen wir in den Hinterhof ein, in dem sich das Tanzstudio befindet. Ich frage mich schon die ganze Zeit, was hier genau stattfinden soll. Monika hat alles organisiert, aber ich habe den Verdacht, dass sie auch nicht ganz verstanden hat, worum es geht. «Tanzimprovisation! Körperarbeit», hat sie vage gesagt. «Schöpferische Kräfte freisetzen! Der Kurs wird von zwei großartigen Künstlerinnen geleitet. Die waren schon auf der ganzen Welt mit ihrem Programm unterwegs. Toll, oder? Sechs Termine habe ich für meine Klasse erkämpft, Frl. Krise! Du kannst dir ja nicht vorstellen, wie viele Schulen sich da beworben hatten.»

Thomas und Erkan warten schon vor dem Eingang auf uns. Wenigstens haben sie noch nichts angestellt, jedenfalls, soweit ich das übersehen kann. Thomas stochert mit einem Stöckchen im Türschloss herum.

«Abgeschlossen. Keiner da. Hab schon geklingelt!», sagt er und hampelt von einem Bein aufs andere. «Lass mal wieder gehen, Frl. Krise. Ich hab keine Lust zu dieses Tanzen. Voll schwul!»

«Hallo!» Eine junge Frau steht plötzlich in der Tür und mustert uns kritisch. Sie ist klein und sehr dünn, trägt eine schwarze enge Gymnastikhose, Wollstulpen und ein ärmelloses graues T-Shirt. Sofort komme ich mir neben ihr wie ein Walross vor. Mit einer ungeduldigen Kopfbewegung lässt sie ihre braunen Locken hin und her fliegen und sagt mit hartem spanischem Akzent: «Ola! Ich bin Pepita, ich leite das Kurs. Natalie und ich haben schon gewartet auf euch.»

«Hehehe, das Kurs!», lacht Thomas, und Dilek ruft: «Wie heißen Sie?»

«Hallo, ich bin Frl. Krise, also Frau Nolte … äh … nein, ich meine, das ist die Klasse von Frau Nolte.»

Pepita übersieht meine ausgestreckte Hand, dreht sich um und geht mit federnden Schritten voran in den Übungsraum. Es ist so eine Art schäbige Turnhalle, die Fenster werden durch lange dunkle Gardinen verdeckt, in einer Ecke sind Stühle übereinandergestapelt, und zwischen zwei Stellwänden steht ein Tisch mit allerhand Technik darauf. Dahinter liegt ein undefinierbarer roter Haufen auf dem Boden, es scheinen große Sitzsäcke zu sein. Alle

Taschen, Jacken und Schuhe werden in die kleine Garderobe nebenan verfrachtet, und dann trödeln wir in die Mitte der Halle.

Dort steht Pepita mit betont hochgerecktem Kinn und ruft: «Bitte alle im Kreis setzen!»

Thomas und seine Kumpel Erkan und Onur wälzen sich sofort auf dem Boden herum, die anderen Jungen setzen sich nur zögernd in einem Pulk zusammen hin, und die Mädchen bleiben stehen und jammern: «Voll unbequem!» – «Können wir uns einen Stuhl nehmen?» – «Der Boden ist zu kalt!»

Pepita sieht mich hilfesuchend an. Genau so habe ich mir das vorgestellt: Sie will die hehre Kunst machen, und an mir soll die schnöde Disziplinierung hängenbleiben. Besser, ich reagiere gar nicht. Zum Glück erscheint Natalie, die zweite Künstlerin, eine große, schmale Person mit raspelkurz geschnittenem weißblondem Haar. Sie trägt ein langes, verwaschenes blaues Sweatshirt über einer schlabberigen schwarzen Trainingshose.

«Die Kinder können sich doch schon jeder einen Puff nehmen, Pepita», sagt sie und zeigt auf den roten Berg neben der Anlage.

«PUFF! HAHAHA!» Jetzt bricht die Hölle aus. Meine Schüler schreien vor Lachen, klatschen sich ab und schmeißen sich mit Anlauf auf die Säcke.

«Puff heißt Sitzsack auf Spanisch», erklärt Pepita, aber das geht im Geschrei völlig unter. Es geht eigentlich alles unter – besonders die mehrfache Aufforderung der Damen, sich nun aber *endlich* im Kreis zu versammeln. Die Sitzsäcke sind offensichtlich mit Styroporpellets gefüllt und ein bisschen undicht, denn plötzlich wandern viele kleine weiße, irgendwie elektrostatisch aufgeladene Kügelchen über den Fußboden. Thomas, Mert und einige andere sind sehr interessiert an diesem Phänomen und beginnen sofort auf dem Bauch liegend mit physikalischen Experimenten. Kreis? Pah, voll langweilig!

Merve steht am Fenster und weint fast. «Frl. Krise! Alle haben Sack, nur ich nicht!»

Über diesen Satz können sich Dilek und Sonja wegschmeißen –

zum Glück haben die Jungen ihn im allgemeinen Getöse nicht gehört. Oh Mann, das kann ja heiter werden. Jetzt fehlt auch noch so ein Sitzmöbel! Immerhin entsteht langsam etwas Kreisförmiges, nur Merve rangelt sich mit Dilek auf einem Puff herum, und Onur hockt mit beleidigter Leberwurstmiene auf dem Boden. Ich bekomme von Pepita die ehrenvolle Aufgabe zugeteilt, die aufgeplatzte Naht seines Sitzsacks zu nähen. Wenigstens darf ich mir für diese Arbeit einen Stuhl nehmen und mich hinter die Musikanlage zurückziehen. Diese Nolte! Ich könnte sie erwürgen!

Natalie erklärt, was in diesem Kurs geschehen soll: «Im Medium Tanz können wir uns entdecken, unsere Gefühle gemeinsam erspüren, sie teilen und mitteilen. Wir lernen den Innen- und Außenraum unseres Körpers kennen, aus Bewegungen und Spannungen werden Körperlandschaften ... blablabla», so geht es noch minutenlang weiter.

Klingt alles reichlich verschwurbelt. Niemand hört zu, niemand versteht etwas. Ich, ehrlich gesagt, auch nicht.

Dann endlich die erste Aufgabe:

«Bewegt euch durch den Raum und erprobt dabei mit Hilfe des Sacks einen neuen individuellen Bewegungsablauf!»

Etwas unschlüssig und laut murrend erheben sich alle. Große Fragezeichen auf den Stirnen. Sonja und Nazan sehen mich fragend an, aber ich zucke nur mit den Schultern und zeige auf Natalie und Pepita. Sollen die das mal schön erklären, ich bin hier nur als Näherin eingestellt. Pepita erbarmt sich und macht eine Möglichkeit vor: Sie wälzt sich, ihren Sitzsack mit Armen und Beinen umklammernd, über den Boden.

«Voll pervers! Die hat kein' BH an», stellt Mert lautstark fest.

«Pscht!»

«Was denn, Frl. Krise! Is' doch!»

Er lacht dreckig. Die anderen lachen mit. Himmel! Diese pubertären Jungen! Und dann auch noch Onur und Thomas! Die fangen natürlich gleich an, sich wie die Verrückten mit den Styroporsäcken zu schlagen. Ein paar andere machen mit, und in Windeseile ist der

Raum erfüllt von Geschrei und wildem Getobe. Grauenhaft! Aber bestimmt bin ich nur hoffnungslos altmodisch und verstehe nichts von modernem Tanztheater. Diese Künstlerinnen ... Wenn ich nur wieder in meinem schönen, friedlichen Kunstraum wäre ... Natalie versucht inzwischen, die Jungen zu überzeugen, sich «individuell fortzubewegen». Erfolglos! Die hauen sich lieber im Kollektiv. Pepita war schlauer: Sie krallt sich die widerspenstige Merve und kugelt mit ihr auf einem Sack durch den Raum. Ist ja auch wesentlich einfacher, sich nur mit einer Person zu beschäftigen als mit allen! Der Geräuschpegel dürfte inzwischen nur noch von einem startenden Düsenjäger übertroffen werden.

Warte, Monika, morgen kannst du was erleben!

Das Leben einer jeden Frau hält nicht nur Höhepunkte bereit – nein, es mangelt auch nicht an Tiefschlägen. Der Versuch, sich einen Badeanzug in Größe 44 zu kaufen, gehört eindeutig dazu. Manchmal wünschte ich mir, ich wäre ein Mann, einer, der sich nach dem Essen zufrieden den Bauch tätschelt und keine Sekunde seines Lebens damit verschwendet, fruchtlose Überlegungen anzustellen, wie er selbigen loswerden könnte. Nichts, wirklich nichts ist gnadenloser als das kalte Licht einer Neonröhre in der Umkleidekabine einer Sportabteilung im Kaufhaus. Besonders dann, wenn man sich hoffnungsvoll einen um zwei Größen zu kleinen Badeanzug über BH und Slip gezerrt hat. Deprimierend. Das Ende vom Lied war, dass ich nichts erstanden habe, sondern geflüchtet bin. Zu Onkel Ali. Im Späti ist es höhlenartig dunkel. Keiner soll mich sehen, bis ich meine Niederlage verdaut habe. Jedes lichtdurchflutete In-Café, in dem gutgebaute und schick angezogene Hipster sitzen, wäre mein Tod, und auch Männes mitleidige Blicke könnte ich nicht ertragen.

«Onkel Ali, hallo! Gibst du mir einen Kaffee, bitte?»

«Frl. Krise, um diese Uhrzeit? Allet jut?»

«Ja, nein. Ich habe gerade versucht, mir ... äh ... was zu kaufen. Ein Desaster, sage ich dir!»

Onkel Ali sieht mich verwirrt an. Der Mann versteht gar nicht, wovon ich spreche. Vielleicht besser so.

«Hüseyin! Wo ist das Spülmittel?», schallt es aus dem Hinterzimmer.

«Emine!», flüstert Onkel Ali. «Sie will sauba machn.» Er seufzt. «Dit hat ma noch jefehlt heute! Erst jeht die Kasse kaputt, und nu kommt *sie* mit ihrn Putzanfall!»

Wenn Emine Onkel Ali «Hüseyin» nennt, ist dicke Luft. Ich ziehe meinen Kopf ein und verkrümele mich an den einzigen Tisch im hinteren Teil des Ladens. Da guckt Emine auch schon kriegerisch um die Ecke. Sie trägt einen kurzen hellblauen Kittel, gelbe Gummihandschuhe und hat ihre schwarzen langen Haare mit einem breiten weißen Stirnband gebändigt. In der einen Hand hält sie einen Lappen, in der anderen einen Eimer.

«Merhaba, Emine!»

«Tag, Frau Freitag!»

«Dit is doch nich Frau Freitag! Dit is Frl. Krise!» Onkel Ali schüttelt den Kopf. «Wat willste denn noch allet, sevgilim? Ick hab dir doch die Putzsachen schon hinjestellt!»

Emine rattert einen türkischen Satz runter, den ich nicht verstehe, und verschwindet.

Onkel Ali kratzt sich am Kopf und sagt leise: «Katastrophe! Sie hat letzte Woche ihre Arbeit jekündicht, und nu dreht se durch.»

«Gekündigt? Warum das denn?»

Seitdem ich Emine kenne, arbeitet sie an der Kasse eines kleinen Super-Market in der Bergmannstraße. Ich erfahre, dass der Inhaber, der Emine immer aus der Hand gefressen hat, sich zur Ruhe setzen will. Sein Sohn übernimmt nun das Geschäft, und das wäre auch völlig in Ordnung, wenn dieser Sohn nicht eine Frau hätte, die «Haare uff die Zähne hat», wie es Onkel Ali ausdrückt.

«Diese Zeynep und meene Emine, dit konnte nich jutjehn ... !» Er hebt beide Hände zum Himmel. «Allah bilir! Ick bete, dit se schnell wat andret findet. Dit is nich zum Aushalten so! Unsere Wohnung hat se schon umjeräumt und allet jeschrubbt wie 'ne Blöde. Und jetzt putzt se hier rum. Wenn du wat hörst, Frl. Krise, ejal wat, irjendne Arbeitsstelle, denn sach ma Bescheid!»

«Natürlich.»

Der arme Onkel Ali. Emine den ganzen Tag zu Hause! Das kann böse enden. Aus dem Hinterraum hört man lautes Gepolter.

«HÜSEYIN! Komm mal sofort!»

Besser, ich trinke schnell meinen Kaffee aus und verziehe mich.

Ach, da steht er schon, der Reisebus. Voll übertrieben, mit einem Bus auf die Klassenfahrt zu fahren. Brandenburg ist doch gleich um die Ecke. Da hätten die bestimmt locker mit der S-Bahn anreisen können. Und warum die Krise da unbedingt mitfahren will, wird mir ein ewiges Rätsel bleiben. Es gibt kaum etwas, das noch unerholsamer ist als eine Klassenfahrt mit einer achten Klasse – vielleicht Flucht aus einem Kriegsgebiet oder Evakuierung nach einer Atomkraftwerkshavarie.

Die Nolte ist schon voll in ihrem Element. Wie ein Wachhund steht sie da. Mit Klemmbrett. Logisch. Und diese Röcke, die die immer trägt! Nicht unschick, aber total unpraktisch. Ein Trainingsanzug und eine Trillerpfeife wären für die Abfahrt bestimmt angebrachter. Aber die perfekte Nolte muss natürlich immer perfekt rüberkommen, und heute trifft sie ja auch auf Eltern. Ah, da hinten kommt die Krise angestöckelt. Oh Mann, kann die sich nicht mal bequeme Schuhe kaufen? Jetzt wird sie eine Woche auf ihren Pumps rumstaksen, und dann jammert sie wieder tagelang rum, dass ihr die Füße wehtun. Es gibt doch so schönes orthopädisches Schuhwerk, habe ich ihr schon tausendmal gesagt und ihr sogar den Laden in der Solmsstraße gezeigt. Da hat sie mich nur verächtlich angeguckt und gesagt, sie hätte ihr Leben in hochhackigen Schuhen verbracht und sie möchte auch in hohen Hacken begraben werden.

Wer ist das denn da drüben neben Mert und Onur? Das ist doch Thomas H.! Nehmen die den jetzt doch mit? Hoffentlich. Ich habe so dermaßen keinen Bock auf den. Wie der schon guckt. Bähhh, jetzt rotzt der auch noch auf den Boden. Oh Mist, in zehn Minuten klingelt es. Und ich muss noch Arbeitsblätter kopieren. Ich sag schnell Frl. Krise und der Frau Nolte hallo. Die Krise wird noch an mich denken, wenn sie heute Nacht stundenlang in einem zugigen Gang Wache schiebt. Na ja, selbst schuld.

Bedient

«Rück mal ein bisschen!» Monika Nolte klemmt sich neben mich auf den Sitz. Wir haben natürlich den bevorzugten Platz ganz vorne im Bus, rechts neben dem Fahrer. Hier ist die Aussicht am besten, aber die Abtrennung zur Tür hin verhindert jede Beinfreiheit. Sonderlich bequem finde ich das nicht. Zum Glück ist es nicht weit nach Falkenthal, vielleicht gerade mal sechzig Kilometer. Wenn nur der Berliner Stadtverkehr nicht wäre! Auf dem Mehringdamm stehen wir im Stau. Baustelle! Monika ist schon tausendmal durch den Bus geturnt, sie hat zum zigsten Mal unsere Schüler gezählt, sie auf ihre Plätze gescheucht, dem Busfahrer letzte Anweisungen gegeben, und nun kramt sie hektisch in ihrer riesigen Tasche. Sie fördert zwei Plastiktüten zutage und sagt:

«Falls einem schlecht wird! Die Merve hat sich auf der letzten Busfahrt übergeben. Das war eine schöne Schweinerei, kann ich dir sagen!»

Aus diesem Grund habe sie Merve gleich hinter uns platziert, erklärt sie mir. «Damit wir im Notfall eingreifen können.»

Ich blicke mich ängstlich um. Wenn die mir in den Nacken … Aber noch sieht Merve blühend und gesund aus. Sie öffnet gerade eine riesige Chipstüte und lächelt mich freundlich an. Monika neben mir ruckelt sich zurecht. Sie fährt sich durch die Haare, zupft an ihrem Schal und streicht ihren Rock glatt.

«Bin ich froh, dass wir den Thomas nicht mitnehmen müssen!», sagt sie und schiebt sich zufrieden ein Pfefferminzbonbon in den Mund. «Den Terror von diesem Jungen hätte ich keinen Tag länger ertragen!»

Ich bin ganz ihrer Meinung. Zwar muss die arme Frau Freitag das jetzt ausbaden, aber es ist wirklich besser so – jedenfalls für uns.

Vor der Abfahrt des Busses hat es noch einen typischen Thomas-Auftritt gegeben. Im allgemeinen Gewühle der Verabschiedung von den Eltern hatte er sich in den Bus geschummelt und saß plötzlich frech grinsend neben Mert in der letzten Bank. Monika stürzte sich wie ein Falke auf ihn, aber er lehnte sich breitbeinig zurück, grinste provozierend und sagte:

«Ich fahr mit. Kannst du nix machen!»

«DUZ MICH NICHT UND RAUS HIER!», hatte Monika geschrien, aber erst der eilig herbeitelefonierte Herr Fischer schaffte es, Thomas wieder ins Freie zu komplimentieren. Der Bus kommt nur im Schneckentempo vorwärts. Wenigstens sind wir jetzt schon kurz vor der Autobahnauffahrt Tempelhofer Damm.

Unser Busfahrer greift zum Mikro: «Guten Tag! Ich bin der Manfred und möchte euch an Bord begrüßen. Wenn ihr euch ordentlich benehmt, werden wir uns gut vertragen. Beim Fahren sitzen bleiben! Das Klo ist abgeschlossen und bleibt abgeschlossen. Bis Falkenthal brauchen wir eine Stunde, da muss keiner müssen. Abfälle in den Abfalleimer. Ich will nichts auf dem Boden finden! Und wehe, es klebt irgendwo ein Kaugummi!»

Er dreht sich kurz zu uns um. «Ich mach mal ein bisschen Musik!»

Monika nickt, und unter den Klängen von «Tage wie diese» biegen wir auf die Autobahn ab. Die Sonne scheint, im Bus breitet sich langsam eine friedliche Stimmung aus, und ich beginne, die Fahrt zu genießen.

«Ohne Thomas werden wir es richtig nett haben!» Monika reibt sich die Hände. «Nur auf Mert müssen wir ein wachsames Auge haben, der zieht uns sonst noch den Onur mit. Ich bin ja so gespannt, wie es dir in Falkenthal gefällt, Frl. Krise! Ich hab mich damals auf der Suche nach einem Ferienhaus gleich in den Ort verliebt. So romantisch! Und die Leute …!»

Sie kichert. «Richtige Originale! Weißt du, Falkenthal ist noch ganz ursprünglich, so gar nicht touristisch. Da gibt es nur einen kleinen Konsum, sonst nichts.»

«Konsum? Heißt der Laden wirklich noch Konsum?»

«Nein, aber alle nennen den so. Es gibt auch ein paar Stühle vor dem Geschäft, da kann man Kaffee und Kuchen bekommen oder ein Eis essen. Die Zentrale des Dorfes! Die Kneipe macht ja nur abends auf, und das noch nicht mal jeden Tag. Die Chefin vom Konsum heißt Gabi Schmidt, die ist wirklich ganz patent. Nebenher bietet sie noch medizinische Fußpflege an und …»

Monika streckt ruckartig ihre Hände vor und präsentiert mir ihre Fingernägel. «Hier! Ist auch ihr Werk! Letztes Wochenende! French Nails. Aber sie hat auch Gelnägel und Airbrushing im Programm. Kostet nur halb so viel wie in Berlin. Du könntest auch mal …»

«Nee, danke!» Ich schiebe meine Hände unter meine Jacke. Abgebrochene Nägel sind leider mein Markenzeichen. Trotzdem! Künstliche Fingernägel – niemals!

Kurz hinter Berlin endet die Autobahn, und es geht auf einer schmalen Landstraße weiter. Das Dorf, durch das wir gerade fahren, heißt Grünsee. Es wirkt wie ausgestorben.

«Hier gab es mal kurzfristig einen ganz schönen Edeka», erzählt Monika, «es war das einzige vernünftige Geschäft weit und breit. Aber das ist Weihnachten leider abgebrannt.»

«Was? Warum das denn? War die Weihnachtsbeleuchtung defekt?»

«Keine Ahnung. Ich glaube, der Gastank ist explodiert oder so. Jedenfalls ist sogar einer von der freiwilligen Feuerwehr beim Löschen ums Leben gekommen. Die sind ja wohl nicht so gut ausgebildet wie die von der Berufsfeuerwehr.»

«Ist ja schrecklich.»

Monika nickt. «Ja, das stand sogar in der *Berliner Zeitung* auf der Brandenburgseite.»

Die Brandenburgseite! Diese Seite überblättere ich grundsätzlich. Brand in Brandenburg – wen interessiert das schon?

«Guck mal da! Auch geschlossen!» Monika zeigt auf ein runtergekommenes Haus. «Geschenke, Getränke, Blumen», steht über dem Eingang – eine merkwürdige Kombination. Die Deutschlehrerin in mir revoltiert. Weshalb «Blumen»? Weshalb haben die nicht noch etwas mit «G» verkauft? Zum Beispiel Gemüse? «Geschenke, Getränke, Gemüse» hört sich doch viel besser an. Aber vielleicht bauen die Dorfbewohner das Gemüse in ihren Gärten an, dann werden sie es natürlich nicht im Geschäft kaufen. Allerdings züchten sie bestimmt auch Blumen, kein Wunder, dass der Laden pleitegegangen ist. Was gibt es denn noch mit G? Gebrauchtwagen! Aber die passen ja nicht in so einen kleinen Laden, und außerdem erscheint am Dorfende gerade ein großes, ungepflegtes Gebäude – «Autohandel Lettkow Gebrauchtwagen An- und Verkauf» steht in Riesenlettern quer auf der Fassade. Daneben ein großer Hof voller Autos. Na bitte, da sind ja die Gebrauchtwagen. Das Geschäft läuft sicher gut, in dieser gottverlassenen Gegend braucht wahrscheinlich jeder ein Auto. Es raschelt laut hinter uns. Monika dreht sich um.

«Merve? Isst du immer noch Chips? Hör mal lieber auf! Nachher wird dir wieder schlecht.»

«Hm. Liegt die Jugendherberge eigentlich weit weg vom Dorf, Frau Nolte?», fragt Merve undeutlich und befördert die nächste Ladung in ihren Mund. «Ich mein, wenn man sich was kaufen will?»

«Nein, nur ungefähr einen Kilometer. Ein herrlicher Waldweg.»

«Voll weit!» Merve ist entsetzt. «Gibt's da Netto oder Lidl?»

Monika ist schon wieder bei mir. «Die Leute im Dorf sind natürlich ein bisschen anders als die Berliner. Aber sehr freundlich und offen.» Sie stockt. «Na ja, jedenfalls die meisten. Besonders interessant ist dieser Künstler, der Markwart! Der kommt ursprünglich aus Berlin. Jetzt lebt er aber schon ein paar Jahre in Falkenthal. Von dem hatte ich dir schon erzählt, oder? Wir dürfen mit interessierten Schülern sein Atelier besichtigen, hat er mir angeboten. Ich war vor einem halben Jahr auf einer Vernissage bei ihm. Ich kann dir sagen, vom Feinsten! Kulturell wirklich hochstehend, und es gab teuren Champagner, und mein Mann hat auch gesagt ...» Monika kommt in Fahrt. Sie redet und redet. Ich höre nur noch mit halbem Ohr zu. Ich lege meinen Kopf ans Fenster und schließe die Augen. Baden, reiten, spazieren gehen, ein Atelier besichtigen, Eis essen. Hört sich doch alles gut an.

«Frau Freitag, ich brauche noch Kleister», ruft Volkan.

«Und ich habe gar kein Zeitungspapier mehr», quengelt Rosa.

Pappmaché – warum habe ich mir nicht eine schöne Zeichenaufgabe ausgesucht? Immer wieder der gleiche Fehler – zu arbeitsintensive Kunstprojekte, die mir dann wochenlang den letzten Nerv rauben. Ich bin schon völlig verschwitzt. Zum Glück ist dieser Thomas H. nicht hier. In der ersten Stunde hatte ich Ethik in meiner Klasse, und da hätte er eigentlich kommen müssen. Und jetzt in Kunst ist er auch nicht da. Ich habe auch so schon genug Stress. Günther braucht wie immer seine Extraportion Motivation. Ohne mein beständiges gutes Zureden fängt er gar nicht erst an. Jetzt habe ich ihn wenigstens so weit, dass er die erste Schicht Zeitungspapier um den Ballon geklebt hat. Günther braucht die persönliche Ansprache.

Unser tägliches Ritual: «Günther, zieh bitte die Jacke aus.»

Seit ein paar Wochen hat er eine neue Jacke. Eine schwarze von Jack Wolfskin. Die hütet er wie seinen Augapfel. Mittlerweile trägt eigentlich niemand mehr eine Winterjacke. Es ist April, und in meinen Raum scheint den ganzen Tag die Sonne rein. Mittags sind es bestimmt 25 Grad hier, und trotzdem sitzt Günther in seiner Winterjacke im Unterricht. Heute konnte ich ihn aber dazu bewegen, sie auszuziehen und über seinen Stuhl zu hängen. Ich kann ja verstehen, dass er diese Jacke liebt, die war bestimmt auch sehr teuer, und seine Mutter ist arbeitslos. Solche Jacken kosten locker 180 Euro. Da hat seine Mutter lange für sparen müssen. Eigentlich ist es ja schön, wenn die Kinder das würdigen und pfleglich mit ihren Sachen umgehen. Die meisten meiner Schüler sind da ganz anders. Die schmeißen zum Beispiel regelmäßig ihre Schultaschen durch die Gegend, und wenn ich sage, dass die davon kaputtgehen, dann höre ich immer nur: «Na und, dann kaufen mir meine Eltern eine neue.» Trotzdem nervt Günther mit seiner Jacke. Aber wenigstens arbeitet er heute.

«Hi, Fans!»

Thomas H. steht plötzlich mitten im Raum. Er beachtet mich überhaupt nicht, sondern geht direkt an den Tisch von Hamid, Günther und Orkan und begrüßt Günther und Hamid mit übertrieben vielen Küssen auf die Wangen. Der Rest meiner Klasse hat die Arbeit eingestellt und beobachtet diese Szene gebannt. Thomas lässt sich auf den leeren Stuhl neben Hamid fallen und greift sich den Becher mit dem Tapetenkleister:

«Was das für schwule Kacke, Alter?» Er tunkt kurz seinen kleinen Finger in den Kleister und hält ihn Hamid unter die Nase. «Voll pervers, diese Schule. Hamid, los sag, wie lange hast du da reingewichst, bis du den Topf hier voll hattest?»

Günther kichert. Hamid auch, aber nicht so laut. Thomas nimmt sich etwas Kleister mit dem Zeigefinger und schnippt den direkt in Orkans Gesicht.

«Was glotzt du so behindert? Bist du verliebt? Muss ich dich enttäuschen, ich bin nicht so ein verkackter Homo.»

Günther kichert wieder, und diesmal lacht Hamid auch.

«Thomas!», rufe ich streng vom vorderen Gruppentisch. Ich habe die Hände voller Kleister, weil ich Rosa mit ihrem Pinguin helfe. Wenn ich jetzt nach hinten gehe, dann tropfe ich den ganzen Boden voll. Thomas reagiert nicht. Orkan wischt sich den Kleister von der Nase, sagt aber nichts. Thomas fixiert Orkan.

«Warum wischste dit weg, Alta?», fragt Thomas, nimmt noch eine Ladung Kleister und schnippt sie erneut in Orkans Richtung. «Hier, nimm, Wichse is jut für den Teint.»

Orkan, der sich nicht schnell genug wegducken kann, bekommt die volle Ladung ab. Diesmal lacht keiner, und ich sehe, wie sich Orkans Schultern nach hinten ziehen. Blitzschnell nimmt Orkan seinen Becher mit dem Kleister und wirft ihn auf Thomas. Der weicht aus, der Becher trifft seine Schulter und knallt dann neben Günthers Stuhl auf den Boden.

Günther springt auf und starrt auf seinen Stuhl. «MEINE JACKE!!»

Eine dicke Portion Tapetenkleister läuft langsam über den Ärmel der Jack-Wolfskin-Jacke. Günther erstarrt. Plötzlich springt Thomas auf, hechtet auf die andere Seite des Gruppentisches und nimmt Orkan in den Schwitzkasten.

«Bist du behindert, du Spast? Das ist die Jacke von mein Kumpel!»

Mit der freien Hand greift sich Thomas den Kleisterbecher von Günther und hält ihn über Orkans Kopf.

«Hier ein bisschen Spermaschleim für die Haare. Ist jetzt der neuste Trend.» Als der Tapetenkleister auf Orkans Kopf landet und in Zeitlupe an seinen Schläfen herunterläuft, lässt Thomas Orkan los und biegt sich vor Lachen nach hinten. Orkan springt hoch und rennt raus.

«THOOOOOOMMMMAAAAS!!!!», schreie ich, und zum ersten Mal dreht er den Kopf in meine Richtung und sieht mich an.

Die kleine Jugendherberge in Falkenthal liegt wirklich einmalig, etwas abseits vom Dorf, umgeben von Wiesen und Wäldern, und das Allerbeste ist, dass wir die einzige Klasse hier sind. Die Holzbank neben dem Grill wird wohl Monikas und mein Stammplatz werden. Von hier aus haben wir das ganze Gelände im Blick. Die Jungen spielen auf der Wiese Fußball, die Mädchen tummeln sich auf dem Spielplatz, schaukeln oder wippen.

«Ach, Frl. Krise, geht's uns gut!» Monika nippt an ihrer Bionade und räkelt sich in der Abendsonne. «Das Wetter ist herrlich, unsere Kinderlein sind zufrieden, das Programm ist pädagogisch wertvoll und das Essen halbwegs okay! Was wollen wir mehr?»

Ich nicke stumm.

Monika klopft auf ihre Armbanduhr. «Noch zehn Minuten, dann bekommen sie ihre Herzschrittmacher!» Damit meint sie natürlich die Handys. Wir haben sie heute Morgen eingesammelt, aber es ist vereinbart, dass wir sie jeden Abend für eine Stunde ausgeben, damit sie zu Hause anrufen können. Da stürmen auch schon Gülcan und Kübra auf uns zu und bauen sich kichernd vor uns auf.

«Wann haben wir Sprechstunde, Frau Nolte?»

«Sprechstunde?» Monika guckt leicht kariert. «Ach so, haha, du meinst die Handys, ja, ruf mal alle zusammen. Es ist gleich so weit.»

Während der Handyausgabe verziehe ich mich auf mein Zimmer. Es ist ziemlich spartanisch eingerichtet: Bett, Schrank, Tisch. Leider haben die Lehrerschlafzimmer kein eigenes Bad – dafür ist die Aussicht zauberhaft. Durch das geöffnete Fester riecht es dezent nach Landwirtschaft. Kommt bestimmt von dem Ponyhof nebenan. Das muss nicht sein, lieber wieder das Fenster schließen.

«Frl. Krise?» Ohne anzuklopfen, steht Monika mit aufgerissenen Augen in meiner Zimmertür.

«Was ist denn los?»

«Hier, guck mal! Die beiden Handys wurden nicht abgeholt!»

«Ja und?» Weshalb macht die so einen Alarm? Manchmal ist Monika schon ein bisschen wunderlich.

«Das sind die Handys von Mert und Onur!»

«Ach, du Scheiße!»

«Du sagst es!»

Wenn die beiden ihre Handys nicht abholen, kann das nur heißen, dass sie nicht anwesend sind – also müssen sie abgehauen sein. Mist! Diese Blödmänner.

Lange Schatten fallen auf den Vorplatz der Jugendherberge, ein kühler Wind weht vom Wald her, der Himmel verfärbt sich rötlich, und Monika wird immer nervöser. Sie tigert unruhig zwischen den Eingangsstufen der Jugendherberge und der kleinen Mauer, auf der ich mit Merve und Dilek sitze, hin und her.

«Reg dich doch nicht so auf, Monika! Die Jungen kommen bestimmt gleich!»

«Und wenn nicht, Frl. Krise? Was dann? Es wird bald dunkel! Ich werde noch verrückt.»

«Die haben sich unter Garantie verlaufen. Aber so fußkrank, wie unsere Schüler sind, werden sie nicht weit gekommen sein.»

Monika ringt die Hände. «Wenn man nur wüsste, wo sie sind! Der Herbergsvater hat gesagt, wir sollen auf keinen Fall jetzt alle losrennen, da gehen uns nur noch mehr Schüler verloren. Am liebsten würde ich die Polizei benachrichtigen.»

Eine Stunde später mache ich mich mit den Sozialpädagogen Tim und Pascal, die wir eigentlich nur für das Sportprogramm gebucht haben, auf, die Jungen zu suchen. Monika lassen wir bei der Klasse, sie ist inzwischen das reinste Nervenbündel. Die Sonne ist hinter dem Wald verschwunden, und die Dunkelheit bricht schnell herein.

Die beiden Männer sind nicht besonders beunruhigt.

«Unkraut vergeht nicht!», sagt Pascal, und Tim faselt etwas von einem ‹Plan›, den sie haben. Nach einem Marsch von etwa zehn Minuten rücken sie damit heraus, dass sie mit ihren Taschenlampen laut rufend eine große Runde um die Jugendherberge drehen wollen, während ich an einer bestimmten Kreuzung im Wald warten soll.

«Genau an dieser Stelle laufen nämlich die meisten Wanderer, die zur Jugendherberge wollen, in die falsche Richtung», erklärt mir Tim. «Da fehlt einfach ein Hinweisschild. Falls die Jungen nicht ganz die Richtung verloren haben, werden sie vermutlich auf ihrem Rückweg hier vorbeikommen. Dann können Sie sie gleich in Empfang nehmen.»

Mir ist mulmig zumute. Ich soll ganz alleine zurückbleiben? Mitten im dunklen Tann?

«Ich dachte, wir suchen zu dritt», sage ich ein bisschen zittrig und versuche krampfhaft, nicht ängstlich zu wirken.

«Trauen Sie sich das nicht zu, Frl. Krise?» Pascal hat mich durchschaut und grinst.

«Nein, doch! Quatsch, ich warte. Kein Problem.» Ich muss mich zusammenreißen. Was soll mir schon passieren? Nur dumm, dass es im Wald keinen Handyempfang gibt, mir wäre wohler zumute, wenn ich Kontakt zu den beiden halten könnte. Die Männer stapfen davon. Ich lehne mich mit dem Rücken an einen Baumstamm und lausche in die Nacht. Mal sehen, wie es ist, wenn ich die Taschenlampe ausschalte. Angeblich gewöhnen sich doch die Augen an die Dunkelheit, und dann soll man wie ein Luchs sehen. Oh, nee! Danke schön! Stockdunkel! Das geht gar nicht. Die Rufe von Tim und Pascal werden immer leiser. Trotzdem ist es alles andere als ruhig. Der Wind rauscht in den Zweigen, Tannenzapfen schlagen mit dumpfem Knall auf dem Boden auf, und überall knackt und raschelt es. Unheimlich ... Ich muss jetzt nur warten. Warten, warten, warten. Mehr nicht. Das werde ich ja wohl noch schaffen! Ist wirklich nicht so schlimm, bloß – hoffentlich gibt es in diesem Waldstück keine Wildschweine! Aber die sind ja auch nur gefährlich, wenn sie Junge haben. Frischlinge! Und die bekommen sie im November, also ... Ach nein, Quatsch, im Frühling bekommen sie die natürlich. Jetzt! Alle Tiere bekommen doch in dieser Jahreszeit ihre Nachkommen. Ich bin eine schlechte Biolehrerin. Nichts weiß ich. Jedenfalls nichts Praktisches! Ich könnte mühelos die Bestandteile der DNA runterrattern oder einen Vortrag über die Geschlechtshormone des Mannes halten, aber von so etwas Einfachem wie Wildschweinen hab ich keine Ahnung. Mein Rücken kribbelt. Irgendwie fühle ich mich beobachtet. Bestimmt umzingeln mich viele kleine Tiere und beobachten mich mit ihren schwarzen Knopfaugen. Wühlmäuse, Eichhörnchen, Igel ... aber vor denen habe ich keine Angst. Die tun mir nichts. Mir tut sowieso keiner was, ist ja keiner da! Stell dich mal nicht so an, Frl. Krise! Trotzdem schön blöd von mir, dass ich in diesen düsteren Wald mitgegangen bin. Ich fühle mich wie Gretel, die ihren Hänsel verloren hat. Was hat mich eigentlich geritten, auf diese dämliche Klassenfahrt zu fahren?! Ich könnte jetzt schön kuschelig zu Hause auf meiner Couch liegen, einen Cognac trinken und durch sämtliche Programme zappen. Männe sitzt bestimmt gerade in seinem Arbeitszimmer und durchforstet eBay nach irgendeinem Quatsch. Der hat es gut! Ich muss ihn unbedingt daran erinnern, dass Viktoria-Estelle ein Bobby Car braucht, das wollte ich ihr doch schon zum ersten Geburtstag schenken. Und ob er heute Abend was Vernünftiges gegessen hat? Na ja, um Männe muss ich mir nun wirklich keine Sorgen machen. Eher um diese dämlichen Jungen. Ich könnte sie verprügeln! Wartet, Freunde, wenn ihr wieder da seid! Was wohl Frau Freitag macht? Wenn die wüsste, dass ich hier sinnlos zwischen einer Million Bäumen herumstehe – die würde sich kaputtlachen. Das werde ich ihr aber auf keinen Fall erzählen!

Huh, was war das? Es knistert so, vielleicht schleicht sich da einer an? Wer weiß, wer sich außer den Viechern hier noch rumtreibt! Ich geh mal ein paar Schritte auf und ab, das beruhigt. Nee, nee, mir reicht es langsam … Ihhh, da krabbelt ein Tier auf meinem Arm herum! Hoffentlich keine Spinne – ist ja ekelhaft! Und kalt ist mir. Ich will endlich nach Hause … äh … in die Jugendherberge zu Monika und den Kindern und der Flasche Rotwein in meinem Koffer. Scheiß Klassenfahrt! Ich schwöre, das ist meine alleralleretzte Klassenfahrt! Das Knacken macht mich ganz nervös. So laute Geräusche macht doch keine Maus und auch kein Fuchs! Ich glaub langsam wirklich, da kommt jemand! Bellt da ein Hund? Ein Hund! Das gibt mir den Rest! Ich geh jetzt sofort zurück! Ich hau ab! Aber muss ich jetzt links oder rechts in den Weg abbiegen? Warum hab ich bloß auf dem Hinweg nicht besser aufgepasst? Aber da dachte ich ja noch, wir drei blieben zusammen, und bin nur so hinterhergelatscht. Schnapsidee, mich hier stehen zu lassen! Unverantwortlich. Da bellt wirklich ein Hund. Sogar ziemlich nah, und Schritte hör ich auch. Hilfe! Nichts wie weg. Wenn ich mich durch das Gebüsch quetsche, sieht man mich vielleicht nicht … Aua! Scheiße! Hingefallen! Ihh, mitten in die Matsche! Und meine Taschenlampe? Die liegt hier irgendwo in der Pampe, aber wo? Wie dunkel es ist! Ich sehe gar nichts mehr, nicht mal mehr die Hand vor Augen. Schöne Pleite. Und der Hund, der kommt näher, ich höre ihn ganz genau. Wenn er nicht gerade bellt, hechelt und schnauft er.

«Ruhig, Hasso! Was ist los mit dir?»

Ein Mann! Oh Gott, oh Gott! Wenigstens ist der Hund nicht alleine! Aber wer weiß, was das für ein Kerl ist! Ein Lichtstrahl zuckt langsam neben mir durch das Gebüsch, fällt auf mein Gesicht und blendet mich.

«Hallo! Was machen Sie denn da unten? Sitz, Hasso, sitz!»

Schnell aufrappeln und bloß nicht zeigen, dass die Knie schlottern.

«Hören Sie auf, mich so anzuleuchten! Ich kann ja gar nichts sehen! Und halten Sie Ihren Hund fest!»

«Der ist angeleint, der tut Ihnen nichts. Gehören Sie zu diesen Krawallmachern, die heute Abend das ganze Wild im Wald närrisch machen?» Der Typ ist schlecht zu erkennen.

«Ich ... ja, nein, ich ... wir suchen zwei Schüler, die abgehauen sind!»

Wenn doch meine Zähne nicht so klappern würden!

«Aha, Sie kommen aus der Jugendherberge? Können Sie nicht auf Ihre Kinder aufpassen?»

«Das geht Sie gar nichts an! Was suchen SIE überhaupt hier?»

Der Mann macht einen Schritt auf mich zu. Zum Glück hält er den Hund am Halsband fest. Ein großer Hund ist das – so eine Art Jagdhund. Wie der mich anknurrt – bestimmt ist der hochgradig bissig.

«Was ich hier suche? Ich bin auf dem Weg nach Falkenthal, wenn es gestattet ist, junge Frau!»

«Mitten in der Nacht?»

Der Mann lacht auf. « Mitten in der Nacht? Es ist kurz vor neun! Sind Sie verletzt? Soll ich Sie zur Jugendherberge bringen? Ich muss da sowieso lang. Oder wollen Sie hier weiter alleine herumstolpern?»

«Nein, nein, ich ... Ja, gut, wenn Sie den Weg kennen ...»

«Wo kommen Sie eigentlich her? Aus Berlin, oder?»

«Hm.»

«Na ja, kein Wunder ... Ihr aus der Großstadt habt vom Wald natürlich keine Ahnung. Aber ihr denkt, ihr kennt euch überall aus, was? Ihr glaubt, bei uns auf dem Land kann euch nichts passieren. Aber lassen Sie es sich gesagt sein: Nicht nur in Berlin passieren nachts schlimme Dinge!»

«Ach, ja? Wirklich?»

Dieser blöde Kerl! Will der mich jetzt einschüchtern? Hoffentlich klinge ich ein bisschen frech, sonst denkt der, ich bin der letzte Angsthase. Keine Antwort. Ist auch egal. Geht der mit mir auch wirklich zur Jugendherberge? Oder führt der mich noch tiefer in den Wald hinein, und morgen ist dann das Kollegium der Julie-Manet-Schule um eine verdiente Kraft ärmer.

Da! Durch die Bäume schimmern schon die Lichter der Jugendherberge. Ein Glück! Der Jugendherbergsvater steht breitbeinig vor dem Eingang und stemmt die Arme in die Seiten. Er scheint auf uns zu warten. Der Typ begrüßt ihn mit Handschlag.

«Diese Dame hier habe ich unterwegs aufgelesen. Gehört zu deinem Betrieb, oder? Lag im Dreck und hat sich vor Angst fast in die Hose gemacht, als ich kam, hahaha!»

«'n Abend, Lettkow! Frl. Krise! Alles in Ordnung mit Ihnen?»

«Ja, ja, alles okay. Sind die Jungen aufgetaucht?»

«Nee, leider noch nicht! Was machst du noch um diese Uhrzeit im Wald, Lettkow?»

«Will rüber nach Falkenthal. Geschäfte! Ich wollte mich ein bisschen bewegen, und der Hund muss ja auch mal ein paar Schritte laufen!»

Die beiden tuscheln miteinander. Lettkow, Lettkow ... dem Namen bin ich doch schon mal begegnet. Lettkow ... Stand da nicht «Lettkow» auf dem Autohaus in Grünsee? An- und Verkauf von Gebrauchtwagen? Der hat tausend Autos auf seinem Gelände stehen und läuft, anstatt zu fahren? Komischer Typ. Ich dachte immer, Autohändler gehen keinen Schritt zu Fuß. Jetzt im Licht sehe ich, dass er so um die fünfzig ist, eine drahtige Figur hat und stoppelige kurze graue Haare. Er sieht energisch aus und wirkt, als wäre er gewohnt, dass man macht, was er will. Sympathisch ist er mir nicht. Ohne Dank oder Verabschiedung drehe ich mich um, jetzt schnell ins Haus, ich muss mich sofort umziehen, die Klamotten kleben mir nass und dreckig am Körper.

«Was ist denn los mit dir, Frau Freitag?», fragt der Jurafreund. «Du siehst ja so fertig aus.»

«Sie hatte einen harten Tag in der Schule», antwortet der Freund für mich. Wir sitzen im Café hinter der Markthalle auf dem Marheinekeplatz. Die Sonne geht langsam unter und färbt alles in ein warmes Orange. Es ist ungewöhnlich warm für Mitte April. Auch jetzt noch. Einige Kleinkinder spielen im Wasser der Springbrunnen, und eigentlich könnte das ein herrlicher Feierabend sein. Aber ich bin schlecht gelaunt.

Die Kunststunde mit Thomas H. liegt mir schwer im Magen. Nach dem Unterricht habe ich ihn sofort zum Direktor gebracht. Dort sagte er, dass Günther wie ein Bruder sei, und wer die Jacke seines Bruders schände, der hätte es nicht anders verdient. Dabei wäre das ganze Drama ohne Thomas gar nicht passiert. Der Schulleiter hat ihn für drei Tage suspendiert. Das heißt aber, dass er am Freitag wiederkommt.

«Frau Freitag, jetzt mach mal nicht so ein Gesicht», versucht mich der Jurafreund aufzuheitern. «Genieß doch die Sonne und entspann dich.»

Der hat gut reden. Sein Job ist ja auch nicht so anstrengend wie meiner. Erst hat er jahrzehntelang Jura studiert, und jetzt ist er im Referendariat. Zur Zeit ist er beim Amtsgericht, glaube ich. Jedenfalls erzählt er gerade irgendwas von einer Verhandlung, bei der er dabei war. Ich höre nicht richtig zu. Thomas H. geht mir nicht aus dem Kopf. Gut, dass er die nächsten Tage nicht mehr in die Schule darf. Der würde mir Günther und Hamid in Null Komma nix versauen.

«Guck mal, da drüben», reißt mich der Freund aus meinen Gedanken. «Sind das nicht Onkel Ali und seine Frau?»

Und tatsächlich, Onkel Ali und Emine überqueren die Straße in Richtung Markthalle, wahrscheinlich gehen sie in den Späti. Emine hat einen gelben Eimer in der Hand, und Onkel Ali trägt einen Staubsauger. Emine bleibt stehen, stellt den Eimer auf den Boden und spricht wild gestikulierend auf ihren Mann ein. Das sieht nach dicker Luft aus. Emine redet und redet. Irgendwann nimmt sie den Eimer, dreht sich um und marschiert alleine los. Die scheint aber mächtig sauer zu sein. Onkel Ali steht wie belämmert auf der Straße, schüttelt den Kopf und geht dann langsam hinter ihr her. Plötzlich hören wir ein lautes Klirren. Alle Gäste im Café gucken, woher das Geräusch kommt. Von Weitem sehen wir, wie drei Jugendliche aus der Mittenwalder Straße auf den Platz zulaufen. Zwei von ihnen haben Bierflaschen in der Hand. Der eine setzt die Flasche an, legt den Kopf in den Nacken und trinkt. Dann schmeißt er die Flasche in hohem Bogen hinter sich auf die Fahrbahn.

«Was sind das denn für Idioten?», fragt mein Freund, und als sie etwas näher kommen, kann ich diese Frage sogar beantworten:

«Das sind Günther und Hamid aus meiner Klasse, und der Lange, das ist dieser widerliche Thomas H., von dem ich dir erzählt habe. Der mit dem Kleister.»

«Aber du hast doch gesagt, der sei erst in der achten Klasse. Der sieht viel älter aus», wundert sich der Freund.

«Ja, er ist überaltert, weil er im zweiten Schuljahr sitzengeblieben ist.»

«Na, die sehen jedenfalls nicht so aus, als wollten die sich auch hier in die Sonne setzen», bemerkt der Jurafreund.

«Nee, bestimmt nicht», sage ich. Und würde am liebsten im Boden versinken. Aber die drei beachten uns gar nicht, sondern gehen direkt zu dem Altbau neben dem Messergeschäft und bleiben vor der Haustür stehen.

«Oh no, guck, jetzt holen die auch noch Kürbiskerne raus. Die Schalen spucken sie dann bestimmt alle auf den Boden. Schöne Schweinerei», sagt der Jurafreund.

Günther hat sich auf die Türschwelle gesetzt. Er trägt wieder seine Jack-Wolfskin-Jacke. Nach der Kleisteraktion hat er die halbe Hofpause damit zugebracht, sie zu säubern. Was haben die hier zu suchen? Hamid und Günther wohnen gar nicht in dieser Gegend, und dieser Thomas H. kommt doch aus Neukölln. Die Nolte hat mir seine Adresse und die Telefonnummer aufgeschrieben.

«Falls was sein sollte, kannst du dich ja mit der Mutti kurzschließen», meinte sie.

«Was machen die hier?», frage ich mich noch mal. Diesmal laut.

«Na, Scheiße bauen und rumnerven», antwortet der Jurafreund.

«Aber dieser Thomas, den haben wir heute suspendiert», gebe ich zu bedenken.

Der Jurafreund grinst. «Ich glaube nicht, dass ihr ihm verbieten könnt, sich abends in der Bergmannstraße aufzuhalten.»

«Ich weiß, ich meine ja nur, die wohnen ganz woanders.»

Eine Frau mit einem kleinen Kind kommt aus dem Haus. Günther bewegt sich keinen Millimeter zur Seite, und die Frau muss sich um ihn herumquetschen. Typisch Jugendliche.

«Guck mal, dieser Günther wieder ... erst bleibt er sitzen und lässt die Frau nicht raus, aber jetzt, wo sie weg ist, steht er auf», sage ich. Günther hält mit einer Hand die Tür auf, sagt irgendetwas zu Thomas und verschwindet dann im Flur. Die anderen beiden bleiben draußen. «Äh? Was will Günther denn in dem Haus?», frage ich.

«Vielleicht wohnt da seine Tante oder seine Oma oder ein ...», sagt der Freund.

«Quatsch. Der will bestimmt auf den Hof und Fahrräder klauen. Vielleicht sollten wir die Polizei rufen», schlage ich vor.

«Aufenthalt in einem fremden Hausflur stellt leider noch keine Straftat dar», klärt uns der Jurafreund auf und zündet sich eine Zigarette an. Hamid und Thomas gucken immer wieder auf ihre

Handys. Ein DHL-Auto fährt vor und hält, der Fahrer geht mit einem großen Paket zu dem Haus, in dem Günther verschwunden ist. Thomas telefoniert kurz und steckt dann sein Handy in die Hosentasche. Der Paketmensch klingelt, und ein paar Sekunden später öffnet Günther die Haustür. Ich verstehe gar nichts mehr. Günter spricht kurz mit dem Typen, und der übergibt ihm das Paket.

«Habt ihr das gesehen? Wieso nimmt Günther in einem fremden Haus ein Paket an? Da stimmt doch irgendwas nicht!»

«Guck, guck», ruft der Jurafreund, «ich glaub es ja wohl nicht. Jetzt machen die auch noch das Paket auf!»

Tatsächlich zieht Thomas etwas Schwarzes aus dem Karton.

«Was soll das denn sein?», fragt der Freund.

«Das kann ich euch ganz genau sagen. Das ist eine Jacke! Eine Jacke von Jack Wolfskin!»

Ein schmaler Sandweg schlängelt sich von der Jugendherberge durch den Wald am Seeufer entlang bis zu den ersten Häusern von Falkenthal. Dilek hinkt schon nach dreihundert Metern, und Kübra jammert, als ob wir sie zu einem Marathonlauf verdonnert hätten.

«Frl. Krise, Sie hatten beim Frühstück versprochen, wir chillen heute! Und jetzt machen wir Wanderung! Voll gemein!»

«Ihr bekommt ja Freizeit im Dorf! Ihr dürft euch auch alle ein Eis holen!»

«Was Eis! Mert und Onur haben es gut, die können in der Jugendherberge bleiben.»

«Das ist eine Strafe, Kübra! Die müssen jetzt Holz für unser Lagerfeuer sammeln, weil sie gestern einfach abgehauen und erst gegen Mitternacht wiedergekommen sind.»

Eigentlich eine viel zu milde Strafe dafür, dass wir uns solche Sorgen um sie gemacht haben. Angeblich haben sie sich verlaufen und sind im Wald herumgeirrt. Na ja, Monika ist die Klassenlehrerin, nicht ich.

Das Dorf liegt am Waldrand. Vor dem Bau der großen Umgehungsstraße rauschte hier der gesamte Durchgangsverkehr über die einzige Straße. Unerträglich muss das gewesen sein, denn die Autos verursachten beim Fahren über das schöne alte Kopfsteinpflaster höllischen Lärm. Die Falkenthaler wären deshalb heute noch sehr geräuschempfindlich, erzählt Monika. Still liegt der Ort in der Morgensonne. Kein Auto in Sicht, kein Radfahrer, kein Fußgänger. Nichts. Nur eine getigerte Katze huscht durch einen der breiten uneingezäunten Vorgärten und verschwindet unter einem geparkten Auto. Wir können ohne jede Gefahr mitten auf der Straße laufen. In einem Haus wird eine Gardine beiseitegeschoben, ein Gesicht taucht für einen Moment auf und verschwindet wieder. Bestimmt gibt es noch mehr Augen, die uns beobachten, Krach genug machen wir ja.

«Da!» Monika bleibt stehen und guckt wichtig. «Kommt ihr bitte mal alle her?»

Die Einzige, die gleich herbeihumpelt, ist Dilek. Sie hat auch einen Grund dafür: Sie will mir ihren Fuß zeigen.

«Guck mal, Frl. Krise! Ich hab voll Blase an Zeh!»

Monika winkt, und widerstrebend schleichen noch Hakan und Kübra und ein paar andere herbei.

«Seht euch dieses Gebäude an! Das ist eine Kirche mittelalterlichen Ursprungs, erbaut aus Feldsteinen. Aus denen wurden oft auch die Straßen …» Aber unsere Schüler sind weder an kunsthistorischen noch an verkehrstechnischen Betrachtungen interessiert. Die meisten latschen einfach weiter. Monika seufzt und sieht mich leidend an. Sie wischt sich mit einem Taschentuch über das Gesicht.

«Voll heiß hier! Kriegen wir jetzt ein Eis?» Kübra hängt sich bei Dilek ein und wedelt mit den Zipfeln ihres Kopftuchs.

«Frau Nolte, wo ist denn endlich Aldi?»

«Was redet ihr denn immer von Aldi?»

«Oder Lidl oder Netto!»

Jetzt wird Frau Nolte richtig ungehalten: «Himmelherrgott, Kübra! Wir sind auf dem platten Land! Die Geschäfte sind alle in der nächsten Kreisstadt, zehn Kilometer weit weg!»

Dilek kann es nicht fassen.

«Zehn Kilometer sollen wir jetzt noch laufen? Vallah, ich kann nicht mehr! Ich geh kein Schritt weiter!»

«In Türkei in unser Dorf bei meine Oma gibt es sogar Aldi. Warum sind wir überhaupt hierhergefahren?», mosert Hakan.

«FRAU NOLTE! Da oben! Da oben! Ist der echt?»

Yavus ist vor einem hohen Mast stehen geblieben und hat den Kopf in den Nacken gelegt. Ein Storchennest! Mit einem Storch drin! Ich bin platt. Der Vogel steht unbeweglich da, er sieht wirklich aus, als wäre er aus Plastik.

Monika lächelt geschmeichelt, so, als sei sie für dieses Naturereignis persönlich verantwortlich. «Na, da staunt ihr wohl! Hier gibt es jede Menge Storchennester. Und die Störche sind natürlich echt, was denkst du denn, Yavus!»

«Niemals! Er bewegt sich doch gar nicht!» Yavus schüttelt den Kopf. Inzwischen stieren alle nach oben.

«Was macht der denn da in den Nest? Vielleicht ist der tot?»

Dilek hat ihren lädierten Zeh vergessen, rennt zum Mast hin und schreit: «Los, beweg dich, oller Vogel!»

Monika ist empört. «DILEK! Lass das!»

Der Storch rührt sich nicht. «Ist nich lebendig!», stellt Yavus zufrieden fest und wendet sich ab. Einen Moment später landet ein zweiter Storch im Nest.

«Na, bitte!» Monika lacht auf. «Frl. Krise, du hast doch Bio! Kannst du nicht mal was dazu arbeiten lassen in den nächsten Tagen?» Auch das noch. Ich schweige vorsichtshalber. Von Störchen habe ich wenig Ahnung.

Zum Glück hat Kübra gerade den «Konsum» entdeckt. Ein winziger Laden. «E-Reichelt» steht auf dem Schild über der Eingangstür. Auf der Bank an der Hauswand sitzen zwei rauchende ältere Männer. Ein junges Mädchen mit blondgefärbten krausen Haaren ist dabei, Stühle an drei kleine Tische auf dem Bürgersteig zu stellen. Sie winkt Monika zu.

«Das ist Sandy, die Tochter von Gabi Schmidt», erklärt Monika und winkt zurück. Neben dem Geschäft gibt es noch eine Kneipe, «Zum Dorfkrug». Aber die Fenster und die Tür sind durch Rollläden verschlossen. Das ist also das Shoppingcenter von Falkenthal.

«So, Kinder, ihr dürft euch jetzt jeder ein Eis kaufen. Ich bezahle das aus der Klassenkasse. Und dann habt ihr eine Stunde Freizeit, um euch ein bisschen im Ort umzuschauen. Wir treffen uns um Punkt halb zwölf Uhr an der Kirche. Und wehe, ihr macht Quatsch!»

Unter Kriegsgeheul stürmen unsere Schüler los. Auch Sandy verschwindet wie ein geölter Blitz im Laden. Dafür guckt eine Frau aus der Tür.

«Gabi!» Die Nolte stürzt auf sie zu.

«Dachte ich mir doch gleich, dass du hier bist. Das ist ja schön!», sagt die Frau und fällt Monika fast um den Hals. Das muss die berühmte Frau Schmidt sein. Mit beiden Händen kontrolliert sie nach der stürmischen Begrüßung ihre kurzgeschnittene Frisur. Deckhaare blond, darunter geht es schwarz weiter – Männe nennt so etwas «Skunk-Frisur». Dank einer offensichtlich großen Ladung Haarspray hat sich aber kein einziges Härchen verschoben. Auch sonst sieht Frau Schmidt sehr akkurat aus – wenn auch ein bisschen achtzigerjahremäßig mit ihrer karottigen Jeans und dem rot-weißen Kasack.

«Darf ich vorstellen? Frau Schmidt – Frl. Krise!» Frau Nolte wird förmlich. Gabi hat einen festen Händedruck, überhaupt macht sie einen sehr vitalen und zupackenden Eindruck.

«So, jetzt muss ich aber schnell wieder rein. Die Sandy schafft das sonst alleine nicht!» Schon ist sie im Laden verschwunden.

«Am liebsten würde ich dir ja unser Haus zeigen, Frl. Krise, aber es liegt ein bisschen außerhalb. Und es ist auch noch nicht ganz fertig umgebaut, wir haben es ja erst vor einem halben Jahr gekauft.

Vielleicht können wir morgen kurz hingehen, wenn Tim und Pascal mit der Klasse Flöße bauen.» Monika setzt sich laut seufzend an einen der Tische.

Gut, dann drehe ich eben alleine eine Runde durchs Dorf. Viel zu sehen gibt es allerdings nicht. Die flachen Häuser wirken abweisend, geschlossene Hoftore und dichte Gardinen verhindern jeden Einblick. Manche sind offensichtlich in den letzten Jahren renoviert worden, andere sehen grau aus, der grobe Kratzputz bröckelt. Es gibt auch ganz verlassene Höfe, ihre Fenster sind vernagelt und die Eingänge durch gekreuzte Holzbretter gesichert. Der Anblick ist deprimierend. Das nächste größere Gebäude muss die alte Schule sein. Unkraut hat den kleinen Schulhof erobert, und die Fensterscheiben sind blind. Hier wird niemand mehr unterrichtet, die Kinder müssen sicher mit dem Bus in die nächste Kreisstadt gondeln.

Am Ortsausgang fällt mir ein sehr gepflegt aussehendes, zweistöckiges Bauwerk in klassizistischem Stil auf. Über dem Eingang hängt ein weißes Metallschild: Galerie Markwart. Im Vorgarten tummeln sich ein paar kleine Skulpturen aus alten Mistgabeln und Teilen von Ackergeräten – skurrile Vögel und andere seltsame Lebewesen. Das muss das Anwesen von diesem Künstler sein, den Monika erwähnte. Warum der wohl ausgerechnet hierhergezogen ist? Und was mögen die Ureinwohner von ihm und seinen Werken halten? So schön und ruhig es auch ist, ich kann mir beim besten Willen nicht vorstellen, in einem solchen Dorf zu leben. Dann lieber mitten in Neukölln an der Hermannstraße! Dass Monika sich hier ein Haus gekauft hat! Ich schüttele mich und schlage den Rückweg ein. Man unterschätzt diese brandenburgischen Straßendörfer, sie ziehen sich länger hin, als man denkt. Ich muss mich ein bisschen beeilen, um nicht zu spät zu unserem Treffpunkt zu kommen. Monika ist natürlich schon da und auch die meisten Kinder. Die hocken auf der Treppe am Holzportal der Kirche, wirken schlecht gelaunt und beklagen sich.

«Voll langweilig!», höre ich und: «Nix los hier, ich schwöre!»

Die Nolte zählt die Häupter ihrer Lieben und ruft mir das Ergebnis entgegen: «Alle da, nur Hakan und Yavus fehlen noch.»

«Da kommen sie doch!» Dilek hat die beiden erspäht. Sie sind in Begleitung eines jungen Mannes. Der sieht nicht gerade wie ein typischer Brandenburger aus, seine Wurzeln liegen viel weiter im Osten – in der Türkei wahrscheinlich. Er trägt einen Blaumann, eine alte Jeansjacke und Arbeitsschuhe.

«Frau Nolte! Dass ich Sie hier treffe! Hallo, Frl. Krise!»

Monika und ich sehen uns erstaunt an. Wer ist das? Kennt der uns?

«Ich bin's, Burak Alkan! Erkennen Sie mich nicht mehr?» Er grinst uns breit an.

«Dieser Name ... Natürlich! Du ... aber du warst ... du hast doch ...» Die Nolte ist völlig perplex, und auch in meinem Hirn rattert es gewaltig. Burak Alkan! Hieß so nicht dieser schreckliche Kerl, der damals in der zehnten Klasse unsere ganze Schule aufmischte, dann plötzlich von der Bildfläche verschwand und lange polizeilich gesucht wurde? Der junge Mann lacht freundlich. Er wirkt nett und sympathisch. Das kann gar nicht Burak sein! Der war doch ein echter Stinkstiefel! Oder er muss sich mächtig verändert haben.

«Ich war vor drei Jahren in Ihrer Abschlussklasse, Frau Nolte.»

«Du hast mir mein Handy ...» Monika stockt.

«Sagen Sie es ruhig! Ich hab nicht nur Ihr Handy geklaut, sondern auch noch jede Menge andere! Das tut mir sehr leid, heute!»

«Und dann warst du auf einmal weg! Es stand sogar in der Zeitung.»

«Genau, Frl. Krise. Zu der Zeit war ich echt übel drauf. Hatte falsche Freunde, Sie wissen schon. Hab Drogen genommen und gedealt. Aber zum Glück bin ich hier gelandet und hab mein Leben wieder in den Griff bekommen.»

«Hier?» Monika guckt wie ein Auto. «Du lebst hier? Aber wie bist du denn ...?»

«Das ist eine lange Geschichte», winkt Burak ab. «Jedenfalls lebe ich jetzt schon seit zwei Jahren beim Körnel.»

«Beim Körnel?» Monika hat sich immer noch nicht ganz berappelt. «Das ist doch dieser ehemalige Boxer, der den alten Bauernhof hinten am Weiher hat!»

Burak nickt. «Jawohl, der ist das. Ich arbeite da. Und Sie? Sind Sie mit denen hier in der Jugendherberge?» Er zeigt auf die Klasse und legt dann den Arm um Hakans Schulter. «Diesen kleinen Gangster hab ich dabei erwischt, wie er unser Hühnergatter öffnen wollte. Die Jungs haben mir erzählt, dass Sie hier sind, Frau Nolte. Da bin ich gleich mitgekommen. War doch eine schöne Zeit in der Schule!»

Monika zwinkert nervös und blickt auf ihre Armbanduhr. «Burak, tut mir leid, aber wir müssen jetzt los zum Mittagessen. Komm doch mal raus in die Jugendherberge, dann können wir uns in Ruhe unterhalten. Vielleicht heute Abend, da haben wir Zeit, wir wollen nur ein Lagerfeuer machen!»

Burak schüttelt uns artig die Hand. «Sehr gerne», sagt er, «danke für die Einladung! Um sieben hab ich Feierabend. Bis dann!»

«Voll der Bauer!», sagt Hakan und schaut böse hinter ihm her.

«Oh nein, Frau Freitag, komm mal schnell!» Susanne Brendel guckt mich entsetzt an. Wir versuchen die letzten Minuten eines vergurkten Musikunterrichts zu überleben. Ich hatte zwar eine Freistunde, habe mich aber großmütig angeboten, mit in ihren Unterricht zu kommen. Eigentlich wollte ich lediglich den langweiligen 45 Minuten im Lehrerzimmer entgehen. Dort saß nur Herr Voss mit seiner Zeitung. Überhaupt ist es im Lehrerzimmer sehr öde geworden, seitdem Frl. Krise auf Klassenfahrt ist. Susanne kam in der kleinen Pause rein und sah so fertig aus. Und als sie dann sagte, dass sie gleich in der Pommer-Klasse Musik hätte, wurden ihre Augen ganz wässrig. Hätte ich gewusst, was die Brendel in ihrer Stunde für ein Chaos verbreitet, ich hätte mir tausendmal lieber den Voss und seine Zeitung angeguckt.

«Frau Freitag, hier! Das gibt es doch gar nicht!», sagt Susanne und zeigt fassungslos auf die Trommeln, die neben dem Lehrerpult stehen. Im Fell der einen klafft ein langer Schnitt.

«Der war vorhin aber noch nicht drin, oder?», frage ich. Susanne greift sich mit beiden Händen in die Haare und gibt einen leisen, verzweifelten Ton von sich. Diese kleinen Mistpocken, denke ich.

«Nun reg dich mal nicht auf, Susanne, das kriegen wir schon raus, wer das war», sage ich leise zu ihr und lauter: «Alle sofort hinsetzen!» zu der Klasse. Was ist das auch für eine bescheuerte Idee, mit dieser Klasse zu trommeln. Ich würde denen die Tonleiter beibringen und dann ein paar Arbeitsblätter austeilen. Trommeln ... tzzzz. Das kann man nur mit Gruppen machen, die man sehr gut im Griff hat. Und Frau Brendel ist meilenweit davon entfernt, irgendwas im Griff zu haben.

«Was ist das denn?», frage ich laut. Das gibt es doch nicht! Hinter der Tür liegt eine Schere auf dem Boden. Ich hebe sie auf und halte sie triumphierend in die Höhe.

«So, jetzt ist ja wohl schon mal geklärt, wie das Loch in die Trommel gekommen ist.» Die Schüler sehen mich mit großen Augen an und schweigen.

«Wem gehört diese Schere?», frage ich und warte. Frau Brendel stellt sich neben mich.

«Ja, von wem ist diese Schere?» Ihre Stimme piepst. Und bei dem Wort Schere bricht der Ton weg. Sie sollte lieber nichts mehr sagen, denn drei Jungs in der letzten Reihe fangen schon an zu kichern. Es klingelt. Die Schüler springen auf und wollen auf den Hof rennen.

«STOPP!», schreie ich. «Hier verlässt niemand den Raum, bevor nicht geklärt ist, wem diese Schere gehört.»

Unwillig und unter lautem Gemotze setzen sich die Schüler wieder auf ihre Plätze. Frau Brendel guckt mich anerkennend an.

«Mann, Frau Freitag», nölt jetzt Gamze aus der vorletzten Reihe. «Die Schere gehört niemand.»

«Wie, niemand, was meinst du?»

«Na, die ist von Kunst.»

Ich gucke mir die Schere genauer an. Und tatsächlich, solche Scheren haben wir im Kunstfachbereich. Das wird ja immer schöner.

«Ihr hattet also heute Kunst», stelle ich fest. Einige Schüler nicken. «Wer ist euer Kunstlehrer?», frage ich weiter.

«Frl. Krise», antwortet Gamze genervt und verdreht dabei die Augen.

«Frl. Krise ist mit Frau Nolte in Brandenburg. Bei wem hattet ihr heute Vertretung?»

«Bei diesen einen», sagt Fuat, «wie heißt der Spast?»

«Wir hatten bei diesen Herr Votz.»

«Mann, Voss heißt der, du Depp», verbessert Gamze. «Können wir jetzt geeeehn?»

Ich gucke auf die Uhr. Die Pause hat schon längst angefangen, und wahrscheinlich wird jetzt auch niemand mehr zugeben, dass er im Vertretungsunterricht bei Herrn Voss eine Schere geklaut hat, um damit Schuleigentum zu zerstören.

«Ja, ihr könnt gehen. Wir werden mit eurem Klassenlehrer darüber sprechen.»

Herr Pommer kann ruhig auch mal was tun, und dieser Voss kann was erleben. Lässt sich von Schülern beklauen, so ein Anfänger. Die Schere stecke ich in meine Schultasche.

«Ist das alles?» Neben der Feuerstelle liegt ein mickriger Holzhaufen. Reisig, ein paar Äste und drei Holzscheite.

«Na und? Reicht doch! Will sowieso keiner behindertes Feuer machen!» Mert tritt unwillig mit dem Fuß gegen die blaue Plastikschüssel neben dem Holz, in der der Teig für das Stockbrot liegt.

«Mensch, pass doch auf! Gleich liegt alles im Dreck!» Ich ärgere mich. Ist diesem Kerl denn nicht beizukommen? Pascal hat mir heute Mittag erzählt, dass Onur das Holz alleine gesammelt habe.

Außerdem sei er freiwillig in die Küche gegangen und habe unter der Anleitung der Küchenfee den Teig zusammengerührt. Mert sei wieder einige Zeit verschwunden und schließlich mit den Holzscheiten zurückgekehrt.

«Angeblich hat er die im Wald gefunden! Aber bestimmt hat er die vom Ponyhof!» Onur ist reumütig – er hat Angst, dass die Nolte mit seinem Vater sprechen könnte. Wenn er nicht ständig unter dem Einfluss von Mert und Thomas H. stünde, wäre er sicher ein ganz passabler Zeitgenosse.

Unsere Schüler trudeln langsam ein. Sie sind aufgekratzt und gut gelaunt. Heute Nachmittag stand Klettern unter der Regie der beiden Teamer auf dem Programm. Alle sind noch schwer begeistert und protzen jetzt mit ihren Kletterkünsten. Na ja, fast alle. Merve hatte angeblich «Bauch», und Dilek kultivierte ihre Blase am Fuß. Die beiden haben sich einen schönen Nachmittag auf ihrem Zimmer gemacht.

«Dürfen wir das Feuer anmachen?» Hakan und Yavus zündeln schon mit Streichhölzern und Zeitungspapier. Aber leider müssen nun alle erst noch einmal ausschwärmen, um noch mehr Holz zu sammeln.

Monika ist stocksauer. «Falls heute Abend das Geringste passiert, schicke ich diesen Mert nach Hause!»

Es ist acht Uhr, langsam wird es dämmrig, und Tim und die Jungen beginnen mit dem Aufbau des Lagerfeuers. Wo nur dieser Burak bleibt? Ich platze fast vor Neugier.

Monika ist nicht so erfreut über seine Anwesenheit im Dorf. «Dass dieser Typ sich ausgerechnet hier eingenistet hat! Wenn der in mein Haus einbricht … Schließlich ist die Woche über niemand da!»

«Guten Abend!» Burak taucht wie ein Gespenst aus dem Dunkel auf. Er hat seinen Blaumann gegen knackig enge Jeans getauscht und sieht auf einmal sehr männlich aus. Unter dem eng anliegenden weißen Shirt zeichnen sich seine Muskeln ab. Bestimmt macht er Bodybuilding und isst Eiweißprodukte oder nimmt womöglich Anabolika. Machen die ja oft in dem Alter. Neunzehn oder zwanzig wird er inzwischen sein. Hinter ihm erscheint ein älterer Mann. Sehr groß ist er nicht gerade, aber ziemlich drahtig. Er sieht ein bisschen verwegen aus. Seine Unterarme sind über und über tätowiert, und das schüttere Haar hat er zu einem Pferdeschwanz zusammengebunden – auch eine Möglichkeit, die Halbglatze zu kaschieren. Er trägt weite Tarnhosen, Springerstiefel und einen dunkelblauen Troyer.

«Ich hab den Körnel mitgebracht! Er wollte Sie so gerne mal kennenlernen, Frau Nolte!», sagt Burak.

Monika springt auf. «Ach so, ich ... äh ... sehr erfreut, guten Abend, Herr Körnel. Ich hab ja schon viel von Ihnen gehört!»

Der Körnel kommt näher, grinst und entblößt eine ziemliche Baustelle in seinem Mund. Boxer soll der gewesen sein. Seine Nase sieht jedenfalls genau so aus. Unsere Schüler starren die beiden Männer an, besonders Mert scheint wie elektrisiert und beobachtet sie ganz genau.

«Nur Körnel – ohne Herr!» Er lacht meckernd. «Ich hab auch schon viel von *Ihnen* gehört, Frau Nolte.»

Monika zieht ein bisschen den Kopf ein.

Zum Glück hatte ich Burak nicht im Unterricht. «Ich bin Frl. Krise. Nehmen Sie doch Platz!»

Wir setzen uns auf die Baumstämme rund um das Feuer. Es will leider nicht recht brennen. Tim versucht schon die ganze Zeit, die Äste, die die Jungen unfachmännisch übereinandergeworfen haben, pyramidenförmig aufzuschichten.

«Lass mich mal ran!» Der Körnel ist aufgesprungen und greift in die Flammen. Ratzfatz liegt das Holz richtig, und das Feuer lodert hell auf. «Hab jahrelang Feuer machen müssen», sagt der Körnel und schiebt lässig noch ein paar kleine Zweige mit dem Fuß in die Feuerstelle. «In der Wüste wird es nachts arschkalt, kann ich euch sagen.»

Er setzt sich breitbeinig hin.

«In der Wüste?», fragt Yavus mit Ehrfurcht in der Stimme.

«Feuer schützt vor wilden Tieren.» Der Körnel lehnt sich ein bisschen zurück und schiebt die Hände in die Hosentaschen. «War in der Fremdenlegion. Afrika. Aber das ist lange her.»

«Fremdenlegion? Was ist das, Fremdenlegion?» Mert beugt sich vor und fixiert den Körnel.

«Légion étrangère!» Der Körnel spricht plötzlich ganz schneidig. «Französische Streitkraft. Weltweiter Einsatz in Krisengebieten. War Söldner in Marokko, Algerien, Kosovo. Hab viel erlebt.»

Ich bin irritiert. Was erzählt der da? Marokko? War das nicht kurz nach dem Zweiten Weltkrieg? Und Algerien war in den Sechzigern, das weiß ich genau. Wie alt ist denn dieser Körnel? Vielleicht Ende fünfzig. Kosovo, ja, das ginge so durch.

Mert ist näher gerückt. «Echt?», fragt er. «Sie waren richtig im Krieg und so? In Afrika?»

Der Körnel nickt. «Darf nicht darüber sprechen. Geheime Mission!»

Merts Augen leuchten. «Geil!», ruft er aus. «Gehen Sie wieder hin?»

Monika stößt mich mit dem Knie an. Ich nicke vorsichtig. Der Typ ist doch nicht ganz sauber. Fremdenlegion! Wer's glaubt.

«Das ist vorbei, mein Junge … Ich bin jetzt Boxtrainer.»

Sofort springt Mert wie ein Gummiball auf die Füße. «Boxen! Kann ich auch!», ruft er, ballt die Hände zu Fäusten und hüpft ungelenk vor dem Körnel auf und ab. Mit der Rechten platziert er einen kleinen Boxhieb auf der Brust des Körnels. Der erhebt sich betont langsam, wehrt ihn wie eine lästige Fliege ab, packt ihn dann abrupt am Kragen und hebt ihn so ein Stückchen hoch. Merts Füße baumeln auf einmal in der Luft.

«Das machst du nicht noch einmal!», sagt der Körnel mit rasierklingenscharfer Stimme, schüttelt ihn kurz und setzt ihn wieder auf dem Boden ab. «Respekt! Hast du schon mal was von Respekt gehört?»

Mert senkt den Kopf, schweigt und zieht sich ein paar Schritte zurück. Der Körnel setzt sich wieder bedächtig hin. «Sehen Sie, Frau Nolte. Das ist es, was Ihren Schülern fehlt. RESPEKT! Das bringen Sie Ihnen in der Schule nicht bei! Und die Elternhäuser versagen auch. Burak!»

«Sir?»

«Sag was dazu!»

«Yes, Sir! Der Körnel hat recht, Frau Nolte. Er hat mir beigebracht, dass man vor jedem Menschen Respekt haben muss. Und vor sich selber und dem Körper. Ohne den Körnel wäre ich im Knast gelandet. Ich nehm keine Drogen mehr. Ich bin jetzt clean, mache viel Sport, arbeite hart und weiß, was ich will.»

«Genau!» Der Körnel nickt. «So sieht's aus.»

Monika seufzt. «Das hört sich gut an. Aber die Schule kann das nicht leisten. Und auf einer Klassenfahrt schon mal gar nicht. Manche Schüler sind einfach zu schwierig. Den schlimmsten Schüler meiner Klasse, den Thomas, haben wir deshalb bei einer anderen Lehrerin gelassen. Und jetzt der Mert. Also, der Junge, der Sie eben geboxt hat. Der hat sich hier erst richtig entpuppt – dem sind irgendwie alle Regeln egal. Er ist uns hier sogar schon zweimal abgehauen.»

Der Körnel nickt. «Kenn ich, diese Typen. Aber da kann man doch noch einiges machen. Also – mit meinen Methoden! Das sehen Sie an Burak. Wie lange bleiben Sie hier, Frau Nolte?»

«Wir fahren am Freitag wieder.»

«Drei Tage. Nicht viel, aber besser als nichts. Geben Sie mir den Jungen mit! In drei Tagen wird er einiges lernen!»

«Niemals!» Frau Nolte wedelt heftig mit den Armen. «Das kann ich nicht machen! Die Aufsichtspflicht! Seine Eltern …!»

«Dann lassen Sie mich wenigstens kurz mit ihm reden, Frau Nolte!»

Monika nickt, und der Körnel steht auf und schnippst mit den Fingern in Merts Richtung. Schon steht der Junge neben ihm. Erstaunlich! Die beiden verschwinden in der Dunkelheit. Burak folgt ihnen.

«Monika! Du wirst doch nicht … Das geht auf keinen Fall! Wenn du das machst, kommen wir in Teufels Küche! Stell dir mal vor, was da passieren kann. Vielleicht ist dieser Körnel pädophil oder sonst wie kriminell!»

«Reg dich ab, Frl. Krise, das weiß ich selbst. Das steht überhaupt nicht zur Debatte. Mert bleibt natürlich hier und damit basta!»

Mittagspause. Endlich. Jetzt schön im Lehrerzimmer chillen. Hoffentlich ist da überhaupt jemand. Die Brendel kam mir eben auf dem Hof entgegen. Sie will um den Block laufen – «ihren Kopf klarkriegen», wie sie sagte. Pommer ist wieder krank und der Voss und seine Zeitung, ach, na ja. Was wohl Frau Nolte und Frl. Krise gerade machen? Gestern Abend habe ich versucht, sie anzurufen, aber ihr Handy war ausgeschaltet. Wahrscheinlich gibt es dort im tiefsten Brandenburg gar keinen Mobilfunkempfang. War ja klar, das Lehrerzimmer ist leer. Na, die Pause hat auch gerade erst angefangen.

«Ich weiß, ich weiß.» Felix 26 schließt die Tür auf. Er hat sein Handy ans Ohr geklemmt und hält es mit der hochgezogenen Schulter fest. In der anderen Hand balanciert er einen Teller mit einem halben Brötchen und einer Tasse Kaffee. Er hat mich noch nicht gesehen. Ich schleiche leise in den Kopierraum neben dem Lehrerzimmer.

«Nein, Mutti, das kannst du dir nicht vorstellen. Hmm, hmm, hmm, ja, natürlich, aber das nützt mir jetzt auch nichts.» Felix klingt aufgebracht. Irgendetwas scheint ihn zu ärgern, und Mama hat wohl auch nicht den passenden Ratschlag parat. «Okay, ja, ja, ha, nein, Mutti, wir sind hier eine Schule. Natürlich ist das verboten. Okay, hm, hm, ja, grüß Vati von mir. Bis später. Tschüssi, ja, hab dich auch lieb.»

Stille. Ich raschele ein bisschen mit dem Kopierpapier, damit Felix denkt, ich suche etwas, und gehe dann zu ihm ins Lehrerzimmer.

«Hallo, Felix, altes Haus», begrüße ich ihn fröhlich. Er sitzt mit hängenden Schultern am Tisch und beißt in sein Brötchen. Ich setze mich zu ihm.

«Mensch, was ist denn mit dir los? Du siehst ja fertig aus. Hattest du heute Vorführstunde?»

Bei dem Wort Vorführstunde sackt er noch mehr in sich zusammen. «Nein, heute nicht. Zum Glück. Aber in zwei Wochen. Du, ich sag dir, wenn heute jemand mit drin gewesen wäre ... die hätten mich sofort entlassen.»

«Echt?», frage ich und bin schon gespannt auf die Horrorgeschichten. «Ach komm, so schlimm wird es schon nicht gewesen sein. In welcher Klasse hattest du denn?»

«In deiner!»

Hupps. Jetzt bin ich mir gar nicht mehr so sicher, ob ich darüber etwas hören möchte. Wenn ich meine Schüler frage, wie es in Chemie läuft, dann kichern sie immer nur so ominös, dass ich lieber nicht weiter nachbohre.

«Du, Frau Freitag, in zwei Wochen kommt mein Hauptseminarleiter, und wenn das da so abläuft wie gerade eben, dann ... dann ... kann ich jetzt schon mein Testament machen. Ich hätte Optiker werden sollen, mein Opa war auch Optiker, und mein Onkel hat sogar ...»

«Nun warte doch erst mal ab. Zwei Wochen sind lang. Da hast du doch genug Zeit, die auf Spur zu bringen, wie der Pommer immer sagt. Was ist denn heute passiert?»

«Ich wollte mit denen experimentieren.»

«Oh. Warum?»

«Na, ich muss das doch machen. Ist doch Chemieunterricht. Das steht doch im Lehrplan.»

Lehrplan ... ja, den gibt es ja auch noch, denke ich.

«Die müssen das doch können, wenn mein Seminarleiter kommt, und heute wollte ich diese völlig simple Kupfersulfid-Synthese mit denen machen.»

«Kupfer – was?», frage ich und bereue es sofort. Hoffentlich erhalte ich jetzt keinen unverständlichen Vortrag über irgend so ein Chemiegedöns. Und schon geht es los.

«Das ist wirklich einfach, dabei geht es um die qualitative und die quantitative Variante zur Bestimmung der Verhältnisformel … damit man … blablabla.»

Ich höre nicht mehr zu, versuche aber weiterhin interessiert zu gucken. Was hat der Felix für eine komische Brille, hat die gar keine Schrauben? Wo ist eigentlich Herr Voss? Der sitzt doch sonst in jeder Pause hier rum. Hat der Aufsicht auf dem Hof?

«Du siehst also, vom Versuchsaufbau wirklich Kindergarten.»

Ich nicke. «Ja, voll.»

Nach einer kurzen Pause frage ich: «Was war denn nun so schlimm an der Stunde?»

Ich kann es mir schon denken. Meine Klasse, Schwefel, Kupfer, Bunsenbrenner … das klingt nicht gerade kompatibel. Überhaupt – mit denen zu experimentieren … Das einzige Experiment, das ich mir für meine Klasse vorstellen könnte, wäre: «Wer kann am längsten leise sein?»

Felix bringt seine leere Kaffeetasse zur Spüle und wäscht sie artig aus. Während er sie mit dem versifften Geschirrhandtuch abtrocknet, dreht er sich wieder zu mir. «Also, am Anfang ging ja noch alles. Die Mädchen haben auch super mitgearbeitet. Erhan sowieso, und selbst Vincent und Yussuf waren konzentriert bei der Sache. Günther kam zu spät und hat deshalb auch nicht mitgekriegt, was er machen sollte. Und als ich dann Streichhölzer verteilt habe, hat er sich die sofort gegrapscht und welche angezündet. Hamid war natürlich gleich dabei.»

Ich nicke und kann mir die Szene genau vorstellen. Erster Fehler: Hamid und Günther in einer Gruppe. Zweiter Fehler: Günther noch mitmachen zu lassen, obwohl er zu spät kam. Dritter Fehler: mehr als ein Streichholz pro Gruppe auszugeben.

«Und dann meinte Hamid: ‹Guck, ich kann meinen Furz anzünden›, und die Mädchen haben losgeschrien, wie eklig er sei, na ja, kannst du dir ja vorstellen, und dann musste Günther natürlich auch mitmachen, und bei dem gab es dann eine riesige Stichflamme, und die hat Chanels Fellweste angesengt, und dann schrie die auch noch los und hat Günther ihre Handtasche über den Kopf geschlagen. Du kennst doch diese Tasche, die mit den dicken Nieten dran. Günther ist total ausgerastet und auf sie los. Ich glaube, er hat ihr ein Haarbüschel ausgerissen. Sie sitzt jetzt jedenfalls heulend bei Herrn Fischer und will sich beschweren.»

«Oh, das klingt nicht gut.»

«Ja, und der Fischer wird mich fragen, wie ich so was zulassen konnte und warum ich nichts dagegen unternommen habe.»

Ich denke an meine Kleisterstunde mit Thomas H.

Felix laufen plötzlich dicke Tränen über die Wangen «Es ging doch alles so schnell», schluchzt er. «Ich war vorne an der Tafel, und als ich hinten ankam, war schon alles passiert. So schnell konnte ich gar nicht reagieren. Und ich muss doch mit denen experimentieren. Sonst schaffe ich die Prüfung nicht.» Er schnieft.

«Hast du ein Taschentuch?», frage ich, und er zeigt schluchzend auf seinen Rucksack. Felix hat natürlich einen Rucksack. Er kommt auch jeden Tag mit dem Fahrrad zur Schule. Sportlehrer halt. Ich reiche ihm das schwarze Ungetüm, und er stellt es sich auf den Schoß und wühlt darin herum. Felix sieht aus, als säße er in der U-Bahn.

«Ist der neu, der Rucksack?», frage ich, um ihn ein wenig abzulenken. «Du hattest doch immer so einen roten.» Fast hätte ich «so einen hässlichen roten» gesagt. Puh, gerade noch mal gut gegangen.

Felix schnäuzt in sein Taschentuch und nickt. Ich sehe mir seinen Rucksack genauer an. «Jack Wolfskin. Hast du den Hamid geklaut?»

Er guckt mich entsetzt an. «Wie, was geklaut, häh?»

«Nein, nein, Felix. Das sollte ein Witz sein, weil Hamid doch auch so einen hat.»

Felix holt tief Luft, bevor er antwortet. «Den habe ich von Mert. Mert, aus der Nolte-Klasse.»

«Hä? Wie jetzt?»

«Na, sein Onkel arbeitet doch bei Jack Wolfskin, und der meinte, sie haben dort gerade so eine Aktionswoche. Der kostet sonst 40 Euro, das kann ich mir von dem mickrigen Referendariatsgehalt ja nicht leisten. Aber in der Woche gab es die für 20. Gut, wa?» Er steckt sein vollgeschnäuztes Taschentuch in die Seitentasche des Rucksacks und streicht liebevoll über die Vorderseite.

Ich sehe, dass sich sein Gesicht wieder aufhellt. Gleich klingelt es zum Unterricht. Plötzlich wird die Tür aufgerissen, und Herr Voss stürzt rein. Er macht ein Gesicht, als hätte er gerade mit angesehen, wie jemand sein Auto abgefackelt hat.

«Wo sind die Tadelvordrucke?» Seine Stimme überschlägt sich fast vor Wut.

Ich springe sofort auf und renne an mein Fach. «Ich hab noch welche. Wie viele brauchst du denn?»

«FÜNF!», schreit er, und ich habe kurz das Gefühl, die seien alle für mich.

Das Gemeinschaftsbadezimmer in der Jugendherberge – überhaupt nicht mein Fall! Obwohl ich gestern Abend total nach Lagerfeuer gestunken habe, bin ich ungeduscht ins Bett gegangen. Ich hatte keine Lust, mich in einer der offenen Kabinen den Mädchen zur Schau zu stellen. Nur gut, dass ich heute schon im Morgengrauen aufgestanden bin und mich ungesehen fertig machen konnte. Auf unserer Etage ist es noch totenstill. Alle schlafen tief und fest. Sogar Monika. Kein Wunder, einige Schüler haben in der Nacht lange Randale gemacht. Besonders im Zimmer von Mert ging die Post ab. Wir sollten wirklich nach dem Frühstück überlegen, ob es nicht besser wäre, diesen Jungen nach Hause zu schicken. Der lässt sich ja gar nichts sagen!

Gleich sieben. Zeit zum Wecken … An allen Türen das gleiche Ritual: Anklopfen, kurz warten, noch mal anklopfen, Türe öffnen, «Einen schönen guten Morgen! Zeit zum Aufstehen!» schmettern, Licht anschalten und sich im Halbdunkel mit angehaltenem Atem vorsichtig einen Weg durchs Zimmer bahnen – was da alles am Boden rumliegt, unfassbar –, die Vorhänge aufziehen, das Fenster öffnen, endlich ausatmen und tiiiiiief die frische Außenluft einatmen. Jugendliche in der Pubertät produzieren entsetzliche Ausdünstungen – in Kombination mit Turnschuhen und schmutzigen Klamotten einfach unerträglich. In allen Zimmern das gleiche Bild: verschlafene Gesichter, die kurz auftauchen und schnell wieder unter der Decke verschwinden. Protestgemurmel. Als Letztes kommt Merts Zimmer dran. Alles wie gehabt – nur ein Unterschied: Das Fenster ist nicht geschlossen. Haben die mit angelehntem Fenster geschlafen? Niemals. Kein Jugendlicher schläft mit offenem Fenster. Die haben viel zu viel Angst vor frischer Luft und irgendwelchem Viehzeug – Mücken, Spinnen oder anderen gefährlichen Insekten. Ich übrigens auch. Mit offenem Fenster schläft hier nur Monika. Ich drehe mich auf dem Absatz um und blicke in jedes Stockbett. Von Onur sehe ich die verstrubbelten Haare. Yavus gräbt sich tiefer in seine Bettdecke ein, Hakan blinzelt mich mit einem offenen Auge an und Mert … wo ist Mert? Ich reiße die Bettdecke herunter – das Bett ist leer.

«Gehen Sie jetzt ruhig Mert suchen, Frau Nolte, wir passen auf die Klasse auf», sagt Pascal und schmiert sich genüsslich eine riesige Portion Schmelzkäse auf seine Brötchenhälfte. Mir läuft das Wasser im Munde zusammen. Ich habe soooo einen Hunger.

«Ja, danke! Mach vorwärts, Frl. Krise!»

«Wollen Sie nicht erst mal einen Kaffee trinken?» Tim zeigt auf die große Thermoskanne auf dem Tisch.

«Ja, Monika, lass uns doch … ein Kaffee wäre wirklich …»

«Auf keinen Fall, Frl. Krise! Ich habe keine Ruhe zum Kaffeetrinken. Dieser Junge bringt mich um. Los jetzt!»

Himmel! Ich könnte Mert erwürgen. Oder Monika. Am liebsten beide. Nicht mal frühstücken kann man! Und alles nur, weil wir diesen Knallkopf nicht gleich nach dem ersten Theater nach

Hause geschickt haben. Das hat man nun von seiner Gutmütigkeit. Irgendwann in der Nacht muss er aus der Jugendherberge getürmt sein. Ich schnappe mir ein trockenes Brötchen und sause hinter Monika her. Zum Glück wollen die beiden Teamer heute Morgen mit der Klasse die Flöße bauen. Da haben wir wenigstens kein Problem mit der Aufsicht. Der Jugendherbergsvater hat gesagt, wir sollen uns nicht verrückt machen. Gleich die Polizei einzuschalten, wie Monika ganz hysterisch vorschlug, hielt er für übertrieben.

«Das kann man immer noch machen. Holen Sie sich zwei Fahrräder aus der Garage und fahren Sie ins Dorf», sagte er. «Bestimmt lungert der Knabe da irgendwo herum. Wo soll der sonst schon hingelaufen sein?»

«Er könnte per Anhalter ... oder im Wald ... ein Bein gebrochen ... oder ...» Monika brabbelt sämtliche Eventualitäten vor sich hin und besteigt ungelenk das Fahrrad. Schlingernd torkelt sie vor mir her. Dieser Sandweg. Gleich wird sie stürzen, und dann haben wir den Salat.

«Monika, weißt du, was? Mert ist bestimmt zum Körnel gelaufen!», rufe ich hinter ihr her, «der wäre doch am liebsten schon gestern Abend gleich mit dem abgezischt! Lass uns zuerst dahin fahren!»

Frau Nolte bremst wie verrückt und springt vom Rad. Sie dreht sich zu mir um und sieht mich mit großen Augen an. «Meinst du wirklich?»

Ich sause an ihr vorbei. Überzeugt bin ich nicht, aber immerhin! Ist doch eine gute Idee.

Im Dorf ist es genau wie gestern menschenleer und still. Sogar der Konsum ist noch verriegelt und verrammelt. Eine alte Frau fegt mit einem Reisigbesen den Gehsteig vor ihrem Haus und sieht uns neugierig an. Monika winkt ihr im Vorbeifahren zu und radelt an den letzten Häusern des Ortes vorbei.

«Wir sind gleich da!», ruft sie mir zu und biegt in einen schmalen Feldweg ein, der sich an einem verträumten Weiher entlang zu einem alleinstehenden Gehöft schlängelt. Eine Entenmutter tuckert mit ihren Jungen zwischen den tiefhängenden Ästen einer Trauerweide auf das Ufer zu. Auf der anderen Seite des Wegs grasen ein paar Schafe und zwei Ziegen. Hühner laufen frei herum, und ein Hund bellt. Wir springen vom Rad und schieben die letzten Meter. Hier lebt also der Körnel!

Der gepflasterte Hof wird von mehreren baufälligen Stallgebäuden und einem weiß gestrichenen Wohnhaus eingerahmt. Irgendjemand hat sogar Blumen in die Blecheimer und Futtertröge neben der kleinen Treppe der Eingangstür gepflanzt, und die grünen Fensterläden glänzen frisch gestrichen in der Sonne. In einer Scheune, deren großes Tor offen steht, sind ein altmodischer Traktor und ein Geländewagen abgestellt. Die Motorhaube des Fahrzeugs ist aufgeklappt, und der Körnel macht sich gerade an den Eingeweiden des Jeeps zu schaffen. Er wühlt tief im Inneren des Motorraums herum und reckt uns seine tarnfarbene Hinterpartie entgegen.

«Lass mal an!», ruft er, und eine Person im Auto, die durch die Spiegelung der Frontscheibe nicht zu erkennen ist, versucht den Wagen zu starten. «Wuppwuppwuppp», macht der Motor und noch mal: «Wuppwuppwupp.» Der Körnel richtet sich auf. Er wischt sich die Hände an der Hose ab und flucht.

«Verdammte Scheiße! Der Anlasser!»

«Guten Morgen, Körnel!» Monika lässt ihr Rad fallen und stürmt vorwärts.

«Ach, hab ich's mir doch gedacht, dass Sie gleich auftauchen! Guten Morgen, die Damen!»

«Ist er hier?» Monikas Stimme zittert. Der Körnel grinst und schiebt sich eine filterlose Zigarette zwischen die Zähne.

«Meinen Sie Mert?», fragt er und zündet sich geruhsam mit einem Sturmfeuerzeug die Kippe an.

«Natürlich! Wen denn sonst? Er ist heute Nacht abgehauen! Jetzt sagen Sie schon! Ist er hier?»

«Ey, komm mal raus!», ruft der Körnel statt einer Antwort. Die Autotür öffnet sich, und Mert springt aus dem Wagen.

«Gott sei Dank!» Monika schlägt die Hände zusammen. «Was wir uns für Sorgen wegen dir gemacht haben! Spinnst du eigentlich? Einfach nachts abzuhauen! Ich werde sofort deine Mutter anrufen! Mir reicht's! Die soll dich abholen und ...»

«Stopp, stopp, stopp!» Der Körnel legt seinen Arm um Merts Schultern. Der guckt etwas verlegen und lächelt unsicher.

«So, mal langsam, Frau Nolte! Lassen Sie den Jungen in Ruhe. Ich wollte gerade zu Ihnen fahren, um Ihnen Bescheid zu sagen, dass er hier ist. Aber der Wagen ...! Davon abgesehen hat Mert vorhin schon mit seiner Mutter telefoniert. Die hat ihm die Erlaubnis gegeben, den Rest der Woche hier bei mir zu bleiben.»

«Was?!» Monika ist starr vor Entrüstung. «Warum haben Sie denn nicht erst mal *mich* angerufen?»

«Wir hatten keine Handynummer von Ihnen, und in der Jugendherberge ist niemand ans Telefon gegangen.» Der Körnel bleibt ganz cool. Nicht so die Nolte. Die bekommt langsam einen puterroten Kopf.

«Monika, reg dich nicht auf, ruf einfach sofort seine Mutter an!», souffliere ich. «Das musst du so oder so machen! Schließlich haben wir die Aufsichtspflicht, und wenn ...»

«Ich bleibe hier!», fällt Mert mir ins Wort.

Auf dem Nachhauseweg kehren wir im Konsum ein. Monika bestellt uns zwei Kaffee.

«Gabi», sagt sie zu Frau Schmidt, «was hältst du eigentlich von diesem Körnel?»

Gabi setzt sich uns gegenüber auf die Bank und zieht ihren Kittel glatt. «Der Körnel? Ach so, du meinst den Rüdi! Rüdiger Speck heißt der richtig. Na ja, was soll ich schon von dem halten? Körnel, so möchte der gerne genannt werden. Was für'n Quatsch! Ist ein kleiner Wichtigtuer ... Warum fragst du?»

Monika erzählt nun Gabi das ganze Mert-Drama. In voller Länge und in Farbe. Langweilig! Ich laufe in der Zeit einmal durch den

Konsum. Ich möchte Männe irgendetwas typisch Brandenburgisches mitbringen, aber der Laden gibt nichts her. Als ich wieder rauskomme, ist Monika gerade beim Telefongespräch mit Merts Mutter angekommen:

«Sagt die doch zu mir: ‹Aber der Körnel hat gesagt, Mert ist ein ganz guter Junge und er kann mit ihm arbeiten und er kann ihm später Ausbildung geben, und Mert will unbedingt beim Körnel bleiben.›» Monika ballt die Hand zur Faust. «Ich habe ihr gesagt, das brauche ich schriftlich. Kein Problem, sagt sie, sie schickt mir ein Fax in die Jugendherberge.»

Merts Mutter ist eigentlich eine ganz vernünftige Frau. Sie ist tüchtig, und das muss sie auch sein, denn sie schlägt sich alleine mit Mert durchs Leben. Allerdings hat sie einen großen Fehler: In Bezug auf ihren einzigen Sohn ist sie völlig verblendet.

Gabi zuckt mit den Schultern. «Freu dich doch, wenn du ihn los bist, dann hast du eine Sorge weniger», sagt sie und steht auf. Sie zeigt auf die alte Frau, die wir vorhin schon beim Fegen des Bürgersteigs gesehen haben. Sie geht gerade langsam auf der anderen Straßenseite mit einem Korb voller Stiefmütterchen in Richtung Friedhof, der hinter der Kirche liegt. «Das ist die Mutter vom Rüdiger», raunt sie uns zu.

«Ach! Die Erna Speck ist die Mutter von dem …» Monika guckt erstaunt. «Ich habe mir schon mal Eier bei ihr geholt. Wusste gar nicht, dass die einen Sohn hat.»

«Der kümmert sich ja auch nicht weiter um sie! Sie wohnt da hinten ganz alleine in ihrem Häuschen. Und dann hat sie noch den großen Garten zu bearbeiten. Der Rüdiger ist ihr keine Hilfe. Eine Schande ist das! Der lebt auf dem alten Hof am Weiher. Irgendwie war da in den letzten Jahren auch noch dieser ausländische Junge. Komisch, oder? Eine eigene Familie hat Rüdiger nicht.»

«Sein Hof liegt sehr schön, so nah am See!», sagt Frau Freitag.

Gabi lacht höhnisch: «Von außen wirkt vielleicht alles schön und gut! Aber drinnen! Sodom und Gomorrha, sage ich euch. Seine Mutter hat mir das erzählt! Typische Männerwirtschaft!»

Sie erhebt sich und seufzt. «So, ich muss wieder an die Arbeit. Sandy ist nicht da. Die ist bei ihrem neuen Freund Scott und hilft ihm beim Tapezieren.» Sie rollt mit den Augen. «Tapezieren ... na ja, will lieber nicht wissen, was die darunter verstehen!»

In der Jugendherberge liegt tatsächlich schon ein Fax von Merts Mutter. «Ich erlaube mein Sohn, blablabla ...» Der Jugendherbergsvater überreicht es uns mit fragend hochgezogenen Augenbrauen. Auch die Teamer, die sich mit der Klasse am Badesee aufhalten, wundern sich, dass Monika so ohne weiteres eingeknickt ist. «Wollen Sie nicht wenigstens Ihren Schulleiter verständigen?» Tim wendet das Pamphlet kritisch hin und her.

«Ach, mein Schulleiter! Der hat doch gar keine Ahnung mehr von der Praxis. Frl. Krise, sag du mal: Wann war der Fischer das letzte Mal auf Klassenfahrt?»

«Keine Ahnung! Muss lange her sein ...»

«Na, siehst du, Tim. Außerdem ... ich bin jetzt seit dreißig Jahren im Schuldienst, davon zehn Jahre mit dem Fischer, und ich kann mich nicht daran erinnern, dass ich den schon ein einziges Mal hätte um Rat fragen müssen. Nee, war nie nötig, beim besten Willen nicht.»

Sie guckt sich nervös um. «Hat alles geklappt mit den Kindern?» Man sieht nämlich nicht viel von ihnen, sie schippern mit den Flößen auf dem See herum. Die gelben Rettungswesten leuchten von weitem. Nur ein Floß nähert sich dem Ufer. Yavus und Onur sitzen darauf und paddeln so wild, als bekämen sie es bezahlt. Das ist wirklich toll, wie motiviert die hier mitmachen!

«Ja, hat alles super geklappt. Ich meinte eben, Sie sollten Ihren Schulleiter nicht um Rat fragen, sondern ihn zu Ihrer Absicherung informieren!», insistiert Tim.

Ich winke ab. Das ist vergebliche Liebesmüh – da kann er lange reden. Mir ist völlig klar, weshalb Monika sich so bedeckt halten will. Während andere Kollegen nach ihren Fahrten stöhnten und jammerten, war Monika immer obenauf. Perfekte Planung war ihr Motto. Der Tag muss gut ausgefüllt sein, dann wird die Nacht ruhig, sagte sie immer. Sogar das Wetter erlaubte sich auf ihren Klassenfahrten keine Sperenzchen, Regenwolken pflegten sich über dem Nachbarort zu ergießen, und die Berge duckten oder reckten sich je nach Bedarf. Und da soll sie nun auf einmal den Schulleiter kontaktieren? Ein Zeichen von Schwäche? Niemals! Monika stopft das Fax energisch in ihre Handtasche, zieht sich aufseufzend die Schuhe aus und patscht ein kleines Stückchen in den See hinein.

«Frau Nolte! Frau Nolte!» Onur und Yavus nähern sich immer schneller. Sie sehen aufgeregt aus, und ihr Floß wackelt bedenklich. Yavus zieht sein Paddel aus dem Wasser und fuchtelt damit in der Luft herum. Er schreit: «Frau Nolte! Da hinten in den komischen Gras im Wasser schwimmt ein toter Mann!»

So, geschafft. «Schönes Wochenende», rufe ich ins Lehrerzimmer. Endlich zwei freie Tage.

Frl. Krise hat mir gerade eine SMS geschickt, dass sie jeden Moment vor der Schule ankommen. Perfekt. Ah, da biegt der Bus auch schon um die Ecke. Ich warte mal ein bisschen, bis die alle ihr Gepäck haben und abgedüst sind. Eher kann die Krise ja sowieso nicht weg. Auf Mert oder einen von seinen Kumpels habe ich jetzt keinen Bock. Mein Bedarf an Schülerkontakten ist für diese Woche wirklich gedeckt. Wenn man vom Teufel spricht … da kommt dieser Mert schon aus dem Bus. Widerlicher, unangenehmer Kerl. Aber die anderen Kinder scheinen ganz entspannt zu sein. Na ja, eine Woche ohne Schule, das freut die natürlich, und die hatten ja auch perfektes Wetter. Was macht Mert jetzt? Ich glaub, ich sehe nicht richtig. Verabschiedet sich von Frau Nolte und Frl. Krise. Sogar mit Handschlag. Was ist denn mit dem los? Elender Schleimer. Wahrscheinlich hat er was gutzumachen. So, jetzt sind die meisten Kinder weg. Viele Eltern sind ja nicht zum Abholen gekommen. Oh, da steigt der Busfahrer aus und zündet sich eine Zigarette an. Busfahrer sind die natürlichen Feinde des Lehrers. Wenn ich an die

Busfahrt in den Heidepark Soltau denke! Meine letzte Klasse hatte sich im Bus ziemlich danebenbenommen. Aber nun auch nicht sooo schlimm. Doch unser Busfahrer ist damals total ausgeflippt. Er hätte noch nie so eine schlimme Klasse gesehen und wie ich denn mit denen überhaupt die Schule verlassen könne, wenn ich die so wenig im Griff hätte. Unverschämt. Aber dieser Kollege hier scheint ganz entspannt zu sein. Lächelnd beobachtet er, wie sich die Kinder von Frau Nolte und Frl. Krise verabschieden. Einige winken ihm sogar noch zu.

«So, meine liebe Krisi», sagt die Nolte, «das war wirklich nett mit dir. Und denk dran, in der Zehnten fahren wir mit denen zusammen nach Umbrien.»

Die Krise lächelt nur ihr typisches Kriselächeln. «Krisi», tzzzzzz. Umbrien. Ist die Nolte jetzt ihre neue beste Freundin? Kommt die jetzt immer mit in den Späti?

Begründet

«Ach, Frau Freitag, das war ja mal eine schöne Fahrt. Ich bin ganz erholt! Dieses Brandenburg hat was, wir waren …»

«Brandenburg, Brandenburg, was habt ihr denn den ganzen Tag gemacht in dieser Einöde? Die Kinder wollten doch bestimmt immer ins Center.»

«Nur am Anfang! Dann haben sie sich total auf das Programm eingelassen, Wandern, Klettern, Floßbauen und so. Und die beiden Sozialpädagogen! So nette Jungs! Das war echt eine super Idee von der Nolte! Die war übrigens sehr nett, gar nicht so komisch wie in der Schule. Sie hat mich sogar in ihr Haus eingeladen. Wenn nicht diese Leiche gewesen wäre …»

«Ja, die Nolte und ihre tollen Ideen. Krisi! Tzzzzzz, soll ich dich jetzt auch so nennen?»

«Bloß nicht!»

«Oh Mann, bei uns war in der Woche vielleicht was los. Die Brendel hat mehrmals geheult, und sogar Felix hat Tränen vergossen …»

«Die sollten auch in ihrem Unterricht mehr auf die Bedürfnisse unserer Schüler eingehen! Also nicht so verkopft arbeiten. Das ist mir in Falkenthal klar geworden, wir …»

«Äh, warte mal, Frl. Krise! Hast du eben *Leiche* gesagt? Was für eine Leiche???»

«Ja, die Schüler haben einen Toten gefunden! Im See beim Paddeln. Eine Wasserleiche! Eklig.»

«Wasserleiche??? Und damit kommst du mir jetzt so ganz nebenbei?»

«Hatte ich dir das noch nicht erzählt? Na ja, es war furchtbar. Wir haben doch Flöße gebaut, und damit sind die Kinder auf dem

See rumgeschippert. Das hat den Jungs so einen Spaß gemacht! Nur mit Latten und Ballons und Stricken zusammenge…»

«FRL. KRISE! Jetzt lass doch mal diese blöden Flöße! Die interessieren mich jetzt gerade gar nicht! Was war das mit der LEICHE? Dir muss man ja jedes Detail aus der Nase ziehen. Oder soll ich die Nolte fragen? Vielleicht ist die …»

«Frag sie doch! Und schrei mich nicht so an! Meine Nerven sind …»

«Was, deine Nerven? Ich dachte, du wärst so gut erholt?»

«Bin ich ja auch. Also, im Prinzip! Nur diese Leiche … ein junger Mann war das, die Polizei hat ihn schon identifiziert. Aus dem Nachbarort.»

«Wer hat den denn gefunden und wie sah die Leiche aus? Und wie ist der gestorben? War das Mord? Ha, dieses idyllische Brandenburg … dass ich nicht lache …»

«Zwei Jungen haben ihn im Schilf entdeckt, Yavus und Onur. Und wie er aussah? Keine Ahnung, ich habe ihn mir nicht angeguckt. Die Polizei hatte alles abgesperrt. Mord? Nee, das war wohl ein Unfall. Angeblich konnte der nicht schwimmen. Unsere Jungen waren ganz schön geschockt. Besonders der Onur. Der war überhaupt ganz anders als in der Schule. Aufgeschlossen und lieb. Wie damals in der siebten Klasse, da war der doch noch so süß. Erinnerst du dich? Überhaupt, nachdem der Mert weg war, haben sich alle wirklich vorbildlich benommen.»

«Wie weg? Habt ihr den Mert nach Hause geschickt? Ich hab den doch eben aus dem Bus steigen sehen.»

«Nein, nicht nach Hause. Wir … äh … da war so ein … also, der war dann kurz bei so einem Coach, weißt du? Hat ihm sehr gut getan, das Training.»

«Coach? Was für ein Coach? So was haben die da in der Jugendherberge in Brandenburg?»

«Nicht direkt in der Jugendherberge, aber ganz in der Nähe.»

«Wie ‹in der Nähe›? Was war das denn für ein Coach? Ein Psychotherapeut?»

«Hm … nein … der Körnel … äh … nein, Frau Freitag, kein Psychotherapeut … äh … der hatte mehr einen praxisbetonten Ansatz. Mit Respektübungen und Sport und so.»

«Frl. Krise! Körnel??»

«Ach, na ja … der nannte sich nur so. Hahaha … weil er mal beim Militär war … eine kleine Reminiszenz an früher, sozusagen.»

«MILITÄR? Nationale Volksarmee, oder was? Oder Bundeswehr? GSG 9? War der etwa Scharfschütze? Frl. Krise, ich glaub's nicht.»

«Nein, nein, das nicht. Ich bin nicht ganz sicher … eher so was wie … äh … Fremdenlegion …»

«Frl. Krise! Fremdenlegion? Geht's noch? Das sind doch die übelsten Typen. Das weiß man doch aus dem Fernsehen. Und zu so einem habt ihr einen *Schüler* geschickt? Das darf man doch gar nicht!»

«Wieso?! Wir hatten natürlich die Erlaubnis seiner Mutter! Die war froh, dass der in männliche Hände …»

«Männliche Hände …?! Frl. Krise, wer weiß, wo diese männlichen Hände überall waren. Man sagt ja, dass Pädophile …»

«Quatsch! Der Körnel ist ein anständiger Mensch. Mert konnte da ganz tolle Sachen machen: Das Auto reparieren, Tiere füttern, und ein bisschen Boxen hat er auch gelernt. Mert hat doch keinen Vater! Seine ganze Familie ist in der Türkei, der lebt hier ganz alleine mit seiner Mutter. Ihm fehlen einfach männliche Vorbilder. Die Tage bei dem … äh … Körnel, also Rüdiger Speck heißt der eigentlich, haben dem richtig gut getan. Und auf der Rückfahrt im Bus hat er sich top benommen, sag ich dir. So, und jetzt gib mir mal eine Zigarette. Ich hab die ganze Woche nicht geraucht!»

«Hier. Aber pass auf, das Feuerzeug funktioniert nicht richtig. Der Mert, der Mert … so ein armer lieber Junge … ja, ja, das glaube ich niemals. Das ist ein ganz durchtriebener Zeitgenosse. Weißt du, dass der in der Schule Geschäfte macht? Der vertickt Jack-Wolfskin-Sachen für seinen Onkel. Der Felix hat sich von dem einen Rucksack …»

«Onkel? Der Mert hat keinen Onkel in Berlin, seine Onkel sind alle in der Türkei. Mann, wieso kommt da keine Flamme, hast du nicht ein anderes Feuerzeug? Los, ich kauf dir jetzt bei Onkel Ali ein neues.»

«Ja, okay, geh schon mal rein, ich renn schnell noch mal in die Markthalle, ich soll noch Brot und Käse kaufen.»

«Merhaba, Onkel Ali!»

«Frl. Krise! Wieda im Lande?» Onkel Ali strahlt mich an.

«Ja, gerade angekommen! Es war eine super Fahrt, gar nicht anstrengend. Und dann dieses traumhafte Wetter. Gibst du mir bitte einen Kaffee?» Onkel Ali werde ich lieber nichts von der Leiche sagen, das zieht mich bloß runter. Es reicht, wenn ich es später noch Männe erzählen muss.

«Und wie geht's dir, Onkel Ali?»

«Na ja, jeht so, Frl. Krise.» Onkel Ali seufzt.

Ich gehe nicht zu dem kleinen Tisch im Flur, an dem Frau Freitag und ich immer nach der Schule sitzen, sondern trinke meinen Kaffee an der Theke. Ich schaue mich um. Es sieht hier so anders aus als sonst, irgendwie heller und gepflegter. Keine Zeitschriftenstapel mehr, die überall herumliegen, die Werbeplakate am Fenster sind verschwunden, die Scheiben blinken, der Boden glänzt, und die Regale sehen extrem ordentlich aus.

«Was ist hier passiert? Hast du aufgeräumt, Onkel Ali?»

«Nee, Frl. Krise, dit war Emine! Die is doch imma noch arbeitslos.» Der Onkel schüttelt traurig den Kopf. «Allet hat se hier uffn Kopp gestellt, allet!»

«Das ist ja ... Aber freu dich doch. Dann ist der Laden endlich mal so richtig picobello!»

«Ja, ja, schon. Aber jetzt isse fertig hier und weeß nich mehr, wat se tun soll. Und nun sitzt se zu Hause und hat schlechte Laune! Ick hab schon jesacht, sie soll inne Türkei fliegn, aber dit is ja so teuer.

Frl. Krise, Emine braucht unbedingt 'n neuen Job. Dieset Jobcenter kannste vajessen, die ham ooch nüscht. Putzen könnt se jehen. Aber dit will ick nich. Hast *du* keene Idee?»

In der Markthalle ist es angenehm kühl, dunkel und zum Glück auch nicht so voll wie samstags, wenn die Touristen und die Schlenderer aus den Berliner Randbezirken in die Bergmannstraße einfallen. Das Brot habe ich gekauft, aber ich stehe nun schon minutenlang an der Käsetheke, weil die Omi vor mir von jeder verfügbaren Sorte Käse immer nur zwei Scheiben haben möchte. Leider nicht, ohne sie vorher zu probieren.

«Frau Freitag, hallo!» Emre und Ömür stehen plötzlich neben mir, beide mit fettig triefendem Döner in der Hand.

«Mensch, wie geht es Ihnen?», fragt Ömür und streckt mir freudig seine Hand entgegen.

«Gut, gut, das Wochenende fängt ja gerade an. Und ihr … kein Dienst heute?»

«Mittagspause. Man gönnt sich ja sonst nichts», sagt Emre und grinst.

«Was darf's sein?», fragt mich die Käsetante etwas zickig. Die Omi verstaut die Einkäufe umständlich in ihrer Tasche und dackelt ab.

«Äh, das Stück mittelalter Gouda, bitte», sage ich und wende mich dann wieder Ömür und Emre zu. Ömür beißt in seinen Döner, wischt sich mit einer zerknüllten Serviette über den Mund und fragt kauend:

«Frau Freitag, wo ist Frl. Krise? Die haben wir so lange nicht mehr gesehen. Wie geht es der?»

«Macht 7,56 Euro», stellt die Käsefachverkäuferin fest und reicht mir den eingepackten Gouda über die Theke.

«Echt? So viel?», frage ich und lege schnell einen 10-Euro-Schein auf den Wechselgeldteller. Nächstes Mal wieder zu Netto.

Ich stopfe den Käse zum Brot in meine Schultasche und gehe mit Ömür und Emre Richtung Ausgang.

«Die Krise ist gerade von einer Klassenfahrt gekommen. Die sitzt schon bei Onkel Ali drüben. Kommt doch schnell mit und sagt hallo. Da freut die sich bestimmt.»

Ömür und Emre waren Frl. Krises Lieblingsschüler aus ihrer letzten Klasse. Sie hat damals wie eine Löwenmutter für deren Realschulabschlüsse gekämpft. Den Pommer hat sie fast bedroht, weil der dem Ömür keine 5 Punkte in Sport geben wollte. Aber sie war erfolgreich, und die beiden Jungs machen mittlerweile eine Ausbildung bei der Polizei. Sie arbeiten zurzeit auf der Wache in der Friesenstraße.

«Abooo, Emre, hast du gehört? Frl. Krise war mit ihre Klasse auf Klassenfahrt. Hat sie mit unsere Klasse nicht gemacht. Voll gemein.»

Emre kaut, nickt aber heftig.

«Nee, nee, Jungs, die war nicht mit ihrer eigenen Klasse, also, dieses Jahr hat Frl. Krise gar keine Klasse. Die war mit so einer ganz bescheuerten Truppe von der Frau Nolte unterwegs, die kennt ihr doch auch noch, die Nolte, oder?»

«Klar, Frau Nolte, die hat doch immer so ein Körbchen rumgehen lassen, mit so bunte Karten drinne. Und da musste man immer eins nehmen. Da stand dann glücklich, müde oder so was. Fuat hat dann mal mit Edding auf eine Karte ‹geil› geschrieben. Und beim Vorlesen wurde sie voll sauer», erinnert sich Ömür und kichert.

Ich muss auch grinsen. So etwas erzählt die Nolte natürlich nicht im Lehrerzimmer.

«Sagt mal, Jungs, ist bei euch auf der Wache ein Mert bekannt? Mert Günes, müsste so 13 oder 14 Jahre alt sein. Der hat bestimmt schon was mit der Polizei zu tun gehabt.»

Ömür überlegt: «Mert, Mert, Günes ... Körperverletzung? Diebstahl?»

«Nee, nee, also, ich weiß nicht, aber der verkauft in der Schule Sachen, die er angeblich von seinem Onkel hat.»

Ömür und Emre gucken sich irgendwie vielsagend an. Emre zieht leicht die linke Augenbraue hoch, sagt aber nichts.

Ömür grinst. «Handys?»

«Nein, so Rucksäcke ...»

Ömür zerknüllt seine Alufolie und schmeißt sie in den Papierkorb an der Laterne. Vorbildlich. Dann verschränkt er die Arme auf dem Rücken und wippt wie ein Opa auf seinen Füßen nach vorne und nach hinten.

«Lassen Sie mich raten, Frau Freitag. Die Rucksäcke sind von Jack Wolfskin.»

«Ja, genau!» Ich bin platt. Woher wissen die das?

Emre fragt: «Und gibt es auch viele Schüler bei Ihnen, die diese Jack-Wolfskin-Winterjacken haben?»

Günther taucht vor meinem inneren Auge auf, und ich nicke heftig. «Woher wisst ihr das?»

«Frau Freitag, wir sind die Polizei, schon vergessen? Das sieht mir nach einem typischen Fall von Bestellung aus.»

«Bestellung? Was soll das denn sein?» Die Jungs erklären mir diese neue, äußerst wirkungsvolle Trickbetrügermethode, und ich traue meinen Ohren nicht. Frl. Krise wird Augen machen, wenn ich ihr davon erzähle.

Nach der Klassenfahrt muss ich mich erst wieder in den Unterricht einfädeln. Meine Kollegen haben ihn in meiner Abwesenheit weitergeführt, und ich sollte nun da anknüpfen, wo sie aufgehört haben. Nicht ganz einfach, wenn man überhaupt nicht weiß, was in der Zwischenzeit lief.

Wo sind zum Beispiel die Bilder, an denen wir vorletzte Woche in der Pommer-Klasse gearbeitet haben? Wer hat mich letzte Woche, als ich in Falkenthal war, in Kunst vertreten? Ich glaube, der Voss. Wer weiß, wo der die Bilder hingeräumt hat? Das Fach, in dem sie liegen müssten, ist leer. Es macht mich jetzt ganz hektisch, dass ich die Bilder nicht finde! Jeden Moment können die Schüler kommen! Da sind auch schon die ersten, Miriam, Sophie und Marvin.

«Hallo, Frl. Krise! Dürfen wir reinkommen?»

«Ja, natürlich. Hört mal, Kinder, ich finde eure Bilder nicht! Wisst ihr zufällig, wo die sind?»

Miriam kichert und stößt Sophie mit dem Ellenbogen an. Marvin grinst.

«Frl. Krise, Herr Voss hat …» Miriam hält sich die Hand vor den Mund, um nicht loszuprusten. Immer mehr Schüler strömen herein und heben mit Getöse die Stühle von den Tischen.

«Nun sag schon, Miriam!»

«Er hat gesagt, die Bilder sind eine Schande!»

Wie bitte? Was soll an diesen Bildern eine Schande sein? Wir hatten in der letzten Stunde angefangen, Porträts zu zeichnen. Mit Bleistift. Da konnte doch gar nichts schiefgehen.

«Die meisten haben gar nich gearbeitet, Frl. Krise, und paar Jungen …», Sophie senkt ihre Stimme, «… haben nur so Porno gemacht, Sie wissen schon!»

«Nee, ich weiß nicht, Sophie! Was soll das sein: Porno?»

«Na ja, sie haben … sie haben … nur so große Penisse gezeichnet in ihre Bilder und nackte Frauen und so …! Und Herr Voss hat voll rumgeschrien. Er kann sich nicht durchsetzen. Und dann hat er die Bilder mitgenommen!»

Ach herrje! Der blöde Voss! Der kommt aber auch in keiner Klasse klar. Und dann nimmt er einfach die Bilder mit. Aber warum hat er mir nichts davon gesagt? Was soll ich jetzt machen? Egal, dann müssen wir einfach neu anfangen … Wenn das mal gutgeht! Bestimmt werden die Schüler protestieren. Diese Pommer-Klasse ist aber auch ein übler Haufen. Endlich sitzen alle. Am besten, ich gehe gar nicht weiter auf die Stunde mit dem Voss ein, sondern erkläre noch einmal das Thema und lasse neue Blätter austeilen.

«Ey, Frl. Krise! Haben wir nich bei Herr Voss?» Nihat schlendert betont langsam in den Raum.

«Du bist zu spät, Nihat!»

«Na und? Haben wir bei Sie Kunst? Warum nich bei Herr Voss? Bei dem hat mehr Spaß gemacht!»

«Setz dich hin und sei bitte ruhig, wir wollen gerade anfangen.»

Nihat geht nach ganz hinten und zerrt sich einen Stuhl an den Tisch. Er will sich natürlich neben Bilal setzen, dabei ist das eine ganz fatale Kombination.

«Nihat, du kommst mehr nach vorne! Setz dich bitte neben Marvin.»

«Niemals! Lass mich in Ruhe!» Er verschränkt die Arme, lehnt sich zurück und sieht mich provozierend an.

«Nihat! Duz mich nicht!» Was ärgere ich mich überhaupt mit dem rum? Wenn ich jetzt eine Riesendebatte vom Zaun breche, entgleisen mir nur in der Zeit die anderen.

«Frl. Krise, können wir anfangen?» Miriam wedelt ungeduldig mit ihrem Blatt.

«Ja, sicher, fangt an! Nihat, du bleibst probeweise neben Bilal. Aber wehe, ihr macht Stress da hinten! Dann bist du ganz schnell hier vorne bei mir!»

So, geht doch. Unterricht in so einer Klasse ist eben immer ein Balanceakt zwischen Konsequenz und Milde. Aber das hat man erst nach vielen Jahren Schuldienst richtig raus. Gott sei Dank bin ich nicht mehr so ein Anfänger wie der Felix oder die Brendel. Bei mir geht es im Allgemeinen ruhig und gesittet zu. So einen wie Nihat bekomme ich relativ leicht in den Griff. Da könnte sich der Voss auch mal eine Scheibe von abschneiden.

«Frl. Krise, haben Sie Radiergummi? Meiner macht immer so schwarze Striche!» Sophie steht vor dem Pult und hält anklagend eine Ruine von einem Radiergummi hoch. Immerhin hat sie einen, was man von den meisten Schülern dieser Klasse nicht sagen kann.

«Ja, warte einen Augenblick, Sophie, ich gebe dir einen.» Eine gute Gelegenheit, mal kurz in den Vorbereitungsraum zu gehen und bei der Gelegenheit einen Blick in den Spiegel zu werfen. Ich muss zum Friseur, dringend! Und vielleicht sollte ich mir doch auch mal die Nägel machen lassen, die Monika hatte so schöne gepflegte …

«Frl. Krise! Frl. Krise!»

Was ist das nun wieder für ein Tumult? Nicht mal eine Sekunde kann man die aus den Augen lassen! Also nichts wie zurück.

«Los, schmeiß rüber!»

«Hierher! Hierher!»

«Iiihh, voll pervers!»

«Zu mir, Nihat, zu mir!»

Über den Köpfen der Schüler segelt ein gelblich schimmerndes durchsichtiges Flugobjekt, das, kurz bevor es abstürzt, immer wieder mit wilden Hieben hochgeschlagen wird. Ein Kondom! Ein fast bis zum Bersten aufgeblasenes Kondom! Ich glaub, ich spinne! Fast alle Schüler sind aufgesprungen, die Mädchen kreischen und lachen, und Nihat steht auf seinem Tisch und grölt:

«King Nihat! King Nihat hat den Größten! Schmeiß zurück zu mir!»

Oh, nein! Dieser Idiot! Mit einem Satz versuche ich, das anrüchige Teil, das wieder langsam zu Boden sinkt, zu ergreifen, aber da ist Bilal schon an meiner Seite und schnappt es mir vor der Nase weg.

«Hier, fang!» Er wirft das Kondom in die Luft und schlägt es mit der flachen Hand in Richtung Nihat. Der fängt es auf, springt vom Tisch und stopft es in seinen Rucksack.

«Gib mir das sofort her!»

Ich schäume! Jetzt reicht es ja wohl endgültig. Was glaubt der Kerl eigentlich, wer er ist! Nihat lacht dreckig und zieht seinen Rucksack weg.

«Hey! Das ist meiner! Lass los!»

«Gib sofort das Kondom her!» Das wollen wir doch mal sehen, ob ich den Rucksack nicht bekomme! Ich greife nach einem Schulterriemen und halte ihn für einen Moment in der Hand. Aber da rastet Nihat völlig aus. Wie ein Verrückter schreit er auf und reißt mir den Rucksack gewaltsam aus der Hand.

«Fass das nich an! Du … du … du … Opferlehrerin an Opferschule.»

Irgendwie muss ich diese grauenhafte Stunde überlebt haben. Ich gehe jetzt sofort ins Lehrerzimmer, ich will einen Kaffee trinken und hören, dass es den anderen in ihrem Unterricht auch nicht viel besser ergangen ist.

Und dann fahre ich zu Nihats Mutter. Der Kerl kann sich auf was gefasst machen!

«Frau Freitag, du strahlst ja so», sagt Monika Nolte, als sie ins Lehrerzimmer kommt. «Was ist denn los? Ist doch erst Mittwoch.»

«Ach, ich bin so gerne Lehrerin. Das Unterrichten macht so einen Spaß», sage ich und nehme mir die Zettel und Papiere aus meinem Fach mit zum Tisch.

«Hattest du einen außerordentlichen Einsatz am Gymnasium in der Schleiermacherstraße?», fragt Pommer und sieht mich giftig an. Aber der kann mir heute meine gute Laune nicht vermasseln.

«Nee, gar nicht. Doppelstunde in Monikas Klasse. Man muss einfach wissen, wie man mit den Kindern umgeht.»

Pommer zieht seine Lippen zu einem schmalen Strich zusammen und geht zur Tür. «Ich hol mir mal einen Kaffee, ist ja nicht zum Aushalten, diese übertrieben gute Stimmung hier.»

«Der Peter, vergiss den. Der ist und bleibt ein alter Stinkstiefel», sagt die Nolte und setzt sich zu mir an den Tisch. «Ich sag euch doch schon seit zwei Jahren, dass meine Klasse eigentlich zuckersüß ist.»

«Guten Morgen, Monika, hallo, Frau Freitag.»

Frl. Krise betritt das Lehrerzimmer und lässt sich etwas derangiert auf einen Stuhl fallen. «Kunst 9.13. Mehr muss ich ja wohl nicht sagen, oder?»

«Ach, du Arme», sage ich, und sie wirft mir sofort einen skeptischen Blick zu.

«Was ist denn mit dir los, Frau Freitag? Frisch verliebt? Im Lotto gewonnen? Sonderurlaub?»

Monika macht mit ihrer Hand eine wegwischende Bewegung. «Lass mal, Frl. Krise, die Frau Freitag hat gerade das Vergnügen gehabt, meine Klasse richtig kennenzulernen.»

«Wieso, den Thomas H., den kannte sie doch schon», gibt Frl. Krise mit einem hämischen Unterton zu bedenken und nimmt sich eine Handvoll Nüsse aus der Schale, die auf Frau Brendels Platz steht.

«Thomas H. war heute nicht da. Und Mert auch nicht, deshalb war es ja so schön. Wirklich, ohne die beiden sind die anderen richtig schnucklig. Sogar Onur. Der nervt ja sonst auch immer. Aber heute wollte der sogar freiwillig den Raum ausfegen.»

Frl. Krise guckt zu Frau Nolte. «Wieso war Mert nicht da? Ist der krank?»

Monika wirkt plötzlich etwas nervös. Sie schüttelt leicht den Kopf und zuckt so komisch mit den Augen. Was hat die? Frl. Krise scheint auch nichts zu verstehen.

«Was denn, Monika? Ist Mert nun krank oder schwänzt der, oder was ist los?», fragt sie.

«Krank, äh, nein, äh, also ... äh.» Frau Nolte spricht nicht weiter und schüttelt wieder den Kopf.

«Monika, nun sag schon! Was ist mit Mert, ist der etwa in ...»

«Psssssst!!!», zischt die Nolte plötzlich und hält sich den Zeigefinger an die Lippen, damit Frl. Krise nicht weiterspricht.

«Ist der Mert wieder beim Körnel?», fragt jetzt Frl. Krise etwas zu laut.

«FRL. KRISE!», schreit Monika empört und macht mit dem Kopf eine kleine Bewegung in meine Richtung.

«Meinst du wegen Frau Freitag? Da brauchst du dir keinen Kopf zu machen. Der habe ich doch schon alles vom Körnel erzählt.»

Die Nolte sieht mich irritiert an und sagt: «Ach so.»

Was denkt sich die blöde Nolte eigentlich? Das ist ja wohl die Höhe. Fährt eine Woche mit meinem Frl. Krise nach Brandenburg und meint, dass sie nach fünf Tagen Pampa das Recht hätte, mit meiner besten Freundin Geheimnisse zu haben! Frl. Krise sieht, dass ich innerlich koche. Sie grinst.

«Also, Monika, jetzt noch mal zum Mitschreiben: Der Mert ist also wieder beim Körnel?»

Frau Nolte nickt.

«Seit wann denn? Und bis wann?»

«Seit gestern», sagt sie, und plötzlich kriegt ihre Stimme wieder diesen festen Ich-hab-alles-im-Griff-Ton, den sie immer hat. «Der macht da jetzt ein vierwöchiges Praktikum. Ist alles mit seiner Mutter besprochen. Ich war gestern noch mal bei Frau Günes. Die hat sich so gefreut. Der Aufenthalt in Brandenburg hat ihrem Sohn dermaßen gut getan. Der Mert ist jetzt wirklich an einem Wendepunkt in seiner Entwicklung.»

«Und Frau Günes hat auch kein Problem damit, dass es in Falkenthal Wasserleichen gibt?» Die Nolte zuckt leicht zusammen und dreht sich zu Frl. Krise.

«Musstest du ihr das auch noch erzählen? Wir hatten doch gesagt, das mit der Leiche bleibt unter uns.»

Frl. Krise winkt ab. «Ach Moni, lass mal, das mit der Leiche haben doch die Schüler schon längst überall verbreitet.»

Plötzlich geht die Tür auf, und der Pommer kommt mit einer großen Kaffeetasse rein. Monika guckt kurz erschrocken, steht dann aber auf und geht zur Spüle. «Möchte jemand einen Tee? Ich habe ganz phantastischen Rooibos mitgebracht.»

Auf dem Klingelschild des Hauses, in dem Nihat wohnt, stehen nur arabische Namen.

«Frl. Krise», hat er neulich zu mir gesagt, «es gibt kaum noch Deutsche in Berlin. In mein Haus keine!»

«Ja, in deiner Ecke ist das vielleicht so, aber in anderen Berliner Bezirken nicht!», habe ich ihm damals geantwortet.

Nihat hat ungläubig geguckt. Diese Jungen treiben sich zwar

den ganzen Tag auf der Straße herum, kommen aber nur selten aus ihrem Kiez raus. Und seine Mutter wird wohl weder Zeit noch Geld haben, um Ausflüge mit ihren sieben Kindern zu machen. Die Arme, die hat es echt nicht leicht. Ist ja auch schrecklich, dass ich jetzt so unangemeldet ins Haus schneie, aber vorhin in der Mittagspause konnte ich sie telefonisch nicht erreichen. Aha, hier steht es: Al Assad. Die Tür ist nicht abgeschlossen, kann jeder rein ins Haus. Hoffentlich wohnen die jetzt nicht im 5. Stock. Ganz schön ungepflegt, das Treppenhaus, die Briefkästen sind beschmiert und verbogen, und auf dem Boden liegen Werbeprospekte und Abfall. Die Wohnungen sind aber immer picobello, das weiß ich von vielen Hausbesuchen. Haben die hier keine Namensschilder an den Haustüren? Wie soll ich da jemals diese Familie finden? Ein kleiner, vielleicht siebenjähriger Junge stolpert die Treppe herunter.

«Hallo, Entschuldigung, weißt du vielleicht, wo die Al Assads wohnen?»

Der Kleine starrt mich mit großen Augen an und schweigt.

Noch ein Versuch! «Kennst du Nihat Al Assad?»

Der Junge nickt und sagt: «Ist mein Bruder!»

Natürlich! Jetzt sehe ich auch die Ähnlichkeit. Der sieht ja aus wie eine Miniausgabe von Nihat.

«Und wo wohnt ihr?»

«Da!» Er zeigt nach oben. «Dritter Stock.»

«Danke!»

Dritter Stock geht ja noch. Mit dieser schweren Schultasche hätte ich es nie bis nach ganz oben geschafft. Der Kleine hat sich umgedreht und stiefelt vor mir hoch. Der fremde Besuch scheint ihn zu interessieren. Mit der Faust trommelt er gegen die Wohnungstür und ruft etwas, das ich nicht verstehe. Ein kleines Mädchen in einem hellblauen Kleid öffnet. Es hat ein Stück Fladenbrot in der Hand und sieht mich verschreckt an. Der Junge verschwindet in der Wohnung. Ich bleibe unschlüssig an der Tür stehen.

«Schmeckt's?», frage ich, aber das Kind dreht sich auf dem Absatz um und flüchtet. Na toll. Das habe ich ja gut hingekriegt. Zaghaft klopfe ich an den Türrahmen. Aus dem Inneren der Wohnung schallt arabische Musik. Viele Schuhe stehen am Eingang. Stimmt, ich werde mir auch die Schuhe ausziehen müssen. Falls hier endlich mal jemand kommt.

«Jaaa?» Eine junge Frau steht plötzlich vor mir und zieht ihr Kopftuch zurecht.

«Frau Al Assad? Guten Tag, entschuldigen Sie bitte, dass ich hier so ohne Anmeldung erscheine. Krise ist mein Name. Ich unterrichte Ihren Sohn Nihat und müsste Sie ganz dringend sprechen.»

«Nihat? Nicht da, Nihat!»

«Ja, ich weiß, der ist noch in der Schule. Es geht um ... also, er hat sich heute Morgen sehr schlecht benommen.»

«Nihat?»

«Ja, Nihat. Darf ich vielleicht reinkommen? Hier auf dem Flur ...» Die Frau reißt die Tür ganz auf und nickt.

«Bitte!», sagt sie und zeigt auf meine Schuhe. Das Wohnzimmer ist klein und extrem aufgeräumt. Ich versinke in den Polstern einer schweren braunen Couch. Zwei Jungen schauen kurz um die Ecke und verschwinden gleich wieder. Auch die Mutter geht wortlos und kommt mit Teegläsern und einer Kanne wieder. Sie setzt sich mir gegenüber und sieht mich ein bisschen ängstlich und verlegen an. Ein Baby schreit irgendwo in einem anderen Zimmer.

«Nihat viel Ärger!», sagt sie. «Ist nix schlecht, Nihat, aber Freunde nix gut! Und Papa weg, Nihat traurig!» Sie wischt sich über die Augen, steht auf und kommt mit dem kleinen Schreihals wieder. Das Baby hat sich beruhigt, es ist höchstens ein halbes Jahr alt, hat dichte schwarze Haare und große Kulleraugen.

«Wie süß! Ist das ein Junge oder ein Mädchen?»

«Mädchen!», sagt Frau Al Assad. «Fünf Jungen und zwei Mädchen!» Sie ist eine hübsche junge Frau, sieht aber blass und erschöpft aus. Dunkle Schatten liegen um ihre Augen.

Sie ist 32 Jahre alt, vertraut mir Frau Al Assad auf meine Nachfrage hin an. Nein, einen Beruf habe sie nicht, sie kam mit 16 Jahren aus Syrien nach Deutschland und hat gleich Nihats Vater geheiratet. Sie seufzt und sieht mich unglücklich an.

«Mein Mann andere Frau!»

Oje. Kein Wunder, dass Nihat so schlecht drauf ist. Inzwischen frage ich mich schon, was ich eigentlich hier erreichen will. Die arme Frau ist doch völlig überfordert von ihrer familiären Situation. Sie wird mir nicht helfen können. Eins der Kinder ist krank – Asthma –, erzählt sie mir, die kleinen Jungen haben teilweise Schulprobleme, und um Nihat macht sie sich große Sorgen. Dabei ist er der Älteste und müsste seine Mutter unterstützen. Aber es gab schon Ärger mit der Polizei und deshalb auch einen Termin beim Jugendamt. Da ist aber wohl weiter nichts passiert. Die Mutter ist verzweifelt. Was soll sie tun? Seit ihr Mann bei der anderen Frau ist, kommt sie mit Nihat nicht mehr zurecht.

«Ich weiß nicht ... du mir helfen! Bitte!», sagt sie und drückt das Baby an sich.

«Ich überlege mir was. Mir wird schon was einfallen!», verspreche ich ihr. Was rede ich da? Ich weiß doch selbst nicht, was ich tun soll! Es klingelt. Nihat. Auch das noch. Er guckt kurz ins Wohnzimmer, sagt etwas Unfreundliches, tritt gegen den Türrahmen und verzieht sich gleich wieder. Draußen schreit eins der kleineren Kinder auf. Die Musik wird einen Moment lang brüllend laut, dann fällt eine Tür ins Schloss.

Frau Al Assad sieht mich flehentlich an. «Helfen! Bitte Frau ... », sagt sie. «Nimm ihn mit!»

Als wir mit dem Auto in den Hof einbiegen, sehe ich sofort diesen Herrn Körnel. Was ist das denn für ein schmieriger Kerl? Der sieht nicht so aus, als ob der sich jeden Tag duscht. Diese langen Haare, bähhh. Und der Hof ... malerisch nennt die Krise das? Ich finde, der sieht einfach nur abgerockt aus. Wenn die paar Blumenkästen nicht wären ... ach, da hinten ist ja auch Mert. Oh Mann, da geht gleich mein Puls hoch, wenn ich den sehe. Obwohl er ja jetzt ganz friedlich aussieht, wie er da so artig den Zaun streicht.

«Frl. Krise, hallo!», ruft uns der Körnel entgegen und winkt. «Ich dachte schon, Sie kommen gar nicht mehr. Und Sie sind also Frau Freitag, ja?»

Wir geben uns die Hand. Seinen festen Händedruck hatte ich schon antizipiert.

«Freitagmittag aus Berlin rauszukommen ist gar nicht so einfach», erklärt Frl. Krise, «die Idee hatten nämlich nicht nur wir.»

Der Körnel geht zu Frl. Krises Auto und guckt durch die Scheibe.

«Und das ist also der berühmte Nihat Al Assad, von dem Sie mir schon am Telefon so viel erzählt haben. Na, das kriegen wir schon hin mit dem Bürschchen. Mit Geduld und Spucke geht doch alles. Machen Sie sich keine Sorgen. Gucken Sie sich den Prachtkerl an!», sagt der Körnel und zeigt auf Mert, der seine Arbeit kurz unterbricht und uns zuwinkt.

Frl. Krise öffnet den Kofferraum ihres Autos, und der Körnel wuchtet eine schwarze Reisetasche raus. Dann klopft er mit den Knöcheln einmal kurz an die Autoscheibe, wartet, bis Nihat schläfrig den Kopf hebt, öffnet die Beifahrertür, klappt den Sitz nach vorne und sagt:

«So, genug geschlafen. Nu komm mal raus, damit wir dich kennenlernen können!»

Schüchtern klettert Nihat aus dem Auto. Er nimmt seine Tasche und schlurft, ohne mich eines Blickes zu würdigen, hinter dem Körnel ins Haus. Frl. Krise steht bei Mert.

«Gucken Sie, Frl. Krise, den ganzen Zaun hab ich gestrichen. Ich bin auch gleich fertig. Gut, wa?», sagt Mert und platzt fast vor Stolz.

Frl. Krise lächelt zufrieden, als sei diese Erziehungsmaßnahme hier im Brandenburgischen ihre Idee gewesen.

«Mert, dann gefällt es dir hier also, ja?»

«Na, logo! Is super hier. Mit Burak verstehe ich mich auch gut. Und der Körnel ist echt korrekt. Nur …», jetzt guckt er zum Hauseingang, hält sich kurz die Hand vor den Mund und flüstert:

«… nur kochen kann der nicht. Einmal es gab voll die ekligen Nudels und sonst fast jeden Tag Tiefkühlpizza.»

Frl. Krise lacht. «Na, Mert, dann koch du doch.»

«ICH?? Bin ich Mädchen, oder was? Ich kann nicht kochen!»

Plötzlich kommt der Körnel wieder aus dem Haus. Als Mert ihn sieht, nimmt er den Pinsel, taucht ihn in den Eimer Farbe und streicht weiter.

«Der Nihat ist oben und bezieht sein Zimmer», sagt der Körnel. «Sie können ruhig fahren, das kriegen wir schon hin.»

Frl. Krise nickt. «Okay. Sie haben ja meine Nummer, falls was sein sollte.»

Ich sage schnell tschüs und setze mich ins Auto. Was fummelt die Krise denn da in ihrer Handtasche rum? Gibt die diesem Körnel etwa Geld?

«Hast du dem eben Geld gegeben?», frage ich sie wenig später, als wir vorm Konsum auf unseren Kaffee warten.

«Nur 50 Euro, und die wollte der eigentlich auch nicht annehmen. Der muss doch Essen kaufen für die Jungs. Was meinst du, was die täglich für Mengen verdrücken … so Jungen im Wachstum …»

«Ja, ja, okay, aber die arbeiten doch auch für ihn oder meinst du, der zahlt denen einen Lohn?», frage ich.

Dieser Körnel sieht so aus, als hätte der überhaupt kein Geld.

«Wovon lebt der eigentlich?», frage ich Frl. Krise. Sie dreht sich um und sieht zum Eingang vom Konsum.

«Der Körnel? Keine Ahnung. Wahrscheinlich Gelegenheitsjobs, Boxtraining, was weiß ich?»

Ah, da kommt Gabi mit unserem Kaffee und dem Erdbeerkuchen.

«Ohhh, guck mal, wie lecker der aussieht. Ach, herrlich, so ein Nachmittag auf dem Land.»

«Ja, ist ganz nett hier. Aber die Leute … Die Omi da drüben. Die mit dieser furchtbaren lila Kittelschürze, die beäugt uns schon die ganze Zeit so komisch.»

Die sehen alle total anders aus als in Berlin. Diese Gabi Schmidt zum Beispiel, die ist zwar wirklich sehr nett, aber die Haare – krass. Wie kriegt man das hin, mit den zwei Farben? Und warum macht man das? Und ihre Tochter, die war vorhin auch kurz hier mit ihrem Freund. Greg, oder wie der heißt. Ach nee, Scott. Was sind das überhaupt für komische Namen? Sandy, Scott, und dann hatten sie noch den obligatorischen Maik dabei. Wer nennt denn sein Kind Scott? Nicht mal in Amerika habe ich Leute getroffen, die Scott hießen. Aber hier in Falkenthal, da gibt man sich dann so ganz weltmännisch. Tzzzzz.

Die Krise hat jetzt ihre Sonnenbrille aufgesetzt und hält ihr Gesicht in die pralle Mittagssonne. Ich sag dazu jetzt nichts mehr. Soll die doch sehen, was sie davon hat. Diese Sorglosigkeit, als gäbe es keine Altersflecken oder Pigmentverfärbungen. Nachher jammert sie wieder rum. Ich trage jedenfalls schon den ganzen Tag meine Mütze.

«Guten Tag, die Damen. Darf ich mich kurz zu Ihnen setzen?»

Ein großer Typ mit grau melierten Locken steht plötzlich vor uns. Frl. Krise zeigt auf den leeren Stuhl neben sich. «Aber gerne doch!»

Der Mann grinst uns freundlich an. Komisch, der sieht gar nicht so aus wie die anderen Männer hier. Ganz anders als diese Herrentruppe mit den dicken Bäuchen, dem Kasten Bier und den Angeln, die uns vorhin entgegenkam. Die sahen aus wie von «Frauentausch» oder irgendeiner anderen Realityshow auf RTL 2. Unser Herr ist groß und ziemlich schlank für sein Alter. Der ist bestimmt schon Mitte fünfzig. Aber gut gekleidet. Er trägt sehr dunkelblaue Jeans und hellblaue Chucks. Sein Poloshirt sieht teuer aus. Und neben seinen Schlüssel hat er ein Smartphone auf den Tisch gelegt. Aber nicht irgendeins. Nein. Ein iPhone. Das neueste. Das erkenne ich sofort.

«Darf ich mich vorstellen? Markwart …, Dieter», sagt er und hält Frl. Krise die Hand entgegen. Gepflegte Hände sind das. Die Fingernägel …

«Ach, Markwart, äh, Herr Markwart, dann sind Sie, äh …»,

stottert die Krise und reißt sich die Sonnenbrille von der Nase, um ihn genauer zu betrachten. «Dann sind Sie der Künstler, von dem uns die Monika, also die Frau Nolte, so viel erzählt hat.»

Markwart wird ein wenig rot, lächelt dann aber begeistert und lässt sehr gepflegte Zähne erblicken. Zahnreinigung – alle sechs Monate –, könnte ich wetten.

«Ach, Sie kennen die Moni?», fragt er.

«Kennen? Die ist seit Jahrzehnten unsere Kollegin, äh, und Freundin.»

Dass die Krise immer so übertreiben muss. Also meine Freundin ist die Nolte nicht.

«Sind Sie etwa Frl. Krise?», fragt dieser Markwart jetzt. Woher kennt er ihren Namen? «Sie waren doch gerade hier in Falkenthal mit Monis Klasse.»

Frl. Krise nickt verwundert.

«Ach, das tat mir so leid, dass ich ausgerechnet in der Woche in Berlin war. Ich hatte der Monika doch versprochen, dass sie mit ein paar Schülern in mein Atelier kommen kann. Das hat ja nun leider nicht geklappt. Vielleicht hätten Sie Interesse? Also nur, wenn Sie Zeit haben. Ich würde mich jedenfalls freuen. Und nennen Sie mich doch bitte Dieter.»

Ich gucke zu Frl. Krise. Die muss mich doch jetzt vorstellen. Oh Mann, das rafft sie wieder nicht. Hauptsache, der Dieter weiß, wie sie heißt. Die liebe Moni hat bestimmt noch nie von mir gesprochen. Ich gebe ihr einen leichten Tritt unterm Tisch.

«Aua, Frau Freitag, was willst du? Ach so, äh, das hier ist Frau Freitag, meine Kollegin, sie ist auch an unserer Schule.»

Auch an unserer Schule ... tzzzzz, an Monis und Krisis Schule ... da ist dann auch noch diese, äh, wie hieß sie gleich ... ach, diese Frau Donnerstag, ach nein, Frau Freitag ... Die Krise kann was erleben, wenn wir nachher alleine sind. Jetzt muss ein giftiger Blick genügen.

Nee, nach Atelierbesichtigung ist mir jetzt gar nicht. Von mir aus kann sich Frau Freitag von diesem Möchtegern-Künstler seine hässliche Schrottart erklären lassen. Manchmal ist sie aber auch komisch. Hätte ich jetzt nicht gedacht, dass sie sich ernsthaft dafür interessiert. Ich bleibe lieber an der frischen Luft und schaue mir die Dorfkirche gegenüber an. Die soll ja schon sehr alt sein. Frau Nolte meinte, sie sei aus dem 12. Jahrhundert, aber das kann ich mir beim besten Willen nicht vorstellen. Gibt es denn hier keine Hinweistafel? Vielleicht auf der anderen Seite des Eingangs. Nichts zu finden, und abgeschlossen ist das Gebäude auch noch. Schade.

Dann laufe ich einmal über den kleinen Friedhof. Wie gepflegt der ist! Die Wege sind frisch geharkt, alle Gräber liebevoll bepflanzt, und die Grabsteine glänzen in der Sonne. Wenn ich da an die Friedhöfe in Berlin denke! In der letzten Gräberreihe, direkt an der Mauer, kniet die alte Frau in der lila Kittelschürze, die uns vorhin so neugierig nachgeguckt hat, und neben ihr putzt Frau Speck, die Mutter vom Körnel, mit einem nassen Schwamm auf einem Grabstein herum. Am Wochenende wird auf dem Dorf natürlich alles sauber gemacht, die Wohnungen, die Bürgersteige, die Autos und sogar die Gräber.

«Guten Tag!» Vielleicht kann ich die beiden in ein Gespräch verwickeln – schließlich werden wir jetzt öfter hier sein. Ein bisschen Anbindung kann nicht schaden. Die Frau in der lila Kittelschürze erhebt sich schwerfällig und nickt mir zu.

«Entschuldigen Sie bitte, ich habe eine Frage. Ich wollte eigentlich die Kirche besichtigen, aber … Wann ist die denn geöffnet?»

«Erst wieder am Sonntag.» Die Frau kommt auf mich zu. «Sie sind doch eine von den Lehrerinnen aus Berlin? Sie waren neulich hier, mit Frau Nolte! Die kenn ich gut!»

«Ja, genau. Frl. Krise ist mein Name!»

«Ich bin Frau Grothe. Gefällt es Ihnen bei uns? Ist schöner als in der Stadt, oder?»

Jetzt muss ich lügen. «Ja, viel schöner! Diese gute Luft und diese traumhafte Ruhe! Ich könnte mir direkt vorstellen, auf diesem Friedhof begraben zu werden.»

Frau Grothe zuckt leicht zusammen. «Na, das hat hoffentlich noch Zeit», sagt sie, legt plötzlich ihr Gesicht in tiefe Kummerfalten, seufzt einmal auf und schaut auf das Grab, an dem sie gerade noch gearbeitet hat.

«Mein Mann! Von einem auf den anderen Tag einfach umgefallen. Vor acht Jahren! Herzschlag.»

Oje, das Gespräch entwickelt sich in die falsche Richtung. Mir war eher nach ein bisschen Dorfklatsch. Hoffentlich muss ich mir jetzt nicht die ganze traurige Story des Ablebens ihres Herrn Gemahls anhören. Aber Frau Grothe lächelt schon wieder.

«Na ja, das Leben muss weitergehen», sagt sie mit fast schon munterem Unterton und wischt sich energisch die Hände an der Kittelschürze ab. Sie mustert mich eingehend.

«Waren das eigentlich Ihre Schüler, die den Sven im See gefunden haben?»

«Den Toten? Ja, das waren unsere Jungen. Kannten Sie den jungen Mann?»

«Ja, ja, natürlich. Das war Sven Krause. Aus Grünsee! Der hat sich umgebracht.»

«Was? Ich dachte, das wäre ein Unfall gewesen! Weil er nicht schwimmen konnte!»

Frau Grothe zieht ein großes Taschentuch aus der Kittelschürze und putzt sich umständlich die Nase.

«Nee, nee, der ist mit Absicht ins Wasser gegangen», stellt sie dann fest. «Der war lebensmüde. Hat die Polizei gesagt. Sie haben einen Brief bei ihm zu Hause gefunden, einen Abschiedsbrief.»

«Hat er darin geschrieben, warum er es getan hat?»

«Einfach so sein Leben wegwerfen …!» Die Grothe schwenkt missbilligend ihr Taschentuch.

«Na ja, er hat schon einen Grund gehabt, der Sven», fährt sie dann etwas leiser fort. «Da muss wohl in dem Brief gestanden haben, dass er den Edeka in Grünsee angezündet hat. Der Laden ist doch abgebrannt, letztes Jahr am ersten Weihnachtsfeiertag. So was hätte ihm keiner zugetraut! Was da wohl in ihn gefahren ist!? Eigentlich war der Sven ganz in Ordnung, bloß gearbeitet hat er wenig und auch ein bisschen viel getrunken, aber er war immer freundlich und hilfsbereit. Mir hat er voriges Jahr die Stube gemalert, das war nett von ihm, denn ich konnte ihn ja nicht groß bezahlen. Und da war noch was, etwas ganz Schlimmes! Bei den Löscharbeiten ist damals ein Feuerwehrmann aus Grünsee ums Leben gekommen. Ein junger Mann, verheiratet, zwei kleine Kinder. An dessen Tod war der Sven ja irgendwie auch schuld. Den Gedanken hat er wohl nicht mehr ausgehalten … und deshalb hat er … ist er …»

«Das ist ja schrecklich!»

«Ja, es ist wirklich schade um den Jungen.»

Frau Grothe stopft entschlossen ihr Taschentuch in den Ärmel. Das Thema Sven scheint für sie beendet zu sein.

«Was ich Sie noch fragen wollte: Sie haben doch jetzt diese Jungen bei Rüdiger untergebracht? Diese Mohammedaner!», sagt sie und macht einen Schritt auf mich zu.

Dabei lächelt sie mich wissend an und zeigt auf Frau Speck, die den Schwamm in den Putzeimer geworfen hat und unser Gespräch stumm verfolgt.

«Das da ist die Mutter von Rüdiger. Erna, komm doch mal her! Das ist eine von den Lehrerinnen, du weißt schon.»

Frau Speck scheint jedoch nicht gewillt zu sein, sich in Bewegung zu setzen, sie bleibt wie angenagelt stehen. Ich muss wohl auf sie zugehen.

«Schön, dass ich Sie auch kennenlerne, Frau Speck! Ihren Sohn haben wir …»

«Damit hab ich nichts zu schaffen!», sagt sie unfreundlich und sieht an mir vorbei.

Was ist denn mit der los? Warum ist die so abweisend?

Frau Grothe ist schon neben uns. «Der Rüdiger … na ja, die

Erna ist da nicht so begeistert von den Mohammedanern. An den Burak haben wir uns gewöhnt. Aber dass da nun noch mehr von denen kommen …»

Erna macht eine unwillige Handbewegung, dreht sich weg und zieht einen Lederlappen aus ihrer Schürzentasche. Was jetzt? Peinliche Situation. Ich gucke Frau Grothe an, aber die scheint auch etwas ratlos zu sein. Frau Speck fährt mit kreisenden Bewegungen über den Grabstein, um ihn trocken zu wischen. Seine Inschrift ist kaum noch lesbar.

«Ihr Mann?», frage ich und könnte mich gleich ohrfeigen. Taktloser geht es wohl kaum.

«Mein Vater!», knurrt Frau Speck. «Mein Mann! Ha! Der hat sich aus dem Staub gemacht! Ganz allein hab ich den Jungen großgezogen. Und wofür? Dass der sich jetzt um diese Ausländer kümmert!»

«Ja, Erna hat's schwer gehabt! Ihr ganzes Leben lang», bestätigt jetzt Frau Grothe und tätschelt ihr den Rücken. «Aber wir beide halten immer zusammen, wa, Erna?»

Ich glaube, ich sollte mich langsam entfernen. Das wird mir hier zu brenzlig mit den beiden. Nachher gefährde ich noch unser schönes Projekt. Was weiß ich denn, welchen Einfluss die Erna auf ihren Rüdiger hat. Obwohl … nach einem guten Mutter-Sohn-Verhältnis klingt das ja nicht gerade.

«Bin gleich wieder da», sagt der Markwart und verschwindet im Konsum. Friedhof … pffff. Als sei dieses ganze Falkenthal nicht ein einziger großer Friedhof. Hier ist ja nichts los. Da hinten latschen ein paar Jugendliche rum. Zwei Jungs und ein Mädchen. Ich kann sie nicht richtig erkennen, wahrscheinlich die Tochter von Gabi Schmidt. Als Teenager hätte ich mich in diesem Nest zu Tode gelangweilt. Oder hätte mich im See ertränkt wie diese Wasserleiche. Was soll man hier sonst den ganzen Tag machen? Wahrscheinlich hängen die Jugendlichen immer an der Bushaltestelle rum. Und der Große da neben denen, ist das nicht Burak?

Plötzlich steht der Markwart wieder vor mir, nimmt sein iPhone vom Tisch und fragt: «Wollen wir dann gleich los?»

«Ich muss noch bezahlen.»

Er hebt kurz die Hände und flüstert freundlich: «Schon erledigt!»

Ich bedanke mich, und wir gehen in Richtung Dorfausgang, bis wir irgendwann vor einem großen zweistöckigen Haus stehen.

«Bohhh, hier wohnen Sie?», rutscht es mir raus.

Dieter Markwart grinst und nickt.

Na, das nenne ich mal ein Haus. Nicht so eine schäbige Bude wie die Teile, die vorne an der Kirche stehen. Dieses Haus sieht aus wie das Brandenburger Tor oder wie ein Minischloss Bellevue. Die Farbe scheint noch sehr frisch zu sein. Wahrscheinlich hat er das nach der Wende für 'n Appel und 'n Ei gekauft, entkernt und alles neu machen lassen.

«Musste allerdings grundsaniert werden. Im unteren Teil habe ich mein Atelier und einen kleinen Showroom. Und oben wohne ich.»

«Alleine?» Hupps, war das zu neugierig?

«Jetzt ja. Ich bin damals mit meiner Freundin hergezogen. Aber die Frauke hat es hier nur ein halbes Jahr ausgehalten. Sie hat ihre Freunde vermisst. Mit Gabi hat sie sich zwar sehr gut verstanden, aber ... ach na ja, im Winter ist es wirklich ziemlich einsam in Falkenthal.»

Ich gucke die Straße runter zur Kirche. Auch jetzt ist hier nicht gerade die Hölle los. Winter möchte ich mir in dieser Pampa gar nicht erst vorstellen.

«Frauke ist dann wieder nach Berlin zurück. Wir haben aber noch Kontakt. Ich liebe diese Ruhe, diese Entschleunigung. Man kriegt den Kopf klar. Hier kann ich viel konzentrierter arbeiten als in Berlin.»

Und plötzlich sehe ich auch die Kunstwerke im Vorgarten, von denen mir Frl. Krise schon erzählt hat. Ich zeige auf ein Drahtgebilde, das an einen Storch erinnert.

«Die haben Sie gebaut?»

Markwart nickt stolz und öffnet die Gartentür.

«Ich lasse mich von der Natur, der Vergänglichkeit und dem Material inspirieren. Ich arbeite nur mit Fundstücken und gebe ihnen durch die Dekonstruktion eine neue Bedeutung.»

Ich höre nicht mehr richtig auf das, was dieser Markwart über seine hässlichen Skulpturen erzählt, aber an seinem Tonfall kann ich erkennen, dass er diesen Schrott wirklich ernst nimmt.

«Ist das ein Storch?», frage ich, um ihn zu unterbrechen.

«Ja, eine kleine Storchenfamilie am Weiher brachte mich auf die Idee zu dieser Serie. Da hinten sind die anderen Störche.»

«Apropos Weiher, Herr Markwart, Sie haben doch sicher von der Wasserleiche gehört, die hier irgendwo gefunden wurde. Ich frage mich …»

Der Markwart reagiert nicht. Wahrscheinlich wartet er noch darauf, dass ich mich zu seinen Kunstwerken äußere.

«Warum haben die da hinten denn keine Schnäbel?», frage ich, denn die sehen so ganz anders aus als der Storch, vor dem wir stehen. Markwart guckt mich verwirrt an und rennt dann zu seinen Storchfiguren.

«Wie, was, keine Schnäbel? OH, MIST VERDAMMTER, ABGEBROCHEN! Haben diese Scheißkerle wieder was kaputt gemacht!» Er kniet vor seinen demolierten Vögeln. Ich glaube, er sucht nach den Schnäbeln.

«Wer war das denn?», frage ich.

«Ich weiß es nicht, aber das sind bestimmt diese Nazijungs aus dem Nachbardorf Grünsee. Die hat dieser Lettkow mir auf den Hals gehetzt, damit ich doch noch verkaufe. Ständig wird meine Kunst demoliert. Man versucht, mich mürbe zu machen, aber ich lasse mich nicht aus Falkenthal vertreiben! Ich habe ein Recht, hier zu leben. Wir sind ein freies Land. Eine Demokratie!»

Oh Mann, was hat der denn jetzt? Was faselt dieser Künstler für ein wirres Zeug? Ich hole mein Handy aus der Tasche – ich habe eine SMS bekommen.

«Oh, Frl. Krise schreibt mir gerade, dass sie wieder zurück nach Berlin fahren will.»

«Aber Sie wollten sich doch noch das Atelier ansehen», sagt er in einem etwas weinerlichen Ton.

«Äh, ja, aber das können wir auch ein anderes Mal machen. Wir sind wahrscheinlich öfter in Falkenthal, und wir müssen ja heute auch noch so lange fahren. Nach Berlin rein ist doch immer so voll am Nachmittag.»

«Na, dann ... bis zum nächsten Mal», sagt er leise. Oh Mann, dieser Künstler ... tzzzz. iPhone und Markenklamotten, aber irgendwie scheint der nicht ganz dicht zu sein. Vielleicht wird man so, wenn man hier wohnt. Mir reicht diese Einöde langsam, ich will zurück nach Hause.

«Ahhh, endlich geht's wieder nach Berlin. Kannst du nicht etwas schneller fahren?»

«Hier ist 70! Ich werde mir jetzt wegen dir keinen Strafzettel einhandeln! Guck, da drüben, das war der Supermarkt, den dieser Sven Krause abgebrannt hat.»

«Tzzzzz, fackelt einfach so einen Laden ab. Und dann bringt er sich auch noch um. Irgendwie komisch, findest du nicht, Frl. Krise?»

«Nö, das hat er doch in seinem Brief erklärt. Er konnte mit der Schuld nicht mehr leben. Schließlich ist er zum Mörder geworden.»

«Brandstifter, Mörder und Selbstmörder. Was für eine Karriere ... Ich dachte schon, den hat jemand umgebracht. Na ja, wenigstens kann ich wieder ruhiger schlafen. Und der abgebrannte Laden ... den Schaden zahlt ja wahrscheinlich die Versicherung, oder? Du, Frl. Krise, apropos – ich kann immer noch nicht glauben, dass du dem Körnel Geld gegeben hast.»

«Aber der hat jede Menge Unkosten mit den Jungs. Was die alles wegfuttern! Und der Körnel macht das doch wirklich gut mit Mert. Der ist jetzt schon viel ausgeglichener. Und Nihat wird sich bestimmt auch wohlfühlen. Die läppischen 50 Euro investiere ich gerne!»

«Die läppischen 50 Euro ... tzzzz! Willst du dem denn jede Woche 50 Euro mitbringen, oder wie? Mert hat erzählt, der Körnel macht denen immer nur Fertigpizza. Das gibt auf die Dauer bestimmt eine Meuterei. Die sind von zu Hause voll das leckere Essen gewöhnt. Bei denen kocht doch immer die Mami.»

«Wirklich blöd, dass die Jungen überhaupt nicht kochen können, Frau Freitag. Das müssten sie lernen! Vielleicht kannst du ein Wochenende da bleiben und sie ein bisschen anleiten.»

«ICH??? Ich kann das doch gar nicht. Wie wäre es denn mit dir?»

«Ich muss schon Männe bekochen, das reicht mir völlig. Gibt es denn im Dorf niemanden, den man anheuern könnte? Man müsste eventuell die Gabi fragen oder die nette alte Frau, die ich auf dem Fried...»

«Frl. Krise, ich hab eine Idee, wer das machen kann! Da gibt es nur eine! Die ist die perfekte Kochlehrerin für das Camp.»

«Da bin ich aber gespannt. Frau Nolte?»

«Quatsch, die doch nicht. Und ihren Bulgur möchte ich ja mal sehen. Nein, natürlich Emine! Die hat Zeit, keinen Job, kennt sich super aus, was Essen betrifft, und die würde auch garantiert mit den Jungs und dem Körnel klarkommen.»

«Und was ist mit Onkel Ali? Soll der verhungern, der Ärmste?»

«Oh Mann, Frl. Krise, dem bringst du dann ab und zu ein paar Buletten vorbei. Der ist doch momentan so genervt von seiner Frau, da ernährt der sich gerne mal ein paar Tage von Döner und Tiefkühlpizza. Emine ist genau die Richtige. Oder fällt dir jemand Besseres ein?»

«Nee, eigentlich nicht. Aber ob die das überhaupt machen würde? Und man könnte nicht von ihr verlangen, dass sie da umsonst arbeitet. Die haben es doch jetzt auch nicht so dicke. Vierhundert Euro Minimum im Monat müsste sie schon kriegen, würde ich sagen.»

«Und DU willst ihr dann 400 Euro geben?»

«Spinnst du? Wieso ich? Aber im Ernst, wir müssen uns überlegen, wie wir an das Geld kommen.»

«400 Euro reichen auch nicht. Sie muss ja auch Lebensmittel kaufen, wenn die Jungs kochen lernen sollen. Ich finde, die Nolte sollte auch was dazugeben, schließlich ist sie ihren Mert los. Das dürfte ihr doch einen Hunni wert sein, oder?»

«Und der Pommer! Unterricht ohne Nihat kostet mindestens 200 Euro.»

«Aber der weiß doch gar nichts von dem Camp, Frl. Krise.»

«Dann müssen wir ihn eben einweihen. Und vielleicht ein paar andere Kollegen auch noch. Schließlich profitieren die alle davon!»

«Dann können wir es auch gleich in die Zeitung setzen!»

«Aber wir beide alleine schaffen das nicht. Lass uns mal überlegen, wer noch mitmachen könnte. Vielleicht der Pommer ... die Brendel und Felix 26 und ...»

«Ja, ja, ist gut! Die reichen. Und wir beide noch und die Nolte. Okay. Also zu sechst kriegen wir das hin. Hauptsache, die Emine macht auch mit. Frl. Krise, wann fragst du sie?»

«Ich spreche erst mal mit Onkel Ali. Mal sehen, wie der das findet. So, hier müssen wir auf die Autobahn. Das war aber nett, so ein Nachmittag im Grünen, oder? Wenn wir das nächste Mal fahren, nehmen wir auf jeden Fall Viktoria-Estelle mit, dem Kind täte ein bisschen frische Landluft auch mal ganz gut.»

Beschäftigt

«Na endlich!» Frl. Krise steht neben ihrem Fahrrad und raucht. «Kommst du auch schon?»

Sie hat wieder diesen arroganten Blick drauf. Eine Schnapsidee mit den Fahrrädern.

«Ich wollte ja auch lieber mit der U-Bahn fahren. Wäre gar kein Problem gewesen. Mit dem Bus zur Prinzenstraße und dann direkt bis hier zum Görlitzer Bahnhof. Na egal. Wo sollen wir denn die Räder jetzt anschließen? Hier sind ja schon alle Laternen belegt.»

«Da an dem Vorfahrtsschild ist noch was frei.»

«Welches ist denn das Vorfahrtsschild, Frl. Krise?»

«FRAU FREITAG!»

Oh Mann, jetzt kriege ich wieder diesen Blick von ihr. Kann ich doch nichts für, dass ich keinen Führerschein habe. In der U-Bahn brauche ich schließlich nicht auf die Vorfahrt zu achten. Das macht ja schon der Lokführer. Ob das überhaupt so eine gute Idee war, auf das Myfest zu gehen? Vielleicht gibt es ja wieder Randale. Aber Hamid aus meiner Klasse wird heute das erste Mal öffentlich rappen, und das kann ich mir doch nicht entgehen lassen.

Die Schüler reden ja seit Tagen über nichts anderes mehr als das Myfest. «Gehst du auch erster Mai Kreuzberg?» ist seit Montag die häufigste Frage in der Schule. Wahrscheinlich sind sie heute die ganze Nacht bei der Action dabei und kommen dann morgen alle zu spät zum Unterricht. Dabei hat kein Schüler bei uns den blassesten Schimmer davon, worum es beim Maifeiertag eigentlich geht. Es ist auch gar nicht so leicht, denen zu erklären, warum nun ausgerechnet am Tag der Arbeit alle frei haben. Na ja, nicht alle. Die Polizei nicht. Da drüben in der Skalitzer Straße stehen schon die ganzen Wannen. Aufgereiht bis zum Schlesischen Tor. Sieht irgendwie bedrohlich aus. Das geht hier heute Abend bestimmt wieder voll zur Sache.

«Frl. Krise, um spätestens halb vier machen wir aber einen Abgang, ja?»

«Du, meinetwegen können wir gleich gehen. Ich muss hier nicht sein. DU wolltest doch unbedingt herkommen. Wo ist denn diese Hip-Hop-Bühne überhaupt?»

«Ich glaub, in der Naunynstraße. Hast du auch Hunger? Guck mal, hier gibt es Köfte. Wollen wir uns was holen?»

Frl. Krise betrachtet skeptisch das Angebot an türkischen Leckereien, die an den endlosen Straßenständen in der Oranienstraße verkauft werden. Sie sieht hungrig aus, schüttelt aber sofort den Kopf.

«Nein, nein, lass mal, das ist alles viel zu fettig.»

Ich glaube, sie will abnehmen. «Da drüben gibt es türkische Pizza mit Salat, das geht noch.»

Aber sie will nicht.

Ich kaufe mir Köfte im Brot. «Hhhhhhm, voll lecker, willste mal abbeißen?»

Sie möchte nicht. Ihr scheint es wirklich ernst zu sein mit ihrer Diät. Ich finde, sie ist gar nicht zu dick. Sie ist nur zu klein.

«Vielleicht gibt es da hinten noch was Kalorienarmes für dich.»

Hier findet man ja wirklich alles. An keinem Tag des Jahres zeigt sich die kulturelle Vielfalt von Kreuzberg so ausschweifend und kulinarisch differenziert wie am 1. Mai. Und das Myfest ist eigentlich immer sehr schön – wäre da nicht meine latente Angst, dass es hier zu einer Massenpanik oder einem spontanen Gewaltausbruch kommen könnte. An jeder Ecke stehen mehrere Polizisten, aber komplett sicher fühle ich mich trotzdem nicht. Auch die Hubschrauber, die schon die ganze Zeit am Himmel kreisen, schaffen es nicht, mir meine Anspannung zu nehmen. Ich muss mich einfach ablenken. Die anderen Leute haben doch auch keine Angst. Überall rennen hier Familien mit kleinen Kindern rum. Am Heinrichplatz steht eine riesige quietschbunte Hüpfburg, und daneben wirft ein leptosomer junger Mann mit angemaltem Clownsgesicht zwei Stäbe, die an den Enden brennen, durch die Luft. Jonglagen langweilen mich. Egal, womit jongliert wird, ich möchte mir das nicht ansehen. Feuer, Babys, Kettensägen – alles totöde. Aber die Kinder finden den jonglierenden Clown gut. Mit offenen Mündern gucken sie, wie er sich die flammenden Enden der Stangen in den Mund steckt.

«Frl. Krise, hast du wirklich keinen Hunger?», frage ich.

«Nun hör doch mal auf damit! Komm, wir suchen jetzt die Bühne. Ist schon drei viertel zwei. Dein Hamid fängt doch um 14 Uhr an.»

«Oha, Frl. Krise, Frau Freitag! Hallo, was machen Sie denn hier?»

Neben uns steht Ömür und streckt Frl. Krise die Hand entgegen. Sie schüttelt sie und strahlt ihn an.

«Ömür, schön, dich zu sehen. Was ist das für eine komische Uniform?»

Ömür dreht uns stolz den Rücken zu. «Kontaktteam» steht auf seiner Weste.

«Wir sind extra nicht in normale Uniform. Wir sollen beruhigend auf die Leute wirken. Deeskalationsmaßnahmen. Haben Sie bestimmt schon mal von gehört», erklärt er uns wichtig. «Emre ist übrigens auch hier. Der ist dahinten. Bei den Stand von meine Tante und meine Mutter. Frl. Krise, Frau Freitag, da MÜSSEN wir jetzt hin!»

Ohne unsere Zustimmung abzuwarten, hakt Ömür uns an seinem rechten und linken Arm ein und zieht uns zielstrebig Richtung Adalbertstraße. Geschickt steuert er uns durch die Menschenmassen. Richtung Kotti wird die Oranienstraße immer voller. Man muss hier nicht nur aufpassen, nicht mit irgendwelchen Besoffenen zusammenzustoßen oder aus Versehen spielende Kleinkinder zu zertreten, nein, man muss auch den Straßenfestslalom beherrschen, bei dem man gekonnt den Müll und die Scherben auf dem Boden umschifft.

«Ömür, bebeğim!», ruft plötzlich eine dicke türkische Frau, die hinter einem Tapeziertisch vor dem Blumenladen an der Ecke zur Adalbertstraße steht. Sie winkt uns mit beiden Händen. Neben ihr steht eine noch dickere Frau. Die beiden sehen aus wie Zwillinge. Das müssen Ömürs Mutter und seine Tante sein. Emre kniet vor dem Stand und legt Bierflaschen und Red-Bull-Dosen in eine Badewanne mit gecrashtem Eis. Ömür geht zu seiner Mutter, umarmt sie innig und gibt ihr mehrere Küsse auf beide Wangen, dann zeigt er auf uns und sagt irgendetwas auf Türkisch. Ich verstehe nur öğretmen. Das Wort kenne ich. Das heißt Lehrerin, und damit sind Frl. Krise und ich gemeint. Wir grinsen die beiden Frauen an, die nun hinter dem Stand hervorkommen und uns heftig umarmen.

«Öğretmen Ömür, çok güzel!»

Ömürs Mutter, Frau Kiran, sieht nett aus. Sie hat viele Lachfältchen um ihre großen Augen. Verrückt, wie ähnlich sich Ömür und seine Mama sehen. Vor allem die Augen und natürlich die Körperfülle. Sie trägt kein Kopftuch, und in ihrem geblümten Kleid sieht sie sehr modern und ziemlich jung aus. Wahrscheinlich hat sie Ömür schon mit 16 oder 17 bekommen. Sie greift sich Frl. Krises Arm und zieht sie sanft, aber bestimmt vor ihren Stand.

«Öğretmen Ömür, guck! Alles hmmmm, hmmm, sehr gut, von Türkei sehr gut Essen.»

Sie macht mit der Hand eine Bewegung zum Mund und zeigt dann auf eine große Schale Bulgur. Ich glaube, Frl. Krise soll sich etwas aussuchen.

«Hülya!» Sie winkt ihrer Schwester zu. «Komm! Machst du öğretmen Ömür schöne Teller! Und öğretmen Freitag auch.»

Und bevor sie den Satz beendet hat, schaufelt Hülya schon Berge von Bulgur und Köfte auf einen Pappteller. Öğretmen Krise schüttelt leicht den Kopf.

«Nein, nein, Frau Kiran, bitte, nicht so viel!»

Öğretmen Freitag freut sich schon auf ihren Teller. Der Tapeziertisch biegt sich unter den vielen Köstlichkeiten, die Familie Kiran an ihrem Stand anbietet. Ihr Geschäft scheint gut zu laufen, denn eine lange Schlange wartet darauf, von Ömürs Tante bedient zu werden. Neben diversen Salaten gibt es auch gefüllte Weinblätter, Zigarrenbörek mit Käse oder Fleisch gefüllt, Halumi und natürlich Baklava, die berühmte türkische Nachspeise, die wahrscheinlich das Süßeste ist, was der Mensch herstellen kann. Stolz überreicht Ömürs Mutter Frl. Krise und mir zwei bis zum Rand vollgehäufte Teller mit den köstlichsten Leckereien der türkischen Küche.

«Jetzt essen!», befiehlt sie und gibt uns zwei Gabeln.

«Na dann, Frl. Krise», flüstere ich. «Guten Appetit.»

«Los, komm, Frl. Krise, beeil dich mal, ich glaube, Hamid ist gleich dran.»

«Frau Freitag, ich kann nicht so schnell. Meine Schuhe und mein Magen. Ich platze gleich», keucht mir Frl. Krise von hinten ins Ohr. Ich habe ihren Arm fest mit meinem verhakt, damit wir uns im Gewirr in der Naunynstraße nicht verlieren. Frl. Krise lässt sich von mir ziehen. Das wird auf die Dauer ganz schön anstrengend. Seit wir am Stand von Ömürs Familie so nett verköstigt wurden, jammert sie mir unentwegt vor, dass sie sich hinlegen müsse, um ihre Verdauung in Gang zu bringen.

«Hättest ja nicht das ganze Baklava in dich reinstopfen müssen», rufe ich ihr zu. Je näher wir an die Bühne kommen, umso lauter wird es, obwohl im Moment niemand rappt. Jetzt brabbelt sie irgendetwas. Ich verstehe sie nicht. Vier Meter vor der Bühne bleiben wir stehen und warten. Es ist schon 20 Minuten nach zwei, hoffentlich haben wir jetzt nicht Hamids Auftritt versäumt.

«Oh Mist, Frl. Krise, ich wollte doch Ömür und Emre was fragen, wegen der Bestellungen.»

Die Krise sieht mich verwirrt an. «Bestellungen? Meinst du für den Kunstfachbereich? Wieso denn Emre und Ömür?»

«Nein, wegen Mert», versuche ich zu erklären, aber sie sieht mich an wie Rosa, wenn ich frage, was das Simple Past ist.

«Mert? Ach, der macht sich doch wirklich gut bei dem Körnel.

Ich bin richtig stolz auf den kleinen Halunken. Aus dem kann vielleicht wirklich noch was …»

«Kleiner Halunke? Gangster, Frl. Krise! Gangster! Dieser Mert ist total kriminell. Denk doch mal an die Rucksäcke!»

«Hä? Frau Freitag, ich verstehe überhaupt nichts mehr. Was denn jetzt für Rucksäcke? Wovon sprichst du?»

«Also, meine liebe Krise, dann noch mal ganz von vorne. Unser Felix 26 hat doch von Mert einen Rucksack gekauft.»

«Tzzzz, dieser Felix … na ja, der ist halt ein blutiger Anfänger. Der weiß eben nicht, dass man so was nicht macht, der ist noch so naiv …»

«Ja, ja, aber erst dachte ich doch, dass Mert Sachen für seinen Onkel in der Schule vertickt. Das wäre ja schon unverschämt genug, aber dann meintest du, dass der gar keinen Onkel in Berlin hat. Und als ich das neulich Ömür und Emre erzählt hab, da sagten die, dass das mittlerweile ein polizeibekannter Trick sei.»

Frl. Krise runzelt die Stirn «Was jetzt? Keinen Onkel in Berlin zu haben? Guck, ist das nicht Hamid, da neben der Bühne?»

«Nein, Mann, Frl. Krise, der Mert macht BESTELLUNGEN. Der bestellt unter falschem Namen irgendwas im Internet. Zum Beispiel den Rucksack für Felix. Dann sucht er sich ein Haus, in dem eine Wohnung leer steht, und dort klebt er dann seinen oder irgendeinen Namen an den Briefkasten, und wenn die Post das Paket an diese Adresse ausliefert, dann wartet er im Hausflur und sagt, er nimmt es gleich mit. Ich hab dir doch erzählt, dass ich das am Marheinekeplatz beobachtet habe. Da hatten Thomas, Hamid und Günther auf ein Paket mit einer Winterjacke drin gewartet.»

Frl. Krise scheint immer noch nicht zu verstehen, wovon ich spreche. Sie ist wirklich gerade sehr unkonzentriert. Das ganze Blut im Magen. Und dann auch noch Hamid neben der Bühne.

«So etwas machen die Jungs? Aber woher weiß Mert denn, wann das Paket kommt? Er kann ja nicht tagelang in einem fremden Haus campieren. Das wäre ja sehr auffällig. Guck! Da auf der Bühne! Hamid und Erol!»

«Jaaaa, haha. Voll die Profis, wie sie da an den Mikros rumfummeln. Das kann jetzt noch eine Weile dauern, bis es anfängt. Die sind bestimmt tierisch aufgeregt, aber man sieht es ihnen total an, wie wichtig die sich da oben fühlen.»

Vor der Bühne stehen außer uns eigentlich nur Kinder und ein paar Jugendliche. Mädchen sehe ich nicht gerade viele. Hier bleibt der Berliner Hip-Hop-Nachwuchs wohl unter sich. Ich bin echt gespannt, was Hamid und Erol gleich von sich geben werden. In Deutsch sind die beiden ja wohl nicht gerade die Leuchten, sagt Frl. Krise. Hamid hat eine stabile Fünf, und Erol schleppt seit fast drei Schuljahren eine chronische Vier minus mit sich rum. Hoffentlich wird das nicht dieser übliche Gangstermist, den die meisten Jungs immer rappen.

«Also, Frl. Krise, noch mal kurz zu dem Paket. Du kannst doch im Internet immer sehen, wo deine bestellte Ware gerade ist.»

Frl. Krises Gesicht erhellt sich plötzlich.

«Ja, stimmt! Das ist super! Ich hab doch neulich diese bezaubernde Babypuppe für Viktoria-Estelle bestellt, ach, die war ja sooo süß. Aber was die gekostet hat, das möchtest du nicht wissen ...»

«Nee, möcht ich nicht. Also, was wolltest du mir denn jetzt sagen?» Frl. Krise dreht sich manchmal beim Erzählen wirklich im Kreis oder sonst wohin.

«Ach so, ja, also, ich konnte im Internet beobachten, wo die Puppe gerade war. Da benachrichtigen die dich wirklich an jeder Station. Postzentrum blablabla ...»

Oh Mann, die Frau bringt mich noch um den Verstand. Als ob mich die Reise ihrer teuren Puppe interessieren würde.

«Frl. Krise! Nun komm mal zum Punkt!»

«Oha, ist ja schon gut. Also, als die mir schrieben, dass die Lieferung aus dem Postzentrum Süd in einen Transporter gepackt wurde, da hab ich mich auf den Balkon gesetzt, einen Kaffee getrunken, und neunzig Minuten später kam auch schon das DHL-Auto. Wirklich klasse!»

«Ja, und so machen diese Kriminellen das eben auch. Die checken das dann auf ihren Handys und müssen sich vielleicht ein, höchstens zwei Stunden vor dem besagten Haus rumdrücken. Und dabei habe ich doch neulich Günther, Thomas H. und Hamid am Marheinekeplatz beobachtet. Hatte ich dir doch in Falkenthal erzählt.»

«Ja, ja, stimmt. Da müssen wir was machen. Das ist ja schon richtige Wirtschaftskriminalität! Ah, guck mal, die fangen jetzt an. Au Backe, wie aufgeregt die beiden aussehen. Der Erol zittert ja richtig, wie das Mikro wackelt.»

Hamid sieht zu dem Mann am Mischpult, der hinten auf der Bühne steht. Der einzige Erwachsene weit und breit. Wahrscheinlich ein Sozialarbeiter aus irgendeinem Jugendzentrum, von dem das Ganze hier organisiert wird. Hamid gibt ihm mit dem Kopf ein Zeichen, und plötzlich dröhnen dumpfe Bässe aus den riesigen Lautsprechern, die neben der Bühne stehen.

«Yo, yo, yo, Hip Hop Hurrah, yo Mann, wir sind Hamid the Boss, und das hier ist mein Bruder Erol. Player Erol. Yo, yo.»

«Bruder?», schreit mir jetzt Frl. Krise ins Ohr. «Bruder, ich wusste gar nicht, dass die beiden verwandt sind.»

«Mann, Frl. Krise, doch nicht der richtige Bruder. Hip-Hop-Bruder!»

Erol und Hamid stehen verloren auf der viel zu großen Bühne und wippen mit den Köpfen zum Beat der Musik. Erol hebt und senkt seinen nach vorne gestreckten Arm, als würde er einen sich verändernden Wasserstand anzeigen wollen. Zwei kleine Jungs in der ersten Reihe fangen an, sich gegenseitig hin und her zu schubsen. Auch die drei Jugendlichen, die mit ihren Bierflaschen direkt vor uns stehen, scheinen sich zu langweilen. Der eine schreit laut in sein Handy, der andere gibt einem kleineren Jungen, der an ihm vorbeiläuft, einen Nackenklatscher. Das zieht weitere Unruhe nach sich. Und weit und breit keine Strophe von Hamid und Erol.

«Anfangen, ihr Lappen!», schreit jetzt einer von der Bierflaschentruppe, und Hamid guckt etwas verängstigt. Langsam hebt er sein Mikro.

«Yo, yo, Hip Hop Kreuzberg 36, ich bin Hamid, der Boss, und das ist unser Lied. Yo, yo, ich bin der Boss, was ist los, überall nur bitches und faker, ich bin der maker … yo, yo.»

Frl. Krise gibt mir mit ihrem Ellenbogen einen kleinen Stoß in die Seite.

«Faker und maker ist gar nicht schlecht», sagt sie anerkennend.

«Das ist doch nicht von denen, das ist garantiert geklaut.»

«Yo, yo, auf der Straße musst du hart sein, Bullenschweine, Lehrer, Frau Merkel, ihr könnt mein Auto waschen, ich lass mich nicht verarschen, ich bin der Boss, der Boss, yo, yo, was ist los?»

«Was hat er denn gegen Frau Merkel?», will Frl. Krise wissen, aber ich kann es ihr auch nicht sagen.

«Yo, ich bin der Boss, Kreuzberg 36 ist meine Hood, die Straße mein Revier, Bullenschweine meine Feinde, die Bräute, sie wollen nur meinen Schwanz, denn …»

Warum die Bräute den wollen, kann ich nicht verstehen, da Frl. Krise mir irgendetwas ins Ohr brüllt. Hamid übergibt das Mikro an Erol, wippt weiter mit dem Kopf und übernimmt nun die Wasserstandsmessung.

«Yeah, yeah, Kreuzberg 36, Neukölln, yeah, yeah ich bin Erol the Player, und das ist, yeah, yeah, das war Hamid, der Boss. Was ist los? Yeah, yeah, Kreuzberg 36 …»

«Jetzt fang endlich an, du Spast!», schreit einer der Bierjungs, und sein Kumpel wirft ein leeres Zigarettenpäckchen auf die Bühne, das neben Hamids Schuh liegen bleibt.

«Yeah, yeah, wir sind alle Kanaken, ich geh auf Bullenschweine kacken, yeah, Neukölln, die Schule kann sterben gehen, Mathe fickt meinen Kopf, ich bin der Hip-Hop-Boss, yeah, yeah, ich bin der Player, wenn du was willst, Alter, dann komm doch he-er, yeah, yeah, Kreuzberg 36, meine Heimat, mein Revier, wenn du auf die Fresse willst, dann kommst du zu mir, Bullenschweine, Lehrer und auch Frau Merkel, ich ficke ihren Mann, denn jetzt bin ich mal dran, yeah, yeah …»

Plötzlich schmeißt der Typ vor uns seine Bierflasche auf die

Bühne. «Fresse halten, du Schwulette! Geh nach Hause! Lappen!»

Erol dreht sich verunsichert zu dem Sozialarbeiter um und gibt dann Hamid das Mikro zurück. Als der gerade zu seinem «Yo, yo» ansetzen will, ertönt ein fürchterlich lautes Fiepen aus den Boxen. Auch die Musik fängt plötzlich an zu leiern. Hamid und Erol gehen zum Mischpult. Einige Jungen neben uns buhen und pfeifen. Eine weitere Flasche fliegt auf die Bühne. Dann ein lautes Knacken, und plötzlich ist alles still. Das Buhen schwillt zu einem heftigen Gegröle an, und Hamid und Erol klettern neben dem Mischpult von der Bühne. Frl. Krise guckt auf ihre Uhr und seufzt.

«Halb drei. Wolln wir gehen?», fragt sie, und ich habe nichts dagegen einzuwenden.

«Herr Voss!»

«Frl. Krise?»

Der Voss könnte ja wenigstens mal aufschauen, wenn ich ihn anspreche! Hockt da wie immer an seinem Platz und fuhrwerkt mit einem gelben Marker in der Notenliste herum. So ein Korinthenkacker. Der glaubt wohl auch, dass seine Noten objektiver werden, wenn er sie bis hinter die letzte Stelle nach dem Komma ausrechnet.

«Tobias, du hast die Bilder von der Neun eingesammelt, als du neulich Vertretung für mich hattest, oder?»

«Ach, die!»

Jetzt lehnt er sich gelangweilt auf seinem Stuhl zurück und schließt für einen Moment die Augen.

«Die liegen noch oben in meiner Klasse. Künstlerisch sehr wertvoll – diese Bilder!»

Blödmann. Der kann mich mal. Ich drehe mich auf dem Absatz um und steuere meinen Platz an. Es ist Mittagspause. Trotzdem ist nicht viel los im Lehrerzimmer. Frau Nolte nickt mir hinter ihren Büchern zu, der Pommer blättert in einer *BZ*, und Felix packt gerade seine Brotdose aus. Super, wenn jetzt noch Susanne Brendel käme, könnten wir die Sache mit dem Camp besprechen. Nur der Voss ist mir ein Dorn im Auge. Der darf das auf keinen Fall mitbekommen. Die Tür öffnet sich, Susanne stolpert herein. Seufzend setzt sie sich an ihren Tisch.

«Ich bin fix und fertig – hatte gerade eine Auseinandersetzung mit Thomas H. auf dem Hof. Der hat mir genau vor die Füße gerotzt!»

Die Nolte gibt einen kleinen entrüsteten Aufschrei von sich, und der Pommer schüttelt den Kopf. Ich muss sofort diesen Voss loswerden und mit den anderen reden.

«Du, Tobias, ich brauche meine Bilder von der Neunten unbedingt in der nächsten Stunde! Könntest du die holen?»

«Jetzt?»

«Ja, bitte!»

Der Voss schüttelt den Kopf, steht betont umständlich auf, greift nach seinem Schlüsselbund und geht demonstrativ langsam aus dem Lehrerzimmer. Sehr gut!

«Hört mal alle zu, ich habe einen super Vorschlag, wie man dem Thomas beikommen könnte. Aber ich kann das unmöglich hier besprechen! Könnten wir mal ganz kurz zusammen ins Elternsprechzimmer gehen? Bitte! Nur ein paar Minuten!»

Das Elternsprechzimmer ist ein kleiner Raum neben dem Lehrerzimmer. Ein Tisch, vier Stühle und eine Liege mit einem Kissen und einer karierten Wolldecke – falls mal jemandem schlecht wird. Auf die schmeißt sich gleich der Pommer. Die Nolte und Susanne setzen sich an den Tisch, Felix auf das Fensterbrett, und ich bleibe stehen.

«Na, jetzt bin ich ja mal gespannt!», sagt der Pommer und schiebt sich das Kissen unter den Kopf.

«Zieh dir mal die Schuhe aus, Peter!» Monika sieht missbilligend auf seine ausgelatschten braunen Slipper.

«Was schwebt dir denn vor, Frl. Krise?», fragt Felix und beißt in sein Brot. Ich erzähle in Kurzfassung die ganze Campstory – schön vom Anfang bis zum heutigen Tag. Susanne und Pommer hören mit verwunderten Gesichtern zu, unterbrechen mich aber nicht. Über Felix' Gesicht breitet sich ein belustigtes Grinsen aus. Monika hüstelt nervös und beobachtet ängstlich die anderen. Erst als ich die geplante Finanzierung des Projekts anspreche, richtet sich der Pommer ruckartig auf und sagt:

«Das ist ja wohl das Verrückteste, was jemals an dieser Schule passiert ist! Dir ist doch klar, Frl. Krise, dass ihr euch damit schwer in die Nesseln setzen könnt. Wenn das die Schulaufsichtsbehörde erfährt! Und Geld kosten soll es auch noch!»

Monika setzt sich bolzengerade hin und faltet ihre Hände auf dem Tisch.

«Peter, es ist doch alles mit den Eltern abgesprochen! Ihre Einwilligungen liegen uns schriftlich vor. Von der Seite her sind wir also voll abgesichert. Die Jungen machen nur ein außerschulisches Praktikum – dagegen kann niemand etwas einwenden. Und der Körnel ist ein ungewöhnlich fähiger Pädagoge. Ein Pädagoge im besten Sinne! Ein Vorbild für diese defizitären Jugendlichen. Er vermittelt ihnen auf seine Art wertvolle Fähigkeiten und Fertigkeiten und fördert ihre Sozialkompetenz. Alles Dinge, die wir im schulischen Setting ja wohl bisher nicht geschafft haben.»

Wie die Monika den Körnel verklärt! Ich könnte mich totlachen. Pädagoge im besten Sinne! Das ist wohl ein bisschen übertrieben. Aber Monika scheint entschlossen, sich unser Projekt unter allen Umständen schönzureden. Ich lege meine Hand auf den Mund, um mich nicht zu verraten.

«Aber die Schulleitung ist nicht eingeweiht! Und dieser Körnel hat keinerlei fachliche Zulassung für so ein ... äh ... Bootcamp, wenn ich das richtig verstanden habe!», insistiert der Pommer.

«Ach Mensch, Peter! Du weißt genau, solche Genehmigungen dauern Jahre! Bis das so weit ist, sind unsere Jungen längst völlig den Bach runter. Wir haben doch eine pädagogische Verantwortung! Denen müssen wir JETZT helfen! Du müsstest mal sehen, wie die in der kurzen Zeit schon aufgeblüht sind.»

Felix nickt. «Also, ich finde das toll! Seitdem der Mert weg ist, ist auch die Klasse viel ruhiger geworden. Nur der Thomas ... der müsste auch noch dahin! Dann könnte man richtig gut ...»

«Im Fernsehen hab ich mal so was gesehen ... bei RTL, glaube ich. Diese Annegret Nobel in Arizona. Die arbeitet doch auch ähnlich», piepst plötzlich Susanne dazwischen. «Und die war ziemlich erfolgreich damit – haben die in der Sendung gesagt!»

«RTL! Arizona! Da ist mir Brandenburg schon sympathischer!»

Der Pommer erhebt sich stöhnend von der Liege und greift sich an den Rücken.

«Wenn das hier so weitergeht mit der immensen Belastung, die wir mit unserer Klientel haben, dann halte ich gesundheitlich jedenfalls nicht mehr lange durch, das kann ich euch sagen.»

Na, das hört sich doch schon ganz positiv an. Ich werde jetzt nicht drängeln. Man muss den Kollegen auch die Chance geben, sich erst einmal alles durch den Kopf gehen zu lassen. Außerdem klingelt es gleich.

Auf der Bergmannstraße ist der Teufel los. Die Straßencafés sind rappelvoll, und jede Menge Menschen schieben sich über den Gehweg. Das wird hier echt von Jahr zu Jahr schlimmer! Besonders im Sommer! Kaum zeigt sich der erste Sonnenstrahl, ist schon kein Durchkommen mehr. Wenn das so weitergeht, werde ich eines Tages die Leute fragen müssen, wo sie alle herkommen, damit ich in ihren Kiez gehen kann, denn da dürfte es dann wohl ganz leer sein.

«Warte, ich will hier rein!»

Frl. Krise stürzt in den kleinen Laden für Naturkosmetik. Sie schwört auf irgend so eine Creme aus Rosenblättern, die angeblich die Haut «harmonisiert». Ich könnte mir bei der Gelegenheit eigentlich dieses Body-Sugar-Scrubzeug kaufen, das ich zu meinem Geburtstag bekommen habe, aber neee. Ich habe ja bald wieder

Geburtstag … Frl. Krise steht an der Kasse an. Geduld ist nicht gerade ihre Stärke. Sie zappelt von einem Bein aufs andere. Als sie fast schon dran ist, knallt sie das Cremedöschen achtlos in irgendein Regal, guckt mich triumphierend an, dreht sich um und zieht mich am Arm aus dem Laden.

«Mensch, Frau Freitag! Das hab ich ja ganz vergessen! Das wollte ich dir doch schon die ganze Zeit erzählen. ALLE MACHEN MIT!»

«Was ist denn jetzt los? Wer macht mit? Ich dachte, du wolltest dir eine Creme …»

«Der Pommer, Felix, die Susanne und die Nolte sowieso!»

«Pst! Schrei doch nicht so!»

Frl. Krise zuckt zusammen, guckt sich verschwörerisch um und senkt ihre Stimme.

«Sie sind mit dem Camp einverstanden!», flüstert sie. «Und bezahlen wollen sie auch. 50 Euro im Monat. Der Felix gibt nur 20, aber der ist ja auch Referendar. Den Rest kratzen wir schon irgendwie zusammen. Na, was sagst du jetzt?»

«Super-duper! Dann fehlt ja jetzt nur noch Emine. Komm, wir gehen noch schnell zu Onkel Ali!»

«Aber, Frau Freitag, du darfst auf keinen Fall den toten Sven Krause erwähnen. Ali lässt seine Frau niemals in ein Dorf, in dem Leichen im Wasser schwimmen.»

«Ist schon klar, Madam.» Manchmal denkt die Krise aber auch, dass ich bescheuert bin.

Onkel Ali sitzt vor seinem Laden an einem der kleinen Tische in der Sonne. Er winkt uns schon von weitem zu.

«Hallöchen, die Damen. Soll ick euch den Kaffee hier draußen serviern? Is ja wieda so herrlichet Wetta heute!»

Ich schüttele den Kopf. «Nee, Onkel Ali, lass uns mal lieber reingehen, wir müssen was ganz Dringendes mit dir besprechen!»

Onkel Alis Gesicht verfinstert sich. «Aber bloß nich wieda so wat wie diese Verabredung mit eure Kollejin damals! Da mach ick nich mit!»

«Natürlich nicht!»

Frau Freitag und ich grinsen uns an. Letztes Jahr waren wir beide in einen Kriminalfall verstrickt und haben Onkel Ali ohne sein Wissen in unsere Ermittlungen einbezogen. Das nimmt er uns immer noch übel. Im Späti ist es kühl und halbdunkel. Es riecht irgendwie komisch, ganz anders als sonst – nach Krankenhaus oder Zahnarztpraxis.

«Emine!», sagt Onkel Ali düster und nimmt die Kanne aus der Kaffeemaschine. «Sie hat hier jestern allet desinfiziert. Allet!!»

«Sie hat also noch keine neue Stelle!», stellt Frau Freitag mit einem freudigen Beben in der Stimme fest.

«Nee! Ist ooch nüscht in Aussicht. Ick werde noch irre mit diese Frau!»

«Genau darüber wollen wir mit dir reden. Wir hätten da was ...»

Klirrend lässt Onkel Ali die Kaffeekanne zurück auf die Warmhalteplatte fallen und starrt uns an. «Arbeit für Emine?»

Ich hole tief Luft. «Es ist ... na ja ... es ist ein Minijob ... in ... in ... Brandenburg!»

«In Brandenburg? Wo denn da? Und wie soll se da hinkommen?»

«Pass auf, Onkel Ali, ich erkläre dir alles. Sie könnte ein paar Tage in der Woche da wohnen. Kost und Logis frei, natürlich! Und auch die Fahrt. Es handelt sich um eine Stelle auf einem kleinen Bauernhof.»

Wir reden und reden. Onkel Ali hört sich alles geduldig an. Als wir endlich fertig sind, wiegt er nachdenklich den Kopf hin und her.

«Hätte wat!», sagt er. «Kochen, Kinder, sie als einzje Frau ... Dit könnte ihr jefalln! Und der Typ is wirklich schwul? Is aba schwarz, wa, die Stelle? Und ziemlich weit weg ... obwohl ... Hauptsache, se hat wat zu tun!» Er seufzt schwer.

«Kämst *du* denn ohne Emine klar?» Frau Freitag guckt besorgt.

Onkel Ali zwinkert ihr zu: «Nee! Ick würde natürlich fahungern! Quatsch, dit jeht schon! Wär ja ooch nich für immer!»

«Nee! Erst mal nur bis zu den Sommerferien!»

«Frau Freitag, dein Termin ist da», sagt Frau Brendel und geht zum Kopierer.

«Danke, Susanne.»

Na toll, schon fast halb zwei. Um eins hatte ich Günthers Mutter bestellt. Unpünktlichkeit scheint bei Familie Pohl genetisch bedingt zu sein. Heißt es nicht immer: «Freitags um eins macht jeder seins»? Von wegen … ich habe bereits seit einer Stunde Schulschluss, aber was tut man nicht alles im Namen der Pädagogik?

«Frau Pohl, schön, dass Sie da sind.» Ich schüttele der kleinen Frau, die etwas verunsichert vor unserem Lehrerzimmer steht, die Hand und schiebe sie sanft in Richtung Elternsprechzimmer. Günthers Mutter weiß nicht, warum ich sie heute in die Schule bestellt habe, allerdings ist dies nicht ihr erster Besuch, deshalb hatte sie gestern am Telefon auch gar nicht nachgefragt. Sie ist höchstens dreißig. Eine zierliche, schlanke junge Frau, der man allerdings ansieht, dass ihr das Leben nicht immer nur die Zuckerstückchen zugespielt hat. Drei Söhne von zwei Männern. Beide Typen längst über alle Berge. Der neue Freund auch. Der kleinste Sohn seit kurzem im Kindergarten, der mittlere in der Grundschule und Günther. Bevor sie schwanger wurde, hat sie eine Ausbildung zur Kosmetikerin angefangen, die sie dann aber nicht beenden konnte. Das hat sie mir beim ersten Elternsprechtag erzählt.

«So, Frau Pohl, Sie fragen sich sicher, warum ich Sie heute herbestellt habe.»

Frau Pohl nickt.

«Wissen Sie, ich frage mich, warum Sie dem Günther diese teure Jacke gekauft haben.»

Frau Pohl zieht ihre Augenbrauen zusammen und guckt mich verwundert an.

«Na ja, also den ganzen kalten Winter ist der Günther nur in diesem grauen Kapuzenpulli rumgelaufen, und jetzt, wo es wieder warm wird, kaufen Sie ihm diese dicke Winterjacke, die er seit April nicht mehr ausgezogen hat.»

Günthers Mutter schüttelt kaum merklich den Kopf und sagt leise: «Ich, äh, ich …»

«Frau Pohl, diese Jacke, das ist eine sehr teure Jack-Wolfskin-Texapore-Allround-Windjacke mit heraustrennbarem Fleeceinnenfutter, solche Teile kosten mindestens 180 Euro. Ich kenne mich da aus. Und Sie beziehen doch momentan immer noch …»

Ich blättere durch Günthers Schülerakte, die ich vor mir auf dem Tisch liegen habe. Plötzlich zieht Frau Pohl ihre Schultern nach oben und guckt mich sehr direkt an.

«Frau Freitag, Sie denken doch nicht etwa, dass ich schwarz arbeiten tue? So was mache ich nicht. Und diese Jacke … Die habe ich ihm nicht gekauft. Günther hat die von einem Freund geschenkt bekommen.»

«Geschenkt bekommen? Also, Frau Pohl! Ein Kleidungsstück für 180 Euro ist ja wohl ein ziemlich seltsames Freundschaftsgeschenk für Vierzehnjährige, oder sehen Sie das anders?»

«Nein», sagt Frau Pohl leise.

Ich mache eine kurze Kunstpause. Dann schlage ich einen netteren Ton an. «Frau Pohl, das fällt mir jetzt wirklich nicht leicht, aber ich muss Ihnen mitteilen, dass der Günther Mitglied einer äußerst kriminellen Bande geworden ist.»

«WASSS?», kreischt Frau Pohl, schlägt sich die Hand vor den Mund und guckt mich mit entsetzten Augen an. Jetzt hab ich sie so weit. Ich erzähle ihr alles, was ich über die Bestellungen weiß. Günther erhält dabei eine sehr tragende Rolle. Frau Pohl schüttelt die ganze Zeit ungläubig den Kopf. «Frau Pohl, die Polizei sagt auch, dass …»

«Polizei???»

«Ja, natürlich. Frau Pohl, wir sprechen hier nicht über ein paar geklaute Kaugummis. Der Günther ist bereits tief ins kriminelle Milieu abgestürzt. Das gibt garantiert ein paar Jahre Jugendstrafvollzug.»

«Strafvollzug??? Sie meinen, mein Günther muss ins GEFÄNGNIS?»

«Ja. Natürlich. Ein, zwei Jahre sind das mindestens ... es sei denn ... ach, nein ...»

«Was, was? Sagen Sie, Frau Freitag! Bitte, was kann ich tun? Gefängnis, nein, das geht nicht. Das bringt ihn um. Nein, bitte! Sagen Sie!»

«Also, die einzige Chance, die er hätte, wäre eine Resozialisierungsmaßnahme. Ich habe lange mit der Polizei verhandelt, und dazu wären sie bereit, aber nur, wenn er dort auch alles ...»

«Ich verspreche Ihnen ALLES! Günther wird alles machen, was Sie sagen!»

Und dann erzähle ich Frau Pohl vom Camp. Sie unterschreibt mir diverse Einverständniserklärungen, umarmt mich dankbar, als wir uns verabschieden, und ich verlasse zufrieden das Schulgebäude in Richtung Wochenende.

Beflügelt

Den Weg nach Falkenthal findet mein Auto inzwischen fast von selbst. Wir fahren durch stille Dörfer, flitzen an blühenden Rapsfeldern vorbei und schnurren über gerade schattige Alleen. Frau Freitag ist ausnahmsweise ruhig und schaut aus dem Fenster, Viktoria-Estelle schläft hinten in ihrem Kindersitz, Günther neben ihr kaut auf einem Lolli-Stiel und nestelt an seinem Handy.

«Kein Empfang!», verkündet er in regelmäßigen Abständen. Trotzdem scheint er ganz zufrieden damit zu sein, dass er ins Camp gebracht wird. Wahrscheinlich findet er alles besser als Jugendarrest, und außerdem freut er sich auf Mert.

«Ist das etwa hier?», fragt er in Grünsee, dem Ort vor Falkenthal.

«Vallah, voll leer in dieses Dorf, keine Geschäfte!»

Frau Freitag setzt sich auf und deutet stumm auf das Autohaus «Lettkow», das am Ortsausgang prangt.

«Na, ist das nichts?», sagt sie und klopft leicht an die Fensterscheibe.

«Okay, Autos!» Günther grinst mich im Rückspiegel an. «Sie können sich hier neues Auto kaufen, Frl. Krise! Gönnen Sie sich BMW! Voll klein, Ihr Auto! Und voll dreckig! Gucken Sie mal, bei dieses Autohaus gibt es eine Waschanlage! Sollen wir anhalten und reinfahren?»

«So weit kommt es noch, dass ich jetzt hier mein Auto wasche! Wir sind doch gleich da!»

Eigentlich hat Günther gar nicht so unrecht. Mein Auto ist in einem furchtbaren Zustand. Aber ich habe keine Lust, diesem Lettkow zu begegnen, lieber fahre ich mit dem schmutzigsten Auto Berlins herum. Endlich können wir die Landstraße verlassen und nach Falkenthal abbiegen.

Der Hof liegt im Halbschatten ruhig vor uns, niemand ist zu sehen, nur ein paar Hühner stieben auseinander, als ich hupe. Sofort öffnet sich die Haustür des Wohngebäudes. Emine!

«Merhaba! Schön, dass ihr endlich da seid. Ach, das Baby habt ihr auch mitgebracht! Sehr gut!»

Sie wirkt hochzufrieden und bewegt sich, als wäre sie die rechtmäßige Besitzerin des ganzen Anwesens. Dabei ist sie ja auch erst seit vorgestern Abend hier – ihr Sohn Yasin hat sie gebracht, erzählt sie, Onkel Ali konnte nicht aus dem Laden weg. In dieser kurzen Zeit kann sie eigentlich noch nicht viel geschafft haben, aber ihre bloße Anwesenheit scheint den ganzen Hof in freundlicheres Licht zu tauchen. Das Gerümpel, das überall herumlag, ist entfernt, das Hofpflaster gründlich gefegt, zwei gelb gestreifte Liegestühle stehen neben den Blumen in der Sonne, und auf den Stufen zum Haus räkelt sich eine kleine schwarze Katze. Vor der Scheune wartet ein gedeckter Tisch auf uns. Über allem schwebt der Duft von Kaffee und frischgebackenem Kuchen.

Nach dem Kaffeetrinken brettert der Körnel in seinem Jeep auf den Hof. Viktoria-Estelle, die sich gerade auf wackeligen Beinchen an einem Stuhl entlanghangelt, schreit bei seinem Anblick laut auf und flüchtet sich auf meinen Arm. Der Körnel wuschelt ihr mit der Hand durch die blonden Löckchen.

«Frl. Krise, dieses schwererziehbare Baby wollt ihr aber nicht auch noch hierlassen, oder? Die Jungs reichen mir! Wo ist denn überhaupt der Neue?» Er lässt sich auf einen Stuhl fallen, streckt die Beine aus und angelt sich ein Stück Kuchen quer über den Tisch. Dann stopft er sich das ganze Stück auf einmal in den Mund.

Emines Kuchen ist unglaublich süß und besteht aus nichts als einer Million Kalorien. Ich habe mit sehr schlechtem Gewissen zweimal zugelangt – der Badeanzugkauf steckt mir noch in den Knochen. Viktoria-Estelle schmeckt der Kuchen auch. Sie sitzt auf meinem Schoß, sperrt wie ein Vögelchen ihren kleinen Mund auf und lässt sich von mir füttern.

«Türkischer Joghurtkuchen!», erklärt Emine. «Die Jungen haben den gebacken. Der Mert hat sich ganz gut dabei angestellt. Nihat hat mehr genascht als geholfen.»

Der Körnel wischt sich über den Mund und lehnt sich zurück. «Lass mal, Emine, der Nihat hat ein Händchen für Tiere. Der macht das super mit den Schafen und den Hühnern, und nach unserem kleinen Kätzchen ist er auch ganz verrückt.»

Emine schüttelt den Kopf. «Eine Männerwirtschaft ist das hier! Im Haus muss erst mal richtig sauber gemacht werden. Und wie der Hof aussieht! Diese verrotteten Ställe! Ich hab den Herrn Körnel jetzt so weit, dass er die streichen will. Farbe hat er schon besorgt!»

Sie zeigt auf mehrere Eimer, die in der offenen Scheune stehen.

«Gestern haben wir das alte Plumpsklo abgerissen. Die Jungen mussten helfen. Das war vielleicht ein Affentheater! Zum Glück war Burak auch noch dabei!»

Der Körnel lacht und zwinkert Burak zu. Dermaßen gut gelaunt habe ich diesen Mann noch nicht gesehen – die neue Aufgabe scheint ihn ja mächtig zu beflügeln.

«Wer kommt denn da?» Emine zeigt auf einen Mann, der langsam den Weg zum Hof entlangspaziert. Das ist doch … der Markwart! Und elegant gewandet in eine weiße Hose, weiße Schuhe und ein schwarzes Poloshirt. Irgendwie passt das Outfit gar nicht in dieses dörfliche Ambiente! Was will der hier?

«Sie gestatten, dass ich einfach so eindringe?» Markwart steuert direkt auf unseren Tisch zu und lächelt charmant. «Guten Tag zusammen!»

Vor Frau Freitag und mir macht er eine angedeutete Verbeugung. Himmel, gleich wird er noch Handküsse verteilen. Dann fällt sein Blick auf Emine.

«Oh, Sie sind bestimmt Madame Emine? Sehr erfreut! Markwart mein Name. Ich habe schon von Frau Schmidt gehört, dass Sie hier neuerdings das Regiment übernommen haben!»

Emine greift zur Kaffeekanne.

«Ein Tässchen Kaffee und ein Stückchen Kuchen, Herr Markwart?»

«Sehr gerne, aber wenn ich zuerst etwas mit dem Körnel besprechen dürfte? Unter vier Augen, wenn es möglich wäre! Sie verzeihen, meine Damen.»

Die beiden Männer rücken ihre Stühle ein Stück beiseite und tuscheln miteinander. Sucht der Markwart ein paar alte Mistgabeln für ein neues Kunstwerk? Nein, es scheint sich um eine ernstere Angelegenheit zu handeln. Der Körnel regt sich nämlich auf und wird laut.

«Bullshit!», ruft er erbost und springt auf. «Sie wollen doch nicht etwa ... oder?»

Markwart schüttelt den Kopf, packt ihn am Arm und zieht ihn wieder auf den Stuhl zurück. Er spricht jetzt halblaut auf ihn ein, dabei fällt mehrmals das Wort «Lettkow». Jedenfalls meine ich, das gehört zu haben. Mist, man versteht nichts mehr. Sehr schade. Als sie endlich an den Tisch zurückkommen, scheint der Körnel verstimmt zu sein, und Markwart wirkt irgendwie derangiert. Er fährt sich immer wieder nervös mit den beringten Händen durch die Haare, schüttet lustlos seinen Kaffee herunter, verschlingt kommentarlos ein Stück Kuchen und verabschiedet sich kurz darauf ohne große Umstände. Burak schaut den Körnel fragend an.

«Und? Verkauft er?»

Der Körnel ist fassungslos: «Was weißt du davon? Und woher?»

Burak grinst. «Na, ich hab auch so meine Kontakte. Wenn ich abends zum Telefonieren ins Dorf gehe, bekomme ich mit, was da läuft.»

«Gehst du zum Telefonieren ins Dorf? Ist da Empfang?»

Günther steht plötzlich wie aus dem Boden gewachsen vor uns.

«Wer bist du? Was soll das? Haben wir uns schon gesehen? Ich kann mich nicht daran erinnern! Ich erwarte eine anständige Begrüßung!», faucht ihn der Körnel an.

«Ach so, ja nein, ich ... äh ... ja, ich bin Günther, hallo!»

Der Körnel springt auf, macht eine Handbewegung, und die beiden verschwinden hinterm Haus. Aha, jetzt wird Günther endlich vom Körnel richtig eingenordet. Wird ja auch langsam Zeit! Ich habe mich ohnehin schon gewundert, dass sich die Jungs nicht mal beim Kaffeetrinken draußen gezeigt haben.

«Burak, was soll der Markwart verkaufen?», fragt Frau Freitag neugierig.

«Sein Haus! Der Markwart hat doch so ein voll schönes altes Haus mit einem Riesengarten. Das will der Lettkow gerne haben. Er will ein Hotel im Dorf bauen, so was Modernes mit Schwimmbad und Kosmetik so.»

«Echt? Und was hat der Körnel damit zu tun?», fragt Frau Freitag.

«Keine Ahnung! Ich weiß nur, dass der Markwart total sauer auf den Lettkow ist. Auch weil seine Sachen in letzter Zeit immer kaputt gemacht werden, also diese rostigen Dinger, seine schrottigen Kunstwerke!»

«Wer macht denn die Sachen kaputt? Lettkow?», unterbricht ihn Frau Freitag.

«Ich weiß nicht genau, Frau Freitag. Der Markwart denkt, Lettkow war das. Sagen jedenfalls die Leute im Dorf!»

«Kennst du viele Leute im Dorf?»

«Geht so. Ich kenn nur 'n paar Jungs. Und Sandy von Frau Schmidt. Ich geh immer zum Telefonieren an die Bushaltestelle, hier ist doch so schlechter Empfang.»

Der Körnel stapft an uns vorbei, von Günther ist nichts mehr zu sehen. Die gute Laune des Körnels ist verflogen, wortlos geht er in die offene Scheune. Es scheint da drin einen kleinen Raum zu geben, in den er sich verzieht. Wir hören, wie die Tür zufällt und ein Riegel vorgeschoben wird. Hat er sich etwa eingesperrt? Komisch. Emine deckt rasch den Tisch ab.

«Ist ja schon so spät!», sagt sie. «Ich muss mit den Jungen das Abendessen kochen. Ihr seid natürlich herzlich eingeladen, Frau Freitag und Frl. Krise!»

Frau Freitag pflanzt sich in einen der Liegestühle und schließt sofort die Augen. Ich setze mich mit Viktoria-Estelle an den kleinen Sandhaufen neben dem Hühnerstall. Die Kleine schaufelt brav mit einem Teelöffel Sand in einen Blumentopf und lacht zufrieden. Die kleine Katze schleicht herbei, streicht um meine Beine und stupst Viktoria im Vorbeigehen leicht an. Aber die hat etwas Neues erspäht, etwas, das ihr Angst macht, sie drückt sich an mich.

«Dada!» Ich drehe mich um und sehe eine alte Frau in einer dunklen Kittelschürze, die neben dem Hühnerstall steht. Sie muss von hinten durch den Garten gekommen sein und mustert uns finster. In einer Hand hält sie einen Spaten mit abgebrochenem Stiel, in der anderen einen Korb. Das ist doch Frau Speck, die Mutter des Körnels!

«Was ist denn hier los? Wo ist mein Sohn?», fragt sie unfreundlich.

«Guten Tag, Frau Speck. Der Körnel ist in der Scheune!»

«Körnel! Hah!» Frau Speck schüttelt den Kopf, brabbelt unwirsch vor sich hin und humpelt an uns vorbei, Richtung Scheune.

Anscheinend hat sich der Körnel wirklich eingeschlossen, denn wir hören, dass sie laut an eine Tür klopft und «Rüdiger! Rüdiger, mach auf!» ruft. Ihren Sohn scheint das wenig zu beeindrucken. Erst nachdem sie auch noch mit dem Spatenstiel gegen das Holz gebummert hat, kommt er herausgeschossen, bleibt einen Moment lang breitbeinig vor ihr stehen, stemmt die Arme in die Seiten und tritt wütend mit hochrotem Kopf gegen den Korb, den sie auf dem Boden abgestellt hat. Zum Glück ist der fast leer, nur ein paar Pflänzchen purzeln heraus.

«Bist du verrückt geworden? Schlägst mir noch die Tür ein!», schnauzt er.

Frau Speck stürzt sich mit einem empörten Schrei auf ihren Korb, bückt sich stöhnend und sammelt das Grünzeug sorgfältig wieder auf.

«Was bist du nur für ein Mensch, Rüdiger!», schimpft sie. «Meine schönen Ableger!»

Dann richtet sie sich mühsam auf und humpelt wieder auf den Hof. Sie zeigt auf Frau Freitag und mich.

«Wohnen die etwa hier? Arbeiten die bei dir? Im Dorf sagen sie, du hast jetzt noch mehr Jugendliche! Und eine Frau! Alles Ausländer! Vergiss nicht, Rüdiger, das ist *mein* Hof! Ich hab da noch ein Wörtchen mitzureden!»

Der Körnel lacht höhnisch. «Das geht dich gar nichts an, Mutter! Kapier das endlich! Hier bestimmt nur einer, und das bin ich!»

Genau in diesem Moment tritt Emine schwungvoll mit einem Stapel Teller aus dem Haus. Bestimmt hat sie alles mitbekommen, schließlich geht das Küchenfenster zum Hof.

«Hallo!» Freundlich lächelnd geht sie auf Frau Speck zu. «Sie müssen die Mutter von Rüdiger sein! Ich freue mich, dass ich Sie kennenlerne!»

Die alte Frau scheint verwirrt, mit so einer überschwänglichen Begrüßung hat sie wohl nicht gerechnet. Sie stellt langsam ihren Korb ab, ergreift Emines ausgestreckte Hand und murmelt: «Und wer sind Sie?»

«Ich bin Emine, die neue Haushälterin. Ihr Sohn hat mich eingestellt, der schaffte das hier nicht mehr alleine! Schließlich soll doch alles in Ordnung sein auf dem Hof, oder? Wir haben gestern damit angefangen, hier alles zu renovieren! Sie werden sich wundern, wie schön der Hof wird. Der Körnel hat mit den Jungen schon das alte Plumpsklo abgerissen und die Scheune …»

Frau Speck zuckt zusammen. «Die Scheune wird nicht angerührt! Rüdiger! Das erlaube ich nicht!», ruft sie schrill. «An der Scheune machst du mir nichts! Das ist hier mein Hof, der gehört mir. Den habe ich von meinen Eltern bekommen und die Scheune, die …»

«Ach, halt den Mund, Mutter! Kein Mensch will die Scheune abreißen! So ein Quatsch!» Der Körnel wird auch wieder laut. «Wie kommst du nur darauf! Ich brauch doch die Scheune für den Traktor und meine … äh … also, die Scheune bleibt. Jetzt lass mich in Ruhe!»

Mit großen Schritten verschwindet der Körnel im Haus.

Es war eine sehr gute Idee von Frau Nolte, uns vorsichtshalber den Schlüssel von ihrem Häuschen mitzugeben, falls wir in Falkenthal übernachten wollten. So tief und fest habe ich lange nicht mehr geschlafen. Auch Frau Freitag ist begeistert:

«Wie still das hier nachts ist! Das einzig Laute warst du, Frl. Krise! Du hast einen Wald abgesägt. Ein Wunder, dass Estrella nicht wach geworden ist!»

Frau Freitag sieht sich suchend um. «Wo sind meine Zigaretten? Ist dir schon aufgefallen, wie das hier aussieht? Die Möbel, voll runtergerockt. Ich dachte, die Nolte hätte sich mit der Einrichtung voll Mühe gegeben.»

«Hat sie auch! Das ist doch Shabby-Look, Frau Freitag. Man streicht die Sachen weiß an, und dann geht man mit Schleifpapier dran und schmirgelt an ein paar Stellen den Lack wieder ab. Das soll alt aussehen. Ist sehr aufwendig und teuer! Und total angesagt für Landhäuser.»

«Aber schön isses nicht.»

«Geschmackssache. Ich mag diesen Mustermix nicht! Gestreifte Gardinen, geblümte Sessel, gepunktete Kissen. Einfach too much!»

«Hmmm. Ich hab Hunger. Warum hat die Nolte denn nichts im Kühlschrank?»

«Das ist wohl ein bisschen viel verlangt. Sei froh, dass wir hier übernachten durften. Lass uns zum Konsum gehen, die Gabi hat bestimmt Kaffee und frische Brötchen.»

Frau Freitag hat ja wohl überhaupt keine Ahnung vom Landhausstil. Bis auf den textilen Horror gefällt mir das Haus. Im Wohnzimmer gibt es einen offenen Kamin, die kleinen Schlafzimmerchen mit den Weichholzmöbeln sind richtig gemütlich, und von der Küche aus kann man gleich in den Garten gehen. Nur der Herd! Auf alt gequält. Sieht aus, als müsste man ihn mit Holz beheizen, dabei funktioniert er mit Strom. Stillos! Immerhin war das alles bestimmt ziemlich teuer …

Warum geht Frau Freitag denn jetzt schon wieder raus? Diese ewige Raucherei!

«Los, Frl. Krise, lass uns endlich gehen. Mir wird schon ganz schlecht, ich bin total unterzuckert. Wenn ich jetzt nix zu essen bekomme, kriege ich Kopfschmerzen!»

«Warte! Ich muss noch abschließen! Nimm du schon mal den Buggy!»

Viktoria-Estelle ist bester Stimmung, sie hat ein Fläschchen getrunken, an ein paar Zwiebacken herumgeknabbert und mit vielen «Dada» ihren Kommentar zur Einrichtung abgegeben.

«Ich geh schon mal vor. Vorne links, oder?»

Hoffentlich hat Gabi ihren Laden schon geöffnet. Wenn Frau Freitag nicht gleich was zwischen die Kiemen bekommt, wird's ungemütlich. Ah, zum Glück stehen die kleinen Tische vor dem Laden.

«Ja, Kaffee schwarz, das große Frühstück und ein Ei. Weich gekocht, wenn's geht. Und haben Sie Croissants? Ach, und Frl. Krise, was willst du?»

«Ich nehme nur einen großen Kaffee mit Zucker, äh, nein, ohne Zucker, lieber mit Süßstoff und … und ein Brötchen für Vicky natürlich.»

«Apropos Süßstoff … hast du gesehen, wie der Markwart der Emine gestern auf die Brüste gestarrt hat? Wenn das Onkel Ali gesehen hätte – der Markwart wäre Köfte.»

«Mindestens. Und von wegen der *‹schwule›* Körnel! *Wir* sind Köfte, wenn der Onkel Ali den sieht! Hoffentlich hat der Yasin nichts gesagt.»

«Für Yasin sieht der Körnel bestimmt schwul aus … mit seinem Zopf und der Silberkette. Ich war ja schon überrascht, dass der Körnel und dieser Markwart sich kennen. Du nicht, Frl. Krise?»

«Die kennen sich doch alle hier im Dorf. Was mich wundert, ist, dass der Körnel sich so aufgeregt hat.»

«Ein schönes Wellnesshotel hier im Dorf, das hätte doch was. Würden doch irgendwie alle von profitieren. Der Markwart verkauft sein Haus bestimmt noch. Der passt doch sowieso nicht hierher. Wenn der Preis stimmt …»

«Ich weiß nicht, so ein schönes altes Haus findet der nicht so schnell wieder. Und dann hat der doch seine Werkstatt wahrscheinlich total aufwendig ausgebaut.»

«Ja, bestimmt hat er das! Aber glaub mir mal, Frl. Krise – jeder hat seinen Preis. Und wovon lebt dieser Markwart eigentlich? Wohl nicht von diesem Schrott im Garten.»

«Die Nolte sagte doch, der hätte richtig Geld. Keine Ahnung, woher. Nach Drogen- oder Mädchenhandel sieht der nicht aus, um dir mal gleich zuvorzukommen.»

«Vielleicht macht der auch Bestellungen. Ab und zu ein paar Jack-Wolfskin-Jacken im Nachbardorf verticken …»

«Klar. Komisch, dass seine ollen Kunstwerke immer wieder demoliert werden.»

«Finde ich nicht. Die würde jeder sofort kaputt machen. Die sind eine richtige Augenbeleidigung. Augenfolter, sozusagen.»

«Vielleicht denkt der Markwart, unsere Jungen machen seine Plastiken kaputt! Dann würde es Sinn machen, dass der Körnel so sauer wurde.»

«Kann ich mir nicht vorstellen. Das hätte uns der Körnel erzählt. Ahhh, endlich, guck, da kommt das Frühstück. Noch eine Minute länger, und ich wäre verhungert.»

Zusammen mit Gabi tritt eine alte Frau aus dem Laden. Es ist Frau Grothe, die Freundin von Frau Speck, die ich neulich auf dem Friedhof getroffen habe. Sie nickt mir zu und bleibt neben unserem Tisch stehen.

«Ein Baby! Wie süß! Wie heißt du denn?» Viktoria auf meinem Schoß patscht mit ihren Händchen auf den Tisch und schweigt. Bis das arme Kind seinen kompletten Namen aussprechen kann, werden wohl noch Jahre vergehen.

«Viktoria», sage ich, und Frau Grothe strahlt.

«So ein schöner Name! Das ist bestimmt Ihr Enkelkind!»

«Genau!» Frau Freitag kichert schadenfroh und macht sich über den Brotkorb her. Frau Grothe stellt ihre große Tasche umständlich auf einem der Stühle ab.

«Wollen Sie jetzt auch ein Haus hier kaufen, wie Frau Nolte?»

Die ist ja neugierig. Bestimmt ist jeder Fremde in diesem gottverlassenen Nest für die Einheimischen eine Sensation. Wie sie jetzt Frau Freitag anstarrt.

«Frau Grothe, das ist Frau Freitag. Und das ist Frau Grothe, eine Freundin von Frau Speck. Nein, wir suchen kein Ferienhaus, wir haben in Frau Noltes Haus übernachtet. Wollen Sie sich nicht zu uns setzen?»

Ich mag Frau Grothe. Sie ist viel netter als Frau Speck, eine richtig liebe Omi mit weißem Haar, blitzeblauen Augen und einem Gesicht voller Lachfältchen. Schwerfällig lässt sie sich sofort auf dem Stuhl neben mir nieder. Frau Freitag ist auch sehr interessiert.

«Frau Speck haben wir gestern bei ihrem Sohn Rüdiger gesehen!», erzählt sie mit vollem Mund. Frau Grothe weiß schon Bescheid.

«Ja, die Erna ... äh ... also Frau Speck, hat mir das heute früh schon erzählt! Ich hab zu ihr gesagt: Gut, dass der Junge jetzt eine Frau auf dem Hof hat! Auch wenn es eine Ausländerin ist. Aber die Erna ...»

Sie wackelt mit dem Kopf. «Die ist nicht so begeistert davon. Ich hab gesagt, man muss doch mit der Zeit gehen, Erna. Die Ausländer sind auch Menschen wie wir. Stimmt doch, oder? Alles ändert sich, auch hier bei uns! Da müssen wir Alten uns mit abfinden.»

Selbstzufrieden lehnt sie sich zurück und beobachtet Viktoria, die an einer Brötchenhälfte herumkaut, so weit sie das mit ihren vier Zähnchen schafft. Ich bin erstaunt, Frau Grothe klingt ja sehr fortschrittlich! Was sie wohl zu dem Projekt von dem Lettkow sagt? Ich wage einen Vorstoß.

«Genau, Frau Grothe. Die Zeit bleibt nicht stehen, nicht mal hier auf dem Land. Wir haben gehört, im Ort soll demnächst ein großes Hotel gebaut werden?»

Frau Grothe winkt ab. «Ach das! Es wird hier viel gebaut und viel renoviert. Alle meine Nachbarn haben ihre Häuser schön gemacht. Nur die Erna und ich nicht. Wir sind schon zu alt für so was.

Kennen Sie das Haus von dem Herrn Markwart? Der hat auch alles neu gemacht. Das ganze Haus hat der umgebaut! Ich möchte mal wissen, was das gekostet hat. Waren Sie schon mal da?»

Frau Freitag und ich nicken stumm. Besser, man unterbricht sie gar nicht, sie ist gerade so schön im Fluss.

«Der Markwart kommt auch aus Berlin. Ich weiß gar nicht, warum der ausgerechnet hierhergezogen ist. Und diese Sachen, die der verkauft. Wer will denn so was? Passt doch nicht zu uns. Dem machen sie in letzter Zeit immer sein Zeug kaputt, was der an der Straße stehen hat ...»

Frau Grothe kneift ihre Äuglein zusammen und lacht ein bisschen schadenfroh. Ganz so fortschrittlich, wie ich dachte, scheint sie dann doch nicht zu sein. Sie beugt sich vor und flüstert: «Das machen so Jugendliche, glaub ich!»

«Tatsächlich? Warum machen die das?» Frau Freitag stützt ihre Ellbogen auf den Tisch auf und guckt sie gespannt an. Frau Grothe lässt sich Zeit mit der Antwort.

«Keine Ahnung!», sagt sie dann kurz angebunden.

«Könnte da nicht der Lettkow dahinterstecken? Soweit ich weiß, hätte der doch ein Interesse daran, dass der Markwart verkauft?», frage ich.

«Nee, nee, nee!» Frau Grothe schüttelt den Kopf. «So was macht der Dieter nicht. Der hatte ... der war ... das kann der sich nicht leisten. Das können Sie mir glauben, das sind alles nur so Dummejungenstreiche! So, jetzt muss ich aber mal langsam los. Bei mir gibt's heute Mittag Kartoffeln mit Leinöl und Quark.» Frau Grothe schüttelt uns die Hand.

«Schauen Sie ruhig immer mal bei mir rein, wenn Sie hier sind!», sagt sie.

«Und du auch!» Dabei kneift sie Viktoria leicht in die Wange. Aua!

«Guck, im Licht leuchten die Farben besonders schön.»

Susanne Brendel wickelt sich umständlich ihren Seidenschal vom Hals und hält ihn gegen das Fenster.

«Den habe ich in den Osterferien gemacht. Zu Hause liegt auch noch ein angefangenes Tuch. Ganz in Grüntönen gehalten. Aber diesmal in Aquarelltechnik. Puh, die ist gar nicht so einfach.»

Susanne erzählt und erzählt. Hätte ich nur nicht gesagt, dass mir ihr Schal gefällt. Frl. Krise sitzt am Computer und grinst hämisch.

«Wusste gar nicht, dass du dich so für Kunsthandwerk interessierst, Frau Freitag.»

«Wieso, ich stricke doch Strümpfe und backe und koche Marmelade. Und diese Seidenmalerei ... das hört sich doch auch gut an.»

«Dann mach das doch mal mit deiner Klasse in Kunst», schlägt die Krise mir vor, ohne von der Tastatur aufzusehen. «Du hast mich doch letzte Woche dauernd damit gelöchert, dass dir nicht einfällt, was für ein Thema du mit denen bearbeiten könntest. Und ich glaube, wir haben noch Seidenmalfarben von der letzten Kunstreferendarin. Die musste ich ihr doch unbedingt bestellen, und die vergammeln sonst nur.»

Frl. Krise, diese Schlange. Die weiß genau, dass ich so etwas Kitschiges wie Seidenmalerei total ablehne. Sie kann ja wohl kaum vergessen haben, wie sehr ich mich damals aufgeregt hatte, dass sie von unserem knappen Kunstfachbereichsbudget diese teuren Farben gekauft hat. Und dann auch noch für diese blöde Referendarin, die total arrogant und unfähig war.

«Tja, Frl. Krise, das hört sich wirklich toll an. Leider weiß ich gar nicht, wie man das macht mit der Seidenmalerei. Geht also nicht. Schade. Aber lässt sich ja nicht ändern.»

Plötzlich krallt sich Susanne Brendel meinen Arm und strahlt mich mit ihren großen Augen begeistert an.

«Du, das kann ich dir gerne zeigen. Gar kein Problem. Ich könnte doch mitkommen in deinen Unterricht. Oh, das würde mir sooo einen Spaß machen. Und die Schüler fänden das bestimmt auch toll. Man könnte doch islamische Ornamente malen lassen. Ich habe zu Hause ein Buch mit wunderschönen arabischen Teppichen. Na, was sagst du, Frau Freitag?»

Frl. Krise stößt sich mit einer Hand vom Tisch ab und dreht sich gekonnt mit dem Bürostuhl zu uns.

«Das klingt doch toll, Frau Freitag. Dann macht ihr schön zu zweit Unterricht.»

Plötzlich springt sie wie ein kleiner Flummi vom Stuhl, schnappt sich ihren Schlüsselbund und geht zur Tür.

«Komm mal mit, Susanne, wir können ja gleich mal gucken, was für Farben wir noch haben.»

Und weg sind sie. Seidenmalerei. Das ist doch nichts für unsere Schüler. Von mir mal ganz abgesehen. Vielen Dank, Frl. Krise.

«Hast du schon ein Bild? Ist Emine online? Wann warst du mit ihr zum Skypen verabredet, Frl. Krise?»

«Um fünf Uhr! Zwischen Kaffeetrinken und Abendbrot!»

«Ist doch schon zehn nach fünf. Onkel Ali, deine Frau scheint aber nicht die Pünktlichste zu sein, oder? Du, Frl. Krise, wenn wir hier sowieso noch warten müssen, dann renne ich mal schnell rüber zur Markthalle. Ich sollte heute Brot kaufen.»

«Meinetwegen, mit deiner schlechten Laune nervst du eh nur.»

«Schönen Dank auch! Deinetwegen darf ich mich am Donnerstag in Kunst der Seidenmalerei widmen. Pffff. Seidenmalerei ...»

«Alles klar, Frau Freitag. Jetzt hau schon ab!»

«Okay, bis gleich.»

«Da bist du ja, Emine! Ich ... äh ... wir warten schon! Komm her, Onkel Ali, deine Frau! Ach, der kann gerade nicht, Emine! Kundschaft!»

«Hallo, Frl. Krise. Ja, ich habe mich etwas verspätet. Mert hat Günther geschlagen, und ich musste Günthers Auge kühlen. Das wird garantiert blau. Der Körnel redet gerade mit Mert.»

«Ach, du Schreck! Habt ihr viel Stress mit den Jungen?»

«Nein, nein, das sind halt noch Kinder. Eigentlich verstehen die sich alle sehr gut. Wildes Blut halt. Jungen ... na ja, Frl. Krise, du weißt schon. Was mir viel mehr Sorgen macht, ist dieser Mann, der neulich hier war.»

«Welcher Mann?»

«Ich weiß auch nicht, ich habe ihn nicht gesehen, ich habe nur gehört, dass er draußen mit dem Körnel gestritten hat. Hinten an der Scheune. Kein Plan, worum es ging, aber dieser Mann sagte was von Polizei, Hotel und Knast. Und dann ist der Körnel immer wütender geworden. Frl. Krise, ich hab Angst, dass der wegen meiner Arbeit hier war. Ist doch nicht angemeldet.»

«Ich glaube nicht, dass das was mit dir zu tun hat, Emine! Wenn schon, dann kam der Typ höchstens wegen der Jungen. Weil die nicht in die Schule gehen! Die sind doch noch schulpflichtig! Vielleicht hat uns einer aus dem Ort bei irgendeiner Schulbehörde angezeigt. Mist! Hast du den Körnel denn nicht gefragt, worum es ging?»

«Doch, natürlich! Aber der hat mir nichts gesagt. Der war total sauer, hat sich in seinen Wagen gesetzt und ist einfach weggefahren. Und dann hat er sich später, als er wiederkam, in seinem Raum in der Scheune eingeschlossen. Stundenlang! Dabei wollte er eigentlich mit den Jungen ein Boxtraining machen. Dieser Raum ist mir auch unheimlich. Da darf keiner rein, und was da drin ist, weiß auch niemand.»

«Hm. Geht er dort immer alleine rein? Oder nimmt er einen von den Jungen mit?»

«Nein, nein! Die dürfen nicht mal in die Nähe kommen.»

«Und Burak?»

«Der hat auch keine Ahnung, was der Körnel da macht, Frl. Krise. Aber der meinte, der Körnel versteckt in der Scheune Waffen oder so was!»

«So ein Quatsch!»

«Ich kann mir das ja auch nicht vorstellen, aber komisch ist das schon, oder?»

«Ja, aber andererseits … der arme Mann hat doch gar keine Privatsphäre mehr auf seinem eigenen Hof, seitdem ihr alle da seid. Vielleicht braucht er ab und zu einfach mal ein bisschen Ruhe! Männe verkriecht sich auch immer in seinem Arbeitszimmer, wenn es ihm zu viel wird mit mir.»

«Stimmt, wahrscheinlich hast du recht. Männer sind schon manchmal komische Menschen. Ich bin ja auch mit einem verheiratet. Wie geht es meinem Hüseyin überhaupt? Der bekommt ja gar nichts Anständiges mehr zu essen. Grüß ihn mal ganz lieb, ich muss Schluss machen und mich ums Abendbrot kümmern. Heute gibt's gefüllte Paprikaschoten.»

«Oh, wie lecker. Bis dann, Emine! Wir sehen uns ja am Wochenende!»

«Guckstu, Frau Brendel, is voll king geworden, mein Schal, wa?»

Hamid stellt das kleine Bügeleisen auf das Holzbrett zurück und hält uns seinen Seidenschal entgegen. Er sieht aus wie ein Fußballfan im Stadion, nur, dass auf seinem Schal nicht das Logo von Hertha BSC oder Bayern München zu sehen ist, sondern ein in sich verschlungener Rosenstrauch, mit dicken rosa und lilafarbenen Blüten.

«Krass geil, oder? Ich bin voll Seidenmaler-Playboy, vallah.»

Noch nie habe ich Hamid so stolz und zufrieden gesehen. Normalerweise beschränkt sich seine Mitarbeit im Kunstunterricht auf blöde Bemerkungen und intensives Stören des geregelten Ablaufs.

«Hamid, zeig mal!», ruft Rosa vom Waschbecken. «Abooo, voll schön. Die Rosen. Und voll die schönen Farben. Ganz ehrlich, das könntest du voll in Laden verkaufen. Sieht so total profi aus.»

«Ja, wa?», antwortet Hamid, denkt kurz nach und guckt dann zu mir. «Frau Freitag, lass mal die Schals in so Seidenschalladen verkaufen. Ich schwöre, wir werden voll reich.»

«Na ja, Hamid, so leicht ist das nicht. Also nicht, dass eure Werke nicht schön geworden sind, ich muss wirklich sagen, dass die alle toll aussehen, aber jedes Geschäft hat seine eigenen Lieferanten. Da kann man nicht so einfach reingehen und sagen, die sollen unsere Schals verkaufen», versuche ich zu erklären.

«Warum nicht?», fragt Rosa. «Die sind doch voll schön.»

«Ja, sind sie, aber darum geht es ja gar nicht.»

«Wir könnten so Stand machen, auf Straße», sagt Erhan. «Oder beim Türkenmarkt an Maybachufer. Ich kann voll gut verkaufen. Mein Opa hat da Stoffstand, da helfe ich immer. Meter Euro, Meter Euro, guckstu hier Meter Euro ...»

Erhan lässt seinen Schal über seinen ausgestreckten Arm gleiten und präsentiert uns den perfekten Marktschreier.

«Ja, also auf dem Markt ... ja, nein, also ... da kann man sich auch nicht einfach so hinstellen. Da muss man sich anmelden und äh, also ...»

«Frau Freitag, ich habe eine Idee», unterbricht mich Susanne Brendel und holt ihr Handy aus der Hosentasche. Während sie auf dem Display rumwischt, sagt sie:

«Ich hab hier die Nummer vom Standverwalter am Marheinekeplatz. Da ist doch samstags immer Flohmarkt. Meine Freundin verkauft da öfter, und letzten Sommer hatten wir zusammen einen Stand. Da haben wir ganz schön viel eingenommen. Und die Standgebühr war gar nicht so teuer.»

«Aboo, wir werden voll reich», flüstert Volkan.

Flohmarkt, Samstag, Standgebühr – wovon spricht die Brendel? Ich stell mich doch mit meiner Klasse nicht auf den Marheinekeplatz und verkaufe Seidenschals. So weit kommt's noch. Und dieser Markt ist doch immer nur am Wochenende. Da arbeite ich doch gar nicht. Und wenn ich mich recht erinnere, fängt doch so ein Flohmarkt auch immer voll früh an. Frau Brendel hält sich ihr Handy ans Ohr und legt den Zeigefinger auf den Mund, damit die Schüler ruhig sind. Alle gucken sie in gebannter Erwartung an.

«... ja, ja, okay, ja, diesen Samstag, hmmm, toll, das ist ja klasse. Okay, nein, klar acht Uhr, kein Problem.»

Sie steckt ihr Telefon in die Hosentasche und grinst. «So, ihr Lieben, wir haben am Samstag einen Stand auf dem Flohmarkt. Wir müssen um acht Uhr dort sein.»

Meine Schüler fangen an zu jubeln. Die Jungen grölen. Als hätte ihnen jemand verkündet, dass die Sommerferien um acht Wochen verlängert werden. Rosa rennt auf Frau Brendel zu und umarmt sie innig.

«Suuuuper! Das wird toll! Frau Brendel, Sie sind king Lehrerin!»

«Aber Kinder, jetzt hört doch mal», rufe ich in den Freudentaumel meiner Klasse. «Das ist am Samstag. Das ist Wochenende. Und wir müssen um acht Uhr dort sein.»

«Ist doch easy, Frau Freitag», sagt Hamid und hält sein Smartphone in die Luft. «Ich stell mir Wecker auf sechs Uhr.»

«Jawoll!» Der Pommer haut leicht mit der Hand auf die *Bild-Zeitung*, die vor ihm ausgebreitet liegt. Kein anderer Kollege hat so viel Platz auf seinem Tisch. Ich frage mich, wo der eigentlich seinen Kram aufbewahrt, den er täglich, nein, stündlich als Lehrer so braucht. Bei ihm ist es immer total aufgeräumt und superordentlich – ich glaube, der bringt überhaupt nur ein Notenheft und seine Turnschuhe mit in die Schule. Und natürlich eine Zeitung.

«Tzzzz!», lässt er sich jetzt vernehmen.

Der wartet darauf, dass ihn jemand fragt, was er da so Interessantes liest. Aber den Gefallen tut ihm niemand. Monika sortiert ungerührt weiter bunte Kärtchen in verschiedene Karteikästen, und Frau Freitag stiert mit gerunzelter Stirn kurzsichtig auf den Monitor des Computers. Mein Biotest ist mir auch wichtiger als die Sensationsmeldungen, die Kollege Pommer gerne studiert.

«Na bitte!» Der Pommer guckt triumphierend in die Runde und legt raschelnd die Zeitung zusammen. «Mord! Mord in Falkenthal!»

Jetzt hat er endlich die gewünschte Aufmerksamkeit. Monika lässt ihre Kärtchen sinken.

«Mord in Falkenthal? Was redest du da, Peter?»

«Steht in der Zeitung!»

«*Was* steht in der Zeitung?», fragt Frau Freitag, dreht sich um und setzt ihre Brille auf. Ich glaube manchmal, sie hört schlecht, wenn sie die nicht trägt.

«Eure Wasserleiche ist ermordet worden!» Peter grinst provokant.

«Unsere Wasserleiche? Niemals! Das war Selbstmord!»

«Selbsttötung, Frl. Krise. Man sagt besser Selbsttötung», verbessert Monika, die heute offensichtlich noch nicht genug Schüler belehren durfte.

«Bitte schön, Frl. Krise! Wenn du es nicht glauben willst ...» Peter reckt sich, gähnt und reicht mir die Zeitung rüber. «Da, lies selbst! Ich hole mir jetzt ein Brötchen aus der Mensa. Klingelt ja schon bald.»

«Lies vor, Frl. Krise!»

Frau Freitag und Monika gucken mich gespannt an.

Wo ist der Artikel? Der da muss es sein:

Falkenthaler Wasserleiche war Mordopfer

Wurde der angebliche Selbstmörder Sven K. Opfer eines Gewaltverbrechens?

Die Gemeinde Grünsee/Landkreis Oberhavel befindet sich noch immer im Schockzustand. Bereits seit Heiligabend 2012 schlafen die Bewohner des beschaulichen Haveldorfes unruhig. Damals ging der neugebaute Edeka nachts in Flammen auf. Ein Mitglied der freiwilligen Feuerwehr kam während der Löscharbeiten auf tragische Weise ums Leben. Die Polizei ging von Brandstiftung aus, fahndete jedoch ohne Erfolg nach dem Feuerteufel.

Erst der Fund einer Wasserleiche im Falkenthaler See

> brachte wieder Bewegung in den Fall. In einem Abschiedsbrief gestand der Tote, Sven K. (44), die Brandlegung. Angeblich litt der alleinstehende Maurer wegen seiner Tat unter starken Schuldgefühlen (*Bild* berichtete).
> Gestern nun erklärte Polizeisprecher Arndt: «Kriminaltechnische Untersuchungen haben ergeben, dass Sven K. diesen Abschiedsbrief nicht selbst geschrieben haben kann. Auch als Täter der Brandstiftung kommt Sven K. nicht in Frage, da sich Zeugen gemeldet haben, mit denen er zur Tatzeit zusammen war. Wir müssen davon ausgehen, dass Sven K. einem Tötungsdelikt zum Opfer fiel.»

Frau Freitag zieht laut die Luft ein und springt auf. «Oh Gott!», ruft sie. «Das ist ja krass. In Falkenthal läuft ein Mörder frei rum.»

«Oder in Grünsee!», fällt Monika ihr ins Wort.

«Auch nicht besser! Danke schön auch. Mord! Und da haben wir unsere Schüler untergebracht, das ist ...»

Die Tür geht auf. Herr Fischer betritt den Raum, er hat einen großen Karton in der Hand. «Guten Morgen, meine Damen! Na, alles okay? Frau Freitag, Frl. Krise, wer von Ihnen beiden hat Interesse an einem neuen Biologieprojekt? Biene Maja geht zur Schule.»

~

«Wo willst du denn jetzt hin, mitten in der Nacht?», fragt der Freund. Manchmal ist das echt zum Verrücktwerden mit dem. Seit Donnerstag habe ich doch dauernd rumgejammert, wie wenig Bock ich auf diesen blöden Flohmarktscheiß habe, und jetzt fragt der mich allen Ernstes, wo ich hinwill.

«Ich verlasse dich. Weil du mir nie zuhörst», rufe ich und gehe ins Badezimmer. Plötzlich ist er hellwach.

«Waaas?»

«Neee, neee, war nur Spaß – ich muss doch runter auf den Flohmarkt.»

Mit einem «Ach ja, stimmt» höre ich, wie er sich wieder in seine Schlafposition bringt. Der hat es gut.

Oh Mann, was uns diese Brendel da eingebrockt hat. Flohmarkt. Seidenschalverkauf ... eine Schnapsidee. Wer kauft schon bemalte Seidenschals, außer Susanne Brendel? Wer auf so was steht, der bemalt sich die selbst. Und die Kollegen haben uns für den Stand auch nur ihren schrottigen Hausmüll gespendet. Selbsthilfebücher aus den achtziger Jahren, Wollpullover mit Teddybären drauf und ein paar gestrickte Mützen in ganz üblen Farben. Na ja, wenigstens bringt Susanne den ganzen Kram mit ihrem Auto zum Stand. Manchmal ist es wirklich praktisch, keinen Führerschein zu haben. Wahrscheinlich stehe ich bis halb zwölf mit Frau Brendel alleine da rum. Wir haben die Schüler in drei Schichten eingeteilt, und alle wollten unbedingt in die Aufbaugruppe. Wir mussten Lose ziehen lassen. Sonst sind sie ja nicht gerade Freunde der frühen Morgenstunden. Was die in meiner Klasse zu spät kommen, geht auf keine Kuhhaut! Niemals schafft Hamid das pünktlich zum Stand, Rosa vielleicht und Dilay auch, aber Orkan, Volkan und Hamid ... niemals.

Mist, schon fast halb acht, ich muss los. Ohne Kaffee, na toll.

«Tschüüüüss, ich bin weg!», rufe ich ins Schlafzimmer. Keine Antwort. War klar. Der schläft schon wieder.

«Huhu, Frau Freitag, hier sind wir!» Susanne Brendel steht an einem Stand und winkt zu mir rüber. «Hamid, toll! Die Sachen kannst du erst mal auf den Boden stellen.»

Orkan und Volkan kommen uns mit Kisten entgegen. Rosa und Dilay stehen vor dem Stand und hängen die Seidenschals über einen Wäscheständer.

«Wir sortieren die nach Töne. Gucken Sie, Frau Brendel, warme Farben hier und dann drüben kalte Farben, so grün und blau und schwarz.»

«Susanne, sind denn alle Schüler da, die kommen wollten?», frage ich.

Frau Brendel wühlt in einem Umzugskarton. «Na, aber sicher. Rosa und Dilay waren sogar schon um sieben hier.»

Plötzlich steht ein Mann in einem verwaschenen blauen Overall neben uns.

«Tachchen, die Damen, ick komm zum Abkassieren. Dit sind die zwee Stände, die Sie nehmen?»

Frau Brendel nickt.

«Dit macht denn 'n Fuffi, Cash, wenn ick bitten darf», sagt der Marktleiter und kritzelt irgendetwas auf einen Block. Warum kommt der jetzt schon? Ich hatte fest damit gerechnet, dass wir die Standmiete erst am Ende bezahlen müssen. Ich gucke zu Susanne.

«Du, ich habe gar nicht so viel Geld dabei. Kannst du das mal auslegen?»

Susanne schüttelt den Kopf. «Sorry, ich hab selber nur noch 20 Euro, ich wollte nachher noch zur Post.»

Hamid greift in seine Hosentasche und zieht ein Bündel 50-Euro-Scheine heraus.

«Frau Freitag, kein Problem, ich übernehme das. Könn' Sie mir ja später wiedergeben.» Hamid bezahlt unsere Standmiete, und Frau Brendel erhält eine Quittung. Woher hat Hamid so viel Bargeld? Seine Mutter hat einen kleinen 400-Euro-Job. Ich glaube, sie putzt in einem Kindergarten, und Hamid bekommt die Schulbücher von uns, das heißt, die Familie bezieht Hartz IV. Aber der Herr Sohn rennt mit einem Geldbündel rum, als wäre er der Pate von Neapel. Der macht bestimmt immer noch bei dieser Bestellungsnummer mit. Günther haben wir ja durchs Camp aus der Gefahrenzone gezogen. Der ist raus. Und Mert auch. Aber Hamid scheint da noch voll drinzuhängen. Das muss aufhören. Sonst wandert der noch in den Jugendknast. Na, ich werde mich nächste Woche darum kümmern. Bin gespannt, was Frl. Krise dazu sagt. Vielleicht hat ja der Körnel eine Idee.

Der Markttyp geht, Susanne verschwindet mit dem Oberkörper in einem riesigen Umzugskarton, und ich stehe unschlüssig im Weg rum.

«Und was soll ich machen, Susanne? Was ist denn noch zu tun?»

«Ach, Frau Freitag, eigentlich …», sie richtet sich auf und dreht ihre Haare zu einem Zopf, «weißt du, eigentlich haben wir alles ganz gut im Griff.»

«Na, dann hole ich mir erst mal einen Kaffee beim Bäcker. Ich hab das zu Hause nicht mehr geschafft. Willst du auch einen?»

«Nein danke, ich habe Tee dabei.»

Tee. Tzzzz. Typisch. Aber wenn die mich hier nicht brauchen – auch gut. Dann mache ich mich mal für ein Momentchen aus dem Staub. Geraucht habe ich auch noch nicht. Die ganze Aktion war ja auch Frau Brendels Idee, da kann die ruhig auch die Verantwortung übernehmen.

«Ja natürlich, alles selbst gemacht. Wunderschön, gucken Sie!»

Hamid steht vor einem älteren Ehepaar, offensichtlich Touristen, denn der Mann trägt eine dicke Digitalkamera vor dem Bauch, und seine Frau hält sich an einer Wasserflasche fest. Was ist das immer mit den Touristen und dem Wasser? Irgendwie haben die Angst, sie könnten in Berlin verdursten. Hamid legt der Frau vorsichtig einen roten Schal mit blauen Blumen um den Hals und tritt einen Meter zurück.

«Sehr schön, oder? Machen Sie Ihre Frau als Geschenk! Ist auch nicht teuer. Nur 30 Euro.»

30 Euro? Spinnt der? Die Dinger können wir höchstens für 10 verkaufen.

Hamid faltet die Hände vor der Brust, wippt mit dem Oberkörper nach vorne und nach hinten und betrachtet das Ehepaar eine Weile.

«Ach, wissen Sie … für Sie … ich mache Spezialpreis. Weil der Schal Ihre Frau so schön macht. Sagen wir 25 Euro.» Der Mann lacht etwas verunsichert und guckt zu seiner Frau. Die lächelt ihn an und zuckt mit den Schultern.

Sie nimmt ein Ende des Schals in die Hand und betrachtet es genauer. «Na, Erich, schön ist er ja …»

Plötzlich breitet Hamid die Arme aus, als wolle er die Frau oder den Mann oder beide umarmen, und flötet: «Habibi, machst du dein Frau glücklich. Ist Frau schön und froh, lacht die Welt.»

Das Ehepaar kichert, der Mann schüttelt den Kopf, holt aber sein Portemonnaie aus der Hosentasche und überreicht Hamid einen 50-Euro-Schein.

Hamid geht zum Stand, um das Wechselgeld zu holen. Von dort ruft er: «Wir haben auch noch ganz tolle Bücher.»

Er greift in die Kiste, zieht ein Buch raus, guckt auf den Titel und liest vor: «‹Atme dich frei!› Ist sehr gutes Buch. Atmen ist immer wichtig. Jeder muss atmen. Sonst …»

Er fährt sich mit der flachen Hand über den Hals. Erich und seine Frau scheinen allerdings kein Interesse an dem Buch zu haben, lassen sich ihr Wechselgeld geben und verabschieden sich winkend. Hamid schmeißt das Atembuch wie einen Basketball zurück in die Kiste und dreht sich zu Frau Brendel.

«Sehen Sie? 25 Euro, hab ich Ihnen doch gesagt.»

Susanne schüttelt den Kopf und grinst.

Rosa kramt in der Wechselgeldkasse, in der schon einige 10-Euro-Scheine und der Fünfziger von Erich liegen.

«Frau Brendel, was machen wir eigentlich mit das ganze Geld?»

«Lass mal alle Heidepark gehen!», schreit Hamid, der sich jetzt hinter den Stand auf einen Hocker gesetzt hat. «Heidepark ist übertrieben mies. Da gibt's Dreifachlooping und so ein …»

Frau Brendel hebt abwehrend die Hände und nimmt dann ihre Handtasche hoch. «Ich hab eigentlich schon einen Plan, was wir mit dem Geld anstellen. Etwas gaaanz Tolles.»

«Fahren wir Ostsee?», fragt Rosa. «Ist voll schön da. Wir waren da mit Grundschule in so kleine Häuser. Voll gemütlich.»

«Nein, nein, viel besser», sagt Frau Brendel und holt ein zusammengerolltes Plakat aus ihrer Tasche. «Hier. Wir HELFEN!»

Auf dem Bild ist ein kleines schwarzes Kind zu sehen, das vor einer armseligen Lehmhütte steht. Es trägt eine abgewetzte dunkelblaue Jogginghose, keine Schuhe, kein T-Shirt und sieht sehr traurig aus. Rosa und Hamid starren irritiert auf das Plakat. Frau Brendel geht hinter den Stand und befestigt das Bild mit zwei Wäscheklammern an einer Leine, über der noch mehr Seidenschals hängen.

«Wir spenden das Geld an arme Kinder in Afrika.»

Hamid versteht immer noch nicht «Wie, arme Kinder?»

«Na, die sind dort sehr arm. Die haben nicht genug zu essen und kein fließendes Wasser und auch keinen Strom», erklärt Frau Brendel.

«Kein Strom?», fragt Rosa ungläubig. «Haben die dann auch kein Internet?»

Susanne lacht. «Nein, natürlich haben die da keinen Internetzugang.»

Rosa strahlt plötzlich, klatscht in die Hände und ruft: «Ja, dann lass uns alles Geld spenden, damit sie ein Internet kaufen können!»

Und Hamid nickt: «Ja, okay, warum nicht.»

Internet? Arme Kinder in Afrika? Was redet die Brendel da? Wir brauchen das Geld fürs Camp. Die Kosten wachsen uns langsam über den Kopf. Emine besteht darauf, nur Bio zu kaufen, und der Körnel will neuerdings Geld für die Boxstunden, die er den Jungs erteilt. Arme Kinder in Afrika ... tzzzz, da weiß doch jeder, dass das Geld dort niemals ankommt. Nee, nee, das wird schön an die armen Kinder in Falkenthal gespendet.

Besucht

«Was ist los mit dir, Frau Freitag? Du gähnst ja andauernd, hast du heute Nacht gefeiert?»

«Gefeiert, haha. Nee, aber im Gegensatz zu dir stand ich ja schon bei Sonnenaufgang auf dem Flohmarkt. Da hast du dich wahrscheinlich gerade noch mal umgedreht und schön bis halb eins gepooft.»

«Nur bis halb zehn! Ich bin eben nicht so edelmütig und verarzte meine Schüler auch noch am Wochenende!»

«Tja, alles, was hilft, wa? Und wir haben echt viel eingenommen. Fast alle Seidenschals gingen weg, und du hättest mal sehen sollen, wie die Schüler diesen Müll von unseren Kollegen verscherbelt haben. Auch diese hässlichen Mützen von Frau Schmidt liefen ganz gut. Dilay hat sogar sämtliche Böreks vertickt, die ihr ihre Mutter als Proviant mitgegeben hatte. Orientalische Geschäftsgene halt.»

«Wie viel habt ihr denn eingenommen?»

«Fast 500 Euro, und die beiden Stände habe nur 50 Euro gekostet.»

«Sehr schön, Frau Freitag! Genau ein Monatslohn von Emine und ein bisschen was für Lebensmittel!»

«Hahaha, Pustekuchen. Die Brendel will das für ‹arme Kinder in Afrika› spenden.»

«Was? Die weiß doch ganz genau, dass wir das Geld dringend für Falkenthal brauchen!»

«Frl. Krise, reg dich ab! Den Arme-Kinder-Zahn habe ich ihr gleich gezogen. Ich musste nur fragen, ob sie Mert und Günther wieder im Unterricht haben möchte, da hat sie mir sofort die Scheine ausgehändigt. Apropos Scheine – der Hamid hatte einen Batzen Geld mit. Der ist garantiert noch voll in der Bestellungsnummer drin. Früher oder später erwischen die den doch. Die arme Mutter. Die ist so eine Nette, und den Hamid hättest du heute mal sehen sollen. Der hat bestimmt die Hälfte der Schals verkauft. Wir müssen den aus diesen kriminellen Verbindungen herausholen! Hast du 'ne Idee, wie? Dir fällt doch immer was ein, Frl. Krise. Vielleicht redest du mal mit Ömür und Emre.»

«Das geht nicht. Wenn Polizisten etwas von einer Straftat erfahren, müssen sie die anzeigen. Wir könnten Hamid vielleicht eine Falle stellen. Wir bestellen etwas, und wenn er liefert, drohen wir ihm, ihn sofort anzuzeigen, wenn er nicht mit dieser ganzen Geschichte aufhört. Allerdings machen wir uns dann auch strafbar ...»

«Wieso? Wir wissen doch offiziell nicht, dass er da krumme Dinger dreht. Da machen wir uns doch nicht strafbar, oder? Und wennschon! Hier geht es um die Rettung seiner Zukunft, da müssen wir halt mal ein Risiko eingehen. Der Zweck heiligt die Mittel, Frl. Krise.»

«Na ja ... irgendwie schon. Und wenn er dann mit diesen kriminellen Machenschaften aufhört, haben wir sogar ein gutes Werk getan! Ich habe eine Idee: Der Felix könnte noch mal was bestellen! Wie findest du das?»

«Felix? Wieso der? Ich dachte, ich könnte mir eine schöne Jack-Wolfs...»

«Jetzt reicht's ja wohl, Frau Freitag! Du willst auch noch einen Nutzen aus dieser Situation ziehen? Ich bin erschüttert!»

«Ich trage doch auch das Risiko.»

«Nein! Felix macht das und basta!»

«Du, apropos Risiko, was die Emine da neulich über den Körnel erzählt hat ... irgendwie wird der mir langsam unheimlich. Wir kennen den ja eigentlich gar nicht. Wer weiß, was der mit den Jungs anstellt, wenn wir nicht dort sind. Und was der in diesem Raum in der Scheune tut. Ich hab da irgendwie ein ungutes Gefühl. Du nicht, Frl. Krise?»

«Mir ist das auch nicht ganz koscher. Ich glaube aber nicht, dass er irgendwas Verbotenes mit den Jungen macht. Das würden die sich gar nicht gefallen lassen. Und das hätte Emine bestimmt auch gemerkt. Andererseits … dieser Raum … wir müssten mal probieren, da reinzukommen!»

«Burak hat doch gesagt, der hat dort Waffen versteckt. Womit verdient der Körnel überhaupt sein Geld? Vielleicht verkauft der Maschinengewehre an Kriminelle, die abends auf den Hof kommen. Vielleicht hat ja der Körnel den Sven umgebracht und will mit seiner Jungsverstehernummer nur von seinem Mörderhobby ablenken. Und stell dir vor, Frl. Krise, der Raum ist mal nicht abgeschlossen, Günther holt sich dort eine Pistole raus, schießt, und aus Versehen trifft er Mert oder Emine … nicht auszudenken! Onkel Ali wäre bestimmt …»

«Frau Freitag! Hör auf! Das will ich mir gar nicht ausmalen … Aber vielleicht guckt der da auch nur Pornos oder chattet mit Frauen aus Lettland oder so. Das fänd ich nicht so schlimm.»

«Lettland? Haben die da schon Internet?»

«Natürlich! Wir müssen einfach versuchen, uns den Schlüssel zu dem Raum zu besorgen. Das kann doch nicht so schwer sein. Wir machen den Körnel besoffen und dann …»

«Oder du flirtest mit ihm, Frl. Krise, und wenn er sich dann zu einem kleinen Stelldichein auszieht, dann klaue ich ihm den Schlüssel aus der Hose. Ich glaube, das könnte klappen.»

«Danke schön, Frau Freitag. Dann organisiere ich lieber K.-o.-Tropfen. Männe kann die sicher bei eBay bestellen …»

«Na, egal wie, wir müssen dem Körnel echt auf den Zahn fühlen. Würde mich wirklich interessieren, wie der sich finanziert hat, bevor wir kamen.»

«Vielleicht bekommt der noch eine kleine Rente von der Fremdenlegion. Obwohl – ich glaube nicht, dass er wirklich dort war. Und seine Mutter gibt ihm bestimmt nichts, so, wie die drauf ist.»

«Die hat doch selber nichts. Die Speck in ihren billigen Kittelschürzen. Also, Frl. Krise, eins ist ja mal klar, wir müssen öfter rausfahren. Auch in der Woche! Nur samstags, das reicht einfach nicht.»

«Wir nicht! Wir fahren oft genug! Die anderen sind jetzt auch mal dran!»

«Nee, das geht ja nicht, die haben doch Unterricht!»

«Wieso? Der Pommer lässt sich halt mal wieder ein paar Tage krankschreiben – bei dem fällt das eh nicht mehr auf, der fehlt doch sowieso jeden zweiten Tag.»

«Stimmt! Wir machen wieder so ein Treffen mit allen und besprechen das. Am besten gleich am Dienstag.»

«Hallo, Jungs!», ruft Frl. Krise Mert und Günther zu. Die beiden knien im Gemüsebeet neben dem Haus, und Mert schmeißt gerade eine Schaufel Erde in Günthers Richtung.

Der guckt ihn giftig an und zischt: «Lass das, du Spast! Ich mein's ernst!»

Oh Mann, bin ich froh, dass ich die beiden nicht mehr im Unterricht haben muss. Obwohl sie ja auch ganz süß aussehen, wie sie da die kleinen Kopfsalate in die Erde buddeln.

«Hallo, Frau Freitag, hallo, Frl. Krise!», ruft Günther und kommt auf uns zu. «Emiiiineeee, Besuch!», schreit er in Richtung Haus.

Wie gemütlich es hier aussieht. Die Sonne scheint. Der Hof wirkt sehr einladend und friedlich.

«Hallo, ihr beiden!» Emine kommt strahlend auf uns zu und umarmt uns innig.

«Ich hatte gar nicht so früh mit euch gerechnet. Ich putze mit Nihat die Fenster im Wohnzimmer, aber wir sind gleich fertig, dann mach ich uns einen schönen Mokka.» Bevor sie im Haus verschwindet, dreht sie sich noch mal zu mir um und ruft: «Und einen leckeren Filterkaffee für Frau Freitag.»

«Die Emine ist cool, wa, Frl. Krise? Da hat der Onkel Ali aber echt 'ne Gute abgekriegt.»

Frl. Krise hört mir gar nicht richtig zu, sie geht zu den Jungs, die wieder im Gemüsebeet hocken und weitere Salatpflänzchen in kleine Erdlöcher setzen. Ich kriege Hunger. Hoffentlich hat Emine auch Kuchen gemacht. Bis zum Abendessen halte ich das nicht mehr aus. Ich zünde mir erst mal eine Zigarette an. Plötzlich steht die Krise wieder neben mir.

«Jetzt nicht rauchen, Frau Freitag, wir haben Wichtigeres zu tun! Der Körnel ist mit Burak im Baumarkt. Und wir sehen uns schnell mal ein bisschen in der Scheune um.»

In der Scheune steht ein dreckiger kleiner Traktor. An der Wand lehnen ein paar klapprige Fahrräder, die wahrscheinlich nie benutzt werden, denn das vorderste hat einen Platten. Über den Fahrrädern hängen zwei Regale mit irgendwelchem Werkzeug. Alles sieht ziemlich schmutzig und durcheinander aus. Ich bin sicher, Emine könnte hier Ordnung reinbringen, aber anscheinend darf ja niemand des Körnels heilige Scheune betreten.

«Was hast du denn, Frau Freitag? Los, komm!»

«Ich weiß nicht, ich hab Angst, da reinzugehen. Der Körnel will das doch nicht.»

Frl. Krise rollt mit den Augen und zieht mich energisch hinter sich her.

«Der ist doch gar nicht da.»

Dieses heimliche Rumgeschleiche war schon im ersten Buch nichts für mich. Zu aufregend, aber ohne Recherche werden wir wohl nie herausfinden, ob unsere Jungs hier auch sicher untergebracht sind.

«Mist, abgeschlossen. War ja klar.»

Frl. Krise rüttelt an der Holztür, die einen kleinen Raum im hinteren Teil der Scheune verschließt. Die Holztür ist aus mehreren Brettern zusammengenagelt. Hat der Körnel wahrscheinlich selbst gemacht.

«Frau Freitag, komm mal her und versuch, da oben durch den Spalt zu gucken. Ich komm da nicht ran.»

Ich muss mich auch auf die Zehenspitzen stellen, allerdings ist es in dem Raum viel zu dunkel, um irgendetwas zu erkennen. «Nichts. Nur bleierne Finsternis.»

«Hier, Frau Freitag, nimm mal mein Handy, ich habe mir da gerade so eine Taschenlampen-App runtergeladen. Versuch's mal damit!» Frl. Krise hält mir ihr Smartphone hin.

«Nee, nüscht. Is' Schrott, diese App. Kannste löschen. Lass mal lieber wieder zu den anderen gehen. Ich muss auch dringend aufs Klo.»

«Mensch, Frau Freitag, nun gib doch nicht so schnell auf!» Sie kramt in dem Werkzeug auf dem Regal herum.

«Was suchst du denn? Willst du die Tür aufbrechen? Das merkt der Körnel sofort.»

«Nein ... ach, ich weiß auch nicht ... wir müssen ...»

«Was *müssen* die Damen denn, wenn ich fragen darf?», ertönt plötzlich eine dunkle Stimme hinter dem Traktor. Frl. Krise zuckt zusammen und lässt vor Schreck einen Schraubenzieher fallen, der scheppernd auf den Betonboden knallt. Mist, der Körnel. Erwischt.

Ich gehe schnell zu Frl. Krise und stelle mich neben die Fahrräder. Rüdiger Speck steht im Blaumann vor uns und stützt sich mit ausgestrecktem Arm lässig auf den Reifen seines Traktors.

«Darf ich mal fragen, was Sie hier machen?»

Seine Stimme klingt jetzt etwas freundlicher, aber ich habe immer noch Angst. Was ist, wenn der uns in sein Kabuff schleppt und dort einsperrt? Wir brauchen dringend eine überzeugende Erklärung. Ich greife mir den Lenker des kaputten Fahrrads.

«Wir wollten, äh, wir haben diese Fahrräder gesehen und dachten, wir könnten uns zwei ausleihen, um im Dorf Eis für die Jungs zu kaufen, ist doch so heiß, und die arbeiten doch so hart, äh, da drüben im Beet, und dann haben wir gesehen, dass das Rad hier einen Platten hat, und dachten, dass wir vielleicht was finden, so Flickzeug oder so was.»

Der Körnel reibt sich mit dem Daumen über sein unrasiertes Kinn und grinst.

«So, so, Sie wollten das Rad flicken.»

Er kommt auf uns zu, nimmt mir das Fahrrad aus der Hand, wirft es unwirsch gegen den Traktor und greift sich die zwei anderen Räder, die an der Wand lehnen.

«Warum nehmen Sie nicht lieber diese beiden Prachtexemplare?»

Er testet mit Daumen und Zeigefinger die Reifen, nimmt sich eine schwarze Luftpumpe vom Regal und sagt: «Ein bisschen Druck draufgeben, dann sind die wie neu.»

Ich grinse freundlich, und Frl. Krise bringt ein gequältes «Toll!» zustande. Die Räder sind total verrostet und unglaublich dreckig. Aber jetzt müssen wir sie wohl nehmen. Wir schieben die Gurken auf den Hof. Der Körnel folgt uns mit der Luftpumpe bewaffnet nach draußen.

«Eis ist übrigens 'ne super Idee. Ich nehme ein Magnum Mandel.»

Die Fahrräder vom Körnel sind die reinsten Ruinen, aber ganz so schlimm wie Frau Freitag finde ich das nicht.

Wie immer sind wir – bis auf die obligatorische Katze – die einzigen Lebewesen, die auf der Dorfstraße unterwegs sind.

Erst auf der Höhe von Frau Specks Häuschen kommt plötzlich Bewegung in die Szenerie. Die Haustür öffnet sich, jemand stürmt laut schimpfend heraus und läuft mir fast ins Fahrrad. Ich bremse scharf und kann gerade noch abspringen. Frau Freitag hinter mir schreit auf und touchiert mit ihrem Vorderreifen mein Rad. Super, beinahe hätte es eine Massenkarambolage gegeben!

Kann der Typ sich nicht umschauen, ehe er auf die Straße rennt, dieser Idiot? Der Mann, der sich, ohne uns zu beachten, hinter das Steuer eines großen schwarzen Autos wirft, ist doch Lettkow! Er startet den Motor und rast mit durchdrehenden Reifen davon.

«Frau Freitag, hast du gesehen? Das war Lettkow! Was macht der denn bei Frau Speck?»

«Aua, aua, ich hab mir voll wehgetan!»

Frau Freitag reibt sich über ihr Schienbein und zeigt anklagend auf eine kleine aufgeschürfte Stelle. «Von der blöden Pedale! Dieses Fahrrad bremst überhaupt nicht! Ich sage dir, ich fahre damit jetzt keinen Meter weiter! Lass mal schieben!»

Im Nachbarhaus öffnet sich ein Fenster, Frau Grothe steckt ihren weißhaarigen Kopf heraus und winkt uns erfreut zu. «Wollten Sie zu mir?», ruft sie.

«Haben Sie vielleicht zufällig Verbandszeug für mich?» Frau Freitag schiebt schon humpelnd ihr Fahrrad an den Zaun und winkt mir zu. «Los, komm, Frl. Krise.»

Meine Güte, die stellt sich ja mal wieder an. Wegen so einer kleinen Schramme! Aber eigentlich ganz günstig, so kommen wir zu einem unerwarteten Besuch bei Frau Grothe.

Die steht schon in der Haustür, diesmal in eine himmelblaue Kittelschürze gehüllt.

«Was ist denn passiert, Frau Freitag? Haben Sie sich verletzt? Bitte! Kommen Sie doch herein!»

Im Hausflur riecht es muffig. Frau Grothe komplimentiert uns ins Wohnzimmer, einen düsteren, völlig zumöblierten Raum.

«Nehmen Sie doch Platz. Ich hole ganz schnell ein Pflaster!»

Meine Güte, wie sieht das denn hier aus! Jede freie Fläche ist mit Nippes und künstlichen Blumengestecken zugestellt. Nur die Fensterbank ist leer. Hier liegt also Frau Grothe auf der Lauer, um alles im Blick zu haben und notfalls korrigierend in die Falkenthaler Weltordnung eingreifen zu können.

«Das war doch der Heinz Lettkow da eben!», stellt sie jetzt fest und nimmt drei kleine Gläser aus der Vitrine. «Der war wohl bei Erna? Pflaster hab ich leider keine, aber Jod!»

Frau Freitag springt halb auf. «Nein! Bloß kein Jod!»

«Trinken Sie erst mal ein Schnäpschen auf den Schreck!» Frau Grothe öffnet die Tür eines schwarzen Buffets und fördert eine Glaskaraffe zutage.

«Aufgesetzter, eigene Herstellung! Schwarze Johannisbeeren aus Ernas Garten!»

Ehe wir uns versehen, gießt sie auch schon eine dunkle, ölige Flüssigkeit in die Gläser. «Prost!»

Da kann man schlecht nein sagen, also nippen wir vorsichtig an den Gläschen. Es schmeckt überraschend köstlich – sehr süß und stark. Frau Grothe setzt sich in einen der Sessel und schenkt nach.

«Erna und ich genehmigen uns auch immer einen, wenn was passiert ist. Da sieht man die Welt gleich wieder mit ganz anderen Augen!»

«Ich glaube, der Herr Lettkow könnte auch einen Schnaps gebrauchen. Der war ja völlig außer sich!», sage ich.

Frau Grothe nickt. «Ja, ja, der Heinz, der fährt leicht aus der Haut. Ist aber ein lieber Kerl – alter Schulfreund vom Rüdiger. Die beiden Jungs – ich erinnere mich noch ganz genau, wie die hier morgens immer an meinem Haus vorbei zur Schule liefen. Der Heinz vorneweg und der Rüdi hinterher. Ohne den Heinz wäre unser Rüdi gar nicht in die Schule gegangen, der war ja so ein schlechter Schüler! Ich glaube, der hat heute noch Schwierigkeiten beim Schreiben. Der Heinz hat ihm immer geholfen.»

«Der Herr Lettkow wohnt doch in Grünsee», wirft Frau Freitag ein.

«Ja, aber er ist geborener Falkenthaler. Erst als er von der Armee kam, hat er die Werkstatt in Grünsee übernommen, und dann ist er auch dahin gezogen.»

«War Herr Lettkow auch bei der Fremdenlegion?»

«Nein, nein, der war bei der Volksarmee.»

Frau Freitag beugt sich neugierig vor. «Frau Grothe, aber der Rüdiger, der war doch Fremdenlegionär, oder?»

Frau Grothe trinkt langsam noch ein Schlückchen Aufgesetzten, hustet ein bisschen und klopft sich auf die Brust.

«Ach, der Rüdiger, ja, ja, der war lange weg von zu Hause. Die arme Erna, die hat da sehr gelitten. Sie war todkrank in dieser Zeit.» Sie seufzt tief. «Mein Mann und ich haben uns um sie gekümmert. Zu dem Rüdiger war mein Mann ja auch wie ein Vater. Ach Gottchen, und nun ist er schon so lange tot, mein Mann! Acht Jahre!» Sie stürzt den Rest ihres Likörchens herunter, zieht ein zusammengeknülltes Taschentuch aus einem Ärmel ihrer Kittelschürze hervor und wischt sich über die Augen. «Die Zeit vergeht so schnell, wenn man älter wird.»

«Warum ist denn die Frau Speck ins Dorf gezogen, der Hof am Weiher gehört doch ihr, oder?»

Frau Grothe seufzt. «Na ja, als der Rüdi aus … äh … als er wiederkam, hat Erna ihm ständig Vorwürfe gemacht, dass er sie alleine gelassen hat. Die beiden haben sich andauernd gestritten. Schließlich hat der Junge ihr das kleine Haus hier nebenan gekauft. Zuerst wollte die Erna nicht, aber dann ist sie doch umgezogen. Aber sie hat ihm das nie verziehen, dass er sie von ihrem Hof vertrieben hat. Die Arme!»

«Und der Herr Lettkow … ist der eigentlich mit dem Rüdiger Speck immer noch befreundet?»

«Natürlich! Deshalb guckt der Heinz, also der Herr Lettkow, noch manchmal nach der Erna. Bei mir klingelt er auch hin und wieder, ich gehöre ja irgendwie mit zur Familie!»

Frau Grothe lächelt in sich hinein und greift nach ihrem Glas. Leider ist es leer. «So ein feiner Mensch ist das, der Heinz!»

Frau Freitag und ich schauen uns an. Die pichelt ja was weg, so früh am Vormittag! Und spricht sie wirklich von demselben Lettkow, den wir kennen?

«Und was ist mit dem Hotel, das er bauen will? Er sucht doch einen Bauplatz im Ort, oder?» Ich bin gespannt, was sie jetzt sagen wird, auf eine ähnliche Frage hatte sie uns bei dem Frühstück vor dem Konsum nicht geantwortet.

«Ach, der Heinz! Ja, ja. Frl. Krise, was die Leute so alles reden … Sie kennen doch den Herrn Markwart? Der das alte Gutshaus gekauft hat? Dem die Frau laufen gegangen ist? Eine nette Frau war das. Sie hat oft mit mir am Gartenzaun … Dieser Künstler, der … Also, Heinz, habe ich gesagt, Heinz, dieser Markwart will dir Böses. Aber da hat der Heinz nur gelacht.» Frau Grothe kichert und reibt sich die Hände. Ich glaube fast, sie hat schon einen Kleinen sitzen. Oder tut sie nur so? Jedenfalls redet sie ziemlich verworrenes Zeug!

«Wie jetzt? Das versteh ich nicht!»

Frau Grothe kneift die Augen zusammen und mustert mich. «Auf dem Dorf ist das nun mal so!», sagt sie mit strengem Unterton. «Wir Falkenthaler halten zusammen. So was kennt ihr Stadtmenschen nicht.»

«Aber der Herr Markwart lebt doch auch schon so lange in Falkenthal, und ich kann mir nicht vorstellen, dass der irgendwas gegen den Heinz Lettkow hat. Allerdings hat er wohl den Verdacht, dass der Lettkow seine Kunstwerke kaputt ...», versuche ich einzuwenden.

Frau Grothe unterbricht mich: «Ach was! Sie können mir glauben, an so was denkt der Heinz nicht mal. Der Heinz ... jaja ... und der Rüdiger, ach Gott ... von ganz klein auf kenn ich die! Die zwei sind wie Brüder ...»

Sie putzt sich energisch die Nase und steckt dann das Taschentuch wieder in ihren Ärmel. Ich stupse Frau Freitag mit dem Knie an und zeige unauffällig zur Tür. Aber Frau Freitag hat noch Informationsbedarf:

«Frau Grothe, was ich noch fragen wollte, äh ... haben Sie auch schon gehört, dass es hier einen Mord gab?»

Frau Grothe schweigt. Ihre Augen schimmern auf einmal wässrig. Sie holt ihr Taschentuch wieder hervor und wischt sich damit unter der Nase herum.

«Frau Grothe kannte doch Sven gut!», sage ich scheinheilig zu Frau Freitag, um das Gespräch wieder in Gang zu bringen.

«Ja, das stimmt.» Die Grothe seufzt tief. «Das ist alles so schrecklich. Ich mag gar nicht darüber sprechen. Der Sven hat doch ...» Sie stockt.

«WAS hat der Sven?» Frau Freitag ist auf die Kante ihres Sessels gerutscht und fixiert Frau Grothe. Die schlägt die Augen nieder und wischt einen imaginären Krümel vom Tisch. Dann hebt sie den Kopf und lächelt.

«Ein ganz Lustiger war das. Immer gut gelaunt. Hilfsbereit und nett. Ich kann mir nicht vorstellen, dass den jemand umgebracht haben soll. Nee, nee, ich glaube das alles nicht. Das war ein Unfall. Bestimmt war das ein Unfall!»

Sie stützt sich auf die Armlehnen ihres Sessels und erhebt sich schwer. «So, ich muss jetzt aber mal was kochen. Ist ja schon nach zwölf.»

Wir schieben unsere Räder schweigend ein Stück in Richtung Konsum.

«Diese Frau Grothe, was die alles erzählt hat!» Frau Freitag schüttelt den Kopf. «Lettkow und der Körnel ... wie Brüder! Dann aber wie Kain und Abel, oder?»

«Ja ... und das mit dem Sven! Die hätte doch fast was erzählt. Aber dann hat sie wieder nur gesagt, dass der so nett war. Komisch.»

«Frl. Krise, die Grothe ist mir unheimlich. Die weiß was! Die stecken hier doch alle unter einer Decke!»

«Du übertreibst, Frau Freitag! Was soll die Grothe schon verheimlichen? Höchstens ihren Alkoholkonsum!»

«Meinst du wirklich, das ist eine gute Idee, mit unseren ‹schweren› Jungs auf dieses Feuerwehrfest zu gehen, Frl. Krise? Die Gabi sagt doch, hier in Grünsee gibt es so viele rechte Jugendliche!»

«Ich weiß auch nicht. Der Körnel hat sich das nun mal in den Kopf gesetzt, er hat mir erklärt, die Jungen müssten lernen, mit Provokationen umzugehen. In Falkenthal scheint es für diese Übung keine Sparringspartner zu geben, die Jugendlichen interessieren sich nicht mehr für unsere ‹Ausländer›!»

Der Festplatz liegt am Dorfende, neben dem Gerätehaus der freiwilligen Feuerwehr. Auf der Mitte des Platzes stehen ein kreisrunder Bierwagen und eine Würstchenbude. Links davon ist ein zum Platz hin offenes Festzelt aufgebaut, ihm gegenüber eine große Bühne. Wir haben uns informiert, «Los Tornados» werden da gleich auftreten und eine Sängerin namens Tina Fontana. Ich kann mir schon genau vorstellen, was für üble Musik die spielen werden.

«Guck mal!» Frau Freitag kichert. Zwei Frauen bremsen uns aus. «Wie die aussehen!»

Die beiden sind allerdings der Hammer! An ihre zweifarbigen Kurzhaarfrisuren, die hier schwer «in» zu sein scheinen, haben wir uns ja schon fast gewöhnt, aber diese Klamotten! Extremer Lagenlook! Die modebewusste Brandenburgerin trägt zu ihren Leggings, die hier offensichtlich gesetzlich vorgeschrieben sind, mehrere Oberteile in verschiedenen Längen. Sollen wohl die Pölsterchen zwischen Hals und Knie kaschieren. Wenn das Ganze nur nicht so schreiend bunt wäre! Jedes Kleidungsstück hat eine andere Farbe, von Neonorange über Rosa bis Giftgrün und Tintenblau ist die ganze Palette vertreten.

«Colourblocking!», raune ich Frau Freitag zu. «War vorletzte Saison total hip!»

Frau Freitag kriegt sich nicht mehr ein. «Knallgelbe Schuhe und rote Söckchen! Da kriegt man ja Augenkrebs!»

Auch die meisten Männer sehen uniformiert aus, jedenfalls die der Altersgruppe unter fünfzig. Extrem kurze Haare, dreiviertellange Cargohosen, bedruckte T-Shirts und jede Menge Tätowierungen. Die bunten Bilder schlängeln sich nicht nur an Brust und Rücken aus den Kleidungsstücken heraus, sondern überziehen auch gnadenlos Arme und Beine. Oh Mann!

Den Eingang des Festzeltes versperrt ein Pulk Jugendlicher. Sie sind alle kahl geschoren, stehen breitbeinig da, schütten wortlos und mit sparsamen Bewegungen Bier aus großen Gläsern in sich hinein und beobachten genau, was um sie herum geschieht. Sind das die Nazis? Wenn die mit unseren Jungen aneinandergeraten, sehe ich schwarz!

Hier ist also ganz Grünsee versammelt und auf jeden Fall auch fast ganz Falkenthal. Bestimmt ist der Mörder von Sven Krause auch auf dem Festplatz. Vielleicht verspeist er gerade mit gutem Appetit ein Würstchen oder steht an einem Bierstand. Vielleicht hockt er im Festzelt und plaudert mit seinen Nachbarn. Oder er …

«Da sind sie!»

Frau Freitag reißt mich aus meinen Gedanken. Sie hat unsere Leute erspäht. Sie sitzen einträchtig an einer Biertischgarnitur im hinteren Bereich des Zeltes, sogar Emine ist mitgekommen.

Sie winkt uns zu. «Hierher! Wir haben euch Plätze frei gehalten.» Sehr umsichtig – obwohl das gar nicht nötig gewesen wäre, denn die beiden Bänke rechts und links von ihnen sind leer. Komisch! Ist das Zufall oder traut sich da keiner der Grünseeer Ureinwohner hin? Der Körnel trinkt Bier, alle anderen Cola.

«Was wollen die Damen haben?» Er legt einen Geldschein auf den Tisch. «Mert und Nihat, geht ihr mal an die Theke? Zwei Cola, oder?»

«Aber light!», sagt Frau Freitag und drängelt sich neben mich auf die Bank. Die beiden Jungen springen auf und sausen los.

«Hoffentlich gehen die hier hinten raus und quetschen sich nicht vorne durch die Glatzenansammlung», sage ich besorgt, aber der Körnel schüttelt den Kopf.

«Keine Angst, Frl. Krise, ich habe mit unseren Jungs trainiert, wie man sich verhält, wenn man provoziert wird!» Zufrieden lehnt er sich zurück und steckt sich eine Zigarette an.

«Hallo Grünsee! Herzlich willkommen! Wie schon im letzten Jahr sind wir wieder aus dem fernen Frankenland gekommen, um mit euch zusammen euer großartiges Feuerwehrfest zu feiern!», schallt es plötzlich aus den Lautsprechern. Die Band des Abends, bestehend aus fünf Altrockern mit fusseligen langen Haaren, hat die Bühne erklommen. Ah, endlich geht es los! Musik und Tanz! Die Atmosphäre war ja auch bisher ziemlich gedämpft, wurde Zeit, dass etwas passiert.

«Und wir haben euch Tina Fontana mitgebracht! Sie hat schon auf allen deutschen Bühnen gesungen und die Hitparade von Dieter Thomas Heck von hinten aufgerollt!»

Eine langhaarige vollbusige Blondine in einem glitzernden Schlauchkleid, der man ansieht, dass sie aus der Steinzeit des deutschen Schlagers stammt, verbeugt sich tief vor dem Publikum. Grünsee klatscht verhalten. Das scheint schlimmer zu werden, als ich befürchtet hatte, aber unsere Aussicht auf die Bühne wird ohnehin von den Nazijugendlichen verstellt. Sie haben ihren Standort zu uns hin verlagert, hoffentlich nur, um besser sehen zu können.

«Yeah! Grünsee! Life is Life ... Unser erster Song!», verkündet jetzt der Frontmann der Band. «Die Hände hoch und alle mitsingen und klatschen! Es darf auch getanzt werden!»

«Life is life», na, das geht ja noch. Um uns herum beginnen Einzelne, leicht im Rhythmus der Musik zu wippen. Auch Frau Freitag und Emine machen mit, und sogar der Körnel wackelt ein bisschen mit dem Kopf. Die Tanzfläche bleibt allerdings leer, aber das wird sich mit steigendem Alkoholkonsum bestimmt schnell ändern. Die glatzköpfigen Jugendlichen rühren sich überhaupt nicht, wie aus Stein gemeißelt stehen sie mit dem Rücken zu uns, es gibt lediglich ein verhaltenes Abklatschen, wenn ein Neuankömmling dazukommt. Ein Dutzend Kerle sind jetzt bestimmt schon zusammen! Alle groß und aufgepumpt. Wo bleiben eigentlich Mert und Nihat mit den Getränken? Ach, mir wäre bedeutend wohler, wenn sie wieder bei uns wären!

Plötzlich treten die Jugendlichen langsam auseinander, und in ihrer Mitte erscheint ein grauhaariger Mann in dunkelblauem Jeansoutfit. Er wirft einen Blick auf uns und grinst breit. Lettkow! Mit dem hatte ich überhaupt nicht gerechnet, dabei war doch klar, dass der hier aufschlagen würde. Wie unangenehm! Ich habe nicht die geringste Lust, ihm schon wieder zu begegnen. Lettkow kommt gemächlich auf uns zu, bleibt stehen, guckt in die Runde, klopft kurz zweimal mit den Fingerknöcheln auf den Tisch, sagt: «Tach, Rüdiger, altes Haus!», zwinkert mir zu, wendet sich ab und taucht wieder zwischen den Glatzen unter. Der Körnel schaut ihm hinterher.

«Alter Kumpel von mir!»

«Gehört der etwa auch zu diesen Nazitypen?»

«Frl. Krise, Grünsee ist ein kleines Dorf. Da gehört jeder irgendwie zu jedem.»

«Ich weiß nicht ... von diesen Brüdern muss man sich doch distanzieren!»

Der Körnel winkt ab. «Unsinn! Die sehen schlimmer aus, als sie sind! Die haben hauptsächlich 'ne große Klappe. Ist nicht viel dahinter.»

Zwei der Jugendlichen, von denen der Körnel spricht, haben sich inzwischen zu unserem Tisch umgedreht und mustern uns verächtlich.

«Hier stinkt's nach Knoblauch!», sagt der Größere, der ein schwarzes Lonsdale-T-Shirt trägt, sehr laut und stößt seinen Nebenmann mit dem Ellbogen leicht in die Seite.

«Zu viele Kanaken!» Er zeigt auf Mert und Nihat, die gerade mit randvollen Cola-Gläsern auftauchen.

Wie kindlich sie neben diesen Typen aussehen! Auf einmal kommen sie mir zart und schutzbedürftig vor, und für einen Moment kann ich mir überhaupt nicht mehr vorstellen, dass sie uns so viel Ärger gemacht haben.

«Hier ist ausländerfreie Zone!», sagt die andere Glatze drohend und macht einen Schritt auf die Jungen zu. «Asylantenpack! Was wollt ihr hier? Haut ab!»

«Lass mich in Ruh! Mit dir red ich nicht! Ich sprech ja auch nicht mit Hundescheiße!», antwortet Nihat frech. Der Jugendliche starrt ihn einen winzigen Moment verblüfft an, dann zischt er:

«Fresse, du Kameltreiber! Sonst knallt's!»

«Meinst du, wir haben Angst vor dir, Hurensohn?», mischt sich Mert ein. Dieses Coaching vom Körnel scheint nicht gerade sonderlich erfolgreich zu sein. Nihat stellt sein Glas auf dem Tisch ab und macht schnell einen Schritt vorwärts. Er steht auf einmal ganz dicht vor dem Provokateur, sein Kopf und Oberkörper sind vorgeschoben, sein Gesicht ist blass, und sein Atem geht stoßweise.

«Was willst du? Ich ficke deine Mutter!», schreit er.

Die anderen Jugendlichen haben sich umgedreht und rücken bedrohlich näher. Der Körnel ist aufgesprungen und drängt sich zwischen die Kontrahenten. Der Große versucht, ihn mit dem linken Arm beiseitezuschieben und mit rechts Nihat zu erwischen, aber der Körnel wirft sich gegen ihn. Dabei stolpert er, stößt seitlich gegen den Tisch, und die ersten Gläser fallen um. Wir springen auf, Emine schreit, einige Männer an den Nachbartischen erheben sich, alle anderen glotzen, und der andere, etwas kleinere Jugendliche packt Nihat mit beiden Händen vorne an seiner Jeansjacke, zieht ihn mit einem Ruck zu sich und hat ihn auch schon im Schwitzkasten.

«Lass mich los! Hundekind! Ich lutsche deine Eier», presst Nihat undeutlich heraus, er strampelt und wehrt sich verzweifelt, kann sich aber nicht befreien. Mert stürzt sich mit einem Sprung von hinten auf die beiden.

«Aufhören! Alle!» Plötzlich steht Lettkow neben ihnen. Er stemmt die Arme in die Seiten, tritt leicht gegen eine Wade des Jugendlichen und befiehlt, diesmal noch etwas lauter: «Schluss, Wulle! Sofort!»

Der Angesprochene schaut auf, zögert kurz und schleudert Nihat wütend zu Boden. Der bleibt einen Moment liegen, rappelt sich dann mühsam auf und blickt sich hasserfüllt um. Bevor er sich wieder auf Wulle stürzen kann, zerrt ihn der Körnel am Arm beiseite und hält ihn fest. Wulle wischt sich mit dem Unterarm übers Gesicht, grinst Lettkow ein bisschen verlegen an und stapft zu seinen Kumpeln, die ihn umringen und ihm auf die Schulter klopfen. Wir setzen uns wieder an unseren Tisch, mir schlägt das Herz bis zum Hals, und meine Hände zittern. Am liebsten würde ich auf der Stelle das Fest verlassen, Emine und Frau Freitag geht es ebenso, das sehe ich an ihren aufgewühlten Mienen. Aber uns ist natürlich klar, dass wir noch etwas bleiben müssen, schließlich können wir uns nicht von diesen Typen vom Platz jagen lassen. Mert und Nihat ballen die Hände zu Fäusten und flüstern miteinander. Der Körnel wirft ihnen einen langen warnenden Blick zu, sie verstummen und lassen sich von Emine zu Günther und Burak bringen.

«Mann, Mann, Mann, Rüdiger!» Lettkow fällt schwer auf die Bank neben den Körnel. «Diese Empfindlichkeiten musst du deinen Jungs aber dringend abgewöhnen. So 'nen kleinen Spruch müssen die schon abkönnen, wenn sie nicht unter ihresgleichen sind!»

Das Gesicht des Körnels rötet sich, eine Ader an seinem Hals pocht. Krampfhaft presst er seine Hände auf dem Tisch zusammen, aber statt zu explodieren, wie ich es erwartet hätte, schnaubt er nur unwillig, atmet tief ein und aus und sagt dann mit rauer Stimme: «Hast recht, Heinz!»

Wir starren den Körnel an. Was ist denn mit dem los? Kuscht der vor Lettkow, genau wie die Glatzen? Frau Freitag sieht mich fragend an, öffnet den Mund und schließt ihn wieder. Besser so, es ist jetzt auf keinen Fall der richtige Zeitpunkt zu klären, wie die Männer zueinander stehen.

«Wulle!», ruft Lettkow und angelt mit Zeige- und Ringfinger einen 100-Euro-Schein aus der Brusttasche seiner Jacke. «Wulle, mein Freund, organisier mal eine Lage für uns alle!»

«Ich?» Wulle schaut ihn finster an. «Für die? Nee, oder?»

Lettkow lacht. «Musst du ja nicht selber machen! ‹Organisier!›, hab ich gesagt. Laufen doch genug kleine Jungs hier rum! Bier für alle! Hast du verstanden?»

Er steht auf und flankt über die Bank, dabei stützt er sich auf die Schulter des Körnels.

«So. Muss mal ganz kurz weg, Rüdiger, bin aber gleich wieder da! Dann stoßen wir an – auf die große Völkerfreundschaft, hahahaha!»

«Lettkow, was soll der Quatsch? Du weißt doch, dass meine Jungs kein Bier trinken! Willst du die provo…»

Aber Lettkow ist schon im Gewühl verschwunden.

Bedrängt

«Weshalb müssen wir uns eigentlich schon wieder treffen?» Peter Pommer steht mit mürrischem Blick neben dem Tisch, an dem Frau Freitag, Monika, Susanne, Felix und ich gerade Platz genommen haben, macht aber keine Anstalten, sich zu setzen. «Ich hab noch einen Arzttermin, mein Rücken.»

«Es gibt einiges zu besprechen, Peter!» Frau Freitag klopft einladend auf die Sitzfläche des freien Stuhls neben sich. «Komm jetzt. Wir beeilen uns auch!»

«Leute, ich bin seit halb acht Uhr in der Schule. Jetzt ist es nach drei! Ich hab Feierabend! Mir reicht's! Gibt es denn was Neues? Geht es um das Geld, oder was?» Der Pommer bleibt stocksteif stehen, manchmal ist dieser Mann wirklich unerträglich.

Frau Freitag seufzt tief und sagt: «Nein, es geht nicht um das Geld. Für diesen Monat haben wir genug zusammen. Der Erlös von meinem Flohmarktverkauf und unsere monatlichen Abgaben decken die Kosten. Es gibt ein anderes Problem. Frl. Krise und ich glauben, dass wir aus verschiedenen Gründen mehr Kontrolle im Camp brauchen. Wir beide haben ja bisher fast jedes Wochenende geopfert, um nach Falkenthal zu fahren, und jetzt müsstet ihr auch …»

«Moment mal, wozu mehr Kontrolle? Das reicht doch, wenn ihr hinfahrt! Und das macht euch doch auch so Spaß!», unterbricht sie der Pommer. «Jedenfalls habe ich das euren Erzählungen entnommen! Wochenende im Speckgürtel! Ihr schlaft in Monikas Haus, nehmt dieses kleine Kind mit und erholt euch an der frischen Landluft bei Emines gutem Essen. Was wollt ihr noch?»

«Wir beschweren uns ja auch nicht, Peter! Das ist auch alles super. Aber in letzter Zeit haben wir das ungute Gefühl, auf dem Hof läuft nicht alles rund, und wir finden, es müsste auch mal jemand von uns mitten in der Woche auftauchen. Überraschend, verstehst du?»

«Gibt es Schwierigkeiten mit den Jungen oder mit dem Körnel?» Susanne guckt mich ängstlich an.

Ich muss jetzt höllisch aufpassen, dass ich besorgt wirke, aber nicht zu viel erzähle, und wehe, Frau Freitag kommt wieder mit ihren wüsten Mördergeschichten. Okay, der Körnel ist ein seltsamer Zeitgenosse, aber Mord – nein, das traue ich ihm auf keinen Fall zu. Die Freitag hat einfach ein zu ausgeprägtes Vorstellungsvermögen. Sie sollte Fantasyromane schreiben …

«Also, das ist so: Mit den Jungen ist alles in Ordnung, die fühlen sich sehr wohl und entwickeln sich wirklich positiv. Emine macht ihre Sache auch ganz prima, ihre Arbeit ist nicht mit Gold aufzuwiegen. Nur der Körnel! Der wird uns langsam ein bisschen … äh … sagen wir mal … unheimlich.»

«Was soll das heißen?» Der Pommer runzelt die Stirn und schiebt sich nun doch endlich auf den freien Stuhl.

«Wir wissen von Emine, dass es da einen heftigen Streit auf dem Hof gab – mit einem Mann, den Emine leider nicht gesehen hat. Der muss dem Körnel mit Polizei und Knast gedroht haben, ganz merkwürdig! Vielleicht war es der Lettkow, aber …»

«Oh Gott!» Susanne schlägt die Hände vors Gesicht. «Jetzt kommt alles raus! Wir müssen das Projekt sofort abbrechen! Wir kommen sonst ins Gefängnis!»

Felix tätschelt ihr den Oberarm. «Langsam, langsam, Susanne! Das muss doch gar nichts mit unseren Kindern zu tun haben. Vielleicht hat sich ja nur der Körnel was zuschulden kommen lassen oder …»

«Das wäre allerdings auch fatal! Stellt euch vor, der Körnel hat etwas Kriminelles gemacht!» Monika klingt alarmiert. «Das würde bedeuten, wir hätten unsere Schüler in die Hände eines Verbrechers gegeben. Susanne hat ganz recht! Dann sind wir dran!»

Der Pommer lacht höhnisch auf. «Schöne Scheiße! Monika, *du* hast ihn doch damals so angepriesen! *Du* hast doch gesagt, er wäre so ein toller Pädagoge! Ich hatte ja von Anfang an Bedenken! Aber ihr wolltet ja unbedingt alle!»

«Peter, ja, das habe ich gesagt, und eigentlich glaube ich das auch immer noch. Du hast doch gehört, die Jungen machen Fortschritte! Und deine Bedenken in allen Ehren, aber schieb nicht alles auf uns! Du hängst mit drin!»

Der Pommer stöhnt auf und fasst sich leidend an den Rücken.

Frau Freitag grinst mich an und sagt: «Ihr habt mich eben nicht ausreden lassen! Ich wollte euch einen Vorschlag machen, wie wir weiter verfahren! Um die Lage beurteilen zu können, müssen wir einfach mehr über den Körnel wissen, zum Beispiel, was er eigentlich für eine Vergangenheit hat, wovon er lebt, zu was für Leuten er Kontakt hat. Dazu müsste einer von uns immer mal unter der Woche ins Camp fahren. Unangemeldet. Peter, du könntest bei so einer Gelegenheit dann auch mal so von Mann zu Mann mit ihm reden, wir Frauen haben …»

«Ich? Unter der Woche? In der Schulzeit? Wie soll das denn gehen? Bist du jetzt völlig durchgedreht?» Der Pommer schlägt sich vor die Stirn. «Nee, nee, Frau Freitag! Da spiel ich nicht mit! Ich gehe jetzt sofort zu meinem Arzt und lass mich krankschreiben! Macht das mal schön ohne mich!»

«Jetzt reicht es mir aber!» Monika Nolte ist aufgesprungen, ihre Stimme zittert vor Empörung. Sie starrt den Pommer mit wildem Blick an. «Peter! So einfach wirst du dich hier nicht aus der Affäre ziehen! Oder soll ich den anderen mal erzählen, wo du dich im Allgemeinen aufhältst, wenn du krankgeschrieben bist? Ich sage nur: Müggelsee!»

«Monika, aber … das … äh … Segeln … falls du das meinst, ist doch meine Therapie!» Der Pommer läuft rot an.

«Therapie! Wer's glaubt! Hah! Segeln mit Bandscheibenvorfall? Aber bitte!»

Monika setzt sich wieder hin und wird nun ganz leise und mitfühlend: «Mag sein, dass das dir guttut, Peter, das geht uns ja auch eigentlich nichts an. Entschuldige bitte! Geh meinetwegen segeln, sooft du willst, aber lass uns hier nicht hängen! Und wenn du den Rest der Woche krankgeschrieben bist, dann fahre einen Tag nach Falkenthal! Machst du das?»

Der Pommer hustet nervös und nickt ein bisschen verlegen.

Monika lächelt zufrieden. «Danke, Peter. Grüß den Körnel von mir!»

Felix 26 hat sich einen Köfteteller bestellt und ich eine türkische Pizza mit Salat. Wir sitzen in dem kleinen Dönerimbiss neben der Schule. Ich habe ihn hierhergelotst, weil ich endlich die Sache mit Hamid und den Bestellungen klären möchte.

«Und, Felix, wie läuft's denn so?» Ich kann ihm ja nicht gleich sagen, dass er etwas von Jack Wolfskin bestellen soll, damit wir Hamid überführen können.

Felix stellt seine Cola-Dose zurück auf den Tisch und grinst.

«Ich hatte doch letzten Mittwoch diese Vorführstunde. Mit deinen.»

Oh Gott, ob ich das hören möchte? Ich sage mal besser nichts. Aber Felix sieht ganz fröhlich aus.

«Du, das lief so super! Mein Seminarleiter war ganz begeistert von deiner Klasse. Die waren alle pünktlich und haben auch alle ganz toll mitgemacht. Sogar Hamid. Seit Günther weg ist, läuft das mit der Truppe echt super. Die Stunde war eine glatte Zwei. Meine beste Note bisher. Mein Seminarleiter meinte, ich sei jetzt auf dem richtigen Weg, und wenn ich so weitermachen würde, dann wäre die Prüfung kein Problem.»

«Das freut mich aber für dich. Ehrlich. Ich glaube auch, dass du ein ganz toller Lehrer wirst.» Männer mögen das, wenn man sie lobt. Sagt jedenfalls Frl. Krise immer.

Felix 26 lehnt sich zufrieden zurück und lächelt. «Meinst du echt?»

Oh Gott, muss ich das jetzt noch mal wiederholen? Ich nicke. Mehr als ein «Hmmm, wirklich» kriege ich allerdings nicht mehr raus. Wo bleibt denn das Essen? Ich sterbe bald vor Hunger. Felix hat sich die Brille abgenommen und putzt sie mit der Serviette. Ohne Brille ist sein Gesicht ganz nackt. Er sieht aus wie ein müder Maulwurf. Die Augen sind total klein. «Sag mal, Felix, hat dein Gestell gar keine Schrauben?»

Er betrachtet seine Brille, als sähe er sie zum ersten Mal.

«Nee, die ist aus einem Stück. Gestanzt. Aus Aluminium. Crazy, oder?»

Crazy? Ja, crazy und irgendwie hässlich. Felix setzt die Brille wieder auf und guckt nach draußen auf die Straße.

«Was ist das denn?», fragt er plötzlich. Ich drehe mich um und verstehe nicht, was ich da sehe. Draußen hält ein Lastwagen, und drei Männer in Overalls tragen ein riesiges weißes Pferd auf die Straße. Jetzt kommt der Kellner mit unserem Essen. Auch er guckt, was auf der Straße passiert.

«Wat is dit? Is aba keen echter Gaul, oda?»

Felix grinst. «Nein, nein, das ist aus Fiberglas. Sehr leichtes Material, wird beim Bootsbau verwendet. Dieses Pferd ist für unsere Schule. Hat Herr Fischer bestellt, unser Schulleiter. Ich war neulich bei ihm im Büro, und da habe ich gehört, wie er am Telefon sagte, dass wir an so einem Projekt teilnehmen, und da ging es irgendwie um ein Pferd.»

Dunkel erinnere ich mich an ein Faltblatt in unserer Keksdose. «Pferd und Farben werden gestellt.» Ich bin gespannt, wen der Fischer mit der Bemalung des Tierchens beauftragen wird. Der Kellner schüttelt den Kopf und stellt uns unsere Teller auf den Tisch. Wir sehen dem Pferd nach, das nun auf einer Art Rollbrett Richtung Schultor gezogen wird.

«Na, schmeckt dein Köfte?»

Felix nickt. «Willst du mal probieren?», fragt er, aber ich winke ab.

«Ich bin Vegetarier», höre ich mich plötzlich antworten. Ich weiß gar nicht, warum ich das jetzt gesagt habe, aber es klingt irgendwie gut.

Felix guck mich verwundert an. «Echt? Ich hab dich doch neulich beim Grillen eine Wurst essen sehen.»

«Tofuwurst.»

Wir essen, und der Kellner spült scheppernd Teller ab.

«Du, Felix, sag mal, dein Rucksack ...»

Felix legt Gabel und Messer auf den Teller und sieht mich erschrocken an.

«Ja, ich weiß, das war total blöd von mir, den von Mert zu kaufen. Der war bestimmt geklaut. Frl. Krise hat auch schon mit mir gesprochen. Ich habe mir echt nichts dabei gedacht. Du weißt doch, wie wenig man im Referend...» Sehr gut, er windet sich vor mir in seinem schlechten Gewissen. Jetzt ist er bestimmt bereit, alles zu tun, was ich will.

«Du, das kann ja jedem mal passieren. Anfängerfehler. Ist doch nicht so schlimm. Ich versteh auch nicht, warum sich die Krise da so drüber aufregt.»

Erleichtert nimmt Felix wieder sein Besteck in die Hand und schneidet sich noch ein Stück Fleisch ab. Sieht sehr lecker aus, sein Essen. Viel besser als meine labberige Pizza.

«Aber, Felix, wusstest du, dass Mert da in eine ziemlich kriminelle Sache verstrickt war?» Er guckt mich verwundert an und schüttelt kauend den Kopf.

«Wir vermuten, dass Mert und auch Hamid Teil einer kriminellen Bande sind.» Wir, das klingt gut. «Mehr kann ich dir dazu nicht sagen. Wir stehen in engem Kontakt mit der ermittelnden Polizeieinheit. Und wir dachten ...» Ich mache eine kleine Kunstpause. «Also, du könntest uns helfen. Dann könnte man deinen Fehltritt mit dem Rucksack auch vergessen. Der Fischer muss ja nicht alles wissen.»

Als ich den Schulleiter erwähne, verschluckt sich Felix leicht und hustet. Ich reiche ihm seine Cola-Dose und warte.

«Klar, äh, also ja, was soll ich denn machen?», fragt er, und ich sage ihm, welche Jack-Wolfskin-Jacke er bei Hamid aus meiner Klasse für mich bestellen soll.

«Ring, ring, ring» … Oh nein, mein Handy. Wo hab ich das bloß? Ich muss es sofort abstellen!

«Frl. Krise, haben Sie Handy an?», fragt Dilek streng.

«Verboten, Handy im Unterricht!», ruft Merve und streckt die Hand aus: «Abgeben ohne Diskussion, sonst bringe ich es zu Herr Fischer!»

«Kinder, ich weiß, aber mein Bruder ist im Krankenhaus, und er wird heute …»

«Story, AUSREDE!», schreit Onur und grinst, denn genau diesen Satz hat er erst gestern vorgebracht, als ich ihm sein Handy abnehmen wollte. So, Gerät abgestellt, jetzt ist wieder Ruhe. Emine war dran – hoffentlich ist im Camp nichts passiert. Endlich ist die Stunde vorbei, und ich kann zurückrufen.

«Frl. Krise, ein Glück, dass du dich meldest. Die Jungen haben Blödsinn gemacht, und der Körnel tobt hier rum wie verrückt. Der Mann vom Ponyhof sagt, das gibt Anzeige – es muss einer von euch kommen! Ich weiß nicht mehr, was ich machen soll!»

«Ach, du Schreck! Was ist denn passiert?»

«Mert und Günther haben das Gatter von der Ponyweide aufgemacht. Jetzt sind die Ponys abgehauen! Vier Ponys! Kommst du? Bitte!»

«So ein Scheiß! Mein Auto ist in der Werkstatt. Aber vielleicht kann ich was organisieren. Ich versuche auf jeden Fall zu kommen, ich ruf dich später noch mal an, Emine.»

Na, toll. Ausgerechnet heute habe ich kein Auto! Irgendjemand muss mich hinfahren. Aber wer? Männe ist in Hannover, Frau Freitag und Felix fallen aus, weil sie keinen Führerschein und kein Auto haben, Monika habe ich noch gar nicht gesehen, und Susanne ist auf einer Fortbildung. Der Pommer kommt noch in Frage … ja, warum nicht der? Ich muss ihn dazu überreden – außerdem war er immer noch kein einziges Mal in Falkenthal.

Niemand ist auf dem Weiherhof zu sehen, als wir um die Ecke biegen. Nur ein paar Hühner laufen gackernd auseinander, und die kleine schwarze Katze erhebt sich von ihrem Stammplatz in der Sonne und streicht mit hochgerecktem Schwanz um unsere Beine. Der Pommer tritt unwirsch beiseite und wirft einen abschätzenden Blick in die Runde.

«Sieht ja reichlich vergammelt aus hier. Na ja, Brandenburg. Wo sind die denn alle?»

Das Wohngebäude ist abgeschlossen, komisch. Das Auto des Körnels steht nicht in der Scheune, und im Garten hinter dem Haus arbeitet niemand. Der Pommer entdeckt einen gelben, mit einem Blumentopf beschwerten Zettel auf dem Tisch vor dem Haus. *Wir sind bei ponyränsch!* hat offensichtlich einer der Jungen darauf geschrieben. Der Pommer schüttelt den Kopf und seufzt.

«Na, dann mal los!», sagt er grimmig. «Weißt du, wie wir dahin kommen, Frl. Krise?»

Emine empfängt uns unter einem großen Holzbogen am Eingang des Ponyhofs. Der Name «Little Pony-Ranch» ist mit Feuer ins Holz gebrannt. Soll wohl nach Wildem Westen aussehen.

«Endlich!», sagt sie, rollt mit den Augen und führt uns an den Stallungen vorbei ins Haus. «Die sind alle drinnen und reden mit Herrn Brettschneider, dem Chef! Zwei Ponys sind noch weg!»

An einem Tisch in der Küche sitzen der Körnel, Mert, Günther und Herr Brettschneider, ein junger Mann in Lederweste, Breeches und Reitstiefeln. Ich verstecke mich ein bisschen hinter dem Pommer und schiebe mich seitlich auf einen Stuhl, dieser Brettschneider sieht nämlich alles andere als freundlich aus. Peter bleibt wie immer stehen.

«Mert erzählt gerade, wie die Pferde abgehauen sind!», sagt der Körnel nach der Begrüßung.

«Also, das war so: Wir sind auf die Wiese gegangen, weil, wir wollten die Ponys bloß mal streicheln», sagt Mert leise. «Und da hat das eine von denen, das war so schwarzweiß …»

«Snickers!», unterbricht ihn der Brettschneider. «Ein ganz friedliches Tier!»

«Ja, ich bin zu ihn hingegangen …»

«Natürlich von hinten, was? Keine Ahnung von Pferden!» Herr Brettschneider schlägt sich vor die Stirn. Mert nickt verwirrt und schüttelt dann den Kopf.

«Ja, nein, also, ich weiß nicht mehr. Jedenfalls hat es da so komisch die Ohren flach gemacht und auf einmal sein Hinterteil gezeigt, und da hat Günther ihn ein Klaps daraufgegeben, und da hat es die Beine hochgeschmissen und ist so losgerannt und die anderen auch, und da hatten wir auf einmal Angst bekommen und sind schnell wieder raus aus der Wiese.»

«Unglaublich!» Herr Brettschneider lehnt sich vor und fixiert Mert.

«Nicht zu fassen! Einen Klaps gegeben! Einfach auf die Koppel gehen und auf ein Pferd los und dann auch noch das Tier schlagen …! Das wissen bei uns schon die sechsjährigen Kinder, dass man so was nicht macht! Im Gegensatz zu euch haben unsere Shettys eine korrekte Ausbildung und eine absolut konsequente Erziehung genossen. Die verhalten sich nur so, wenn sie wirklich provoziert werden. Gerade Snickers und Polly sind ausgeglichene Tiere, und die beiden anderen sind auch schon angeritten und wissen, wie sie auf Kinder reagieren müssen. Und was war mit dem Gatter? Das Gatter habt ihr einfach offen stehen lassen, oder?»

Er dreht sich zu Peter und mir herum. «Sie sind doch die Lehrer von den Jungen! Was lernen die eigentlich im Biounterricht?»

«Sind denn die Gäu… äh… Ponys immer noch verschwunden?», erkundigt sich Peter.

«Zwei sind vorhin wiedergekommen, die beiden andern werden noch gesucht», sagt Emine. «Die Mitarbeiter von der Ranch sind mit Burak, Nihat und ein paar Reiterkindern unterwegs.»

«Ich überlege, ob ich eine Anzeige stellen soll!» Herr Brettschneider erhebt sich langsam und schaut den Körnel giftig an. «Zum Beispiel wegen mangelnder Aufsichtspflicht! Wer ist überhaupt für diese Jungen verantwortlich? Sie? Die sind ja richtig gemeingefährlich! Ich glaube, Sie machen sich keine Vorstellung davon, was die angerichtet haben: Wenn die Ponys nun durch den Wald auf die Umgehungsstraße laufen … nicht auszudenken, was passieren kann bei dem Verkehr, der da durchrauscht. Und dann der Verdienstausfall! Ich habe schließlich kleine Gäste hier, deren Eltern haben fürs Reiten bezahlt und nicht dafür, dass die Kinder die Pferde suchen! Ich hoffe nur, Sie sind gut versichert, Herr Speck!»

«Ich?» Der Körnel zuckt zusammen und sieht mich fragend an.

Ach, du Scheiße! Mir wird heiß und kalt! Versichert? Über Versicherungen haben wir mit dem Körnel nie gesprochen. Wie unbedacht! Aber irgendwie war es kein Thema bisher – wenn sich das jetzt bloß nicht als ein ganz großer Fehler erweist!

Peter klappt seinen Mund auf und zu, schnauft laut und sagt dann: «Ihr seid doch haftpflichtversichert, Jungs, oder? Ist doch eigentlich jeder!»

Mert und Günther zucken mit den Schultern, sie können natürlich mit dieser Frage gar nichts anfangen.

«Also, Herr Brettschneider, jetzt mal in aller Ruhe!» Der Pommer spricht auf einmal ganz tief und bestimmt: «Wir wollen nicht gleich die Pferde scheu machen, haha, oder?! Mal ganz ehrlich! Die Tierchen sind Ihnen doch bestimmt nicht zum ersten Mal ausgebüxt – Shettys machen das gerne, stimmt's? Meine Tochter hat als Kind oft bei Freunden reiten dürfen, auch auf Shetlandponys. Wie oft wir die wieder einfangen mussten!» Er schmunzelt. «Meistens kamen sie abends von alleine wieder angetrudelt. Die wissen schließlich genau, wo das Heu auf sie wartet! Sind doch furchtbar verfressene Viecher. Und dann noch zu Ihrem Gatter, Herr Brettschneider. Kann es sein, dass es etwas hängt? Die Gatter, die ich kenne, haben gerne mal ein bisschen Spiel, und da kann es leicht passieren, dass die sich nicht sauber schließen lassen! Und wer weiß, vielleicht haben auch Ihre kleinen Gäste …»

«Einer meiner Männer hat Ihre Jungen doch türmen sehen! Und danach waren die Ponys weg! Nein, nein, meine Gastkinder haben nichts damit zu tun!», braust der Brettschneider auf.

Peter seufzt. «Gut!», sagt er. «Dann bleibt uns nichts weiter, als abzuwarten. Rufen Sie uns an, wenn sich etwas Neues ergeben hat? Spätestens gegen Abend? Können wir vielleicht noch etwas tun?»

«Ich wüsste nicht, was!» Herr Brettschneider verabschiedet uns kurz, und schon stehen wir am Eingang des Ponyhofs. Der Körnel ist stinksauer. Er schubst die Jungen in sein Auto und fährt mit durchdrehenden Reifen los.

«Gefällt mir irgendwie nicht, euer Körnel!», sagt der Pommer und schüttelt nachdenklich den Kopf.

«Hallo, Frl. Krise, was machst du denn hier so einsam und allein?»

«Was wohl? Ich habe Aufsicht, die ganze Mittagspause.»

«Ist doch nicht das Schlechteste hier im Schatten auf dem Hof. Hab ich dir eigentlich erzählt, dass gestern so ein komisches Pferd in die Schule geliefert wurde? Bin gespannt, welcher Kunstkurs das anmalen darf. Das Teil ist riesig.»

«Sprich mich bloß nicht darauf an, Frau Freitag! Der Fischer hat mich schon gefragt, ob ich das machen will. Ich sag dir, von Pferden hab ich die Nase voll!»

«Ach ja, wie war es denn gestern mit Pommer auf dem Ponyhof? Durftet ihr mal reiten?»

«Auf diesen kleinen Pferdchen? Nee, wir haben uns nur stundenlang mit dem Besitzer, einem Herrn Brettschneider, herumgezankt. Peter war eigentlich ganz hilfreich, er hat ihm erzählt, dass er eine Tochter hätte, die früher mal auf Shettys geritten sei. Dabei hat er doch gar keine Kinder. Er wollte nur diesem Brettschneider zeigen, dass er Ahnung von Pferden hat. Ist aber auch egal, die Viecher waren zum Glück abends alle wieder da. Die ganze Aufregung umsonst. Aber eins ist klar geworden: Wenn mal was passiert, stehen wir ganz schön blöd da!»

«Wieso?»

«Frau Freitag, weder der Körnel noch die Jungen sind versichert. Emine natürlich auch nicht. Ich weiß noch nicht mal, was für eine Versicherung die haben müssten …!»

«Notfalls muss sich der Pommer drum kümmern, falls da überhaupt mal was passiert. Seine Frau arbeitet doch bei einer Versicherung, soweit ich weiß.»

«Ex-Frau!»

«Oh, Frl. Krise, der Pommer ist wieder zu haben – interessant. Falls dich Männe verlässt, weil du nie was Anständiges kochst, dann …»

«Lieber gehe ich ins Kloster! Oder brenn mit Felix 26 durch, der ist wenigstens noch jung und knackig!»

«Ja, jung vielleicht, aber eine große Hilfe ist der nicht. Ich habe dem gestern aufgetragen, dass er bei Hamid etwas von Jack Wolfskin bestellen soll. Ich will doch rauskriegen, ob Hamid da noch mitmacht.»

«Und? Was hat er dazu gesagt?»

«Wer jetzt? Felix?»

«Ja, natürlich! Ist er darauf eingegangen?»

«Ja, klar, der hat doch Schiss, dass ich das mit seinem Rucksack beim Schulleiter melden könnte. Heute hatte Felix mit meiner Klasse Chemie, und nach dem Unterricht hat er Hamid gefragt, ob er so eine Windjacke bestellen kann …»

«Anstiftung zu einer Straftat, Frau Freitag! Du wirst noch mal im Knast enden, hehehe!»

«Aber nicht alleine … ich sage nur Schwarzarbeitsvermittlung nach Falkenthal, Frl. Krise.»

«Ist ja gut! War nur Spaß! Hat Hamid zugesagt?»

«Hamid? Der ist wohl doch schlauer, als wir dachten. Der tat so, als ob er überhaupt nicht wüsste, um was es ginge. Da müssen wir uns etwas anderes einfallen lassen. Ich werde noch mal mit Emre und Ömür sprechen.»

«Kannst du ja morgen machen, wenn sie zu uns in die Schule kommen.»

«Ach ja, die beiden sprechen ja morgen in deiner Stunde mit meiner Klasse über Berufe. Hatte ich schon wieder ganz vergessen. Frl. Krise, hier passiert momentan so viel an der Schule, ich kriege gar nichts mehr mit. Die Nolte erzählte vorhin etwas von einem Schulpreis, den wir vielleicht kriegen. Weißt du da was drüber?»

«Ja, der Fischer hat sich beim Senat dafür beworben! Da wird die innovativste Schule der Stadt gesucht.»

«Und das sind plötzlich wir?»

«Warum nicht? Seitdem niemand mehr den Unterricht kaputt macht, können wir doch herrlich arbeiten! Wir machen ständig Projektunterricht, die Kollegen trauen sich an moderne Unterrichtsformen heran, der Voss nimmt mit einem Kurs bei ‹Jugend forscht› teil, und Susanne tritt mit ihrem Mädchenchor bei ‹Berlin singt› auf. Und dann noch dieses Pferd, das ich an der Backe habe … Die Fehlzeiten sind auch enorm gesunken, weil die Kinder mehr Spaß in der Schule haben. Es zahlt sich eben aus, wenn die Störer weg sind!»

«Na ja, also in der Nolte-Klasse entwickelt sich dieser Onur langsam zu einem Problem. Erst lief das ja super ohne Mert, und als dann Thomas H. auch nicht mehr kam, konnte ich mit denen richtig guten Unterricht machen, aber jetzt meint Onur, dass er Merts Platz einnehmen muss. Ich finde, dem würde ein kleiner Aufenthalt beim Körnel auch mal ganz gut tun. Was meinst du, Frl. Krise?»

«Warum nicht? Mir geht der auch ziemlich auf die Nerven. Ich schlag das der Monika nachher vor, die soll mal seine Mutter einladen. Dann reicht es aber – der Körnel schafft das sonst nicht mehr.»

«Ein paar von den pubertierenden Zicken aus der Pommer-Klasse würde ich gerne auch noch loswerden …»

«Bloß nicht, Frau Freitag! Du weißt doch genau, dass das nicht geht. Da ziehen die Eltern nicht mit! Die Mädchen dürfen noch nicht mal mit ins Schwimmbad! Und woanders übernachten auf gar keinen Fall.»

«Ich weiß. Mit Onur wäre mir fürs Erste auch geholfen.»

Manchmal macht es wirklich Spaß, Lehrerin zu sein, zum Beispiel dann, wenn man merkt, dass aus den Schülern etwas geworden ist. So wie bei Emre und Ömür! Ich habe die beiden in die Schule eingeladen, damit sie in Frau Freitags Klasse im Fach Berufsorientierung etwas über ihre Ausbildung und ihren Berufsalltag erzählen. Für viele Schüler ist «Polizei» nämlich der absolute Traumberuf, aber ich habe den Verdacht, nur deshalb, weil sie dann eine Uniform plus Knarre tragen dürfen und bei allen großen Ereignissen wichtig auf der Straße herumstehen können.

Frau Freitags Klasse ist neuerdings erstaunlich wohlerzogen. Rosa hält uns geradezu ehrfürchtig die Tür auf, als wir kommen, die anderen sitzen vorschriftsmäßig ruhig auf ihren Plätzen und gucken erwartungsvoll. Emre und Ömür sind ein bisschen aufgeregt. Sie bauen sich hinter dem Pult auf, und ich setze mich vorsichtshalber neben Hikmet. Sicher ist sicher.

Ömür beginnt mit: «Guten Morgen und danke für eure Einladung! Wisst ihr, dass wir früher auch in diese Schule gegangen sind? Frl. Krise war unsere Klassenlehrerin.»

Die Schüler kichern und werfen mir ungläubige Blicke zu. Ich kann mir ein geschmeicheltes Lächeln nicht verkneifen.

«So, ich hätte da gleich eine Frage!», übernimmt Emre. «Wer von euch möchte denn später mal zur Polizei gehen?»

Viele Finger schnellen in die Höhe, nicht nur Jungen, auch ein paar Mädchen melden sich. Das sind doch bestimmt ein Dutzend Schüler! Typisch! Als wir neulich den Bäcker und die Kassiererin von Lidl dahatten, war die Begeisterung längst nicht so groß.

«Okay, Leute, Finger wieder runter», kommandiert Emre.

«Jetzt melden sich bitte nur die, die gerne Polizist werden wollen und die noch nie etwas mit der Polizei zu tun hatten, also, damit wir uns verstehen: Ich meine alle ohne Anzeige!»

Nur die Hände von Can, Erhan, Rosa und Dilay gehen zögernd wieder hoch.

«Aha!» Ömür grinst. «So wenige! Ihr vier habt gute Aussichten! Die anderen …»

Er schüttelt den Kopf. «Ihr anderen müsst euer Leben verdammt schnell ändern, sonst wird das nichts mit euren Plänen. Wer schon polizeilich erfasst ist, hat schlechte Karten!»

«Herr Kommissar, ich hab bloß Anzeige wegen …, also, ich hatte mal was geklaut bei Netto, nur so kleine Kaugummi!» Fuat ist sichtlich geschockt.

Hikmet flüstert: «Ich war nur Zeuge bei mein Cousin … als der mal bei Körperverletzung …» Ömür zieht die Augenbrauen hoch und schüttelt leicht den Kopf.

«Aber fast jeder hatte doch schon mal eine Anzeige! Oder, Frl. Krise?», sagt Hikmet und sieht mich fragend an.

«Ich nicht!»

Und das stimmt wirklich! Ja, ein paar Knöllchen gab es natürlich schon in meinem Leben, und mein Auto wurde vor ein paar Wochen abgeschleppt, weil ich vor einer Einfahrt parkte. Aber eine richtige Anzeige? Stopp mal: Die Ponys … Herr Brettschneider … aber, nein, das ist ja noch einmal gutgegangen. Allerdings, falls das Camp auffliegt! Da könnte – nee – nicht dran denken.

«Und dann braucht man natürlich noch einen guten Realschulabschluss und muss sehr sportlich sein», verkündet Emre und sieht die vier ohne Anzeigen fragend an. Rosas Hand beginnt gefährlich zu wackeln, sie hat in Sport eine stabile Vier und hasst jede Form von Bewegung.

«Voll gemein!», empört sie sich. «Ich kenn aber ein Polizist mit ein voll dicken Bauch, der fährt immer nur mit sein Streifenwagen rum!»

Bestimmt meint sie den gemütlichen Herrn Benecke, einen Polizisten, den Frau Freitag und ich letztes Jahr bei unseren Ermittlungen in einem Mordfall kennengelernt haben.

Dilek zeigt auf Ömür: «Aber Sie haben doch auch ... Sie sind doch auch nicht ... », stottert sie.

Ömür klopft selbstzufrieden auf seinen kleinen Bauch. «Alles Verdauungsmuskulatur! Nee, stimmt, du hast recht. Zu viel Döner und Lahmacun», sagt er. «Ja, ich müsste ein bisschen abnehmen. Aber ihr hättet mich mal kurz vor der Aufnahmeprüfung für den Polizeidienst sehen müssen. Da hatte ich eine Figur wie ... wie ... »

«Aufnahmeprüfung?», ruft Hikmet. «Was AUFNAHMEPRÜFUNG?»

Emre und Ömür zwinkern mir zu. «Na, Jungs ... äh und Mädchen natürlich», sagt Emre. «Spaß beiseite, jetzt hört mal gut zu, wir erzählen euch ganz genau, wie wir zur Polizei gekommen sind! Also, als wir im neunten Schuljahr waren ... »

Genau, denke ich, nehmt den Kindern nicht jede Hoffnung, erzählt ruhig mal, wie das war, als ihr noch zur Schule gingt. Ihr hattet doch auch völlig unrealistische Vorstellungen von eurem zukünftigen Beruf. Du, Ömür, warst damals kugelrund, und du, Emre, hattest eine Rechtschreibung wie ein junger Hund. Kein Mensch hätte euch zugetraut, dass ihr jemals Polizisten werden würdet!

Emre und Ömür erzählen und erzählen, und als es klingelt, sind wir alle ein bisschen schlauer. Zum Abschluss versprechen sie, zwei Schüler demnächst einen Tag auf die Wache mitzunehmen. Ein Minipraktikum, sozusagen! Alle wollen natürlich, und wir müssen losen. Erol und Sibel sind die Glücklichen.

«Sehr schön, ich freu mich drauf!» Emre reibt sich die Hände. «Dann müssen wir nur noch den Termin mit Frau Freitag besprechen!»

«Frl. Krise, nächstes Wochenende fahre ich aber nicht mit raus. Ich will meine freie Zeit auch mal wieder in Berlin verbringen. Immer Falkenthal, Falkenthal, Falkenthal.»

Die Krise guckt gar nicht zu mir. Als ob sie sich so tierisch auf den Verkehr konzentrieren müsste. Pffff.

«Nun stell dich doch nicht so an, Frau Freitag. Ist doch schön hier. Komm, ich lad dich auf einen Kaffee bei Gabi ein, bevor wir zum Hof fahren.»

Irgendwie scheint heute in Falkenthal mehr los zu sein als sonst. Vor dem Konsum finden wir keinen Parkplatz und müssen das Auto hinter der Kirche abstellen. Die zwei Tische bei Gabi sind besetzt. Trotzdem steuert Frl. Krise zielstrebig auf den Konsum zu.

«Frl. Krise, ich setze mich nicht zu diesen dicken Männern. Guck mal, die trinken jetzt schon Bier. Ekelhaft!»

Die Krise dreht sich nicht um. «Ja, ja, Frau Freitag. Schon gut. Komm, da, bei Markwart ist noch was frei.»

Dieter Markwart sitzt vor einer Tasse Tee und blättert unmotiviert in einer Zeitschrift. Er sieht schlecht gelaunt aus. Vielleicht will der gar nicht, dass wir uns zu ihm setzen. Frl. Krise scheint das völlig egal zu sein.

«Herr Markwart, na, so eine Überraschung!», ruft sie. Markwart guckt hoch, steht auf und lächelt uns zu.

«Frl. Krise und Frau Freitag, wie schön. Leisten Sie mir Gesellschaft?»

Die biertrinkenden Männer starren uns an, tuscheln irgendetwas, und der Dickste von ihnen lacht plötzlich laut auf. Widerlich! Die anderen beiden grinsen dreckig.

«Frl. Krise, wollen wir nicht doch lieber gleich zum Hof fahren?», frage ich, aber die Krise sitzt bereits und ruft Gabi Schmidt zu, dass wir Kaffee haben möchten.

Dieter Markwart beugt sich zu mir. «Na, Frau Freitag, haben Sie Probleme mit der ansässigen Bevölkerung?»

Frl. Krise dreht sich zu den Biertrinkern und ruft: «Mahlzeit, die

Herren.» Die gucken sofort weg. Markwart lehnt sich in seinem Stuhl zurück.

«Ich kann Ihnen sagen, so als Zugezogener hat man es hier wirklich nicht leicht. Du bleibst immer der Fremde. Wenn man mit einem Berliner Nummernschild herumfährt, wird man im besten Fall komisch angeguckt.»

«Ja, ich weiß, was Sie meinen. Sind schon seltsame Leute hier», sagt Frl. Krise.

«Alles Dorfdeppen. Dorfdeppen und Mörder!», flüstere ich.

Frl. Krise schielt kurz zu den Biertrinkern. «Und wie die sich anziehen. Die sehen alle gleich aus mit ihren offenen Hemden. Die Armee der hässlichen Männer von Falkenthal.»

Dieter Markwart trinkt einen Schluck Tee und stellt dann die Tasse vorsichtig ab.

«Grünsee ist aber auch nicht besser. Dieser Lettkow war neulich wieder bei mir.»

«Will der immer noch Ihr Grundstück kaufen? Der ist aber hartnäckig.»

Frl. Krise nimmt sich eine Kippe aus meiner Packung und zündet sie an.

«Oh, kann ich auch eine haben?», fragt der Markwart sie.

Ich schiebe ihm die Packung rüber. «Ja, natürlich. Das sind übrigens meine.»

Frl. Krise sieht kurz zu mir und verdreht die Augen. Markwart nimmt einen tiefen Zug und fängt dann an zu husten.

«Ich habe ja aufgehört zu rauchen. Damals. Wegen Frauke. Aber ab und zu tut so eine Zigarette wirklich gut. Heute ist echt nicht mein Tag. Erst der Lettkow, und dann hat jemand gestern Nacht wieder meine Skulpturen demoliert. Das passiert jetzt immer häufiger.»

Frl. Krise beugt sich zu ihm. «Und Sie haben immer noch keine Ahnung, wer das gewesen sein könnte?»

Markwart schüttelt den Kopf. «Nicht den geringsten Schimmer. Dem Lettkow traue ich zwar so einiges zu, aber ich glaube nicht, dass der sich selbst damit die Hände schmutzig machen würde. Ich könnte mir allerdings schon vorstellen, dass da jemand in seinem Auftrag handelt.»

«Vielleicht die Jugendlichen, die neulich auf dem Fest in Grünsee diesen Stress gemacht haben», sagt Frl. Krise.

Gabi Schmidt kommt, bringt uns unseren Kaffee und verschwindet gleich wieder, weil Frau Grothe und Erna in den Laden gehen.

Herr Markwart erzählt uns, wie schwierig das erste Jahr für ihn hier in Falkenthal war.

«Wenn ich damals geahnt hätte, wie anstrengend sich der Hausausbau gestalten würde! Man fegt doch erst mal die Späne von der Fensterbank, bevor man anfängt zu streichen. Das sagt einem doch der gesunde Menschenverstand, oder?»

Frl. Krise hört sich alles genau an und fragt auch immer wieder höflich nach. Da rennt ein Killer frei rum, und Frl. Krise erkundigt sich nach dem Innenausbau des Markwart-Hauses, anstatt mit ihm über den Mord zu sprechen. Sven Krauses Mörder scheint sie überhaupt nicht zu interessieren. Vielleicht könnte Markwart mit sachdienlichen Hinweisen dienen, aber nein, Madame fragt, welche Badezimmerfliesen sich der Herr Künstler ausgesucht hat. Dann lenkt sie das Gespräch zurück zu Lettkow.

«Wussten Sie, dass sich Lettkow und Rüdiger Speck von früher kennen?»

«Nein, aber das wundert mich nicht. Hier kennt doch jeder jeden von früher. Ich glaube, die sind alle miteinander verwandt. Frl. Krise, ich sag Ihnen, Entschleunigung hin oder her, manchmal vermisse ich die schöne graue Anonymität der Großstadt. Vielleicht hat die Frauke das richtig gemacht, dass sie wieder nach Berlin zurückgegangen ist. Ihr kleiner Laden läuft auch ganz gut.»

Markwart erzählt von Frauke und ihrem Laden. So ganz verstehe ich nicht, was sie da macht. Man kann dort wohl Kaffee trinken, aber auch Tassen bemalen. Ich höre nicht richtig hin. Frl. Krise auch nicht. Als Markwart das merkt, hört er auf zu reden.

Wir sitzen noch ein paar Minuten schweigend nebeneinander,

trinken unseren Kaffee, rauchen und beobachten den Freitagnachmittag in Downtown Falkenthal.

Irgendwann legt Frl. Krise einen 5-Euro-Schein auf den Tisch und steht auf.

«So, jetzt wird es aber höchste Zeit, dass wir auf dem Hof nach dem Rechten sehen.»

Dieter Markwart bezahlt auch. «Sind Sie heute mit der Bahn gekommen?»

Frl. Krise wirft ihm einen erstaunten Blick zu. «Mit der Bahn? Wieso? Nein, mein Auto steht bei der Kirche.»

«Na, dann haben wir ja den gleichen Weg», sagt er und folgt uns.

«Was ist *das* denn?», schreit Frl. Krise entsetzt.

Sie rennt die letzten Meter zu ihrem Auto und stürzt sich auf den linken vorderen Scheinwerfer. Die Scheibe ist in der Mitte zerbrochen. Das kaputte Teil liegt vor ihrem Auto. Man kann die Scheinwerferbirnen sehen, die uns nun ungeschützt angucken.

«Das war doch vorhin noch nicht!», schreit sie aufgebracht.

«Vielleicht bist du ja irgendwo gegengefahren», sage ich, aber sie macht nur eine barsche Handbewegung und schüttelt den Kopf.

«Vandalismus! Ganz klar.»

Dieter Markwart hat sich vor ihr Auto gehockt und den Schaden genau inspiziert.

«Da musste man schon etwas Gewalt anwenden. Sieht nach einem Hammer oder irgendeinem anderen Werkzeug aus. Und überhaupt: Hab ich's nicht vorhin gesagt: Berliner Nummernschild!?» Er hebt die abgebrochene Scheinwerferscheibe auf und fährt mit den Fingern am Rand entlang.

Mist, wenn das Auto jetzt kaputt ist, wie kommen wir dann nach Berlin zurück? Ich will auf keinen Fall wieder bei der Nolte im Haus übernachten.

«Meinst du, wir dürfen mit dem kaputten Scheinwerfer auf der Straße fahren?», frage ich Frl. Krise.

«Was weiß ich denn? Das hat mir gerade noch gefehlt. Der Wagen war doch eben erst in der Werkstatt. Männe wird toben.»

Plötzlich erhebt sich Herr Markwart. Er hält immer noch die halbe Scheibe in der Hand. «Ich habe eine Idee. Kommen Sie, wir fahren zu mir ins Atelier. Ich glaub, ich kann da was machen.»

«Und das soll jetzt halten?» Frl. Krise betrachtet ihren geklebten Scheinwerfer skeptisch.

«Bombenfest, da gebe ich Ihnen Brief und Siegel drauf», sagt Dieter Markwart stolz.

«Und diesen Kleber haben Sie erfunden?»

Ich kann es immer noch nicht glauben, dass dieser Schrottskulpturenhersteller einen der bekanntesten und besten Industriekleber erfunden haben soll.

«Erfunden, patentiert und produziert. Wenn der nicht gut wäre, dann hätte ich doch meine Firma wohl kaum für einen siebenstelligen Betrag verkaufen können.»

Siebenstellig ... sind das jetzt Millionen oder schon Milliarden? Ich weiß es nicht. Klingt auf jeden Fall beeindruckend. Frl. Krise hockt sich vor ihr Auto und rüttelt an der geklebten Scheibe.

«Na ja, momentan hält es ja noch. Und Sie meinen, damit kommen wir bis nach Hause?»

Markwart lacht. «Wo ist denn zu Hause?»

«Berlin-Kreuzberg.»

«Mein liebes Frl. Krise, damit können Sie nach Kreuzberg fahren, dann einmal den Globus umrunden, und wenn das Auto in der Schrottpresse landet, dann wird der Kleber immer noch halten. Das schwöre ich Ihnen.»

Frl. Krise grinst. Plötzlich rennt der Markwart aus der Werkstatt und kommt mit einer Papiertüte wieder. Oben ragen rot-grüne Stangen heraus.

«Frl. Krise, könnten Sie mir einen riesigen Gefallen tun?»

Die Krise nickt, und Markwart fährt fort: «Dieser Rhabarber ist für Frauke. Ich wollte ihr den eigentlich dieses Wochenende bringen, aber dann kam was dazwischen, und wie Sie sehen, bin ich ja dieses Wochenende gar nicht nach Berlin gefahren. Könnten

Sie den vielleicht für mich mitnehmen? Fraukes Laden ist auch in Kreuzberg und hat heute lange auf. Sie würden mir damit wirklich das Leben retten.»

«Kein Problem und noch mal vielen Dank für den Kleber», säuselt jetzt Frl. Krise und hält dem Markwart die Hand hin. Dann guckt sie auf ihre Armbanduhr: «Oh, wir müssen wirklich los. Wir wollen ja noch nach unseren Jungs gucken!»

Als wir im Auto sitzen und losfahren, sieht Frl. Krise zu mir rüber. «Dieser Markwart ... Erfinder eines weltberühmten Industrieklebers, wer hätte das gedacht?»

«Ja, strange, aber was mich viel mehr interessiert, ist diese Frauke – seine Ex. Was ist das für ein Laden, den die hat?»

Frl. Krise sieht kurz zu mir rüber. «Laden? Hat die einen Laden?»

Auf dem Hof ist alles in bester Ordnung. Emine hängt Wäsche im Garten auf, Burak bastelt an seinem Fahrrad herum, und die Jungen sind mit dem Körnel in irgendeinem Baumarkt. Wir kommen uns fast ein bisschen überflüssig vor und verabschieden uns schnell wieder.

Bevor es mit dem geklebten Wagen nach Hause geht, fahren wir zurück zu Gabi. Ohne Cola light kann Frau Freitag nämlich die laaange Fahrt nach Berlin nicht überstehen.

«Ich bring euch ans Auto», sagt Gabi beim Verabschieden, «muss mal raus hier aus dem Laden an die frische Luft.»

«Ihhhh ... was ist das denn?»

Frau Freitag zeigt auf mehrere große helle Flecken, die die Frontscheibe meines Autos verunzieren. Und nicht nur diesen Teil des Autos, nein, auch auf dem Dach und der Motorhaube prangen ähnliche Flatschen.

«Storchenschiss!», sagt Gabi fachkundig. «Was glaubt ihr, was wir damit für einen Ärger haben! Die Störche sind ja schön und gut, aber die versauen alles. Meine Nachbarin kann sich überhaupt nicht mehr auf ihre Terrasse setzen, weil die Viecher da überall hinmachen. Das Zeug ist so aggressiv, das ätzt sogar Glas!»

«Ach nee, jetzt reicht's mir aber! Das kann ja wohl nicht sein! Verbündet sich ganz Falkenthal gegen uns? Erst der Scheinwerfer, dann diese Sauerei!» Ich ärgere mich halb tot.

Gabi guckt auf ihre Armbanduhr. «Wenn ihr euch ein bisschen beeilt, könnt ihr noch nach Grünsee in die Waschanlage fahren. Das Autohaus Lettkow hat eine. Die ist sehr gut, da bringe ich meinen Wagen auch immer hin!»

Auch das noch! Schon wieder Lettkow! Aber was bleibt uns übrig? Männe kriegt Zustände, wenn er das Auto so sieht!

«Los, Frau Freitag. Steig ein! Da können wir gleich mal sehen, ob der Wunderkleber auch hält, was der Markwart versprochen hat!»

Zum Glück ist die Waschanlage ganz leer. Ein junger Mann empfängt uns ziemlich mürrisch. Er trägt einen blauen Overall und ein Basecap, beides mit der weißen Aufschrift «Autohaus Lettkow». Irgendwie kommt er mir bekannt vor.

«Ich wollte gerade schließen», sagt er, «na ja, will mal nicht so sein, für Sie mache ich eine Ausnahme!»

Er verzieht den Mund zu einem unangenehmen Grinsen. «Aber Sie müssen schon die ‹Aktivwäsche plus› für 18 Euro nehmen, sonst wird das nicht sauber.»

Betont langsam greift er zum Hochdruckreiniger und spritzt das Auto rundherum ab. Dann kassiert er und winkt uns in die Fahrspur der Waschanlage. Hinter uns schließt sich das große blaue Rolltor.

«Huh, wie spannend!» Frau Freitag kuschelt sich in ihren Sitz und nimmt einen Schluck aus ihrer Colaflasche.

«Ich war noch nie *in* einer Waschanlage! Was würde wohl passieren, wenn ich die Autotür aufmache, Frl. Krise?»

«Frau Freitag! Bitte! Für solche Späße habe ich keine Nerven mehr!»

Mein Auto wird aus vielen kleinen Düsen mit weißem Schaum

besprüht, den große rotierende Walzen verteilen. Ist das das «Plus» der Aktivwäsche? 18 Euro! Unverschämtheit! In Berlin bezahle ich sechs!

Jetzt taumeln lange blaue Bänder über uns hinweg, sie sollen wohl den Schaum verteilen. Dann prasselt ein Sturzbach auf uns hernieder.

«Ist ja wie in einem richtigen Wasserfall!» Frau Freitag prüft besorgt, ob die Seitenscheibe neben ihr auch ordnungsgemäß verschlossen ist.

«Mach bloß nicht aus Versehen auf!», rufe ich. Diese Frau ist unberechenbar, es würde mich nicht wundern, wenn sie gleich das Fenster öffnen würde, um eine Hand rauszustrecken.

«Bin neugierig, ob der Kleber hält!», kichert Frau Freitag und wühlt in ihrer Handtasche. «Stört dich das, wenn ich eine rauche?»

«Ja, das stört mich. Du kannst rauchen, wenn wir hier wieder raus sind. Ist gleich so weit!»

In diesem Moment ruckt das Auto heftig, alle Bänder und Walzen erschlaffen, und der Regen verwandelt sich in ein müdes Getröpfel. Was ist denn jetzt los?

Ich mache die Scheibenwischer an, um besser sehen zu können. Das Rolltor vor uns am Ausgang ist geschlossen, das am Eingang natürlich auch. Himmel! Sind wir etwa gefangen?

«Frl. Krise? Ist das normal?» Frau Freitag guckt mich erschreckt an.

«Auf keinen Fall! Kurzschluss, würde ich sagen!»

«Und jetzt? Was machen wir jetzt? Wie kommen wir hier raus?» Ihre Stimme zittert leicht.

«Mensch, Frau Freitag! Woher soll ich das wissen? Das ist mir doch auch noch nie passiert!»

Soll ich aussteigen und mich mal umgucken? Aber nein, besser nicht – wenn das nur eine kurzfristige Störung ist, könnte das schwer ins Auge gehen. Ich habe neulich ein Video bei YouTube gesehen. Da öffnete ein Fahrer seine Autotür, um schnell mal den Scheibenwischer zu richten. Die Tür wurde dann von der Walzenaufhängung komplett abgerissen, als sich die Anlage unerwartet weiterbewegte.

Ob der Typ da draußen eigentlich gemerkt hat, dass hier was nicht stimmt? Oder ob der schon nach Hause gegangen ist? Dieser Kerl kam mir gleich so komisch vor!

«Frau Freitag, der junge Mann, der uns eben bedient hat, kanntest du den?»

«Nein, wie kommst du darauf?»

«Ich weiß nicht, irgendwie … Ich überlege schon die ganze Zeit! Und gerade dachte ich … äh … mir ist so, als … wie hieß der Jugendliche noch mal, mit dem sich Mert und Günther fast geschlagen hätten? Rulle oder Mulle oder …?»

«Wulle!» Frau Freitag kaut auf ihrem Daumennagel herum. «Meinst du, der war das?»

«Ich glaube, ja! Der hat uns doch auch so komisch angeguckt. Hast du das nicht gemerkt?»

«Ich dachte, das wäre, weil wir ihm seinen Feierabend vermasselt haben! Auweia, Frl. Krise, wenn das wirklich der Wulle war! Vielleicht will der sich rächen? Vielleicht will der uns umbringen.»

Puh, mir wird ganz heiß. Es ist überhaupt so stickig und dampfig hier drin. Jetzt bloß keine Panik, schlimm genug, dass Frau Freitag nervös neben mir herumhampelt.

«Guck mal, Frl. Krise, da an dem Tor vor uns sind so Knöpfe. Vielleicht gibt es einen Notschalter!»

Tatsächlich. Vielleicht sollte ich doch aussteigen und mal nachsehen … Vorsichtig öffne ich die Tür einen winzigen Spalt breit. Wenn jetzt das Wasser wieder fließt, bin ich geliefert. Aber nichts passiert. Nur Frau Freitag dreht durch! Sie klammert sich an meinen Arm. «Was machst du? Bist du verrückt? Bleib hier! Lass mich nicht allein!»

«Ich will doch nur kurz zu den Knöpfen da! Stell dich nicht so an!»

«Vielleicht ist das ein elektrischer Schaden, und du kriegst eine gewischt, wenn du den Fuß auf den Boden setzt, und dann …»

«Willst *du* aussteigen? Na also!» Langsam öffne ich die Tür und steige aus. Etwas mulmig ist mir schon zumute, aber egal, es muss was passieren. Es sind ja nur ein paar Schritte zu der Schaltanlage.

Ein dicker Knopf sticht mir ins Auge, leider hat er keine Beschriftung. Na toll, aber was soll das sein? Das muss ein Notschalter sein, oder? Schließlich ist er *rot*! Ich drücke auf den Knopf. Sofort wird es dunkel in der Halle. Ach, du Scheiße! Jetzt ist auch noch das Licht ausgeschaltet. Nur durch ein kleines Fensterchen neben dem Rolltor kommt noch ein bisschen Helligkeit herein. Die Scheibe ist aber ganz beschlagen, ich kann nicht durchsehen. Mit der Hand wische ich sie frei. Man sieht nur ein Stück vom Hof – kein Mensch in Sicht.

Frau Freitag tastet sich zu mir hin. «Oh, Frl. Krise, ich will endlich raus! Ich hab so Angst, dass wir hier übernachten müssen!»

Plötzlich tut sich was auf dem Hof, undeutlich können wir einen Mann sehen. Ich glaube, es ist Lettkow.

Wir bummern an die Scheibe, schreien und winken. Der Mann kommt näher. Es ist Lettkow.

«Hilfe, Hilfe!», schreit Frau Freitag.

Lettkow verschwindet.

«Warum kommt der nicht? Der hat uns doch gesehen?», wimmert Frau Freitag.

Es dauert noch einen Moment, dann beginnt das Rolltor zu knarzen. Es öffnet sich langsam und ruckartig. Lettkow steht grinsend in der Öffnung.

«SIE schon wieder! Was haben Sie gemacht?», fragt er und studiert die Schaltanlage. «Wieso ist der rote Knopf gedrückt?»

«Dieser Wulle hat uns hier eingesperrt!», ruft Frau Freitag anklagend und rennt an ihm vorbei ins Freie.

Lettkow lacht. «Nu mal sachte, junge Frau! Der Wulle ist unschuldig! Wir haben im Moment Schwierigkeiten mit der Elektrik! Die fällt schon mal aus unerfindlichen Gründen für ein paar Sekündchen aus. SIE haben dann gleich auf den AUS-Notknopf gedrückt! Sehr schlau! Dann steht natürlich sofort die ganze Anlage komplett und dauerhaft!»

«Das war länger als ein paar Sekunden!» Ich glaube es nicht, jetzt will der uns auch noch die Schuld in die Schuhe schieben!

«Beruhigen Sie sich, meine Damen, und setzen Sie sich in mein Büro. Wulle fährt inzwischen den Wagen noch mal ganz durch – umsonst natürlich –, und alles ist wieder gut! Okay?»

Lettkow spricht mit uns, als wären wir geistig zurückgeblieben. Er winkt Wulle herbei und tuschelt mit ihm. Diese blöden Kerle. Schaden an der Elektrik – ha, wer's glaubt! Wenigstens wird das Auto jetzt richtig gereinigt.

Ins Büro gehen wir auf keinen Fall! Frau Freitag und ich setzen uns auf die Treppe zum Eingang des Gebäudes und rauchen.

«Dieses Falkenthal wird mir langsam unheimlich!», sagt Frau Freitag nachdenklich.

«Dieses Grünsee ist aber auch nicht besser!»

«Ja, allerdings! Das kann doch alles kein Zufall sein, oder, Frl. Krise? Haben die was gegen uns?»

«Stopp, stopp, Frl. Krise, das muss der Laden sein. Da drüben. ‹Mal 'ne Tasse – trink 'ne Tasse›. Was für ein bescheuerter Name.»

Frl. Krise steuert ihren Wagen geschickt in eine total kleine Parklücke. «Heute muss man so komische Namen haben. In Mitte heißen die Läden doch jetzt alle so seltsam: ‹Hannes mach die Tür zu› oder ‹Bernadette wir sind bei Oma› oder ‹Mama, Mama, er hat gar nicht gebohrt›. ‹Kaffeeklatsch› oder ‹Café Bohne› reicht eben nicht mehr.»

Fraukes Laden ist eine Art Atelier, in dem man Geschirr bemalen und Kaffee trinken kann. Noch so ein neuer Trend. Du musst dir heute mehr einfallen lassen, als ein paar Tageszeitungen in dein Café zu legen. Man muss schon ein Dutzend Nähmaschinen aufstellen, Strickkurse, Tatortpartys oder eben Geschirrbemalung anbieten.

An einem kleinen Holztisch sitzen drei ältere Frauen und bepinseln zwei Milchkännchen und einen Teller mit hässlichen Blumen und ungleichmäßigen Streifenmustern.

«Bähhhh», flüstert Frl. Krise mir zu, «stell dir vor, du bekommst so einen Teller geschenkt. Grauenhaft!»

Eine der Milchkännchenfrauen hebt den Kopf und guckt uns böse an. Frl. Krises Flüstern ist gar kein richtiges Flüstern. Das stelle ich immer wieder fest.

«Kann ich Ihnen helfen?»

Das muss Frauke sein. Die Ex-Freundin von Dieter Markwart. Mit der er nach Falkenthal ausgewandert ist und die dann nach einem halben Jahr keine Lust mehr auf die Einöde hatte. Frauke sieht irgendwie normal aus. Sie hat mittellange braune Haare, trägt eine Brille mit schwarzer Fassung, bequeme sportliche Kleidung und einen Pferdeschwanz. Sie ist nicht so klein wie Frl. Krise, aber auch nicht so groß wie ich und nicht zu dick oder zu dünn. Eine gesunde Großstadtbewohnerin Mitte dreißig, die regelmäßig Pilates oder Yoga macht, wenig Fleisch isst und noch nie die FDP oder die CDU gewählt hat. Ich kann mir irgendwie nicht vorstellen, dass die mit dem Markwart zusammen war. Vor allem jetzt, nachdem wir gerade erfahren haben, dass er ein Industriekleber-Millionär ist.

Frl. Krise erklärt Frauke, wer wir sind, und gibt ihr den Rhabarber. Frauke lächelt und fragt uns, ob wir einen Kaffee oder Tee mit ihr trinken möchten.

«Frl. Krise, ich bemale hier aber keinen Teller, das kannste vergessen!»

«Jetzt reg dich mal ab, Frau Freitag, wir sollen lediglich ein bisschen von Falkenthal erzählen. Das machen wir doch gerne. Und wer weiß, vielleicht hat die Frauke auch noch das ein oder andere interessante Detail zu berichten.»

Frauke kommt mit drei Kaffeetassen auf einem Tablett aus dem Raum hinter dem Tresen. Die Tassen sind natürlich selbst bemalt. Auf meiner sind lauter kreplige Kinder, die sich an den Händen halten. Immer ein Mädchen, dann eine Junge, dann wieder ein Mädchen – sieht aus, als hätte das ein Siebtklässler gemalt. Ich hätte mich geweigert, diesen Schrott zu brennen.

«Sind die nicht toll, die Tassen?», fragt Frauke und reicht mir eine Schale mit Keksen. «Gibt doch nichts Schöneres, als wenn die eigene Kreativität ausgelebt werden kann.»

Frl. Krise stopft sich einen Keks in den Mund, nickt und sagt undeutlich: «Wem sagen Sie das? Frau Freitag und ich sind doch beide Kunstlehrerinnen.»

«Wiiiirklich? Dann *müssen* Sie aber noch mal wiederkommen und ein paar Rohlinge bemalen!»

Na, prost Mahlzeit, da haben wir den Salat. Jetzt sollen wir auch bemalen! Ich hasse Kunsthandwerk! Frl. Krise grinst mich an und dreht sich dann zu Frauke: «Aber gerne doch! Das wird bestimmt spaßig.»

Frauke nimmt sich einen Keks und pult die Zuckerstückchen ab. «Ich darf euch doch duzen, oder?»

Wir nicken.

«Sagt mal, habt ihr das mit dem Mord in Grünsee mitbekommen?»

Wir nicken wieder, und Frl. Krise gibt mir unter dem Tisch einen leichten Tritt. Frauke schüttelt langsam den Kopf und umklammert mit beiden Händen ihre Kaffeetasse. «Mord. Ein Mord in Grünsee. Ich kann das immer noch nicht glauben.»

«Kanntest du das Opfer?», fragt Frl. Krise. «Also den Sven Krause?»

«Den Sveni? Klar, den kannte ich gut. Den kannte doch jeder in Falkenthal.»

Befremdet

«… und stell dir vor, Männe, dieser Superkleber von diesem Herrn Markwart hat sogar zweimal Waschanlage überlebt. Der Mann muss ein Vermögen damit verdient haben, aber im Innersten seines Herzens fühlt er sich als Künstler, und deshalb hat er seine Firma …»

«Bilde dir bloß nicht ein, dass er damit durch den TÜV kommt!»

Männe klappt die Computerzeitschrift, in der er seit Stunden blättert, zu und steht von der Couch auf.

«Hä? TÜV? Der Markwart?»

«Nein, der Wagen! Den musst du sofort in die Werkstatt bringen! Superkleber … tzzzz, damit bekommst du das Auto niemals durch den TÜV!»

«Aber muss ich denn schon wieder zum TÜV? Da war ich doch gerade erst!»

Männe seufzt, guckt mich mitleidig an und geht kopfschüttelnd aus dem Zimmer. TÜV, mein Gott – man kann doch nicht an alles denken! Ein Glück, dass ich Männe habe, der alle lebenswichtigen Dinge wie Steuererklärung, Rechnungen überweisen und Öl ins Auto nachfüllen voll im Griff hat!

Da kommt er wieder ins Zimmer und lässt sich mit einer Pobacke auf der Kante des Esstischs nieder. Das macht er immer, wenn er mir etwas Wichtiges zu sagen hat. Habe ich was falsch gemacht? Ich bin mir keiner Schuld bewusst.

«Dein Auto muss im Juni zum TÜV! Wie kann man nur so vergesslich sein? Und zu dieser Waschanlage: Hast du dir den Lack mal mit Verstand angeguckt? Die Vogelscheiße klebt doch an einigen Stellen immer noch dran! Warum hast du das nicht gleich reklamiert?»

«Männe! Ich war heilfroh, dass wir dort lebend rausgekommen sind! Da werd ich noch anfangen, mit denen rumzudiskutieren! Ich bin überzeugt, dass die den Strom absichtlich abgeschaltet haben, um uns einen Schrecken einzujagen.»

Männe runzelt die Stirn. «Kann ich mir nicht vorstellen. Diese alten Anlagen sind störanfällig.» Er wippt ungeduldig mit einem Fuß und sagt: «18 Euro! Halsabschneider! Hoffentlich hast du dir eine Quittung geben lassen. Sammelst du eigentlich die Tankbelege für die Fahrten nach Falkenthal? Und wie ist das mit dem Geld, das du dem Körnel gibst? Schreibt dir der Schulleiter dafür eine Bescheinigung? Ich frage mich, wie ich das alles von der Steuer absetzen soll.»

«VON DER STEUER ABSETZEN? Um Himmels willen! Das geht gar nicht! Das darf doch niemand wissen!»

«Wie jetzt?!» Männe erstarrt. «Sag bitte nicht, dass dein Schulleiter immer noch nichts weiß von diesem komischen Camp auf dem Hof! Habt ihr das etwa nicht offiziell absegnen lassen?»

«Nein ... ja ... schon, na ja, es läuft als so eine Art Praktikum, das muss man, glaube ich, nicht offiziell ...»

«Glaube ich nicht, glaube ich nicht ...!», äfft Männe mich nach und springt vom Tisch. Er beginnt, nervös hin und her zu laufen.

«Du bist BE-AM-TIN!», skandiert er. «Du bringst dich in Teufels Küche! Verplemperst deine ganze Freizeit, versaust deine Karriere, ruinierst das Auto, lässt mich an den Wochenenden alleine hier sitzen, und das alles für ein ominöses IL-LE-GA-LES Projekt! Ich fasse es nicht!»

«Aber in der Schule läuft es doch jetzt einwandfrei! Merkst du denn nicht, dass ich viel ruhiger und entspannter bin als früher?»

Männe bleibt abrupt stehen und fixiert mich: «Nein, merke ich nicht. Ich sehe dich nämlich gar nicht mehr. Es geht nur noch um Falkenthal, Falkenthal, Falkenthal! Ich will mich ja gar nicht darüber beschweren, dass unser Kühlschrank ständig leer ist, auch nicht, dass nur noch ICH hier wasche und putze, aber ...»

«Wann hast du denn zuletzt geputzt?», rufe ich empört. Das

wird ja immer schöner! Als ob Männe schon jemals irgendetwas in dieser Wohnung geputzt hätte!

«Das Küchenfenster vielleicht! Neulich!», trumpft Männe auf.

«Okay, okay, das war kurz nach Weihnachten, wenn ich mich nicht irre. Da hattest *du* ja auch diese blöden Nikolaus-Aufkleber ...»

«Für Viktoria-Estelle! Auf deinen Wunsch hin!»

«Männe, komm, lass uns nicht über diesen Quatsch streiten. Wir ...»

«Ich streite mich gar nicht, ich rege mich nur auf. Weil du in dein Unglück läufst! Versprich mir, dass ihr dieses Camp sofort anmeldet! Bei der Schulleitung oder beim Senat oder dem Jugendamt oder was weiß ich, bei wem. Dass diese Kollegen da auch noch alle mitmachen, es ist wirklich unglaublich!» Er schmeißt sich in einen Sessel und sieht mich durchdringend an: «Versprichst du mir das?»

«Ja, gut ... wir machen das ... ich rede mit den anderen. Wirklich!»

«Am besten gleich morgen!»

«Ja, ja, natürlich, so schnell es geht, aber wir haben gerade furchtbar viele Termine, du weißt doch, am Schuljahresende, die Zeugnisse und alles ...»

«Morgen, okay?»

«Ja, morgen ... äh ... ich schwöre!»

«Frau Freitag, ich hab gehört, was euch am Wochenende passiert ist!» Susanne Brendel macht ein Gesicht, als sei ich gefeuert oder angeschossen worden. Mitleid ist wirklich eine der erbärmlichsten Regungen, die einem entgegengebracht werden können. Wahrscheinlich hat die Krise ihr haarklein berichtet, wie viel Angst ich am Freitag in der Waschanlage hatte.

«Ja, ja, war halb so schlimm.» Die Brendel guckt mich immer

noch mit großen Augen an. Und der Voss hat seine Zeitung gesenkt und wirft mir auch so einen komischen Blick zu. Hat die Krise unser Malheur am Ende hier im Lehrerzimmer verkündet? Ich könnte sie umbringen.

«Klaustrophobie kann man aber behandeln», teilt mir Frau Brendel jetzt mit. «Ich kenne da eine gute …»

«Klaustrophobie? Jetzt hör aber mal auf!», unterbreche ich sie unwirsch und gehe zum Kopierer. Lieber noch ein bisschen Unterrichtsmaterial für morgen vorbereiten, als mich weiter von Frau Brendel bedauern zu lassen.

Und warum geht dieser blöde Kopierer wieder nicht? Ich öffne sämtliche Klappen, finde aber keinen Papierstau oder ähnliche Störungen.

«Das Kopierpapier ist alle!», ruft plötzlich Herr Voss von nebenan. Na toll! Hat der wahrscheinlich vorhin die letzten Blätter benutzt und war dann zu faul, um ins Sekretariat zu gehen. Jetzt muss ich das machen.

«Ich hole mal oben neues!» Wenn man schon selbstlose Extradienste auf der Arbeit tätigt, dann sollte man das auch immer allen mitteilen.

Das Schulbüro befindet sich im ersten Stock, direkt neben dem Zimmer von Herrn Fischer. Vor seinem Raum stehen vier Stühle, auf denen manchmal Eltern auf einen Termin mit ihm oder ungezogene Schüler auf ihre Strafe warten. Ich bin jedes Mal froh, wenn ich dort Schüler sehe, die nicht in meiner Klasse sind. Dann kann man einen dummen Spruch loslassen und muss sich um nichts weiter kümmern.

Wer sitzt denn da? Das ist doch die Mutter von Onur. Was will die von dem Fischer? Monika hat uns doch heute Morgen erzählt, dass Frau Güzel damit einverstanden ist, dass Onur zum Körnel kommt. «Frau Güzel, hallo. Wie geht es Ihnen?»

«Gut, gut, danke, Frau Freitag.» Frau Güzel ist eine moderne junge Frau. Sie ist geschieden und arbeitet, soweit ich weiß, in einem Büro.

«Haben Sie einen Termin bei Herrn Fischer?», frage ich und versuche möglichst beiläufig zu klingen.

«Ja, es geht um Onur. Seine Klassenlehrerin möchte, dass er in so ein Projekt geht.»

Ich nicke. «Ja, ich kenne dieses Projekt. Ich habe dort auch Schüler. Die sind ganz begeistert davon. Das tut denen wirklich gut.»

Frau Güzel guckt mich schweigend an. Was will sie jetzt von dem Fischer? Sie darf auf keinen Fall mit dem über das Camp sprechen! Wenn der Fischer das mitkriegt ... oh Gott, nicht auszudenken! Wir kriegen alle ein Disziplinarverfahren oder eine Abmahnung oder beides oder noch was Schlimmeres, und dann verlieren wir unsere Jobs. Wovon soll ich denn dann leben? Arbeitslosengeld bekomme ich doch auch nicht, wenn man mir kündigt. Und ich finde auf keinen Fall einen neuen Job. Was soll ich dann machen? Ich kann doch nichts.

«Haben Sie denn noch Fragen zu dem Projekt, Frau Güzel?» Ich muss mich beeilen, bevor der Fischer die Tür aufmacht und sie hereinbittet.

«Ja, es geht um den Schulabschluss. Ich möchte doch, dass der Onur einen vernünftigen Abschluss schafft, und Frau Nolte hat gar nicht gesagt, ob dort auch regulärer Unterricht stattfindet.»

«Frau Güzel, da kann ich Sie aber beruhigen, die Schüler im Projekt werden doch individuell gefördert. Die meisten, die diese Maßnahme durchlaufen haben, haben den MSA, also den Realschulabschluss, geschafft. Einige machen sogar jetzt das Abitur. Und die Leute dort helfen sogar bei der Ausbildungsplatzsuche. Da müssen Sie sich wirklich keine Sorgen machen. Ihr Onur ist dort in den besten Händen.»

Frau Güzel lächelt erleichtert. «Das klingt ja gut. So hatte Frau Nolte das gar nicht erklärt.» Oh Mann, Monika!

«Frau Nolte weiß da nicht so gut Bescheid, weil ihre Klasse noch nicht lange an dieser Maßnahme teilnimmt. Na, Frau Güzel, freut mich, wenn ich helfen konnte. Ich muss dann mal weiter.»

Im Sekretariat stürze ich in den Materialraum und grabsche mir ein Paket Kopierpapier. Die Sekretärin guckt mir verwundert hinterher. Draußen wende ich mich noch mal an Onurs Mutter: «Frau Güzel, die Sekretärin sagte mir gerade, dass Herr Fischer in einer sehr wichtigen Besprechung sei, die noch dauern kann. Vielleicht wollen Sie einen neuen Termin bei ihm machen?»

Frau Güzel steht auf und schüttelt den Kopf. «Nein, nein, ist eigentlich nicht mehr nötig, Sie haben mir ja schon alle meine Fragen beantwortet.»

Ich begleite Frau Güzel nach draußen. Auf dem Hof verabschiede ich mich von ihr und gucke kurz zum Lehrerzimmerfenster. Da steht Tobias Voss und beobachtet uns. Warum sitzt der nicht am Tisch und liest seine Zeitung? Bewegungslos steht er da und starrt uns an. Und was hat dieser seltsame Gesichtsausdruck von ihm zu bedeuten?

«Frl. Krise, wirklich, ohne mich wären wir wahrscheinlich alle schon im Knast.»

«Wie bitte? Jetzt übertreib mal nicht, Frau Freitag!»

«Na, der Fischer würde uns doch die Hölle heißmachen, wenn der wüsste, dass wir Schüler irgendwo hinschicken, wo es von Mördern wimmelt, ohne ihn darüber zu informieren. Nun stell dir doch nur mal vor, wenn Onurs Mutter zu ihm reingegangen wäre und ihn nach den Unterrichtsmethoden vom Körnel befragt hätte …»

«Oh no! Aber gleich in den Knast …?»

«Natürlich! Frl. Krise, das ist Kindesraub oder so was. Da landet man bestimmt für ein paar Jährchen hinter Gittern. Auf jeden Fall würden wir gefeuert werden. Und das alles nur, weil die blöde Monika Onurs Mutter nicht ausreichend informiert hat. Aber die kann was erleben, wenn ich sie das nächste Mal sehe.»

«Ach komm, reg dich ab! So schlimm wäre das nun nicht. Wir könnten doch alles erklären!»

«Erklären, pffff. Oh, wir haben aus Versehen ein paar Schüler entführt, oder wie? Ich sag dir, wenn das rauskommt, dann schiebe ich alles auf die Nolte! Und hast du gehört, was der Voss vorhin zu mir gesagt hat?»

«Nee, was denn?»

«Der hat mich auf dem Hof beobachtet, wie ich mit Onurs Mutter geredet habe, und als ich ins Lehrerzimmer kam, da fragt der mich so im Vorbeigehen, ob wir wieder einen Kandidaten für Falkenthal klargemacht hätten.»

«Was?! Woher weiß der das? Das wird ja immer schöner, Frau Freitag! Da muss einer geplaudert haben!»

«Ganz genau, und ich kann dir auch genau sagen, wer. Nämlich unser lieber Kollege Bandscheibe. Der Voss hat mir erzählt, dass er neulich nach der Gesamtkonferenz mit dem Pommer noch was trinken war, und da hat der Depp damit geprahlt, dass wir eine Lösung für die schwierigen Schüler gefunden hätten. Dieser Idiot.»

«Dass der Peter so dämlich ist, unglaublich! Der muss doch wissen, was passiert, wenn er es Hinz und Kunz erzählt! Jetzt können wir nur eins machen: Wir müssen den Voss ins Projekt aufnehmen! Das ist die einzige Möglichkeit, ihn unschädlich zu machen. Ist vielleicht auch ganz günstig für uns! Finanziell, meine ich.»

«Okay, wahrscheinlich hast du recht, Frl. Krise. Aber *du* redest mit ihm. Mir ist der irgendwie unheimlich.»

«Meinetwegen. Wie du dich immer anstellst, Frau Freitag ... wovor hast du eigentlich keine Angst? In der Waschanlage gruselst du dich, der Voss ist dir ...»

«Ja, ja schon gut, Frl. Krise. Gehen wir noch einen Kaffee trinken bei Onkel Ali?»

«Gerne. Da waren wir ja ewig nicht!»

«Hast du Sehnsucht nach Onkel Ali und Entzugserscheinungen, weil du nur noch unseren ekligen Lehrerzimmerkaffee trinken musst?»

«Ja, ich verzehre mich nach ihm und seinem Muckefuck! Los, komm!»

«Ah Mist, geh du schon mal vor, ich renne noch mal schnell rüber in die Markthalle, wir haben schon seit Tagen keine Butter mehr.»

«Hallo, Onkel Ali!»

«Frl. Krise! Na, dit is ja ma 'ne Überraschung! Ick dachte schon, von euch hör ick janüscht mehr! Du willstn Kaffee, wa?» Onkel Ali räumt die Theke von irgendwelchen Kartons frei und greift nach einer Tasse.

«Ja, bitte! Frau Freitag und ich haben kaum noch Zeit, wir sind doch andauernd in Falkenthal! Hat dir das Emine nicht gesagt?»

«Doch, doch, wir telefonieren ja jeden Abend!»

«Und was erzählt sie so? Ihr geht's gut, oder? Ich kann dir flüstern, die hat den Betrieb da schwer im Griff!»

Onkel Ali zündet sich langsam eine Zigarette an und beugt sich leicht zu mir rüber.

«Hm ... ja ... Ick hatte se vorhin wieder kurz anner Strippe, Frl. Krise, und sie meinte, so janz glücklich isse nich. Jedenfalls nich nach die letzten Vorfälle!»

«Vorfälle? Was für Vorfälle?»

«Na, da war doch die Story mit die Ponys!»

«Ach so, das! Das hat sich doch schon alles geklärt ... die sind wiederaufgetaucht!»

«Nee, dit mein ick ooch nich! Ick meine, wie der Körnel die Jungs deswegen bestraft hat! *Dit* hat se uffjerecht.»

«Wieso, was hat er denn gemacht?»

«Na ja, sie sachte, er hätte die Jungs heute früh um fünf Uhr jeweckt und denn hatta sowat jemacht wie beim Militär, sone Art Appell uffm Hof.»

«Das ist doch nicht sooo schlimm!»

«Warte, dit is ja ooch nich allet! Zwee Stunden hat er se da stehn lassn und wenn eener sich bewegt hat, denn hatta ihn voll anjebrüllt! Denn mussten se duschen, aba kalt, und Frühstück is ausjefallen. Und dann sind se wandern. Kommen erst heute Abend wieda. Emine hat jesehen, dit se Rucksäcke mitham, in denen is aber keene Vapflejung drinne und nüscht zu trinken, sondern ... rate ma?»

«Keine Ahnung! Sag schon!»

«Pflastasteine! So, und jetzt bist du dran!»

«Ich bin geschockt. Was soll denn der Quatsch?»

Onkel Ali schüttelt traurig den Kopf.

«Er will jetzt neue Saiten uffziehen, sacht Emine. Die sanfte Tour is vorbei. Jetzt sollet zur Sache jehn. Frl. Krise, diesa Mann ... dit jefällt ma nich. Emine is janz fertich, sie hat fast jeweent am Telefon, sie kann dit nich mit ansehn, wat der mit die Jungs anstellt. Dit sind doch noch Kinda! Und er kommt denen mit Methoden wie beim türkischen Militär, na, fast noch schlimma.»

«Nein, das geht wirklich nicht. Da bin ich völlig deiner Meinung!»

«Und da war noch wat!»

«Um Himmels willen, was denn noch?»

«Bevor se losjeloofen sind, sollte Burak den Jungs die Haare komplett abrasiern! Aber der hat sich jeweigert, und Emine hat zum Körmel jesacht, wenn er dit macht, fährt se sofort nach Hause!»

«Und dann?»

«Dann hat er ihnen die nich abrasiert, aba janz, janz kurz jeschnitten. Mert hat wohl sehr doll jeweint, und der wollte schon abhauen!»

«Gut, dass du mir das erzählt hast, Onkel Ali, da müssen wir sofort was unternehmen.»

Onkel Ali zückt sein Handy und schaut auf den Kalender.

«Frl. Krise, wie lange soll dit eijentlich noch jehn? Wann habt ihr denn Sommaferien?»

«In knapp fünf Wochen, und so lange sollten die Jungen eigentlich auch dableiben.»

«Wenn dit ma nich zu lang is! Ick gloob, ihr kennt diesen Körnel nich richtig. Noch fünf Wochen ... Da macht der doch die Kinda total kaputt! Die kommen noch schlimma wieda, als se hinjefahren sind. Janz ehrlich, Frl. Krise! Ick überleje schon, ob ick nich Emine einfach hole. Weeßste, aber nich nur wejen diesen Herrn Körnel, sondern ...»

Er sieht plötzlich ganz verlegen aus.

«Se fehlt mir, Frl. Krise!», bricht es aus ihm heraus. «Immer so alleene is ooch nich schön! Emine is ja oft im Sommer inna Türkei jewesen, aber dit hier is irjendwie anders. Vastehste?»

«Natürlich! Das versteh ich sogar sehr gut!»

Wo bleibt denn nur Frau Freitag? Diese ganzen Schreckensnachrichten muss ich unbedingt sofort mit ihr besprechen! Der Körnel ... der macht mir langsam Angst.

«Hallo Frl. Krise, hallo Frau Freitag. Ist das nicht ein wunderschöner Tag heute?» Susanne Brendel sitzt unter der Platane auf dem Schulhof. «Ich liebe den Mai. Das ist wirklich der allerschönste Monat im ganzen Jahr. Findet ihr nicht auch?» Frau Brendel strahlt uns an und wartet auf unsere Meinung zum Mai. Die macht bestimmt eine Therapie. Wahrscheinlich ist sie eigentlich depressiv, und in der Therapie wurde ihr geraten, immer zu lächeln und nur positive Sachen zu sagen.

«Ja, eins, zwei, drei, schön ist der Mai», singe ich, und Frl. Krise guckt mich komisch an.

«Ja, der Mai, das Wetter und sogar der Unterricht läuft momentan ganz gut.» Während sie das sagt, klopft sie mit den Fingerknöcheln auf die Holzbank. Oh Mann, therapiert und abergläubisch.

Frl. Krise setzt sich zu Susanne und streichelt ihr mütterlich über den Arm: «Das freut mich, dass es bei dir jetzt besser läuft. Ich bin auch gar nicht mehr so fertig am Nachmittag.»

«Ja, ich auch nicht. In den ersten Monaten ...» Susanne schweigt kurz und betrachtet ihre Sandalen. «... also in der ersten

Zeit habe ich ja fast jeden Abend zu Hause geweint.» Warum wundert mich das nicht?

«Hallöchen, alle miteinander!» Oh Gott, die Nolte steuert auf uns zu. Die hat mir gerade noch gefehlt. Sie lässt sich zufrieden neben Frl. Krise auf die Bank fallen, als hätte sie soeben den Deal ihres Lebens abgeschlossen. Ich wollte mich eigentlich hinsetzen. Jetzt ist da kein Platz mehr. Toll!

«Ist das nicht ein schöner Tag?» Fängt die auch noch an. Monika Nolte nimmt eine kleine Tube aus ihrer Handtasche und reibt sich die Hände ein. «Möchte jemand?», fragt sie und guckt uns an. «Sonnencreme. Extra für die Hände. Altersflecken – ihr wisst schon. Maisonne darf nicht unterschätzt werden.»

Frl. Krise und ich schütteln den Kopf.

«Gerne!», sagt Susanne.

«So, den Onur habe ich gestern nach Falkenthal gefahren. Die Mutti von ihm war ja so was von erleichtert, dass er jetzt dorthin kommt», erzählt Frau Nolte, während sie sich die Hände mit ihrer Sonnencreme massiert. «Nur am Auto, da sagte sie irgendetwas Komisches. Dass Onur Abitur machen soll. Ha, das Onurchen und Abitur, tzzzzz. Der kann froh sein, wenn der den einfachen Hauptschulabschluss schafft. Ich weiß gar nicht, wie die darauf kommt. Abitur, hihi, was sich diese Leute manchmal denken …»

«Du, Monika, apropos Camp, ich habe gestern mit Onkel Ali gesprochen», sagt Frl. Krise. «Das läuft momentan gar nicht so toll. Jemand von uns muss da spätestens morgen hinfahren.»

Durch Frau Nolte geht ein leichtes Zucken. Kaum sichtbar, aber ich habe es trotzdem bemerkt. «Morgen, puhhhh, du, Frl. Krise, ich würde das ja machen, aber ausgerechnet morgen … du weißt doch, dass es meiner Mutti momentan so schlecht geht, und sie hat doch donnerstags immer ihren Arzttermin, da muss ich sie hinbringen und …»

«Ich könnte doch fahren!», ruft Susanne Brendel etwas zu laut. Zum Glück sind außer uns keine Kollegen auf dem Hof.

«Ja, das ist doch fein», sagt die Nolte sichtlich erleichtert. «Die

Susanne kann doch fahren, und du kannst auch gerne in unserem Haus übernachten.»

«Au ja, das würde ich sehr gerne, aber ...»

«Was aber?», fragt Frau Nolte ziemlich unwirsch, lächelt aber gleich wieder.

«Na, ich habe doch am Freitag Unterricht. Den kann ich doch nicht ausfallen lassen.»

«Du kannst dir doch deinen Böger-Tag nehmen», schlage ich vor.

«Meinen was?» Susanne guckt mich völlig verwirrt an. Weiß die nicht, was der Böger-Tag ist? Das Allerheiligste unseres Berufsstandes?

«Also, Susanne, vor ungefähr zehn Jahren wurde die Unterrichtsverpflichtung für alle Lehrer in Berlin erhöht, und zur Kompensation hat jeder Lehrer zwei freie Tage im Schuljahr», erkläre ich. «Einer liegt am Tag nach der Zeugnisausgabe im Sommer, den braucht ja eigentlich kein Mensch, der ist so unnötig wie die Mülltrennung. Und ...»

«Mülltrennung ist doch nicht unnötig, das ist doch unsere ...» Natürlich sind Frau Brendel und ich in Sachen Mülltrennung unterschiedlicher Meinung.

«Okay, vergiss den Müll, jedenfalls liegt der eine Böger-Tag an dem Mittwoch vor den Sommerferien, und den anderen darf jeder Lehrer frei wählen.»

«Echt?»

«Ja, echt!»

Frau Brendel kann ihr Glück gar nicht fassen. «Das ist aber nett von der Schulbehörde. Wirklich toll. Darf ich denn diesen Bürger-Tag auch haben?»

«*Böger*-Tag. Nach dem Schulsenator *Böger*, der für die Stundenerhöhung verantwortlich war.»

«Ich kann ja gleich mal hochgehen zu Herrn Fischer und fragen, ob ich diesen Bürger-Tag am Freitag haben kann.» Susanne springt von der Bank und rennt Richtung Hauptgebäude.

Frl. Krise sieht mich an und dann zu Frau Nolte.

«Hört mal, die Susanne kann da nicht alleine hinfahren. Mit dem Körnel muss ein ernstes Wort gesprochen werden. Wie soll die Susanne das machen? Die ist doch faktisch noch ein Kind. Der nimmt die doch gar nicht ernst.»

Ich setze mich neben Frau Nolte. «Na, dann fährst du halt auch, Frl. Krise.»

«Spinnst du, Frau Freitag, ich fahre mit diesem naiven Huhn doch nicht alleine nach Falkenthal! Du kommst schön mit!»

«Aber ich habe doch am Freitag Unterricht, genau wie du übrigens. Und dass ich meinen wertvollen Bögi für diesen Trip opfere, kannst du dir gleich abschminken.»

Frl. Krise hebt beschwichtigend die Hände: «Was denkst du denn von mir? Den Böger-Tag verschwenden ... tzzzz, doch nicht für Falkenthal. Nein, wir rufen morgen an und melden uns beide krank. Guck dir mal den Pommer an, der macht das doch jede Woche, und wir beide waren doch in diesem Schuljahr fast immer da.»

Monika nickt heftig. «Ja, krankmelden ist doch gar kein Problem!»

«Ich weiß nicht, Frl Krise. Ich kann doch so schlecht lügen.»

«Ach, Frau Freitag, bitte. Ohne dich halte ich es dort nicht aus. Wir machen es uns ganz gemütlich bei Moni im Haus.»

«Na, gut. Überredet. Ich fahre mit.»

Susanne kommt aus dem Schulgebäude auf uns zugerannt: «Super, das mit dem Burger-Tag war kein Problem! Wann fahren wir los? Und was soll ich mitnehmen?»

Beschädigt

Ein bisschen schlechtes Gewissen habe ich ja schon, aber was soll's – schließlich fehle ich ja sonst fast nie in der Schule, und die paar Stündchen, die ich heute hätte, können ruhig mal ausfallen. Wenn ich dran denke, wie oft ich den Pommer in letzter Zeit vertreten habe ... der entwickelt sich wirklich langsam zum reinsten Schonlehrer.

Falkenthal liegt beschaulich in der Morgensonne. Von Berufsverkehr keine Spur, nur ein Mann mit einem Hund an der Leine kommt aus einem der Vorgärten an der Dorfstraße und guckt uns neugierig hinterher.

«Das ist aber hübsch hier! Richtig ländlich!», freut sich Susanne. «Diese alte Kirche – sehr schön! Ach, das tut mir jetzt leid, dass ich nicht schon eher mitgekommen bin. Guckt mal, die schönen Blumen da drüben! Ich hätte auch so gerne ein kleines Gärtchen ...»

«Garten! Macht bloß Arbeit!» Frau Freitag, die bisher hinten vor sich hin geduselt hat, wird munter und setzt sich auf. «Wow, wir sind ja schon fast da! Mann, bin ich froh, dass ich heute keinen Unterricht habe! Meinst du, es fällt auf, dass wir beide fehlen, Frl. Krise?»

«Glaub ich nicht! Hier, Susanne, dieser kleine Weg führt direkt zum Hof.»

Susanne nickt und öffnet ihr Fenster. «Ah, dieser Weiher! Wie idyllisch das alles ist!»

Die Idylle wird allerdings schwer durch zwei jugendliche Mopedfahrer getrübt, die uns entgegenkommen. Mann, brettern die schnell über diesen Sandweg, kein Wunder, dass sie gefährlich hin und her schlingern, und von Helmpflicht haben die wohl auch noch nichts gehört. Die scheinen zu glauben, sie seien bei einem Motocross-Rennen in der Sahara! Die Staubwolke, die sie produzieren, macht jeder Wüste Ehre! Was denken die sich? Wollen die frontal auf uns drauffahren? Der Weg ist doch viel zu schmal für Gegenverkehr! Ich bremse scharf. Die beiden Verrückten geben jetzt noch mal richtig Gas und rasen mit aufheulenden Motoren auf uns zu. Frau Freitag schreit laut, aber die blöde Susanne winkt ihnen auch noch freundlich zu, die hat echt einen Knall! Kurz vor unserem Auto werden die Typen endlich langsamer und schrammen ganz nah an uns vorbei.

«Haut ab, ihr! Geht zurück nach Berl…!», brüllt der Erste in unser Fenster.

Der Rest des Satzes wird vom Motorlärm verschluckt. Susanne starrt ihnen fassungslos hinterher.

«Unverschämt! Bescheuerte Dorfdeppen!», regt sich Frau Freitag auf. «Als hätte die Wende nie stattgefunden. Und für die bezahlen wir immer noch diesen Soli!»

«So was ist uns hier auch noch nicht passiert!», wundere ich mich und fahre langsam wieder an.

«Ach ja? Und was ist mit dem kaputten Scheinwerfer?» Frau Freitag schnauft wütend. «Und der Vorfall in der Waschanlage! Hast du den auch schon verdrängt? Und von dem Mord will ich gar nicht reden!»

Mert kommt gerade mit einem Körbchen Eier aus dem Hühnerstall, als wir auf den Hof einbiegen. Vor Erstaunen bleibt er einen Moment wie angewurzelt stehen. Dann rennt er auf uns zu. «Hallo, was macht ihr denn hier?»

Oh Gott, wie sieht der denn aus! Schrecklich, diese Frisur!

«Besuch aus Berlin!» Onur hat uns aus einem der Dachgaubenfenster erspäht.

«Kleine Überraschung!», ruft Frau Freitag hoch und grinst frech. «Damit habt ihr jetzt nicht gerechnet, oder?»

«Allerdings!» Der Körnel schlendert langsam aus der Scheune.

In der einen Hand hält er eine Axt, in der anderen ein Holzscheit. Er sieht wieder mal sehr martialisch aus. Springerstiefel, Tarnweste und -hose.

«Diese Überfälle schätze ich nicht besonders», sagt er stirnrunzelnd. «Stören den geregelten Tagesablauf. Warum habt ihr euch nicht angemeldet?»

«Guten Morgen!» Susanne geht mit ausgestreckter Hand auf ihn zu. «Sie sind also der berühmte Körnel, ich hab ja schon so viel von Ihnen gehört! Ich freue mich, Sie endlich kennenzulernen.»

Der Körnel reicht ihr den linken Unterarm. «Morgen», brummt er. «Und wer sind Sie?»

«Ich bin Susanne Brendel! Ich mache auch bei dem Projekt mit!»

«Hm. Hab noch nichts von Ihnen gehört!» Der Körnel wendet sich ruppig ab und zeigt mit dem Holzscheit auf das Wohnhaus.

«Geht mal da rein, Emine ist drinnen. Ich hab hier mit den Jungs zu tun!»

Susanne lächelt verunsichert und sieht mich wie ein verstörtes Kind an. Ich würde sie gerne loswerden, damit Frau Freitag und ich sofort ungestört mit dem Körnel reden können. «Genau, Susanne, du könntest Emine bitten, uns einen Kaffee zu kochen, wir kommen gleich nach!»

Sie zuckt mit den Schultern und zockelt ab.

Der Körnel schüttelt den Kopf und lacht höhnisch auf.

«Ist das etwa eine fertige Lehrerin, dieses Mädchen? Kein Wunder, sag ich nur, dass die Jungs ... » Er wendet sich von uns ab. «So, ich hab zu tun. Ich mache gerade Holz mit Günther.»

«Wo ist denn Günther?»

«Hinter der Scheune! Der ist beschäftigt!»

«Äh ... Körnel ... können wir mal kurz mit Ihnen sprechen?» Die Gelegenheit ist günstig, er kann uns schlecht entwischen.

«Muss das sein?»

«Ja, bitte. Wir sind gerade alleine!»

«Na schön, aber halten Sie sich ran, ich hab keine Lust auf lange Debatten!»

Frau Freitag holt tief Luft. «Wir haben gehört, Sie hatten gestern einen anstrengenden Tag?»

Der Körnel lacht meckernd. «Anstrengend? Für mich nicht! Nur für die Jungs! Woher wissen Sie das überhaupt?»

«Ist doch jetzt egal!»

«Mir aber nicht!» Der Körnel macht einen Schritt auf uns zu. «Haben Sie etwa hinter meinem Rücken mit den Jungs telefoniert? Das verbitte ich mir! Meine Erziehungsmaßnahmen verhandle ich nicht! Ist das klar?»

Jetzt reicht es mir aber. Denkt der, wir hätten hier gar nichts zu sagen? Erst mal diplomatisch anfangen: «Also, Körnel, in Ihre Erziehungsmaßnahmen möchten wir uns im Prinzip gar nicht einmischen, aber wenn uns etwas stört, dann müssen wir doch darüber reden können!»

«Reden, reden!», höhnt der Körnel. «Reden, das ist alles, was ihr könnt. Reden! Man sieht ja, wie weit ihr es damit gebracht habt! Bei mir wird nicht geredet, sondern gehandelt.»

Jetzt wird Frau Freitag wild. «Also, Körnel, eins steht fest: Sie können nicht machen, was Sie wollen! Haare abrasieren, Nahrungsentzug und Wandern mit schweren Steinen im Gepäck, das geht gar nicht! Das ist …»

Der Körnel unterbricht sie: «Appellstehen haben Sie noch vergessen!»

Frau Freitag lässt sich nicht aus dem Tritt bringen. «Genau, das auch noch! Das sind doch Methoden wie bei … bei …»

«Wie bei der Armee!», sagt der Körnel. «Und das aus gutem Grund! Wie soll man denn diese Kerle sonst auf Zack bringen? Haben Sie eine bessere Idee? Wohl kaum, oder?»

«Ein bisschen Drill finde ich gar nicht sooo schlimm», werfe ich ein, «aber das darf natürlich nicht in Richtung schwarzer Pädagogik abdrif…»

«Quatsch! Schwarze Pädagogik! Was soll das denn sein?»

Der Körnel schleudert das Holzscheit zu Boden und setzt einen Fuß darauf, als wäre es ein erschossenes Stück Wild. «Ich mache hier eine Art ehrlicher Grundausbildung, und wer nicht gehorcht, der wird bestraft, und zwar so, wie ich es für richtig halte. Das ist das ganze Geheimnis! Gehorsam, Respekt, Fleiß sollen die Jungs bei mir lernen! Was dagegen? Wenn ja … bitte schön!»

Er breitet die Arme weit aus. «Ich mache das freiwillig! Ich muss das nicht machen! Wenn Ihnen das alles nicht passt … Sie können die Jungen gerne sofort mitnehmen – ich werde hier niemanden aufhalten.»

Wütend stapft er in die Scheune. Frau Freitag und ich sehen uns bestürzt an. So hatten wir uns das Gespräch nicht vorgestellt. Eine Wagentür klappt, ein Motor heult auf, und der Jeep des Körnels schießt aus der Scheune über den Hof und auf den Sandweg. Wir sehen noch einmal die Bremslichter aufleuchten, dann ist er in einer großen Staubwolke verschwunden.

«Trink erst mal einen schönen Mokka, Frl. Krise!»

Emine stellt einen Becher vor mich auf den Küchentisch und holt eine Zuckerdose mit Zwiebelmuster vom Regal.

«Wo ist denn Frau Freitag?», fragt Susanne und reicht mir das Milchkännchen.

«Die war so sauer, dass sie sich erst mal abreagieren wollte. Sie ist ins Dorf gelaufen. Ich hoffe, sie kauft auch gleich was bei Gabi für das Frühstück morgen ein!»

«Ach, ihr wollt hier übernachten? Wieder bei Frau Nolte im Haus?» Susanne nickt.

Emine setzt sich auf die Holzbank an den Tisch und streicht mir über den Arm. «So, und jetzt erzähl mal, Frl. Krise. Was war eben los? Worüber habt ihr euch mit dem Körnel gestritten?»

«Also, das war so: Ich war gestern bei Onkel Ali, und der war ziemlich aufgebracht. Der hat mir erzählt, dass du angerufen hättest, weil der Körnel die Jungen so drastisch bestraft hat, mit Haareabrasieren und Hungern und Wandern und so.»

Emine nickt. «Stimmt, ich war ganz schön fertig deswegen!»

«Du hast sogar geweint, meinte Onkel Ali.»

«Na ja, Fr. Krise, das lag aber mehr daran … weißt du, ich habe jetzt meine Tante zu Besuch, und kurz vorher bin ich immer so schlecht drauf. Normalerweise hätte ich nicht geweint, glaube ich.»

«Wie nett! Deine Tante ist hier? Aus der Türkei?», fragt Susanne und schaut sich suchend um. Fehlte gerade noch, dass sie die Wachstuchdecke anhebt und unter dem Tisch nach der Verwandtschaft forscht.

«Susanne! Emine meint mit dem ‹Besuch ihrer Tante›, sie hätte ihre Tage bekommen!» Manchmal ist Susanne aber auch wirklich schwer von Begriff.

«Hä?» Susanne reißt ihre blauen Augen auf.

«Kennst du diesen Spruch denn nicht? Das sagen unsere Schülerinnen doch auch immer.»

«Jedenfalls habe ich wohl ein bisschen überreagiert!», erzählt Emine weiter. «Der Körnel war total sauer und echt zu streng, aber abends tat es ihm dann schon wieder leid. Ich musste den Jungen ein gutes Abendbrot kochen, und er hat versprochen, so eine Aktion nicht mehr zu machen.»

«Das hörte sich in dem Gespräch eben aber nicht so an!»

«Du weißt doch, wie die Männer sind!» Emine rollt mit den Augen. «Das kann er natürlich nicht zugeben!»

«Hm, richtig toll finde ich das alles nicht. Der Mann ist mir zu unberechenbar. Vielleicht sollten wir das Projekt doch abbrechen!»

Emine lacht. «Nein, Frl. Krise, du kannst mir glauben! Ich kenne den Körnel inzwischen ganz gut. Harte Schale, weicher Kern! Der hat doch sogar schon jetzt richtig Angst davor, dass in ein paar Wochen alles vorbei ist. Der weiß doch gar nicht, was er dann wieder alleine hier auf dem Hof machen soll. Das hat er mir gestern gestanden.»

Dieser Körnel, tzzzzz. So ein ungehobelter Kerl. Was der sich einbildet. Lässt die Jungs ein paar Stunden strammstehen und denkt dann, er wäre der große Reformpädagoge, oder was? Dabei bedient er sich doch nur der autoritären Strukturen und Erziehungsmethoden, die die Jungen von zu Hause her kennen. Was sollen die denn dadurch lernen? Wie soll das denn später werden? Tut mir leid, aber wenn der Chef mich nicht hart rannimmt und anschreit, dann arbeite ich nicht. Tzzzz. Und dann diese Arroganz von diesem schmierigen Typen ... Denkt, er hätte es tausendmal besser drauf als wir. Unverschämtheit. Na ja, erst mal eine rauchen und runterkommen. Bewegung und Nikotin helfen immer.

«Hallo, Gabi. Na, wie läuft das Geschäft?»

Gabi Schmidt steht hinter der Theke ihres kleinen Minisupermarkts und sortiert Zigarettenpackungen in die Regale.

«Tachchen, Frau Freitag. Was darf's denn sein? Wieder Cola?»

«Nein, nein, ich muss für morgen früh einkaufen. Wir übernachten heute hier. Bei Monika.»

«Trauen Sie sich immer noch her?», höre ich eine unfreundliche Stimme hinter dem Zeitungsdrehständer. Erna Speck. Die hat mir gerade noch gefehlt.

«Wieso? Was meinen Sie?»

«Ich will ja nichts sagen, aber merken Sie nicht, dass Sie bei uns nicht erwünscht sind?» Frau Speck war noch nie besonders freundlich zu mir oder Frl. Krise, aber heute scheint sie richtig auf Krawall gebürstet zu sein.

«Vielleicht bleibt es nicht bei einem kleinen Schaden an Ihrem Auto.»

Woher weiß sie das mit dem Wagen? Na ja, tratscht sich ja immer alles rum in so einem Dorf. Will die mir drohen?

«Was für einen Schaden meinen Sie denn, Frau Speck?», frage ich.

«Ach, tun Sie doch nicht so. Sie wissen ganz genau, wovon ich spreche. Sie und Ihre Ausländer bringen hier alles durcheinander.

Warum bleiben Sie nicht in der Stadt? Und diesen feinen Herrn Künstler können Sie gleich mitnehmen.» Die berühmte Fremdenfeindlichkeit in der Provinz scheint doch kein Klischee zu sein, wenn man Rüdigers Mutter so hört.

Gabi guckt lächelnd zu mir und dann zu Erna: «Erna, meinen Sie nicht, dass Sie ein bisschen zu hart sind?»

«Ach, papperlapapp, ich will hier in Falkenthal nur meine Ruhe haben, aber seitdem mein Hof nun von lauter Mohammedanern bewohnt wird, tue ich nachts kein Auge mehr zu. All diese Fremden hier! Dieser Markwart ... warum verkauft der dem Lettkow nicht einfach sein Haus? Der Heinz würde ihm eine schöne Stange Geld dafür geben, und die Ordnung wäre wiederhergestellt. Wie kann man denn nicht merken, dass man in einem Ort nicht willkommen ist?»

Gabi schüttelt heftig den Kopf. «Also Erna, der Herr Markwart ist doch ein wirklich netter Mann.»

«Ja, ja, ist schon klar, dass du das sagst. Seitdem der Heinz dich aus seinem Bett geworfen hat, findest du doch jeden Mann nett, der dir ein bisschen zu tief in den Ausschnitt guckt.»

Gabi wird rot, schnappt nach Luft und sucht nach Worten: «Also, Erna, das ... das geht nun wirklich zu weit. Außerdem habe *ich* mich von Heinz getrennt, und mit wem ich verkehre, das geht Sie ja wohl einen feuchten Kehricht an.»

Frau Speck macht eine abwehrende Handbewegung, dreht sich um und geht zum Kühlregal. «Ach, Kindchen, ich sag doch nur, was alle denken. Ganz Falkenthal zerreißt sich doch über dich das Maul. Und deine Tochter ist auch schon auf dem besten Wege, so ein leichtes Mädchen wie du zu werden.»

Gabi Schmidt ringt nach Fassung, greift sich eine Marlboro-Packung, die neben der Kasse liegt, und zündet sich eine Zigarette an.

Plötzlich steht Frau Grothe im Laden. Ich habe sie gar nicht reinkommen sehen.

«Na, Ernachen, meine Gute, stänkerst du wieder rum?», fragt sie fröhlich, legt den Arm um die kleine Frau Speck und zieht sie liebevoll an ihren großen Busen. Dann dreht sie sich in Gabis Richtung: «Aber es bleibt doch bei heute Abend, Gabichen, oder?»

Gabi zieht an ihrer Zigarette und nickt.

«So ein Ferienhaus hätte ich auch gerne!» Susanne seufzt und setzt sich vorsichtig in den Schaukelstuhl vor dem offenen Kamin. «Das ist hier bestimmt total gemütlich im Winter!»

«Vor allem, wenn du samstags kommst und das Haus völlig ausgekühlt ist!» Frau Freitag wirft ihr einen genervten Blick zu und verschwindet mit den Einkäufen in der Küche.

«Diese ganze Einrichtung!», schwärmt Susanne. «Alles von Laura Ashley! Das ist doch wahnsinnig teuer. Ich wundere mich, dass die Monika sich das leisten kann, Frl. Krise! Die verdient doch auch nicht mehr als wir!»

«Der Mann von Monika ist Kieferchirurg. Der hat eine richtig gut gehende Praxis. Ich glaube, die haben auch noch eine Wohnung in Spanien.»

«Echt?»

«Die Monika sagt doch auch immer, sie arbeitet nur für ihre Garderobe!»

Susanne verzieht traurig das Gesicht. «Ach, manche Leute haben es gut! Ich hab irgendwie gar nichts.»

Oh, nein, hoffentlich verfällt sie mir jetzt nicht in eine Depression. Eine traurige Susanne und eine schlechtgelaunte Frau Freitag sind das Letzte, was ich nach dem Eklat mit dem Körnel brauche. Der Rest des Tages verlief zwar noch ganz harmonisch, aber die Auseinandersetzung mit ihm hing wie eine dunkle Wolke über dem Hof. Mit dem Körnel haben wir später kein Wort mehr gesprochen – er kam erst am Nachmittag wieder und verschwand gleich in seinem Kabuff in der Scheune. Nicht mal beim Abendbrot ließ er sich sehen.

«Komm, Susanne, wir gehen nach oben und beziehen die Betten!», sage ich aufmunternd.

«Ja, gut! Ich bin todmüde, ehrlich gesagt! Ich dachte nicht, dass Gartenarbeit so anstrengend ist!» Susanne erhebt sich schwerfällig, nimmt ihre Reisetasche und schlurft hinter mir die Treppe hoch. Man könnte fast glauben, sie hätte ein ganzes Feld gerodet, dabei hat sie doch nur ein paar Tomatensetzlinge mit Nihat in ein Beet gepflanzt.

«Es gibt zwei Schlafzimmer, such dir eins aus! Frau Freitag will im Wohnzimmer auf der Couch übernachten, die braucht den Fernseher zum Einschlafen.»

Susanne öffnet die Tür des kleinen Zimmers mit der Rosentapete. «Wie süß! Das nehme ich!»

«Okay!» Mir ist es völlig egal, wo ich mein müdes Haupt hinbette – wenn ich schlafe, sehe ich eh keine Tapete.

«Die Betten sind schon bezogen!», ruft Susanne erfreut aus ihrem Zimmer. «Du, Frl. Krise, wenn ihr nichts dagegen habt, geh ich jetzt schlafen. Ich bin völlig erledigt.»

Unten im Wohnzimmer hat es sich Frau Freitag auf der Couch gemütlich gemacht. Sie kuschelt sich in ihre Kissen und balanciert einen Aschenbecher auf ihren Knien.

«Was, du rauchst hier? Wenn das Monika wüsste!»

«Hab dich nicht so, Frl. Krise. Ich lüfte noch. Die merkt das dann gar nicht!»

Im Fernsehen läuft eine Talkshow, irgendein mir unbekannter Autor erzählt langatmig, wie er zum Schreiben kam. Eine Frau im Publikum gähnt, und ich merke plötzlich, dass ich auch müde bin.

«Ich gehe ins Bett, Frau Freitag. Denk dran, alles zuzumachen, ehe du einschläfst!»

Der Parkplatz ist riesig und ganz leer. Ich fahre mit dem Lastwagen unschlüssig auf und ab, denn ich kann mich einfach nicht entscheiden, wo ich ihn abstellen soll. Lieber hier an den Rand oder doch mehr in die Mitte? Der Lkw ist riesig, er lässt sich sehr schwer lenken, und ich muss mich richtig anstrengen, um ihn in der Spur zu halten. Das Fahrzeug gehört Monika, und ich frage mich, warum ausgerechnet ich dieses unförmige Teil steuern muss. Hinten auf der offenen Ladefläche steht Frau Freitag, sie klammert sich mit beiden Händen an eine Seitenwand und ruft etwas, das ich nicht verstehe. Ich kann mich aber auch nicht um sie kümmern, ich muss versuchen, heil durch die Tomatenstauden zu kommen, die aus dem Asphalt wachsen! Wenn ich die mit den Reifen berühre, wird mir der Körnel die Hölle heißmachen.

«Frl. Krise!»

Jetzt hämmert Frau Freitag auch noch auf das Dach des Führerhäuschens. Der Lastwagen gerät langsam ins Rutschen, ich klammere mich ans Lenkrad, und eine kalte Brise streift mich. Über mich gebeugt steht Frau Freitag, sie hat mir die Bettdecke weggezogen, rüttelt an meiner Schulter und flüstert:

«Frl. Krise, da unten ist einer!»

«WAS?» Mit einem Schlag bin ich hellwach. Frau Freitag haucht mir ins Ohr:

«Pst! Leise! Unten schleicht einer rum. Oh Gott, oh Gott, ich hab Angst!»

«Das wird Susanne sein!»

«Nein, da kam einer die Kellertreppe hoch, ich hab's genau gehört. Jetzt ist er in der Küche, glaub ich! Ich konnte gerade noch hochrennen! Was machen wir bloß?»

«Ruf sofort die 110 an!»

«Frl. Krise, mein Handy ist unten!»

«Mist, meins auch!»

Ich springe aus dem Bett und taste mich zum Fenster. Au! Jetzt bin ich auch noch mit dem Fuß an irgendetwas Hartes gestoßen. Warum habe ich auch gestern Abend die blöden Laura-Ashley-Gardinen zugezogen? Es ist stockdunkel, so dunkel wird es in Berlin nie! Wäre ich doch bloß zu Hause bei Männe! Auf der Straße ist nichts zu sehen. Die nächste Laterne am Ende der Straße spendet ein trübes Licht. Mein Auto steht klein und rund auf der anderen

Straßenseite. Wenigstens etwas! Dieser Lastwagen vorhin ... so ein Blödsinn!

«Wir müssen sofort Susanne wecken. Vielleicht hat die ihr Handy mit hochgenommen.»

«Ich trau mich nicht mehr hier raus!»

Frau Freitag zittert, sie klammert sich an meinen Arm und zeigt auf die Tür.

«Schließ mal ab!»

Mir bricht der kalte Schweiß aus, könnte ich doch in meinen schönen Albtraum zurück ...

«Wenn das nun der Mörder von Sven Krause ist!», zischelt Frau Freitag, «vielleicht ist der gerade bei Susanne und ...!»

«Ich schleich rüber», flüstere ich, «wir müssen sie warnen!»

Toll, wie mutig ich rede, dabei würde ich mich am liebsten im Bett verkriechen und mir die Decke über den Kopf ziehen. Oder noch besser: mich platt unter das Bett legen! Ja, Frau Freitag und ich könnten uns beide unter das Bett ... Und dann da warten, dass der Mörder kommt und uns abmurkst! Nein! Auf Zehenspitzen schleiche ich zur Tür. Halt! Stopp! Ich muss mich noch bewaffnen ... Im Film nehmen die Männer in solchen Fällen doch immer einen Kerzenleuchter aus Messing zur Hand. Hier in diesem blöden Raum gibt es natürlich keinen, hier gibt es nur Rosen und Streifen und Punkte! Vielleicht geht ein Kleiderbügel? Das wäre immerhin etwas. An der Tür hing doch ein Holzbügel! Sehr schön, so fühle ich mich schon viel wohler. Wenn ich mit diesem Ding richtig fest zuschlage ... Hinter mir raschelt es. Frau Freitag! Bestimmt hat sie sich unter der Bettdecke versteckt. Jetzt ganz leise die Klinke runterdrücken, die Tür einen winzigen Spalt öffnen ... Warum fiepe ich so beim Atmen? Hört man das? Das kommt bestimmt vom Rauchen. Morgen höre ich damit auf, ich schwöre – falls ich das hier überlebe.

Es ist ganz still im Haus. Nichts zu hören. So, die Tür langsam weiter aufdrücken. Susannes Zimmer liegt gleich gegenüber, das sind höchstens zwei Schritte bis dahin, schätze ich. Zum Glück sind hier oben keine Holzdielen, die knarren könnten, der Teppichboden ist dick und weich. Ein Schritt, noch ein Schritt ... ist da was? Stehen bleiben, die Luft anhalten! Nein, nichts! Puh, wäre ich doch erst bei Susanne drin! Und hoffentlich schreit die nicht, wenn ich sie wecke! Tür aufmachen, Tür schließen, vorsichtig, langsam, alles in Zeitlupe.

«Susanne! Susanne!»

«Was ist los?»

Hat die einen leichten Schlaf!

«Pst, Susanne! Sei leise! Ein Einbrecher ist unten. Wo ist dein Handy?»

Susanne kommt mit einem Ruck hoch und gibt einen unterdrückten Schrei von sich.

«Pst! Ich brauch dein Handy!»

Sie krabbelt mit der Hand auf dem Nachttisch herum. «Hier», flüstert sie. «Hier oben ist aber kein Empfang, nur unten! Außerdem, was willst du mit dem Handy – etwa die Polizei anrufen?»

«Ja, natürlich!»

«Was willst du denen denn sagen? Das ist doch nicht unser Haus hier, und dann nehmen die bestimmt unsere Personalien auf, und dann kommt das mit dem Camp raus und ...»

Ach, du Scheiße. Meine Beine fühlen sich auf einmal ganz weich an. Ich muss mich auf das Bett setzen. Nein, das geht nicht, ich muss erst die Tür abschließen! Also wieder hoch und zur Tür. Geschafft. Sehr gut. Aber was ist jetzt mit Frau Freitag? Die liegt bei offener Tür in meinem Bett und ist dem Mörder ausgeliefert. In diesem Zimmer ist es etwas heller. Susanne hat ihre Gardinen nicht zugezogen, das Fenster ist gekippt. Draußen am Haus scheint eine Lampe zu brennen. Bestimmt ist das die Terrassenbeleuchtung, wahrscheinlich ein Bewegungsmelder, und der ist angegangen, weil jemand an der Kellertür war. Vielleicht sind es ja auch zwei! Einer ist im Haus, der andere hält draußen Wache. Die dachten vielleicht, niemand sei im Haus, weil ich das Auto nicht in die Einfahrt gestellt habe.

Susanne sitzt mit schreckgeweiteten Augen in ihrem Bett, beide Hände vor den Mund gepresst. Sie wimmert leise vor sich hin.

«Schschscht», zische ich.

Da knallt es draußen, Schritte trappeln, jemand wirft sich gegen unsere Tür, bummert und schreit wie verrückt.

Frau Freitag! Ich hechte hoch, schließe auf, und sie kippt laut schluchzend ins Zimmer. Mit zitternder Hand drehe ich den Schlüssel wieder um.

«Ihr könnt mich doch nicht ganz alleine lassen!»

Frau Freitag rappelt sich stöhnend vom Boden auf und sieht uns vorwurfsvoll an.

«Ich bin vor Angst fast gestorben!», ruft sie.

Unten scheppert laut eine Glastür, und das Geräusch sich entfernender Schritten ertönt. Wir stürzen ans Fenster und sehen gerade noch eine Gestalt durch den Garten laufen und im Dunkel verschwinden.

«Bravo! Du hast den Mörder vertrieben, Frau Freitag!»

Bezweifelt

«Hab ich es schon verpasst?», fragt der Jurafreund und lässt sich erschöpft auf meine Couch fallen.

Der Deutschlehrer guckt ihn vorwurfsvoll an. «Nein, aber warum bist du wieder so spät? Du weißt doch, dass es um halb acht anfängt.»

Ich habe meine Freunde zum Abendessen und zum Abendschaugucken eingeladen, weil unsere Schule heute im Fernsehen ist. Wir haben doch tatsächlich diesen Preis gewonnen.

«Meine Freundin unterrichtet an der innovativsten Schule von Berlin! Ist doch toll!», sagt mein Freund stolz, als er mit Oliven und Brot aus der Küche kommt.

«Da, da, ich glaube, das ist es jetzt», ruft der Deutschlehrer und greift sich die Fernbedienung, um den Ton lauter zu stellen.

«... und wer hätte das gedacht, die innovativste Schule unserer Stadt befindet sich in einem Brennpunktbezirk. Der Schulleiter der Juliet-Manet-Schule, Herr Fischer, nahm heute stolz die Ehrung der Schulsenatorin entgegen. Unser Reporter Arne Schützinger war für die Abendschau vor Ort.»

Man sieht, wie Herr Fischer in der Aula steht und Frau Scheeres ihm den Preis, eine kleine silberne Schultafel und eine Urkunde in einem Ledereinband, überreicht.

«Die Senatorin ist total klein», sage ich. «Noch kleiner als Frl. Krise.»

«Wo ist die überhaupt?», fragt der Freund.

«Die wollte das mit Männe und ihren Töchtern gucken.»

Der Jurafreund nimmt eine Olive vom Tisch und dreht sich zu mir: «Sieht man dich auch?»

«Bist du verrückt, ich bin immer gleich abgehauen, wenn die

mit der Kamera kamen. Aber die anderen waren voll heiß drauf, ins Fernsehen zu kommen. Dieser eine Kollege – Pommer –, den hättet ihr mal sehen müssen, der hat den Kameramann regelrecht gestalkt, und Frl. Krise und Monika waren extra gestern beim Friseur.»

Auf dem Bildschirm sieht man gerade einen Rundgang durch das Schulgebäude.

«Boahh, dieses Pferd sieht ja super aus. Das haben aber nicht eure Schüler bemalt, oder?», fragt der Deutschlehrer.

«Doch, doch, die Pommer-Klasse. Unter der Aufsicht von Frl. Krise.»

Plötzlich sieht man Monika Nolte. Ihr Kopf nimmt fast den gesamten Bildschirm ein. Sie sieht irgendwie viel dicker aus als in natura.

«Jetzt, jetzt, die Nolte!»

Ich bin ja mal gespannt, was die zu sagen hat.

«... Schülerfirmen und natürlich Berufsorientierung.»

Jetzt ist da ein junger Mann mit Mikrophon. «Und haben Sie Tipps für andere Schulen?»

Monika lächelt und macht ein nachdenkliches Gesicht. Oh Mann, wie die sich wieder in Szene setzt. «Ich würde sagen, weg vom Frontalunterricht, hin zur Projektmethode, ganzheitlich mit Hirn, Herz und Hand. Und natürlich eine große Portion Vertrauen, Geduld und Liebe.»

Ich glaub, ich spinne. Geduld und Liebe? Tzzz, diese Nolte ist sich aber auch für nichts zu schade. Das Camp hat sie mal schön unter den Tisch fallen lassen. Na ja, den Preis hätten wir wahrscheinlich nicht bekommen, wenn sie gesagt hätte, dass man sich zunächst der störenden Schüler entledigen muss.

Jetzt fahren zwei große Müllwagen über den Bildschirm, und der Jurafreund guckt mich an. «Toll, gratuliere. Deine Schule scheint ja echt sehr fortschrittlich zu sein. Und das in *der* Gegend.»

«Ja, macht auch Spaß im Moment», sage ich. Der Freund und der Deutschlehrer verschwinden in der Küche.

«Wir machen das schnell mit dem Essen. Bleibt ihr mal hier.»

Ich drehe mich zum Jurafreund. «Du, sag mal, du kennst dich doch aus.»

Er grinst geschmeichelt.

«Ich habe da neulich so einen Film im Fernsehen gesehen, da hat ein Lehrer mehrere Schüler, die ihm nicht gepasst haben, weggeschafft.»

«Wie weggeschafft? Umgebracht?»

«Neiiiinn. Der hat die … äh … der hat die auf eine Reise geschickt. Und die Eltern wussten Bescheid, aber der Schulleitung hat er nichts davon gesagt.»

Der Jurafreund guckt mich wartend an. «Und dann? Was war das für ein Film? ZDF, oder?»

«Weiß ich nicht mehr, ja, also, das Komische war, dass der dafür gar keinen Ärger bekommen hat.»

Der Jurafreund dreht sich eine Zigarette und lächelt. «War bestimmt ZDF. Ich merke immer mehr, wie die vom Fernsehen überhaupt keine Ahnung haben. Vor allem jetzt, wo ich beim Amtsgericht bin. Das mit diesem Lehrer ist doch ganz typisch für Fernsehmacher. Natürlich würde so ein Lehrer Ärger bekommen. Und was für welchen. Das sind doch knallharte Dienstvergehen. Das fängt doch schon mit der Verletzung der Aufsichtspflicht an …»

Es folgt eine Aufzählung von unzähligen Straftaten, die dieser kleine Akt der Arbeitsverbesserung nach sich zieht. Es klingt alles so furchtbar, dass sich mein Hirn sofort abstellt. Ich bin total geschockt. Den Kollegen ist wahrscheinlich gar nicht klar, in was für einen kriminellen Sumpf wir uns mit dem Camp manövriert haben. Wenn wir das sofort auflösen, dann haben wir vielleicht noch eine Chance, strafmildernd da rauszukommen. Vielleicht können wir die Eltern bestechen. Ich muss morgen gleich mit den anderen sprechen. Wir müssen die Sache sofort beenden, sonst gnade uns Gott.

«Eigentlich müssten wir jetzt ein Sektchen trinken, Mädels!» Beschwingt segelt Monika zur Lehrerzimmertür herein. Sie schmettert ihre Schlüssel auf den Tisch, dreht sich einmal um die eigene Achse und strahlt Frau Freitag und mich an.

«Morgens um viertel vor acht schon Alkohol?» Ich bin fassungslos.

«Ja doch! Wir müssen feiern! Habt ihr das denn nicht gesehen gestern Abend in der Abendschau? War das nicht toll? Wie ich da ...»

«Monika, wenn du den Bericht über unseren Schulpreis meinst», fällt Frau Freitag ihr ins Wort, «dann muss ich dir leider sagen, dass ... äh ... dass wir ... also, ich hab mir das heute Nacht noch mal alles durch den Kopf gehen lassen. Eigentlich haben wir den Preis überhaupt nicht verdient! Sei doch mal ehrlich: Wenn wir die schwierigen Schüler nicht nach Fal...» Sie verstummt, denn die Tür wird geöffnet.

Peter Pommer betritt zusammen mit einem Fremden das Lehrerzimmer. Irgendwie kommt mir der Mann bekannt vor, aber ich weiß nicht, woher.

«Guten Morgen, die Damen!», ruft der Pommer wohlgelaunt und zeigt auf den Typen, der grinsend in die Runde schaut. «Der Herr hier ist von der Presse! *Berliner Kurier*!»

Monika quiekt erfreut auf und stürzt natürlich gleich auf den Reporter zu.

«Ja, ich würde Sie sehr gerne interviewen und fotografieren! Keine Angst, Ihr Chef weiß diesmal Bescheid», sagt der Reporter und stellt umständlich seine große Umhängetasche auf einem der Stühle ab.

Diesmal? Natürlich! Der war doch letztes Jahr auf dem Schulhof und hat uns fotografiert, damals – als Kollege Altmann ums Leben kam und wir die Diebe ...

«Oh no! Nicht schon wieder!» Frau Freitag springt auf. «Da spiele ich nicht mit. Diesmal nicht. Ich will nicht interviewt werden und auch nicht fotografiert. Auf keinen Fall!»

«Sie sind Frau Freitag, stimmt's?» Der Reporter lächelt gewinnend. «Ich erinnere mich genau an Sie! Ich hätte Sie gerne zusammen mit Ihrer Kollegin Frl. Krise auf dem Bild!» Er nickt mir zu. «Das geht doch klar, oder?»

«Ja, warum denn auch nicht, komm, wir beide – das ist doch lustig!», versuche ich Frau Freitag umzustimmen. Sie hat ja eigentlich recht, wir haben den Schulpreis nicht verdient, aber was soll's! Jetzt sind wir nun mal die innovativste Schule Berlins, und so ein schönes Bild in der Zeitung gibt's nicht alle Tage.

Aber Frau Freitag greift wortlos nach ihrer Schultasche und rauscht aus dem Lehrerzimmer. An der Tür ruft sie noch: «Denkt dran, heute Abend treffen wir uns!», und dann stößt sie mit Susanne zusammen, die gerade hereinschleicht.

«Huh, was hat sie denn?» Susanne schaut ihr entgeistert nach.

«Die kommt auch langsam in die Wechseljahre», sagt der Pommer uncharmant und lacht gehässig.

«Aber Hikmet ist viel schlimmer als Justin», sagt Herr Pommer.

Monika wirft ihm einen giftigen Blick zu. «Ja, das findest du, mein lieber Peter, weil du ein Mann bist. Ich sag dir mal eins, der Justin hat sich so dermaßen dieses Machoverhalten von seinen arabischen Freunden abgeguckt und meint jetzt, dass er uns Lehrerinnen überhaupt nicht mehr ernst nehmen müsste. Also, ich bestehe darauf, dass Justin geht!»

Seit einer Dreiviertelstunde diskutieren die Nolte und der Pommer nun schon, welcher der beiden Jungs ins Camp gebracht werden soll. Felix 26, Frl. Krise und ich halten uns aus der Diskussion weitgehend raus, und Susanne verschwindet immer wieder aufs Klo. Die tätowierte Kellnerin kommt an unseren Tisch.

«Eine Weißweinschorle?» Monika hebt ihren Zeigefinger.

«Und ein großes Pils.» Pommer trinkt den letzten Schluck seines ersten Bieres aus und reicht der Kellnerin das leere Glas.

Susanne kommt vom Klo, nippt an ihrem Tee. «Und? Habe ich was verpasst?», fragt sie freundlich.

«Nicht wirklich», schnauft Monika. «Nur, dass unser geschätzter Kollege Pommer immer noch darauf besteht, dass Hikmet geht.»

«Ich wäre sogar bereit, 20 Euro mehr zu bezahlen als alle anderen», sagt er, zieht einen 20-Euro-Schein aus der Hosentasche und wirft ihn vor Frau Nolte auf den Tisch.

«Pffff, also Peter, jetzt reicht's aber. Steck dein Geld ein! Du machst dich ja lächerlich.»

Pommer knallt sein Glas etwas zu heftig auf den Tisch zurück. «Wieso lächerlich? Ich habe doch wohl genauso das Recht, jemanden vorzuschlagen, wie alle anderen. Und wenn du schon mein Geld verschmähst, liebe Monika, dann denk dran: Ohne mein Zutun müsste das Camp ja wohl auf die 50 Euro von Kollege Voss verzichten.»

Das war das Stichwort. Jetzt kommt Monika richtig in Fahrt: «Apropos Kollege Voss. Peter, du mit deinem losen Mundwerk wirst noch dafür sorgen, dass wir alle auffliegen. Warum musstest du denn Herrn Voss von unserem Projekt erzählen? Kann man dem überhaupt trauen? Was wissen wir denn schon über ihn?»

«Also, zu mir ist der immer sehr nett», wirft Susanne mit piepsiger Stimme ein.

Aber Monika ist nicht zu stoppen: «Nett, nett, was heißt das denn schon? Ein Wort beim Fischer und ... ach, ich will gar nicht drüber nachdenken.»

Jetzt reicht es aber! Die Monika tut gerade so, als sei sie eine Heilige.

«Also, Monika, wo du schon den Fischer erwähnst, wenn ich nicht neulich zufällig ins Büro hochgegangen wäre und mit Onurs Mutter gesprochen hätte, dann wüsste der Fischer schon längst alles.» Ich mache eine kurze Kunstpause. «Meiner Meinung nach sollten wir das Camp auflösen.» Alle starren mich an.

«AUFLÖSEN?», schreit Felix 26. «Nein, das geht auf keinen

Fall! Ich habe doch noch drei Lehrproben und dann die Prüfung, und wenn Günther und Mert zurückkommen … nein, daran will ich gar nicht denken.»

Auch Susanne schüttelt den Kopf und flüstert: «Nein, bitte, wir brauchen das Camp. Der Musikunterricht und der Chor – das läuft gerade alles so toll, und wir haben doch auch diesen Schulpreis bekommen, und den Jungs geht es doch so gut dort. Die haben da eine Menge Spaß, und die lernen doch auch …»

«Was lernen die denn dort?», frage ich. «Autos reparieren und boxen. Dieser Körnel mit seinen Militärmethoden. Steine schleppen und Haare abscheren … Und dass der denen dort so absolut gar nichts Brauchbares beibringt, ist ja noch nicht mal das Schlimmste. Wir werden in diesem Kaff permanent angegriffen. Susanne, denk doch nur mal an den Einbruch, Frl. Krise, dein Scheinwerfer, die Waschanlage. Und was passiert eigentlich, wenn die Eltern der Jungs mal nachfragen, wo ihre Kinder sind? Was sollen wir dann antworten? Bei einem Fremdenlegionär? In einem Mörderdorf? Wenn das rauskommt, dann werden wir alle dienstrechtlich belangt. Ich sag euch, wir stehen mit einem Fuß in der Arbeitslosigkeit und mit dem anderen im Knast. Lasst uns abstimmen!»

Ich warte, dass jemand etwas sagt. Alle schweigen.

«Also, wer ist dafür, dass wir das Camp auflösen?» Ich hebe meinen Arm.

Susanne betrachtet ihr Teeglas. Frl. Krise starrt vor sich hin, Pommer trinkt einen großen Schluck Bier, und Monika kramt in ihrer Handtasche. Keiner außer mir meldet sich.

«Okay, wenn das so ist, dann könnt ihr alleine weitermachen», sage ich und stehe auf. «Ich bin raus!»

Viktoria-Estelle ist schlecht gelaunt. Sie nölt herum und windet sich in ihrem Wagen hin und her. Ob sie Hunger hat? Gegessen hat sie ja so gut wie nichts heute Mittag. Diese Gläschennahrung, die

Eileen immerzu mitbringt, schmeckt aber auch ekelhaft. Am besten biege ich mal hier links ab und halte kurz bei Onkel Ali, der hat zwar keine Dinkelkekse im Sortiment, aber irgendwas für die Kleine werde ich schon finden.

Sieh mal an! Da sitzen ja Ömür und Emre vor dem Späti in der Sonne. Ausnahmsweise mal nicht in Uniform. Sie winken mir zu.

«Hallo, ihr zwei!»

Onkel Ali guckt auch gleich aus dem Laden. «Kaffee, Frl. Krise?»

«Ja, bitte, und einen Keks für Viktoria!»

Ömür schleppt mir gleich einen Stuhl heran und beginnt mit Viktoria zu schäkern.

Emre guckt wichtig. «Frl. Krise, denken Sie daran, Ihre Schüler an den Termin zu erinnern, den wir bald haben? Das kleine Praktikum vor dem *Karneval der Kulturen,* du erinnerst dich?»

«Na klar, Emre! Sibel und Erol freuen sich schon.»

«Na, die Kleene is ja mächtig jewachsen! Kann se denn ooch schon so wat essen?» Onkel Ali wedelt mit einem Brötchen vor Vicki herum.

«Natürlich! Sie kann alles essen, also fast alles. Sie hat doch schon sechs Zähne!»

Onkel Ali grinst. «Mehr als icke. Nee, Spaaaaß. Kommste ma kurz mit, Frl. Krise?» Er zieht mich in den Laden und flüstert: «Weeßte eigentlich, dit ick in Falkenthal war?»

«Was? Wann? Warum?»

«Ick hatte Sehnsucht nach meine Emine. Yasin hat den Laden jeschmissen, un ick bin ma kurz zu mein Eheweib jedüst. Vorjestern. Die hat vielleicht jeguckt, als ick plötzlich uffm Hof stand. Und dieser Körnel ... na ja, Frl. Krise, jut, dit ick den nich schon ma janz am Anfang jesehen hatte. Dit is ja 'ne Type. Aber Emine kommt mit ihm aus, dit is die Hauptsache! Und eure Jungs sind ja ooch wirklich nett!»

«Ja, jetzt! Die hättest du mal in der Schule erleben müssen!»

Ich stelle mich in den Eingang. Passen die Herren von der Polizei auch gut auf Viktoria auf?

Ömür hat Vicki aus dem Wagen befreit und auf seinen Schoß gehoben. Sie interessiert sich für sein Hemd und zeigt auf die Knöpfe.

«Knopf!», sagt Ömür.

«Dada», antwortet das Kind.

«Kann sie noch nicht sprechen?», fragt Ömür besorgt.

«Doch, ‹Mama› sagt sie.»

«Und ‹Papa›? Kann sie schon ‹Papa› sagen?»

«Ömür, sie hat doch keinen Papa!»

«Ach!» Ömür zerfließt vor Mitleid. «Wie ich! Ich hab ja auch keinen Papa. Armes Kind!»

Emre rollt mit den Augen.

Onkel Ali und ich setzen uns wieder zu den anderen. «Ömür, deshalb kümmern wir uns ja auch ein bisschen um Viktoria. Am Wochenende nehmen wir sie zum Beispiel wieder mit in das Wochenendhaus von Frau Nolte.»

«Die hat ein Wochenendhaus? Wo denn?»

«In Brandenburg.»

«Ach so.» Ömür wendet sich uninteressiert ab. Wochenendhaus in Brandenburg gilt offensichtlich nicht in seinen Augen.

«Wo denn in Brandenburg?», fragt Emre neugierig.

«Nördlich von Berlin. Falkenthal heißt der Ort.»

«Kenn ich nicht.» Emre schüttelt den Kopf. «Wochenendhaus in Brandenburg. Na ja, Geschmackssache, wa, Ömür?»

Aber Ömür hört nicht zu. Er versucht, Viktoria das Wort «Knopf» beizubringen.

«Können wir jetzt ins Internet, Frau Freitag? Bitte!», fragt Rosa mit zuckersüßer Stimme. Und Dilay kann nun auch nicht mehr an sich halten:

«Sie haben es versprochen! Sie haben gesagt, wenn wir alle Aufgaben gemacht haben, dann dürfen wir Internet!»

«Okay, okay, die letzten 10 Minuten könnt ihr ins Internet.»

«Yooo, Frau Freitag, ich liebe Sie!», schreit Orkan, und es breitet sich eine herrliche Ruhe im Computerraum aus.

Lehrer sein ist wirklich nicht so schwer. Man muss nur wissen, wie man's macht. Ob sich unsere Lehrer früher auch so über die Erfindung des Sprachlabors gefreut haben wie ich mich über die Einrichtung unseres Computerraums? Damals saßen wir Schüler in kleinen Kabinen und mussten Fragen, die wir über Kopfhörer zugespielt bekamen, beantworten. Unsere Lehrerin Frau Hoff saß vorne und konnte sich anhören, ob wir unser «th» auch richtig lispelten. Das war jedes Mal ein Schock, wenn man plötzlich Frau Hoff hörte, die einem wie ein Geist aus dem Jenseits erklärte, dass man «either» und «neither» wieder mal falsch ausgesprochen hatte. Frau Hoff fand diese Allmachtsposition, die sie in diesen Stunden einnahm, bestimmt super. Genauso, wie ich es super finde, dass ich auf meinem Lehrercomputer sehen kann, auf welchen Seiten sich jeder einzelne meiner Schüler gerade tummelt. So wie ich damals immer vergessen habe, dass sich Frau Hoff zu mir schalten konnte, wann immer sie wollte, vergisst meine Klasse, dass ich der Totalüberwachung mächtig bin.

«Fuat, keine Pornos bitte!» Fuat dreht sich verwirrt zu mir. Die Mädchen werfen ihm angewiderte Blicke zu.

«Hehe, Fuat, war ein Witz», sage ich. Spaß muss sein. Dilay und Rosa sitzen nebeneinander und zeigen sich gegenseitig irgendetwas auf ihren Bildschirmen. Mal sehen, wo die gerade rumsurfen. Dachte ich es mir doch: der H&M-Onlinekatalog. Volkan guckt sich Rennwagen an, Kübra Fotos von Ronaldo, und Erhan ist gerade bei YouTube gelandet. Noch bevor das erste Filmchen startet, rufe ich:

«Ohne Ton, Erhan.»

So weit kommt es noch, dass ich mir hier diese herrliche Ruhe ruinieren lasse. Ich bin so entspannt wie lange nicht mehr. Das war wirklich die richtige Entscheidung, mich aus dieser illegalen Camp-Sache rauszuziehen. Die Kollegen werden schon sehen, was sie davon haben. Ich konzentriere mich ab jetzt nur noch auf meinen Unterricht. Noch sieben Minuten, dann klingelt es.

Die meisten meiner Schüler sind bei Facebook. Ich frage mich immer, mit wem sie da eigentlich kommunizieren. Alle ihre Freunde sollten doch jetzt gerade im Unterricht sein. Wahrscheinlich handhaben die meisten Kollegen das Handybenutzungsverbot an unserer Schule genauso lax wie die Schüler. Volkan nennt sich bei Facebook «SexyDancer41» und Hamid «TheBoss». Irgendein Mehmet schreibt: *Mathe fickt meinen Kopf, der Hurensohn,* und Can klickt auf *Gefällt mir*, und schon gesellt sich ein weiteres Daumenhochzeichen zu den anderen 34. Gülistan tippt: «Habe laaaaangweilig», und Volkan schreibt einer gewissen Büsra, die ein Foto von sich vor einem Badezimmerspiegel gepostet hat: «Du bist volllll schöne, mashalla.» Büsra antwortet mit: «Uiiihh, danke, mein Schatz.»

Ein wunderbarer Anblick ist das, wie meine Klasse friedlich und gut gelaunt vor den Computern sitzt. Ab und zu zeigen sie sich gegenseitig etwas auf ihren Bildschirmen, tuscheln und kichern dann gemeinsam über einen lustigen Eintrag bei Facebook oder ein blödes Bild eines unbeliebten Mitschülers. Herrlich. Ich bin so gerne Lehrerin. Nur Hamid redet mit niemandem. Er sitzt schon die ganze Zeit bewegungslos auf seinem Stuhl, starrt auf den Monitor und tippt. Schreibt der am Ende einen Liebesbrief? Mal sehen.

Ich fasse es nicht! Hamid ist nicht bei Facebook und verfasst auch keine romantischen Zeilen. Hamid ist bei www.jack-wolfskin.de und bestellt gerade zwei schwarze Windjacken und eine rote Weste. Unglaublich! Dieser Hamid! Da tut er neulich bei Felix 26 so, als hätte er mit diesen *Bestellungen* überhaupt nichts zu tun, und dann sitzt er hier in meinem Englischunterricht und geht seelenruhig seinen kriminellen Machenschaften nach. Na warte, Hamid, du kannst was erleben! Deine Aktivitäten werde ich vorsichtshalber erst mal speichern.

Komisch. An manchen Tagen ist es in der Mittagspause im Lehrerzimmer ganz ruhig. Ich frage mich dann immer, ob die Kollegen einfach nach Hause gegangen sind, vielleicht als eine Art persönlicher Streik oder als Präventionsmaßnahme gegen Burn-out. Aber das würde sich wohl außer dem Pommer keiner trauen. Mir ist langweilig. Ich habe alles kopiert, keine Aufsicht und auch schon was gegessen. Einen Keks aus der Prinzenrolle, die auf dem Tisch von Vossi steht. Diese Rolle steht da offensichtlich schon länger, jedenfalls schmeckt der Keks sehr altbacken. Und dann diese vielen Kalorien! Ich sollte mir auch angewöhnen, Brote mit in die Schule zu nehmen wie Frau Freitag.

Da stolpert sie auch schon herein.

«Mann, Frau Freitag! Endlich kommst du! Hier ist ja gar nichts los heute. Gehst du nachher mit mir noch zu Onkel Ali?»

«Nee, geht nicht! Ich habe um 16 Uhr Englischkonferenz. War es bei dir heute auch so herrlich im Unterricht? Bei mir war es wunderbar!»

«Herrlich? Wunderbar? Nein, bei mir war es ganz normal.»

«Ach, vielleicht liegt es ja auch nur daran, dass ich so gut gelaunt bin!»

«Gut gelaunt? Weshalb das? Denk dran, dass du noch eine Konferenz hast!»

«Na und? Ich liebe Konferenzen. So, ich muss gleich weiter, Aufsicht auf dem Hof! Tschüsi!»

Tzzz. Manchmal weiß ich echt nicht, was ich von der Freitag halten soll. Diese Gefühlsschwankungen! Gestern sieht sie die ganze Welt in Scherben liegen und sich selbst im Knast und heute diese übertrieben fröhliche Stimmung.

«Du fährst doch am Wochenende nach Falkenthal, Frl. Krise, stimmt's?» Susanne steht auf einmal vor mir.

«Ich weiß noch nicht. Ich habe Frau Freitag noch nicht gefragt, ob sie auch will.»

«Aber die kannst du doch vergessen! Die macht doch nicht mehr mit.»

Susanne lässt sich auf den Stuhl neben mir plumpsen, streckt die Beine aus und betrachtet nachdenklich ihre Schuhe. Flache schwarze Ballerinas, wie immer. Ziemlich unflott. In ihrem Alter habe ich am liebsten hochhackige Schuhe getragen.

«Ach, über das Aussteigen ist noch nicht das letzte Wort gesprochen worden, Susanne!»

«Meinst du? Und wenn doch? Eigentlich hat sie ja recht, oder? Aber ohne das Camp wird es wieder so schlimm hier. Ich mag mir das gar nicht vorstellen!»

«Ich rede später noch mal mit Frau Freitag, kein Problem! Der muss nur mal jemand den Kopf zurechtrücken.»

Susanne sieht mich mit großen Augen an. Irgendwie ehrfürchtig.

«Darf ich denn nach Falkenthal mitfahren, wenn Frau Freitag nicht will? Monika möchte auch mitkommen!»

Ach du lieber Himmel. Das hat mir gerade noch gefehlt. Ein Wochenende mit Monika und Susanne in Falkenthal. Öder geht's ja wohl nicht. Ich muss unbedingt mit Frau Freitag reden.

Bestellt

Ich bin ein großer Fan der Zahnprophylaxe. Besonders von der, die ganzen Klassen zuteilwird. Den Schülern der Pommer-Klasse wird in den kommenden 45 Minuten mal wieder erklärt, wie man Zahnseide benutzt, und deshalb muss mein Englischunterricht bei denen ausfallen. Wie schade aber auch. Keine Pommer-Klasse und auch keine Vertretungsstunde. Jetzt habe ich endlich Zeit, mich um Hamid und seine kriminellen Aktivitäten zu kümmern. Seit ich ihn neulich im Computerraum auf der Jack-Wolfskin-Seite erwischt habe, besteht wirklich kein Zweifel mehr, dass er in diese Internetbetrügermasche verstrickt ist. Zum Glück habe ich den Screenshot, den ich von seiner Bestellung gemacht habe, ausgedruckt. Die zwei Jacken und die Weste sollen in die Bleibtreustraße 59 zu einer gewissen Trudi Flossbacher geschickt werden. Was ist das für ein komischer Name? Gibt es diese Trudi wirklich oder haben sich Hamid und seine Bande diesen Namen nur ausgedacht, weil er so unauffällig deutsch und nach Charlottenburg klingt? Vielleicht wohnt ja Frau Flossbacher wirklich in der Bleibtreustraße 59, und Hamid schädigt nicht nur die Jack-Wolfskin-Firma, sondern beraubt auch noch alte Damen.

Wahrscheinlich hat er ihr Portemonnaie mit ihrem Personalausweis und ihrer Kreditkarte geklaut und geht damit auf illegale Shoppingtouren. Aber warum sollte er dann die Jacken auf Rechnung bestellen? Wenn er die Kreditkarte von Trudi Flossbacher hat, dann hätte er doch sicher damit bezahlt. Na, egal. Ich muss Hamid jedenfalls auf frischer Tat ertappen, anders geht es nicht. Wenn ich ihn nur auf seine kriminellen Machenschaften anspreche, dann wird er sich rausreden oder so tun, als wisse er von nichts. Am besten warte ich in der Bleibtreustraße, bis er kommt und das Paket abholt. Und dann mache ich Beweisfotos. Aber wann kommt das Paket? Die schicken einem doch so einen Zugangscode, den man im Internet eingeben mus, und damit kann man rausfinden, wann das Paket ankommt. Aber wie soll ich denn jetzt an Hamids E-Mails kommen?

«Hallo, Frau Freitag. Was machst du denn für ein Gesicht?» Frl. Krise steht plötzlich neben mir.

«Oh, hallo, Frl. Krise ... Ich hatte dich gar nicht reinkommen hören. Ich äh ... ich ...»

«Was ist denn los mit dir? Du bist ja voll durch den Wind. Hast du schlechte Nachrichten bekommen? Zeig mal her!»

Frl. Krise nimmt mir den Ausdruck von Hamids Bestellung aus der Hand und liest.

«Was ist das? Wer ist denn Trudi Flossbacher?», fragt sie, und ich erkläre ihr, wie weit ich in Sachen Internetbetrugsaufklärung gekommen bin.

«Jedenfalls hätte ich ihn, wenn ich wüsste, wann das blöde Paket geliefert wird. Aber wie gesagt, dafür braucht man diesen beknackten Internetcode.» Frl. Krise guckt mich an und grinst.

«Frau Freitag, die Trackingnummer. Internetcode, tzzzz.»

Oh Mann, diese Krise, wenn sie mal was besser weiß, dann muss sie es einem aber auch immer sofort aufs Brot schmieren.

«Ja, whatever ... meinetwegen – Trackingnummer. Sag mir lieber, wie ich die kriege.»

«Ruf doch mal bei Jack Wolfskin an und sag, dass dein E-Mail-Programm kaputt ist und sie dir die Nummer noch mal am Telefon mitteilen sollen.»

«Meinst du, die machen so was?»

«Frau Freitag, wenn du mit zittrigem Stimmchen sagst, dass du Trudi Flossbacher heißt und für deine Enkel diese Jacken und die Weste bestellt hast, wer soll denn da noch Verdacht schöpfen? Und wenn sie sich weigern, dir die Nummer zu geben, dann fängst du an zu weinen.»

«So, Frau Freitag, hier sind wir! Bleibtreustraße 59. Aber glaub mal nicht, dass ich hier einen Parkplatz finde. Am besten bleibe ich in der zweiten Reihe stehen, und du gehst ins Haus.»

«Waaaas? Ich soll da alleine reingehen und Hamid überführen? Fahr doch noch einmal um den Block. Bitte. Vielleicht findest du ja doch was.»

«Okay. Einmal probier ich es noch. Was ist eigentlich mit deiner tollen Englischkonferenz, Frau Freitag? Du hattest dich doch so auf die gefreut!»

«Hab ich auch. Aber wenn doch das Paket heute um halb vier geliefert wird ... es ist ja wohl wichtiger, Hamid vor dem Absturz in die Kriminalität zu bewahren, als über Differenzierungskonzepte im Fremdsprachenunterricht zu diskutieren. Es differenziert sowieso niemand.»

«Doch, ich.»

«Ja, ja, wer fertig ist, macht dann noch die nächste Aufgabe ... na, ist ja auch egal jetzt. Wie findest du das denn eigentlich, dass die von Jack Wolfskin mir einfach so diese Tracknummer gegeben haben?»

«Trackingnummer! Mich wundert das überhaupt nicht. Schließlich ist der Kunde König!»

«Ich war aber auch sehr überzeugend als Trudi Flossbacher, oder?»

«Ja, ja, ich erwäge schon, dich jetzt immer Trudi zu nennen. Mann, hier ist ja nichts frei! Da kann ich noch so oft hin und her fahren. Du musst leider alleine los! Spring raus! Es ist gleich halb vier!»

Boaaah, ist das ein mondänes Treppenhaus. Mit Sisalteppich und Spiegeln. Hätte ich auch gerne in meinem Hausflur. Aber derartige Sperenzchen gibt es in Kreuzberg nicht. Bei uns ist die Eingangstür allerdings immer abgeschlossen. Hier zum Glück nicht. So, jetzt bin ich ja mal gespannt, ob es diese Trudi Flossbacher gibt. Ich werde einfach alle Briefkästen unter die Lupe nehmen. Dr. Krollheimer,

Hofmann, Dr. Vössing ... und hier: Flossbacher – na, wer sagt's denn? So, jetzt muss ich also warten, bis Hamid kommt. Aber wenn der mich hier sieht, dann haut der doch bestimmt sofort wieder ab. Ich werde mich da hinten, wo es zum Keller geht, verstecken. Hoffentlich ist Frl. Krise noch draußen. Hoffentlich ist sie schlau genug, sich zu ducken, wenn Hamid kommt. Ah, die Tür geht auf.

Mist, das ist der DHL-Mann mit dem Paket. Jetzt geht er die Treppe hoch. Was machen wir, wenn er das Paket bei Trudi Flossbacher abgibt? Er klingelt. Sie wohnt anscheinend im ersten Stock. Er klingelt noch mal. Nichts. Trudi scheint nicht zu Hause zu sein. Er kommt wieder runter ... was mache ich denn jetzt? Oh Mann, Scheiße, Scheiße, Scheiße ...

«Hallo! Wollten Sie zu Flossbacher?», frage ich.

«Ja», antwortet der Mann. «Na, da haben Sie Glück, meine Oma ist gerade nicht da, aber ich kann Ihnen das Paket abnehmen.»

Der Mann überlegt gar nicht lange, sondern gibt mir den großen Karton, lässt mich auf diesem elektronischen Plastikteil, das die jetzt immer haben, unterschreiben und verschwindet nach draußen. Ich stehe da mit Hamids Paket. Und nun? Wo ist Hamid überhaupt? Ah, eine SMS von Frl. Krise: *Sie kommen!*

Oh Gott, was mache ich denn jetzt? Raus schaffe ich es nicht mehr, die kommen wahrscheinlich jeden Moment rein. Und wer sind überhaupt *sie*? Am besten verstecke ich mich erst mal hinten beim Kellereingang. Da kann ich zwar nichts mehr sehen, aber auch nicht gesehen werden.

Da, die Tür öffnet sich ...!

«Warum bist du so spät, du Spast?»

«Reg dich ab, der war bestimmt noch nicht da. Der Verkehr draußen ... ist doch auch erst zwanzig vor vier ... ich sag dir, der kommt noch.»

«Los, guck mal im Briefkasten, ob da eine Karte reingeworfen wurde.» Die eine Stimme ist eindeutig Hamids. Die andere klingt älter. Das ist kein Schüler. Das ist ein erwachsener Mann.

«Ich komm da nicht rein, Moussa.»

«Weil du zu fett bist! Iss mal nicht so viel. Und jetzt überleg lieber, wie wir an das verdammte Paket kommen.»

«Äh, ich weiß jetzt auch nicht …», stottert Hamid.

Die Rollen sind hier eindeutig verteilt, und Hamid ist nicht der Boss. Der Ältere, dieser Moussa, scheint keine Lust zu haben, noch länger auf den DHL-Boten zu warten.

«Pass auf, Hamid, ich geh mir drüben an der Ecke Kippen kaufen, und du wartest hier. Vielleicht war die Alte ja doch zu Hause und hat das Paket angenommen. Renn am besten mal hoch und check das ab. Wir treffen uns dann draußen. Ich warte noch bis fünf vor vier. Dann fahre ich. Wenn der Typ bis dahin nicht mit dem Paket aufgetaucht ist, dann wartest du hier allein.»

Ich höre die Eingangstür und dann wieder das Klappern der Briefkästen. Hamid versucht wahrscheinlich noch mal, seine Hand durch den Schlitz zu stecken.

«Pffff. Drecksteil!» Anscheinend kommt er wirklich nicht rein. Jetzt geht er die Treppe hoch. Das ist die Gelegenheit abzuhauen. Dieser fiese Moussa ist Zigaretten kaufen, und Hamid ist im ersten Stock an Frau Flossbachers Wohnungstür zugange. Nichts wie weg hier.

So. Draußen. Aber wo ist Frl. Krise? Die wollte doch hier warten. Wenn mich dieser Moussa mit dem Paket sieht, dann weiß der doch gleich, was Sache ist. Oh Gott, oh Gott, Frl. Krise, wo bist du???

«Hey! Sie da!» Ich drehe mich um. Ein breiter Typ in Lederjacke kommt auf mich zu. Jetzt aber los. Wo ist denn Frl. Krise? Der Typ rennt mir hinterher. Auweia, wenn der mich kriegt … der bringt mich um!

Wo bleibt die Freitag? Weshalb kommt die nicht?

Ah, da ist sie ja. Mit Paket! Super! Sie rennt. Und hinter ihr rennt dieser unangenehme Kerl, der vorhin mit Hamid ins Haus gegangen ist. Oje, das sieht schlecht aus. Gut, dass mein Motor schon läuft, schnell die Tür öffnen …

«Fahr, fahr, FAHR, Frl. Krise! Wir müssen abhauen! Dieser Moussa wollte mir das Paket abnehmen, aber ich …» Frau Freitag schmeißt sich auf den Beifahrersitz und schnauft laut. Ich drücke auf die Zentralverriegelung. Da ist der Typ auch schon. Er presst sein verzerrtes Gesicht an das Seitenfenster, hämmert mit der Faust gegen die Scheibe und schreit etwas.

«Los! Vollgas, Frl. Krise! Nun fahr doch endlich!»

«Ja, doch!» Erst muss mal dieser lahme Kleinlaster an uns vorbeigeschlichen sein.

Frau Freitag schlägt mit der flachen Hand gegen das Glas. Der Typ zuckt zurück, als hätte er eine richtige Ohrfeige bekommen, und springt vor unser Auto. Ganz klar, er will uns daran hindern, wegzufahren. Na, Junge, da hast du aber schlechte Karten! Du wirst schneller weg sein, als du denkst! Dieses Spielchen machen nämlich meine Schüler auch gerne mit mir. Jeden Freitag! Darin habe ich Übung, ich weiß genau, wie viel Gas ich geben muss, um Entschlossenheit vorzutäuschen und doch niemanden umzunieten. Langsam schiebe ich ihn vor mir her! Na bitte! Schon gibt er auf. Und jetzt nichts wie weg von hier! Diese kleinen Straßen sind ungünstig. Andauernd steht jemand in zweiter Reihe, und dann stockt der ganze Verkehr. Ich muss unbedingt raus aus diesem Wohnviertel und dann mit Vollgas auf und davon!

«Frl. Krise!» Frau Freitag kniet falsch herum auf ihrem Sitz, umklammert mit beiden Händen die Nackenstütze und starrt durch das Heckfenster auf die Straße.

«Er läuft zu seinem Auto! Der will uns bestimmt verfolgen!»

«Soll er! Den häng ich ab! Setz dich mal richtig hin und schnall dich an!»

«Ich wette, der hat einen fetten Mercedes oder BMW! Auweia, ich glaube, da hinten kommt er! Fahr schneller!»

Würde ich ja gerne, aber durch die Pestalozzistraße, in die ich abgebogen bin, kann ich nicht so rasen. Ein paar Kinder laufen quer über die Straße, und an der nächsten Kreuzung bremst mich ein Stoppschild aus. Na toll. Im Rückspiegel sehe ich einen schwarzen Wagen zügig näher kommen.

«Da sind sie schon! Hamid sitzt auch mit drin. Musst du hier stehen bleiben, Frl. Krise? Weiter, weiter!»

«Ich versuch's ja!» Schnell rechts rein in die Schlüterstraße. Jetzt kann ich wenigstens ein bisschen auf die Tube drücken. Aber dieser Moussa mit seinem fetten BMW hat uns eingeholt und klebt schon hinten an unserer Stoßstange.

«Scheiße! Was hat der vor? Frl. Krise, wo willst du eigentlich hin?»

«Zum Ernst-Reuter-Platz! In dem großen Kreisverkehr kann ich ihn vielleicht abhängen!»

Die Ampel vor uns ist schon gelb, aber ich muss es schaffen, noch abzubiegen. Also feste aufs Gas treten und zeitgleich mit dem aufleuchtenden Rot rauf auf die Bismarckstraße. Puh, hoffentlich gibt's hier keine Kamera oder so was Ähnliches!

«Der ist auch noch rüber! Bei tiefrot!», empört sich Frau Freitag. Mist, jetzt kommt keine Ampel mehr bis zum Ernst-Reuter-Platz. Ich werde den Typen einfach nicht los.

Moussa kann uns mühelos wieder einholen, kein Wunder, sein Schlitten hat sicher doppelt so viele PS wie mein armes kleines Auto. Ich frag mich ernsthaft, was der plant. Will der uns zum Anhalten zwingen oder was? Und uns dann gewaltsam das Paket abnehmen?

«Frau Freitag, merk dir mal sein Kennzeichen!»

«Ich kann's nicht erkennen! Er fährt zu dicht auf!»

Da ist auch schon der große Kreisverkehr am Ernst-Reuter-Platz. Mehrspurig und unübersichtlich! Durch den fahre ich schon ungerne, wenn mich keiner verfolgt. Man muss immer höllisch aufpassen, beim Spurwechsel nicht mit einem anderen Wagen zu kollidieren.

«Halt dich fest, Frau Freitag!»

So, jetzt Blick in den Rückspiegel, mit durchgedrückten Armen das Lenkrad nach rechts herumreißen, auf die äußerste Spur rasen – das Hupkonzert überhören – Richtung Hardenbergstraße. So, als ob ich da abbiegen wollte. Ja, super, der schwarze BMW folgt uns. Luft holen! Und jetzt scharf nach links lenken, zurück in den Kreis. Yeah, der BMW konnte nicht mehr so schnell reagieren und ist in der Hardenbergstraße verschwunden. Langsam macht mir die Sache Spaß! Wie ich den ausgetrickst habe! Bernie Ecclestone wäre stolz auf mich. So, Vollgas und ab auf die Straße des 17. Juni. Bravo, die Ampel ist grün!

«Spinnst du? Das war ja lebensgefährlich!»

Frau Freitag klammert sich an ihren Türgriff und sieht mich empört an. «Wegen der blöden Jacken riskierst du unser Leben!»

«Soooo gefährlich war das gar nicht. Ich hab mal ein Schleudertraining beim ADAC gemacht ... Und wir wollen uns doch nicht von diesem Typ durch die Gegend jagen lassen, oder? Na, wir sind ihn los, was sagst du jetzt?»

Frau Freitag gibt einen komischen Ton von sich. Wenn das ein Lob für meine Fahrkünste sein sollte, dann ist es ein sehr zurückhaltendes.

«Hast du das Kennzeichen notiert, Frau Freitag?»

«Wie denn, du bist ja so geheizt, da konnte ich nix erkennen.»

Eine schöne breite Rennbahn ist diese Straße. Leider darf man aber nicht so rasen, also gondele ich kommod mit fünfzig Sachen auf die Siegessäule zu. Grüne Welle – das hat man ja auch selten in Berlin.

«Da, da! Da sind sie wieder! Scheiße!» Frau Freitag zeigt auf den BMW, der plötzlich neben uns auftaucht. Moussa glotzt uns wild an, und Hamid hat sich tief in seinen Sitz geduckt.

Mann, was soll das? Der fährt viel zu nah an uns ran.

«Was haben die vor, Frl. Krise? Die fahren uns ja gleich rein!»

«Ruf die Polizei an, Frau Freitag, und sag, wir werden hier von einem BMW verfolgt und ... wie nennt man das? Ja, ich weiß, sag, die nötigen uns!»

«Natürlich! Und dann erzähl ich den Polizisten, dass die mir ein geklautes Paket abnehmen wollen. Ein Paket, das ich vorher ihnen geklaut habe!»

Moussa hupt und bringt sein Auto wieder gefährlich dicht neben meinen Wagen. Hilfe! Gleich knallt es!

Was mache ich bloß? Da ist auch schon der große Stern, der zweite große Kreisverkehr auf der Strecke. Soll ich noch mal so ein Manöver machen wie vorhin? Nee, ich trau mich nicht. Das war ja wirklich nicht ohne, und hier ist der Verkehr auch noch viel dichter.

«Frl. Krise! Ich habe eine Idee. Du fährst mich einfach nach Hause, hältst genau vor der Haustür, und ich flitze rein und mache die Tür zu. Dann gucken sie in die Röhre!»

«Frau Freitag, du willst doch nicht, dass die wissen, wo du wohnst, oder?»

«Ach so ... nee ... natürlich nicht. Aber wo willst du denn hinfahren? Die folgen uns doch, bis wir irgendwo anhalten!»

«Keine Ahnung. Ich biege jetzt hier erst mal ab, wir können ja nicht ewig in diesem Kreis herumfahren.»

So, das ist der Spreeweg, gleich kommt das Schloss Bellevue. Über die Spree rüber, durch die Paulstraße, und ja, warum nicht, rein in die Lüneburger Straße. Ist ja eh egal, Moussa bleibt sowieso immer schön hinter uns. Langsam wird mir mulmig. Solange wir im Auto sitzen, kann es uns egal sein, aber irgendwann müssen wir doch aussteigen.

Ein Polizeiwagen überholt uns. Apropos Polizei ... hier in der Nähe ist doch ...

«Frau Freitag, hier ist doch irgendwo diese bunte Feuerwache. Die von Sauerbruch + Hutton! Du kennst die sicher!»

«Feuerwache von wem?»

«Von *Sauerbruch + Hutton*! Das sind zwei Architekten, die immer so farbenfrohe Häuser bauen! In der Kochstraße ist zum Beispiel auch eins. Ich habe letztes Jahr mit den Zehnten in Kunst ein Projekt ...»

«Frl. Krise! Verschon mich bitte mit Details aus deinem Kunstunterricht! Und Sauerbruch … ich dachte immer, das wäre der Arzt, der das Penizillin erfunden hat?»

«Oh, mein Gott!»

«Egal! Was willst du in der Feuerwache?»

«Neben dieser Feuerwache gibt es eine Polizeidienststelle. Da fahr ich jetzt hin, vielleicht nützt das was!»

«Wenn du meinst.»

Vor dem Gebäude stehen zwei Polizisten und reden auf einen Passanten ein.

«Los, Frau Freitag, steig schnell aus und frag sie nach dem Weg!»

«Hä? Wieso? Welcher Weg? Wohin? Du hast doch ein Navi!»

Ich zeige wortlos auf den schwarzen BMW, der gerade an uns vorbeischleicht und in Sichtweite anhält.

«Okay, okay, verstanden!» Schon ist Frau Freitag draußen.

Sie macht das großartig, redet wild auf die Polizisten ein und fuchtelt mit Händen und Füßen. Dabei zeigt sie besonders oft dahin, wo der schwarze BMW steht. Die Polizisten nicken und zeigen auch in diese Richtung. Das verfehlt seine Wirkung nicht: Moussa wird es offensichtlich unheimlich, jedenfalls startet er und fährt langsam um die nächste Ecke.

Frau Freitag hopst wieder in den Wagen und kichert. Ich wende wie eine Wilde und sause los. Von Moussa ist weit und breit nichts mehr zu sehen!

«Yeah! Den haben wir abgeschüttelt!»

Im Café am Marheinekeplatz feiern wir unseren Erfolg. Großartig! Wie schlau wir waren!

«Lass uns anstoßen, Frau Freitag! Auf die gelungene Flucht!»

«Ja, hier, Cheers, und darauf, dass wir Hamid vor einer Straftat bewahrt haben.»

«Den müssen wir wahrscheinlich nicht mehr ins Camp verfrachten!»

«Wir? IHR! Ich hab da ja nichts mehr mit zu tun. Mann, wann kommt denn die Pizza, ich hab solchen Hunger.»

«Du willst doch nicht sagen, dass du echt total aussteigen willst?! Komm, Frau Freitag! Wir haben ja verstanden, dass du Bedenken ...»

«Wieso? Ich bin doch schon längst draußen. Und Frl. Krise, ganz ehrlich, seitdem geht es mir viel besser.»

«Es geht dir besser? Das ist seltsam. Du glaubst doch nicht im Ernst, dass du wirklich raus bist aus der Nummer! Wenn das Camp auffliegt, dann bist du so was von mit drin, dass ...»

«Häh? Gar nicht! Ich hab damit nichts mehr zu tun. Und das wissen ja auch alle.»

«Frau Freitag, jetzt denk doch mal nach! Du warst wochenlang dabei. Das kannst du nicht einfach so ungeschehen machen.»

«Kann ich wohl!»

«So ein Unsinn! Strafrechtlich gesehen bist du genauso ...»

«Strafrechtlich, strafrechtlich! Du bist doch nur neidisch, dass ich auf den rechten Weg zurückgefunden habe. Strafrechtlich ... tzzzz. Du willst mir ja nur Angst machen. Das ist voll gemein. So was hätte ich von dir wirklich nicht erwartet. Ich dachte, wir wären ...»

«Du argumentierst gerade wie ein trotziges Kleinkind, das denkt, wenn es das geklaute Bonbon runtergeschluckt hat, ist es aus dem Schneider!»

«Na und? Lieber Kleinkind als Kriminelle!»

«Willst du sagen, ich bin kriminell? Nee, das glaub ich jetzt nicht. Frau Freitag, pass mal auf: Kennst du das schöne alte Sprichwort: ‹Mitgehangen – mitgefangen›?»

«Nee, kenn ich nicht!»

«Ja, dann ... was soll ich da noch sagen? Wenn du so stur bist ... Ah, da kommt wenigstens die Pizza.»

«Weißt du, Frl. Krise, mir ist gerade der Appetit so was von vergangen. Gib mir mal mein Paket rüber! Ich geh nach Hause!»

«Frau Freitag, jetzt bleib doch hier!»

«Und, wie findest du die?»

Diese Weste sieht über meinem blauen Wollpulli richtig gut aus. «Nun sag doch mal!»

Aber er sagt nichts. Wenn der Freund einmal ins Internet abgetaucht ist, dann ist es schwer, zu ihm vorzudringen. Aber steter Tropfen höhlt den Stein. «Haaaalllllooooo, Sie da! Hallllooo, guck doch mal!»

Endlich hebt er den Kopf und sieht zu mir rüber. «Hast du die neu?»

Ich nicke. Was war das heute für ein verrückter Tag. In der Schule war noch alles super. Ich hatte so gute Laune wie lange nicht mehr. Dann die Sache mit dem Paket. Irgendwie hatte ich mir diesen Einsatz in der Bleibtreustraße leichter vorgestellt und vor allem ohne Verfolgungsjagd ... so was brauche ich nicht jeden Tag. Und dann noch der Streit mit Frl. Krise ...

«Hast du die Sachen im Internet bestellt?», fragt der Freund, als er den Karton neben der Couch sieht.

«Ich, äh, ja, also nein, also, ja, die Sachen sind aus dem Internet. Also bestellt. Ja.»

Der Freund steht auf und nimmt die zwei Jacken aus dem Paket. «Hä? Die hast *du* bestellt? So was ziehst du doch gar nicht an.» Er hat sich die eine Jacke über die Schulter geworfen und hält die andere mit ausgestreckten Armen vor sich, um sie genauer zu betrachten. «Die passt dir doch auch gar nicht. Die ist doch viel zu groß und ... »

«Die ist doch auch für *dich*!», unterbreche ich ihn schnell.

«Für mich?»

«Ja. Du brauchst doch eine neue Jacke. Und Schwarz gefällt dir doch und ... »

«Ja, schon. Aber warum hast du denn zwei bestellt und dann auch noch in unterschiedlichen Größen?»

Oh Mann, dem Freund kann ich aber auch nichts vormachen. Der checkt alles gleich. Jetzt legt er die Jacken auf die Couch und nimmt sich den Karton. Mist.

«Trudi Flossbacher?» Verwirrt guckt er zu mir. «Wer ist das?»

«Ähhh, ich also, das war ... äh, setz dich mal hin, dann erkläre ich dir das.» Und dann erzähle ich von Hamid und diesem Moussa, der Bleibtreustraße, der Verfolgungsjagd und dem Streit mit Frl. Krise.

Der Freund faltet die Jacken zusammen und sieht mich an. «Aber du dachtest nicht etwa, dass du die Sachen jetzt behalten kannst?»

«Doch, wieso denn nicht?»

«Wieso nicht? Das ist Diebesgut. Heiße Ware. Indizien zu einer Straftat, was weiß ich. Jedenfalls gehören sie nicht dir! Deshalb nicht.»

«Und wenn ich die Jacken zurückschicke und nur die Weste behalte?»

Der Freund schüttelt ungläubig den Kopf, als hätte ich etwas total Schwachsinniges gesagt. Er stopft die Jacken wieder in den Karton und wartet darauf, dass ich die Weste ausziehe. Mist. Die steht mir wirklich gut, und ich wollte schon immer eine Weste haben.

«Aber wenn ich nicht mal eine Sache behalten darf, dann war das doch alles umsonst. Ich habe meinen ganzen Nachmittag mit diesem blöden Paket zugebracht, die Englischkonferenz habe ich deshalb versäumt, und um ein Haar wären Frl. Krise und ich auf der Straße des 17. Juni gestorben – und wofür das alles? Für nichts und wieder nichts? Ich finde, da muss wenigstens eine kleine Weste bei rausspringen. Das juckt doch die Wolfskin-Leute bestimmt gar nicht.»

Der Freund hält mir nur stumm die Hand entgegen und wartet darauf, dass ich die Weste ausziehe. Mit dem kann ich nicht mehr diskutieren. Er ist einfach der moralisch Integerere von uns beiden, und es ist klar, dass ich die Weste nicht behalten darf.

Beleidigt

«Frl. Krise! Nimmst du bitte deinen Aschenbecher und das Fläschchen kurz hoch? Ich muss hier mal wischen. Unglaublich, wie schmutzig es schon wieder ist!»

Monika schüttelt angeekelt den Kopf und fährt mit einem hellgrünen Schwammtuch energisch über den weißen Gartentisch. Wovon spricht sie? Ich kann nicht das kleinste Staubkorn entdecken – der Tisch ist so clean, dass man ohne weiteres eine OP am offenen Herzen darauf durchführen könnte. Die Nolte, Königin der Schwammtücher, sieht das anders, sie bearbeitet jetzt einen Stuhl und lamentiert:

«Dass immer alles so schnell verstaubt! Ein Wochenendhaus macht viel Arbeit, findest du nicht?»

Will sie mir durch die Blume sagen, ich soll mithelfen? Ich denke nicht daran. Oder ärgert sie sich darüber, dass ich Viktoria-Estelle mitgenommen habe? Die ist eben mit ihren süßen kleinen Gummistiefeln durchs Wohnzimmer getapst, und Monika hat aufgeschrien, hat sich gleich zu Boden geworfen und wie eine Wilde geschrubbt. Mein Gott! Als wenn so ein bisschen Erde auf den Dielen eine Katastrophe wäre! Ich glaube, Kinder sind in Monikas Augen von Geburt an bakteriell verseuchte kleine Unholde, denen man nur mit viel Wasser und Desinfektionsmittel beikommt. Sie putzt ja auch immer heimlich ihren Klassenraum. Freitagnachmittags macht sie das, wenn wir anderen alle ins Wochenende entschwunden sind. Ich habe sie mal dabei erwischt, daher weiß ich das.

Susanne ist auch nicht viel besser. Die hat sich gleich auf den Garten gestürzt. Sie hockt vor der Kräuterspirale und fahndet nach Unkraut. Ein Wunder, dass sich überhaupt ein Pflänzlein traut, sich ohne ausdrückliche Erlaubnis auf dem Nolte'schen Grundstück fortzupflanzen! Wenigstens lässt sie Viktoria auch ein bisschen im Beet buddeln.

Soll das jetzt den ganzen Nachmittag so weitergehen? Dann wäre ich besser in Berlin geblieben. Ohne Frau Freitag macht das hier keinen Spaß.

«Wollten wir nicht zum Hof fahren, Monika? Es ist doch schon fast fünf Uhr!»

«Frl. Krise, zuerst muss ich hier Ordnung schaffen! Der Rasen müsste auch noch dringend gemäht werden!»

Die Nolte lässt den Lappen sinken und stützt sich auf dem Tisch ab. Sie ist blass, mir fällt auf, dass ihr linkes Augenlid zuckt. Ist das Show oder hat sie etwas? Bei ihr weiß man nie …

«Was ist los, Monika? Bist du krank? Du siehst schlecht aus.»

«Ach, Frl. Krise! Ich mache mir Sorgen! Der Körnel, die Jungen, unser Projekt … Ich frag mich, wie das weitergehen soll. Es wäre doch geradezu tragisch, wenn es jetzt schon vorbei wäre, oder? Es läuft doch so gut! Aber wie sollen wir beide das alleine stemmen?»

Wieso «wir beide»? Was redet die Nolte da? Gut, Frau Freitag spinnt gerade herum, aber die anderen …

Monika hockt sich vor mich hin und flüstert: «Susanne hat mit Frau Freitag gesprochen. Die hat ihr Angst gemacht. Aber richtig! Und jetzt will Susanne auch aufhören. Hat sie mir vorhin gestanden!»

«Hm, das ist ja … Okay, okay, da müssen wir mit ihr reden. Das kriegen wir schon hin! Außerdem haben wir noch Felix, Peter und den Voss.»

«Eben nicht!» Monika schüttelt nervös den Kopf. «Du weißt doch, Peter ist ein unsicherer Kandidat, Felix hat kein Geld und der Voss! Der … nee! Ich wollte eigentlich gar nicht darüber sprechen. Es regt mich so auf!»

«Monika, was regt dich so auf?» Himmel, die ist ja völlig durch den Wind!

«Also, Frl. Krise, du weißt doch, dass der Fischer in seiner Freizeit angelt.»

«Ja, und?»

«Der Voss angelt auch, und die beiden sind wohl öfter am Wochenende zusammen unterwegs, hat jedenfalls der Peter erzählt.»

«Mann, wie langweilig! Das sieht denen ähnlich! Da sitzen die stundenlang an der Spree und schweigen. Und hinterher gehen sie in ein Fischgeschäft und kaufen zwei ...»

«Frl. Krise! Zieh das mal nicht so ins Lächerliche! Die werden schon nicht die ganze Zeit schweigen!»

«Ach, du meinst ...»

Monika nickt heftig. «Genau! Der Voss informiert den Fischer über alles, was im Kollegium vorgeht, und als Gegenleistung bekommt er diese guten Kurse. Das sagen alle! Er unterrichtet doch nur die besten Zehntklässler, ist dir das noch nicht aufgefallen?»

«Das ist doch lächerlich! Warum hat der Fischer dann noch nicht alles auffliegen lassen? Nee, nee, Monika, das grenzt ja an Paranoia, was du verbreitest! Wir müssen aufpassen, dass wir unsere Gruppe nicht selbst kaputtreden. Du bearbeitest die Brendel, und Frau Freitag nehm ich mir nächste Woche noch mal zur Brust. Mach dir keine Sorgen, die kriege ich schon wieder rum!»

«Meinst du? Kann ich mir nicht vorstellen! Die klang so entschlossen!»

«Doch, natürlich! Lass das mal meine Sorge sein!»

Mannomann, die Nolte! Was die sich für Gedanken macht! Die liest zu viele Thriller. Der Voss! Ein geheimer Informant! Wer hätte das gedacht? Und dann noch Frau Freitag! Wie die gestern mit dem Paket abgerauscht ist – so ganz unrecht hat Monika nicht: Es ist Sand im Getriebe! Wir müssen aufpassen, dass aus dem Knirschen nicht mehr wird.

«Frau Freitag, kann ich, ähhh, ham Sie vielleicht ...?» Hamid steht vor mir und tritt von einem Bein auf das andere. Er sieht nervös aus.

«Hamid, was ist denn los?», frage ich.

«Äh, ich müsste mal mit Sie reden.»

«Okay, schieß los.»

Er dreht seinen Kopf und schaut sich auf dem Schulhof um. «Nein, Frau Freitag, nicht hier. Können wir nicht, äh, vielleicht woanders?»

Im Klassenzimmer schiebe ich einen Stuhl neben das Lehrerpult, Hamid setzt sich, guckt zur geschlossenen Tür und atmet dann einmal tief ein und aus.

«Also, Frau Freitag, ich wollte mit Sie sprechen. Wegen neulich, Sie wissen schon, in Bleibmalstraße.» Hamid macht eine kurze Pause, dann flüstert er: «Und wegen Polizei vorhin.»

Ah, sehr gut, er hat mich also nach der zweiten Stunde auf dem Hof gesehen, als ich mit Ömür und Emre gesprochen habe. Zum Glück kamen die beiden in Uniform. Sie waren gerade in der Gegend, und wir haben noch ein paar Details wegen Erols und Sibels Praktikum besprochen. Wahrscheinlich denkt Hamid, dass die beiden seinetwegen in der Schule waren.

«Okay, Hamid, ich höre.»

Jetzt wird es interessant. Ich gucke Hamid genau in die Augen. Der senkt sofort seinen Blick. «Also, Frau Freitag, das ist alles nicht so, wie Sie denken.»

«Ach, nein? Was denke ich denn und wie ist es denn?»

Hamid guckt auf den Boden und malt mit seinem linken Turnschuh kleine Kreise auf das Linoleum. «Haben Sie mit Polizei über mich geredet?»

Ich falte die Arme vor der Brust zusammen und lehne mich wichtig zurück. Habe ich mal in einem Tatort gesehen.

«Hamid, warum sollte ich denn mit der Polizei über dich sprechen?»

«Na, Sie wissen schon, wegen den Paket neulich.»

Es klingelt. Gleich ist die Pause vorbei. Mir bleiben noch fünf Minuten.

«Okay, Hamid, jetzt pass mal auf! Ich weiß, was du da für kriminelle Betrügereien in deiner Freizeit betreibst. Das muss sofort aufhören! Hast du mich verstanden? SOFORT! Oder willst du im Gefängnis landen? Weißt du eigentlich, was die mit so kleinen Jungs wie dir da machen ...?»

Hamid guckt mich mit großen Augen an. «Frau Freitag, ich hör auf! Das schwöre ich Ihnen! Wirklich! Haben Sie vorhin bei Polizei ... äh, also ...»

Ich schüttele den Kopf. Hamid atmet erleichtert auf. Wir stehen beide auf. Ich nehme den Schwamm und putze die Tafel. Hamid stellt seinen Stuhl zurück an den Tisch. An der Tür dreht er sich noch einmal um:

«Aber bitte sagen Sie nicht meine Mutter!»

Ich muss an Hamids Mama denken, diese zierliche nette Frau, die sich ein Bein ausreißt für ihren Sohn. Sie arbeitet sich halbtot in mehreren Putzkolonnen, damit sie Hamid die neusten Turnschuhe und einen iPod kaufen kann. Hamid steht immer noch an der Tür:

«Sie sagen doch nicht meine Mutter, oder, Frau Freitag?»

Susanne schiebt ihre Zungenspitze zwischen die Zähne und setzt mit einem feinen Pinsel winzige blaue Tupfen auf den weißen Keramikrohling. Monika arbeitet auch hoch konzentriert, ist dabei aber expressiver: Schwungvoll zieht sie breite bunte Streifen über eine große Platte. Toll, wie kreativ die beiden sind.

Nur ich, die Kunstlehrerin, versage auf ganzer Linie. Vor mir steht ein Teller. Weiß und leer. Ich habe noch nicht einmal angefangen, ihn zu bemalen. Natürlich wäre das eine meiner leichtesten Übungen – aber ich mag nicht. Ich habe keine Lust dazu! Hundert Jahre Kunstunterricht haben mich verdorben.

«Ich geh mal kurz aufs Klo», sage ich und schlängele mich durch den Laden. An den Wänden stehen Regale mit dem Geschirr, das man bemalen kann, es gibt eine Farb- und eine Pinselbar, die Tische sind mit lustig buntem Wachstuch bezogen, an einer kleinen

Theke wird Kaffee und Kuchen angeboten. Glückliche Kinder mit glücklichen Müttern, einige ältere Damen und sogar zwei Männer verschönern andächtig Schalen, Kaffeekannen und Märchendrachen.

Frauke lächelt mir an der Kasse zu: «Ich freu mich so, dass du hier bist, Frl. Krise. Schade, dass Frau Freitag nicht mitgekommen ist.»

«Ja, leider! Die hatte keine Zeit heute.»

Dass ich nur wegen Susanne hier bin, verschweige ich lieber. Ich hatte ihr vor einiger Zeit von dem Laden erzählt, und sie war ganz begeistert davon.

Eigentlich wollte ich ja aus Recherchegründen mit Frau Freitag herkommen, aber ach, Frau Freitag! Was die wohl jetzt gerade macht? Keine Ahnung – mit mir redet sie ja nicht mehr. Ist beleidigt. Na ja, was soll's. Wer nicht will, der hat schon. Ich muss ja nicht meine *ganze* Freizeit mit ihr verbringen! Susanne und Monika sind schließlich auch sehr nett und angenehm ... wenn sie bloß nicht immer so uncoole Ideen hätten! Seidenmalerei! Keramikrohlinge bearbeiten!

Unsere kleinen Werke sind aber dann doch ganz schön geworden – wenn man wackelig kolorierte Tonsachen mag. Frauke bringt einen Kaffee und lobt uns.

«Sehr gut habt ihr das gemacht. Was ich noch fragen wollte: Fahrt ihr eigentlich bald mal wieder nach Falkenthal?»

Ich nicke.

«Dann könnt ihr doch der Gabi etwas von mir mitbringen. Ich habe ihr einen Teller bemalt. Sie wollte ...» Sie bricht ab und schiebt die Pinsel zusammen.

«Ach, du hast immer noch Kontakt zu ihr?»

«Ja, wir skypen ab und zu oder telefonieren. In letzter Zeit wieder öfter. Es ging ihr doch so schlecht.»

«Schlecht? Ja? Wieso?»

«Na, der Tod von Sven hat sie sehr mitgenommen. Ist doch klar.»

«Sven? Du meinst die Wass … äh, den jungen Mann, der … also Sven Krause? Was hat der mit Gabi zu tun?»

«Die beiden waren doch mal zusammen. Also nie offiziell, aber …»

«Aber was?»

«Na ja, die Gabi und Sven, die hatten eine etwas länger andauernde Affäre. Mir hat sie das damals erzählt. Dieter und ich gehörten ja nie so richtig zur Dorfgemeinschaft. Die Leute in Falkenthal durften davon nichts wissen. Ach ja, dieser Klatsch und Tratsch dort, ich sag dir, Frl. Krise, das war nicht zum Aushalten. Jeder wusste alles über jeden, und wehe, man verhielt sich mal nicht ganz konform. So was kann man sich hier in Berlin gar nicht vorstellen. Hier könnte die Gabi jeden Tag mit einem anderen Typen ins Bett gehen, und niemand würde sich drum scheren.»

«Du, Frauke, was ich nicht verstehe: Weshalb durfte das denn in Falkenthal niemand wissen, dass die Gabi einen Freund hatte?»

«Na, zu der Zeit war Gabi ja noch mit jemandem aus Grünsee zusammen. Ein ekliger Kerl war das. Aufgeblasen und arrogant – nur weil er dort so ein popliges Autohaus hat.»

«Der Lettkow!»

«Ja, genau der. Kennst du den?»

«Ein bisschen. Ich kann den auch nicht leiden. Ich verstehe überhaupt nicht, was Gabi an dem fand. Und Sven … Das muss ja ein Schock für sie gewesen sein, als der tot aufgefunden wurde!»

«Ja, total. Die waren da zwar schon lange nicht mehr zusammen, aber trotzdem … Frl. Krise, stell dir doch mal vor, da wird dein Ex tot aus dem See gezogen, und dann kommt auch noch raus, dass er sich umgebracht hat, weil durch ihn ein Mensch ums Leben gekommen ist. Das muss man ja erst mal verkraften. Und dann heißt es plötzlich, er wurde ermordet. Also, die Gabi war schon ziemlich fertig. Wir haben in der Zeit oft telefoniert. Im Dorf konnte sie ja mit niemandem darüber sprechen.»

«Schrecklich! Die Ärmste! Kanntest du diesen Sven eigentlich? Der war wohl sehr beliebt in Falkenthal. Der hat ja sogar der alten

Grothe das Wohnzimmer gestrichen. So jemand wird doch eigentlich nicht ermordet, oder?»

«Tja, ich kann mir das auch nicht vorstellen, und die Gabi sowieso nicht. Alles sehr merkwürdig. Aber irgendwann wird die Polizei den Mord ja hoffentlich aufklären. Ich schlag jeden Tag drei Kreuze, dass ich nicht mehr in dem Kaff wohne. So, ich muss jetzt mal nach hinten, den Brennofen einräumen.»

«Okay. Frauke, wir wollen auch langsam los, stimmt's, Mädels?»

Monika nickt, sie räumt schon ihre Siebensachen in die Tasche, Susanne gähnt und reckt sich.

«Grüßt Falkenthal von mir. Und wegen der Gabi ...» Frauke legt ihren Zeigefinger auf den Mund und guckt verschwörerisch. «Psssst, Frl. Krise!»

Na toll, die Schlange geht mal wieder bis zu den Geldautomaten. Typisch Deutsche Post. Immer wartet man hier. Nicht nur, dass ich die Weste nicht behalten darf, obwohl sie mir echt gut steht, nein, jetzt muss ich auch noch dieses blöde Paket zurückschicken und das Porto bezahlen. Ich hätte dem Freund gar nicht den Karton zeigen sollen. Wenn ich den vorher entsorgt hätte, dann müsste ich jetzt nicht in dieser doofen Schlange stehen, sondern könnte gemütlich in meiner neuen Weste über die Bergmannstraße schlendern.

Boaaah, das regt mich alles auf. Warten regt mich auf! Diese Postfrauen da vorne regen mich auf! Die arbeiten extra langsam – das sehe ich genau. Die denken: Wir müssen ja sowieso hier sein bis zum Feierabend. Warum sollen wir uns da hetzen? Und mal wieder nur zwei von den fünf Schaltern besetzt. Grrrrr! Ich wette, hinten sitzen noch drei von den Brieftanten in einem üseligen Aufenthaltsraum, trinken schlechtschmeckenden Filterkaffee und blättern in der *BZ* und der *Super Illu*. Ich stehe hier schon fast zwanzig Minuten, und es scheint überhaupt nicht vorwärtszugehen. Und mir ist heiß, und ich habe Hunger, und ich will eine rauchen, und meine Füße tun weh ... und überhaupt.

Frl. Krise nervt auch. Sie hat sich immer noch nicht bei mir entschuldigt. Ich rede nicht mehr mit ihr. Scheint sie gar nicht zu stören. Die hängt jetzt immer mit der langweiligen Nolte rum. Mir doch egal. Soll sie doch. Wahrscheinlich nimmt sie die auch mit in den Späti. Ich möchte ja mal die Nolte sehen, wie sie bei Onkel Ali Kaffee trinkt. Bestimmt nimmt die voll viel Milch. Pffff, die Nolte raucht ja nicht mal. Aber das scheint ja Frl. Krise egal zu sein. Die fahren jetzt wahrscheinlich immer zusammen nach Falkenthal. In das olle Nolte-Haus. Frl. Krise findet ja die Möbel dort so toll. Ich finde die hässlich. Ich bin froh, dass ich da nicht mehr hinmuss. Ich bin sooo froh, nichts mehr mit dem Camp zu tun zu haben. Diese ganze Illegalität. Die werden schon noch sehen, was sie davon haben. Alle! Die blöde Nolte, die immer alles besser weiß, der faule Pommer, der dauernd fehlt, Weichei-Felix, die Brendel, dieses Mädchen, und Frl. Krise. Die vor allem! Wenn die Polizei mich befragt, dann werde ich auf jeden Fall nicht lügen! Ich werde die Wahrheit sagen, dass das ganze Camp die Idee von der Nolte und Frl. Krise war. Die Krise tut immer so heilig, als hätte sie nur Gutes im Sinn: Ach, guckt mal, ich kümmere mich immer so aufopfernd um Viktoria-Estelle – tzzzzz. Dabei findet sie es nur schick, mit dem Kinderwagen rumzugurken. Die Krise ... kein Wässerchen könnte sie trüben, dabei klaut sie Kopierpapier aus der Schule. Donnerstags nach der achten Stunde, wenn keiner mehr im Lehrerzimmer ist, dann steckt sie sich alle paar Wochen ein 500-Blatt-Paket in die Tasche. Habe ich schon mehrfach beobachtet. Überhaupt nimmt sie es mit den Gesetzen nicht so genau. Sie fährt immer bei Gelb über die Ampel, und wenn wir mit der U-Bahn fahren, dann kauft sie sich auch nie einen Fahrschein. «Wenn ich erwischt werde, dann sage ich einfach, dass ich meine Monatskarte vergessen habe, und dann zeige ich später die Karte von meiner Tochter vor, schlau, wa?», sagt sie. Schlau – ha! Illegal und kriminell ist das! Und sie hat auch ihr Schlafzimmer als Arbeitszimmer angegeben, weil das größer ist und sie dann weniger Steuern zahlen muss. So was darf man nicht! Und wenn das rauskommt, dann ist man dran! Dafür kann man in den Knast kommen, aber das scheint Frl. Krise ja nicht zu jucken. Vielleicht ist sie auch wirklich kein guter Umgang für mich. Nur – mit wem soll ich dann im Lehrerzimmer abhängen? Die Nolte fällt schon mal weg. Die Brendel ist zu langweilig. Pommer geht auch nicht, Voss ist blöde …

«Haaaallllo, Sie da! Ich sagte: Der Nächste bitte!»

«Ja, ja, ich komm ja schon!»

Oh Mann, erst schnarchen die Damen da vorne rum und bearbeiten alles in mega Zeitlupe, und wenn man dann kurz mal nicht aufpasst, machen sie einen gleich an.

Scheiß Post! Scheiß Kollegium! Alles Scheiße!

Der Tag hat zu viele Stunden. Stunden, in denen ich mich langweile. Ich möchte mit Frau Freitag telefonieren oder mit ihr Kaffee trinken gehen. Aber sie redet ja immer noch nicht mit mir. Ich weiß nicht einmal, warum. Die anderen haben es inzwischen auch gemerkt.

«Seid ihr richtig verkracht? Wie traurig!», sagt Susanne und schaut mich mitleidig an.

Dann finde ich auf meinem Platz im Lehrerzimmer einen Gutschein für ein Probetraining Aquagymnastik in dem Frauen-Fitnessclub gleich um die Ecke.

«Tu dir mal was Gutes! Gruß Monika», steht auf einem rosa Post-it.

«Ist doch eine nette Idee!», sagt Männe abends dazu. «Ist bestimmt auch gesünder, als nachmittags rauchend in diesem finsteren Späti zu hocken.»

Er hat recht, absolut.

Die Trainerin zerrt jede Menge großer Schwimmnudeln und

Styropor-Hanteln an den Beckenrand und wirft mir einen schrägen Blick zu. Bestimmt, weil ich neu bin.

Aquafitness. Wer sich das wohl ausgedacht hat? Lieber tränke ich jetzt einen Kaffee bei Onkel Ali. Es ist genau die Zeit, in der ich sonst mit Frau Freitag dahin unterwegs bin.

Im Becken planschen jede Menge Frauen. Lauter Ernährungsfehler. Ich hatte schon Angst, als Einzige ein paar Kilo zu viel auf den Rippen zu haben. Schnell bis zum Kinn untertauchen, dann sieht man so gut wie nichts mehr von den Pfunden. Echt ein großer Vorteil und ein Glück, dass die Freitag nicht mitgegangen ist. Neben der wirkt man immer gleich so voluminös. Die ist so dürr, das sieht schon nicht mehr gut aus. Männe hat auch neulich gesagt, sie müsste mal lieber auf ihr Gewicht achten. Wenn man älter wird, ist eine kleine Unterhautfetteinlage vorteilhaft. Wegen der Falten. Überhaupt sollte ich mich mehr mit Frauen umgeben, die jenseits der Kleidergröße 40 existieren. Am günstigsten wäre wohl so eine richtig moppelige, so eine wie die Frau, die neben mir auf und ab hüpft und dabei große Wellen produziert. Neben der sähe ich dann immer aus wie eine Elfe. Ich muss mir eine neue Freundin suchen. Eine dicke! Mit Frau Freitag ist es ja sowieso aus und vorbei.

In der Schule hab ich jetzt nur noch die Nolte und Susanne, und die sind ja ehrlich gesagt so was von langweilig! Mit Frau Freitag war es immer so schön … Warum ist sie auch so dickköpfig und stur?

Jetzt läuft auf einmal Musik, und die Trainerin beginnt auf der Stelle zu marschieren.

Aha, es geht los. Ist ja voll anstrengend! Das hätte ich nicht gedacht. Die dicke Blonde neben mir schnauft, und bei manchen Übungen ist sie kurz vorm Ertrinken. Leider kann ich sie nicht retten, ich muss mich auf mich selbst konzentrieren.

Macht Spaß, eigentlich. Ich bräuchte nur jemanden zum Lästern. Jemanden, dem man mal einen verschwörerischen Blick zuwerfen könnte, so wie ich das immer mit Frau Freitag …

«Hat gutgetan, wa?», sagt die dicke Blonde, als wir gemeinsam zu den Duschen gehen. Sie hat sich ein Handtuch umgeschlungen, aber es geht nicht ganz rum. Also um ihren Bauch. «Ach, ich muss dringend abnehmen!», seufzt sie. «Du auch, oder?»

«Ich?» Mir fällt vor Schreck fast das Duschgel aus der Hand.

Denken die etwa hier, ich komme zum Abnehmen? Danke schön auch.

Nee, nee, ich glaube langsam, mir bleibt nichts anderes übrig, als mich wieder mit Frau Freitag zu vertragen. Am besten sofort! Also morgen.

Ich glaube, ich freu mich drauf …

Bekotzt

Onkel Ali begrüßt uns mit einem freundlichen «Merhaba». Er sitzt auf seinem Hocker hinter der Theke und zählt Kleingeld. Mit einer ungeduldigen Handbewegung streicht er sich die Haare aus der Stirn. Ein Friseurbesuch könnte vielleicht nicht schaden. Überhaupt sieht der Mann im Ganzen ein bisschen verwahrlost aus. Er ist unrasiert, und an seinem Hemd fehlt ein Knopf. Emine ist am Wochenende nicht nach Hause gekommen – und das ist nun das Ergebnis.

«Kaffee, die Damen?»

«Ja, gerne!»

Frau Freitag setzt sich aufseufzend hin und zündet sich eine Zigarette an.

«Ach, Frl. Krise, ich finde es so schön, dass du dich bei mir entschuldigt hast! Aber wieso war dir langweilig? Hast du dich denn nicht amüsiert mit deiner Frau Nolte und der Brendel?»

«Amüsiert? Nee, nicht die Bohne. In Falkenthal haben die beiden nur im Haus und im Garten herumgefuhrwerkt. Es war sooo öde ohne dich!»

«Das freut mich, hihi. Aber ihr habt doch bestimmt auch schöne Sachen zusammen gemacht … wo wart ihr denn am Dienstag? Da seid ihr doch nach der Schule zusammen raus.»

«Hast du mir nachspioniert?»

«Ach, Frl. Krise, und wenn ich das gemacht hätte … gib doch zu, dass dich das freut.»

«Ja, okay, ich gebe es zu – irgendwie schon! Dienstag waren wir bei Frauke, in ihrem Malerwerkstattdingsbumscafé.»

«Häh, wieso das denn?»

«Susanne wollte unbedingt dahin. Sie wollte eine Kanne bemalen, als Geburtstagsgeschenk für ihre Mutter. Grässliches Teil, sag ich dir.»

«Wer? Susannes Mutter? Na, so super sieht die Susanne ja auch nicht aus ...»

«Frau Freitag, hihi! Ich habe dich ja so vermisst!»

«Ja, wa! Ich dich ja auch. Aber warum gehst du mit den beiden Schrapnellen zu Frauke? *Wir* wollten doch zusammen dahin. Und hast du auch was Schönes bemalt?»

«Bloß so 'n olles Teil! Nicht der Rede wert. Aber die Frauke hat einen Teller bemalt. Für Gabi. Den sollen wir ihr mitbringen. Sieht super aus, sag ich dir.»

«Und die Wasserleiche? Hast du mit Frauke über die Leiche gesprochen? Die kannte doch den Toten bestimmt.»

«Pst, nicht so laut, Frau Freitag! Onkel Ali hört mit! Die Wasserleiche! Du glaubst es nicht! Die war letzten Winter noch mit Gabi liiert!»

«Ihhhhhhhh! Echt?»

«Menno, Frau Freitag! Als sie noch gelebt hat, natürlich. Also, der Sven Krause hatte eine heimliche Affäre mit der Gabi.»

«Ach! Wieso heimlich? Die ist doch gar nicht verheiratet!»

«Das nicht! Aber sie hatte zu dem Zeitpunkt einen festen Freund!»

«Wirklich? Diese Gabi, tzzzz. Schlampe!»

«Willst du nicht wissen, mit wem sie zusammen war?»

«Doch, natürlich, aber wer wird das schon gewesen sein? Irgend so ein Falkenthalspako.»

«Nein! Ein Grünseespako!»

«Lettkow??»

«Genau der!»

«Ach, richtig, das hat ja die alte Speck neulich auch erzählt. Lettkow hätte Gabi aus seinem Bett geworfen. Da meinte Gabi aber, dass *sie* sich von Lettkow getrennt hat. Als ich das gehört habe, dachte ich, dass die Speck sich das nur ausgedacht hat, um die Gabi zu provozieren. Der Lettkow hat bestimmt diesen Supermarkt angezündet, damit er das dem Sven in die Schuhe schieben kann, und dann hat er ihn umgebracht und, um von sich abzulenken, hat er den Selbstmord inszeniert. Gar nicht so dumm, dieser Mann. Jetzt hat er nämlich die Gabi ganz für sich alleine.»

«Aber die sind doch gar nicht mehr zusammen! Hast du doch gerade selbst gesagt!»

«Ach so, ja, richtig. Gabi war mit Sven zusammen, als sie noch mit Lettkow ... vielleicht haben ja Gabi *und* Lettkow den Sven umgebracht und sich getrennt, weil sie mit der Mörderschuld nicht leben konnten ...»

«Ich weiß nicht. Frau Freitag, du phantasierst mal wieder! Die Gabi, eine Mörderin? Kann ich mir nicht vorstellen. Da könnte es ja auch Burak oder Frau Grothe oder meinetwegen der Körnel gewesen sein!»

«Der Körnel ... ja, warum eigentlich nicht der? Der blöde Wichtigtuer – mit seiner ach so geheimen Scheune, da hat er bestimmt alle möglichen Waffen drin, und damit hat er den armen Sven erschossen, und wenn ...»

«Der Sven ist *ertrunken*, Frau Freitag! Hör mal auf, so rumzuspinnen! Und den Brand im Supermarkt hat bestimmt ein Mitglied der freiwilligen Feuerwehr gelegt. Das weiß man doch, dass die gerne so einen Pyromanen in ihren Reihen haben, und die stecken am liebsten große Gebäude an!»

«Nee, nee, Frl. Krise, das glaube ich nicht. Ich denke, dass das jemand ganz gezielt und mit Absicht gemacht hat. Dieser Supermarkt war ja relativ neu. Wer könnte denn ein Interesse daran gehabt haben, den abzufackeln? Wem wäre denn so ein Supermarkt ein Dorn im Auge?»

«Na, wem denn?»

«Der Konkurrenz natürlich.»

«Konkurrenz? Das war doch der einzige Supermarkt weit und breit!»

«Ja, stimmt. Der einzige *Supermarkt*. Aber nicht der einzige Lebensmittelladen. Den hat nämlich Gabi!»

«Gabi! Natürlich, wer sonst? Gabi mordet und plündert und brandschatzt. Frau Freitag, bleib mal auf dem Teppich!»

«Vielleicht nicht sie alleine, vielleicht sie mit diesem Sven zusammen …»

«Stopp, stopp, stopp, Frau Freitag. Du verrennst dich. Überleg mal lieber, ob du am Wochenende mit uns allen nach Falkenthal fährst. Der Körnel hat doch Geburtstag. Wir sind eingeladen.»

«Falkenthal? Ich wollte doch nicht mehr …»

«Du bist zum Geburtstag eingeladen, Frau Freitag! Mehr nicht!»

«Okay, okay. Ich komme mit. So ein bisschen Landluft tut mir bestimmt ganz gut. Aber was schenken wir dem Körnel? Munition?»

Man kann mit den Schülern von Frau Freitag richtig gut im Computerraum arbeiten. Die sind wirklich wohlerzogen. Alle Achtung, Frau Kollegin! Sie füllen brav ihre Fragebögen zu den verschiedenen Berufsfeldern aus, und wer etwas nicht weiß, recherchiert im Internet. Das macht natürlich auch Spaß. Ich kann entspannt im Kreis herumpilgern und muss mich nur ab und zu bei Einzelnen von hinten anschleichen, weil ich sicher sein will, dass sich niemand bei Facebook und Konsorten aufhält.

Sibel meldet sich. Was will die denn schon wieder? Am liebsten wäre ihr, wenn ich ihr die ganze Zeit helfen würde. Aber nein, sie hat etwas anderes auf Lager:

«Frl. Krise, dürfen wir nachher mal von unser Praktikum erzählen?»

«Heute nicht, Sibel, wir haben keine Zeit dafür. Nächste Stunde!»

«Schade!»

«Hat es euch denn Spaß gemacht, einen ganzen Tag bei der Polizei zu sein?»

«Ja, und wie! War schön, wa, Erol?»

Erol steht auf und kommt zu uns rüber. «Redet ihr über Praktikum? War voll schön gewesen, Frl. Krise. Wir waren im Polizeiauto mitgefahren, mit Herr Günay und der andere Polizist. Aber ohne Blaulicht, leider.»

«Erol, erzählt mir das nächste Stunde! Ihr sollt heute …», unterbreche ich ihn, aber Erol ist nicht zu bremsen.

«Wir waren Gneisenaustraße, kurz vor Südstern. Da mussten alle Autos, die da parken, weg. Wegen den großen Umzug von Kulturenkarneval.» Erol grinst, und Sibel kichert.

«Die wurden alle abgeschleppt.» Erol ist ganz stolz. «Hat voll Spaß gemacht, Frl. Krise!»

«Ja, und ich habe die Autonummern diktiert. Herr Günay hatte so eine kleine …»

Hinter mir fällt mit einem lauten Knall ein Buch von einem Tisch. Ich drehe mich um.

Sila steht mit in die Seiten gestemmten Armen vor Patrick. «Mach das nicht noch mal, du, du … du … schwule Wasserleiche!», faucht sie.

«Sila!», rufe ich. «Was sind das für Ausdrücke!»

«Frl. Krise! Dieser Spast kommt immer zu mir und ärgert mich!», jammert Sila.

«Das soll er natürlich nicht! Lass den Quatsch, Patrick. Aber Sila, du musst ihn auch nicht gleich so beschimpfen. Wasserleiche! Wie kommst du denn darauf?»

«Kennen Sie nicht ‹Wasserleiche›? Haben die Schüler von Nolte-Klasse erzählt, da war so eine …»

«Halthalthalt! Ich will so etwas nie wieder hören! Geht sofort an eure Arbeit, sonst werdet ihr nicht fertig!»

Wasserleiche … na, das wird ja immer schöner.

Endlich Mittagspause. Wird auch Zeit. Sechs Stunden Unterricht am Stück sind echt anstrengend, auch wenn sich die Schüler von der Freitag eben ziemlich gut benommen haben. Bis auf Patrick und Sila natürlich. Wasserleiche! Die Schüler aus der Nolte-Klasse haben nach der Klassenfahrt garantiert alles brühwarm in der ganzen Schule rumerzählt und mit detaillierten Schilderungen des Verstorbenen nicht gespart. Pietätlos.

Ich habe Hunger. In der Cafeteria ist es jetzt knallvoll – und mich da ins Gewühl stürzen, nee, danke. Am besten laufe ich kurz nach nebenan in den kleinen Dönerladen und hole mir ein Falafel. Oder lieber einen türkischen Salat mit Fladenbrot, alles andere macht zu dick. Die Blonde in der Wassergymnastik – lieber nicht dran denken.

Ach, sieh mal einer an! Wer sitzt denn da im Dönerladen an der Theke? Emre und Ömür. Komisch, dass man immer, nachdem man von Leuten gesprochen hat, sie auch gleich trifft!

«Frl. Krise! Wollen Sie Döner essen?» Emre springt auf, Ömür grinst mich nur an und beißt ungerührt in sein Lahmacun.

«Hallo, Jungs, wartet mal kurz. Ich hätte gerne ein Çoban Salatası, bitte! Zum Mitnehmen. So! Wie geht's euch? Hat alles gut geklappt mit dem kleinen Schnupperpraktikum, oder? Die Schüler haben mir eben davon erzählt!»

«Ja! War voll easy, Frl. Krise.» Ömür wischt sich mit der Serviette über den Mund. «Die Kinder waren okay. Denen hat es Spaß gemacht, dass so viele Autos abgeschleppt wurden!»

«Ja, toll, weil sie noch kein eigenes haben! Ich hab neulich vor einer Einfahrt geparkt, da wurde ich auch … Aber by the way, ich frage mich echt, was sind das eigentlich für Leute, die ihr Auto in der Gneisenaustraße stehen lassen, obwohl doch nun wirklich jeder in Kreuzberg weiß, dass am Sonntag dieser großen Umzug ist?»

«Es gibt genug Idioten!» Emre legt seine Gabel beiseite. «Sie glauben nicht, wie ignorant manche …»

«Einer *konnte* sein Auto nicht wegfahren!», fällt ihm Ömür ins Wort.

Emre schüttelt den Kopf und sieht Ömür streng an.

«Kann sie doch ruhig wissen! Kommt auf jeden Fall in den

nächsten Tagen in die Zeitung!», sagt Ömür und schiebt sich den Rest seiner Pizzarolle in den Mund.

«Was kann ich ruhig wissen?» Jetzt werde ich neugierig.

«Ach, wir suchen den Halter von einem Auto.» Ömür kaut genüsslich und schweigt einen Moment. «Der ist verschwunden, der Typ.»

«Wie – verschwunden? Meinst du, er ist abgetaucht, oder was?»

Ömür zuckt mit den Schultern. «Vielleicht. Aber er könnte auch einem Verbrechen zum Opfer gefallen sein. Der war nämlich nicht ganz sauber.»

Emre geht das alles zu weit, Ömürs großzügige Informationspolitik widerstrebt ihm. Unruhig rutscht er auf seinem Stuhl hin und her. Aber Ömür lässt das kalt.

«Der Halter kommt aus Brandenburg. Frl. Krise, wo hat Frau Nolte noch mal ihr Ferienhaus?»

«In Falkenthal.»

«Genau! Hab ich dir doch gesagt, Emre! Falkenthal! Ich wusste, irgendwoher kenne ich diesen Namen!» Ömür klopft sich zufrieden auf die Schulter.

«Kommt der Vermisste etwa aus Falkenthal, Ömür?»

«Nicht direkt, aber aus der Gegend!»

«Das ist ja ein Ding. Wie heißt er denn, der Mann?» Ich bin gespannt. Womöglich ist es jemand, den wir kennen!

Emre schüttelt wieder den Kopf, und Ömür zuckt mit den Schultern. «Weiß nicht!»

Schade. Trotzdem, sehr interessant. Werde ich gleich mal am Wochenende in Falkenthal nachfragen, wer das sein könnte. Gabi weiß bestimmt was.

«Ein Salat zum Mitnehmen!», ruft der Kellner und winkt mir zu.

«Happy birthday, lieber Körnel! Happy birthday to you!»

Unser Chor klingt ein bisschen schräg, denn die Jungen sind im Stimmbruch. Frau Freitag, Peter, Felix, Monika, Burak und Emine schmettern laut, aber auch nicht unbedingt richtig, und ich treffe leider wie üblich keinen einzigen Ton. Susanne dirigiert mit ausholenden Armbewegungen, als wären wir die Schöneberger Sängerknaben, und versucht uns gleichzeitig mit ihrem glockenreinen Sopran zu übertönen. Typisch Musiklehrerin. Die kleine Katze, die zusammengerollt auf Emines Schoß lag, springt auf und verschwindet mit einem Satz in Richtung Scheune. Da sieht man es mal wieder: Katzen sind eben im Gegensatz zu vielen Menschen wirklich musikalisch.

«Danke, liebe Freunde!» Der Körnel erhebt sich von seinem Platz am Kopfende unserer liebevoll gedeckten Tafel, die mitten auf dem Hof steht. Er sieht in die Runde. «Ich kann mich nicht daran erinnern, wann ich das letzte Mal so ein Geburtstagsständchen bekommen habe! Es muss Jahrzehnte her sein! Danke und ... ach, einfach danke, dass ihr alle gekommen seid!»

Mit einem Plumps lässt er sich wieder auf seinen Stuhl fallen und räuspert sich gerührt. Ein großer Redner ist der Körnel nicht gerade, aber er macht keinen Hehl daraus, dass er es genießt, im Mittelpunkt zu stehen.

«Man müsste auf den halbrunden Geburtstag anstoßen!» Peter sieht sich suchend um. «Fünfundfünfzig wird man schließlich nur einmal im Leben! Emine, gibt es denn gar nichts zu trinken?»

Emine zeigt auf die Jungen: «Jedenfalls keinen Alkohol!»

«Hm.» Der Pommer runzelt die Stirn und fängt einen Blick des Körnels auf. Der macht noch eine Handbewegung, und beide Männer stehen wortlos auf und verschwinden im Haus. Ich könnte wetten, dass die sich jetzt in der Küche einen genehmigen. Felix haben sie nicht mitgenommen – der ist in ihren Augen bestimmt kein ebenbürtiger Saufkumpan.

«Jetzt gehen die weg! Dabei gibt es noch Nachtisch!» Susanne springt auf. «Den habe ich heute früh extra zubereitet – nach einem original italienischen Rezept! Mert, du hast doch die Form in den Kühlschrank gestellt, holst du sie mal bitte?» Sie beugt sich zu mir rüber: «Ein Tiramisu – köstlich, sage ich dir!»

Meinetwegen muss es gar kein Dessert geben, ich kann dem ganzen süßen Kram nichts abgewinnen. Eine schöne Käseplatte wäre mir tausendmal lieber als jede Schokoladenmousse. Außerdem kann ich sowieso nichts mehr essen.

«Tiramisu im Kühlschrank? Hab ich gar nicht gesehen!», wundert sich Emine.

«Ich hab das in die Esskammer gestellt, der Kühlschrank war voll voll!», ruft Mert schon im Weglaufen. Onur und Günther räumen brav alle Teller und das Besteck auf ein großes Tablett und trudeln hinter ihm her.

Emine zieht die Augenbrauen hoch. «Ob das eine gute Idee war? Tiramisu muss doch gekühlt werden, oder?»

Energisch schüttelt sie die Tischdecke aus. Gleich kommen drei Hühner mit großen Schritten angelaufen und beginnen eifrig zu picken. Türkische Pizzakrümel – schlägt sich eigentlich alles, was diese Hühner fressen, auf den Geschmack der Eier nieder? Crossover-Eier …

«Emine, war die Mutter vom Körnel heute schon hier?», fragt Frau Freitag und zündet sich eine Zigarette an.

«Ja, heute morgen ganz früh, zusammen mit Frau Grothe.»

«Hat sie ihm was geschenkt?»

«Nein, gar nichts, aber sie haben sich wieder gestritten. Frau Grothe hat ihm wenigstens ein paar Blümchen aus dem Garten mitgebracht. Die ist wirklich süß. Sie kam zu mir in die Küche und hat mir erzählt, dass Frau Speck so sauer ist, weil der Körnel sie nicht zum Geburtstag eingeladen hat. Aber ich glaube, bei dem Streit ging es um Geld.»

Frau Freitag nickt. «Wir fragen uns ja auch schon die ganze Zeit, wovon der Körnel eigentlich lebt. Bekommt der Hartz IV?»

«Keine Ahnung! Mit mir spricht der nicht über so was.» Emine steht auf. «Frl. Krise! Im Garten ... ich wollte dir da noch was zeigen! Kommst du mal kurz mit?»

Hinter dem Stall bleibt sie stehen, zieht mich zu sich heran und flüstert: «Frl. Krise, ich muss dir was erzählen! Aber nicht vor den anderen! Ich hab Angst, dass ...»

«Himmel, Emine! Ist was passiert?»

Emine nickt. «Ja, äh, nein, ehrlich gesagt, ich weiß es nicht genau. Aber die Polizei war auf dem Hof!»

«Die Polizei?!»

«Ja, die haben mit dem Körnel gesprochen. Weil ... der Lettkow ist seit ein paar Tagen verschwunden!»

«Was? Lettkow ist verschwunden?! Wieso das denn?»

«Das weiß eben keiner. Sie haben sein Auto in Berlin gefunden, aber von ihm keine Spur! Der Körnel macht sich Sorgen, und mir ist das auch unheimlich. Erst dieser Sven Krause, den sie aus dem Wasser ... und jetzt Lettkow!»

«Das hat doch bestimmt gar nichts miteinander zu tun!»

«Meinst du? Also, ich weiß nicht. Und dann ist da noch was, der Burak hat ...»

«Hier seid ihr!» Günther guckt um die Ecke. «Emine, der Körnel hat gesagt, du sollst sofort kommen. In der Küche, im Backofen, es riecht ganz ...»

«Oh nein, das Fleisch fürs Abendessen! Ich komme!» Emine stürzt quer über das Kräuterbeet in Richtung Haus.

Lettkow verschwunden – das ist ja sehr seltsam. Ob das etwas mit dem zu tun hat, was Ömür erzählt hat? Der Vermisste aus der Nähe von Falkenthal? War Lettkow der Mann, dessen Auto in der Gneisenaustraße gefunden wurde? Und was ist mit Burak? Nachdenklich gehe ich zurück zu den anderen.

Der Körnel und seine Mutter sind immer noch Gesprächsthema am Tisch.

«Weshalb ist die Erna eigentlich so grantig zu ihrem einzigen Sohn? Und weshalb ist die damals hier weggezogen, Frau Freitag?», fragt Susanne.

«Die war ihm böse, weil er zur Fremdenlegion abgehauen ist! Als er wiederkam, muss sie ihm tierische Vorwürfe gemacht haben, und da hat er ihr das Häuschen neben der Grothe gekauft. Sie hat wohl das Gefühl, von ihrem eigenen Hof vertrieben worden zu sein. Na ja, ist ja auch so, irgendwie. Die Grothe ist jedenfalls viel netter als die olle Speck! Komisch, dass die beiden befreundet sind. Aber davon abgesehen: Wo bleibt der Mert mit dem Nachtisch?»

Die große weiße Schale mit dem Tiramisu ist schon halb geleert, als Mert sie endlich mitten auf den Tisch stellt. «Wir haben in der Küche gegessen!», sagt er etwas schuldbewusst und wischt sich Kakaopulver von der Wange. «Schmeckt echt super, Frau Brendel!»

Susanne strahlt. «Danke schön! Jetzt greift aber noch mal feste zu!»

Nach dem Essen brechen Frau Freitag und ich zu einem kleinen Verdauungsspaziergang in den Wald auf.

Ich würde ihr ja am liebsten sofort von Lettkows Verschwinden erzählen. Aber bestimmt geht dann gleich ein großes Geschrei los, und sie fängt wieder an, alle und jeden zu verdächtigen …

«Der Körnel hat sich richtig darüber gefreut, dass wir ihn so gefeiert haben, oder, Frl. Krise? Emine hat die Party aber auch super mit den Jungen vorbereitet! Und das Dessert von der Susanne! Du weißt nicht, was du verpasst hast!» Frau Freitag gerät noch nachträglich ins Schwärmen.

«Schönen Dank auch! Mir wird schon schlecht, wenn ich an die Millionen Kalorien denke, die da drin waren!»

«Das stimmt allerdings. Ich fühle mich, als wären die jetzt *alle* in mir drin. Zu viel Mascarpone! Mein Bauch rumort. Deswegen wollte ich ja auch unbedingt diesen kleinen Verdauungsspaziergang mit dir machen. Aber lecker war es! Puh, ich schwitze vielleicht! Ist dir auch so heiß?» Frau Freitag bleibt stehen und atmet schwer.

«Nee, überhaupt nicht. Es ist doch ganz kühl hier. Auf dem Hof war es viel wärmer!»

Frau Freitag stellt sich wirklich manchmal etwas an. Allerdings habe ich noch nie erlebt, dass es ihr zu heiß ist, meistens friert sie. Seltsam.

Ich gebe mir einen Ruck. «Frau Freitag, ich muss dir noch was erzählen! Lettkow ist verschwunden, hat Emine erzählt. Und Ömür sagt, die Polizei geht von einem Verbrechen aus. Ömür und Emre, die habe ich …»

Frau Freitag sagt langsam: «Echt? Lettkow? Ömür? Oh Mann, ich hab tierische Schweißausbrüche! Lass uns lieber zurückgehen, Frl. Krise!»

«Jetzt schon? Wir wollten doch bis zum Grillplatz laufen und gucken, ob man da demnächst Würstchen für alle …»

«Pst, Frl. Krise! Sprich nicht über …»

Frau Freitag stützt sich mit einer Hand an einem Baumstamm ab. «Ich weiß nicht … mir ist so komisch …»

«Tja, du kommst sicher in die Wechseljahre, Frau Freitag, fliegende Hitze nennt man das! Aber was sagst du nun zu dem Lettkow? Verschwunden! Das ist doch sehr merkwürdig, oder? Emine meint auch …»

«Ich … Lettkow, ja … mir … ich glaube, mir wird schlecht!»

«Wie, schlecht? Ist dir übel, oder was? Würde mich, ehrlich gesagt, nicht wundern, so viel, wie du von dem Tira…»

«Sprich das Wort nicht aus!» Frau Freitag ist auf einmal ganz grün im Gesicht. Sie beugt sich etwas vor, stützt sich nun auch noch mit der anderen Hand ab, lässt den Kopf hängen und stöhnt. Ach du Schande, das sieht nicht gut aus.

«Musst du dich etwa übergeben?»

Statt einer Antwort würgt sie heftig, und dann … oje, oje.

Der Arzt, ein junger drahtiger Mann mit Hornbrille, zieht mich auf den Hof und sieht mich nachdenklich an. «Frl. Krise, das sieht mir ganz so aus, als läge hier eine schöne Lebensmittelvergiftung vor. Ich würde sagen, die Jungen sind mehr oder weniger über den Berg. Die haben sich ja schon eine Weile nicht mehr übergeben. Lassen

Sie die weiter ungesüßten Tee trinken, sonst nichts! Ihre Kollegen und der Herr Speck … denen habe ich etwas gespritzt gegen die Übelkeit und zur Beruhigung. Die sollten sich dann langsam besser fühlen und werden bald schlafen. Wenn nicht, dann müssten wir morgen mal sehen, ob wir … Aber diese dünne Frau … wie heißt die noch mal?»

«Frau Freitag.»

«Ja, die gefällt mir gar nicht! Sehr heftiges Erbrechen und dann noch Durchfall! Sie ist auf dem besten Wege zu dehydrieren. Ich sag's Ihnen: Am liebsten wäre mir, wir schafften die gleich ins Krankenhaus, damit sie eine Infusion bekommt!»

«Oh, nein!»

«Ja, doch, leider. Tiramisu haben Sie also gegessen?»

«Ich nicht! Und Emine auch nicht!»

«Na ja, Sie beide sind ja auch die Einzigen, die keine Symptome zeigen! Tiramisu … wahrscheinlich liegt es daran. Die Eier, und dann womöglich noch unzureichende Kühlung! Gibt es eigentlich eine Rückstellprobe von diesem Dessert?»

«Eine was?»

Der Arzt sieht mich mit zusammengekniffenen Augen an. «Wenn ich das richtig verstanden habe, was mir der Herr Speck – allerdings sehr verworren – erzählt hat, ist das hier so eine Art Heim mit Gemeinschaftsverpflegung, oder? In solchen Einrichtungen bewahrt man in der Regel Essensproben – sogenannte Rückstellproben – auf, für den Fall, dass es zu kollektiver Übelkeit wie heute …»

«Nein, Herr Doktor! Das ist doch kein Heim hier! Das ist … das war bloß eine private Geburtstagsparty mit einem gemeinsamen Mittagessen – der Herr Speck, ich glaube, der hat auch ein bisschen was getrunken und deshalb …»

Der Arzt wackelt bedenklich mit dem Kopf. «Hm. Ich frage mich, ob wir gleich das Gesundheitsamt … immerhin sind … äh … wie viele Leute sind erkrankt?»

Ach, du Scheiße, das fehlte ja noch! Rückstellproben, Gesundheitsamt, womit wird dieser Mensch noch kommen?

«Herr Doktor, das ist doch jetzt nicht vorrangig mit dem Gesundheitsamt, oder? Ich mach mir große Sorgen um Frau Freitag! Soll ich einen Krankenwagen bestellen oder machen Sie das?»

Auweia! Mir ist schlecht! Dauernd muss ich kotzen. Was soll ich jetzt hier im Krankenhaus? Dieser doofe Arzt meinte, ich müsste hierher. Warum hat der mir nicht einfach irgendwas gespritzt? Mir ist sooo schlecht. Jetzt liege ich hier auf dieser Gummitrage, kotze in dieses nierenförmige Pappteil und werde von niemandem beachtet. Toll. Hätte ich auch auf dem Hof bleiben können, da haben mich wenigstens alle bemitleidet. Aber in so einem Krankenhaus … was will man da an Mitleid erwarten – sind ja alle irgendwie krank, die hierherkommen. Da biste dann auch gleich nichts Besonderes mehr. Ich verstehe auch gar nicht, warum es mir immer noch so dreckig geht. Das ganze Tiramisu ist doch jetzt schon draußen. Überhaupt kommt ja nur noch so ein bitterer hellgrüner Schleim raus. Oh Mann, mir ist sooo übel! Und ich habe solchen Durst, aber immer wenn ich ein bisschen Wasser trinke, dann kotze ich das mit so einem Karacho wieder raus, dass man in Deckung gehen muss. Der Freund soll kommen! Ich will nach Hause!

Bestimmt beruhigt sich mein Magen nicht, weil ich so ungesund esse und so viel Kaffee trinke, und wenn die mich gleich fragen, ob ich rauche, dann sage ich einfach: Nein. Sonst heißt es doch nur wieder, das kommt vom Kaffee und vom Rauchen, das müssen Sie sofort einstellen. Pffff, kann ich gleich mit dem Atmen aufhören. Kein Kaffee und keine Zigaretten, was bleibt einem denn dann noch? Nicht viel. Aber warum geht es eigentlich nur mir so schlecht? Bei den anderen war nach ein paar Mal Erbrechen alles wieder gut. Warum muss nur *ich* ins Krankenhaus? Frl. Krise hat ja nichts von dem Tiramisu gegessen … warum eigentlich nicht? Vielleicht war der Nachtisch ja vergiftet. Vielleicht wollte Susanne Brendel uns alle umbringen, aber dann hätte sie ja nichts davon genommen. So blöde ist die dann auch wieder nicht. Oder Frl. Krise hat da Gift reingetan, als sie mal kurz ins Haus gegangen ist, um sich ein anderes T-Shirt anzuziehen. Aber warum sollte sie uns denn … nein, Frl. Krise war das nicht. Dann schon eher der Körnel. Oder irgendjemand, der mich aus dem Weg haben will, damit ich ihm nicht auf die Schliche …

«Sind Sie Frau Freitag? Ich bin Dr. Nitzsche, haben Sie neben der Übelkeit auch Bauchschmerzen?»

Geschafft! Frau Freitag ist im Krankenhaus. Begeistert war sie nicht gerade, als der Krankenwagen kam, aber wehren konnte sie sich auch nicht. Dazu ging es ihr zu schlecht.

Jetzt ist es still und dunkel auf dem Hof. Alle schlafen. Nur in der Küche brennt noch ein kleines Licht.

Emine sitzt am Tisch und trinkt Kaffee. Sie sieht blass und müde aus – kein Wunder.

«Endlich kommst du zurück!», sagt sie, gähnt und stellt mir eine Tasse hin. «Hier, nimm auch einen Kaffee!»

«Danke, Emine! Hast du Streichhölzer? Ich muss eine rauchen, ich bin dermaßen fertig!»

«Ja, aber mach das Fenster auf! Ach, gib mir auch eine! Aber sag Onkel Ali bitte nicht, dass ich geraucht hab!»

«Natürlich nicht, Emine!»

«Wie geht es Frau Freitag? Was sagen die im Krankenhaus?»

«Sie bekommt jetzt eine Infusion. Das wird schon wieder! Das Tiramisu war schuld, meint der Arzt. Es stand ja den ganzen Tag in der Speisekammer. Man hätte es kühlen müssen, du weißt schon, wegen der rohen Eier.»

Emine stützt den Kopf in die Hände und seufzt. Dann sieht sie mich an und runzelt die Stirn. «Frl. Krise, ich mach mir Sorgen!»

«Brauchst du nicht, Emine. Dieses Krankenhaus ist ganz gut, glaube ich, und Frau Freitag ist hart im Nehmen!»

«Doch nicht wegen Frau Freitag! Ich mach mir Sorgen wegen Burak! Der hat mir heute Morgen …» Sie schüttelt den Kopf. «Ich glaube, der Burak hat da eine Dummheit gemacht, eine große Dummheit. Ich wollte es dir ja am Nachmittag schon sagen, aber da sind wir doch unterbrochen worden.»

«Was hat er denn gemacht?»

«Er war neulich wieder nachts unterwegs und auf dem Heimweg so gegen zwei Uhr … also, da hat er ein Auto …»

«Geklaut?»

«Nein, Frl. Krise, lass mich mal erzählen! Burak geht doch oft abends weg. Meistens nur ins Dorf, weil der Handyempfang da besser ist als hier bei uns, oder er fährt mit dem Rad nach Grünsee zu seinen Kumpels. Er ist alt genug, er kann machen, was er will. Jedenfalls in der Nacht, von der ich dir erzählen will, da hat ihn die alte Frau Speck angehalten!»

«Was macht die denn noch so spät auf der Straße?»

«Ja, wa? Hat er sich auch gewundert. Jedenfalls, sie hat ihn gefragt, ob er ihr wohl einen Gefallen tun könnte, sie würde ihm auch was dafür geben, also Geld.»

«Hm. Und was wollte sie?»

«Sie hat ihm ein Auto gezeigt, das stand bei ihr am Haus. Ein schwarzer BMW. Und dann hat sie ihn gefragt, ob er das Auto nach Berlin bringen könnte. Er sollte es irgendwo abstellen und …»

«Was? Von wem war das Auto denn?»

«Das hat ihm die alte Speck nicht gesagt!»

«Und hat er es gemacht? Hat er überhaupt einen Führerschein?»

«Führerschein? Glaube ich nicht. Aber er kann Auto fahren. Er fährt doch immer mit dem Jeep vom Körnel über die Feldwege!»

Ich bin entsetzt. «Das erlaubt der Körnel?»

Draußen auf dem Hof klappert etwas. Emine steht auf, schaut kurz aus dem Fenster, öffnet dann die Küchentür und lauscht einen Moment in den Flur hinaus.

«Wird nur unser Kätzchen gewesen sein. Im Haus ist alles ruhig. Sie schlafen endlich.» Sie setzt sich wieder neben mich und greift zu den Zigaretten. «Ich nehm mir noch eine, ja? Es regt mich alles so auf, Frl. Krise!»

«Ja, ja! Erzähl mal weiter. Ist Burak mit dem Wagen nach Berlin gefahren?»

Emine nickt. «Ja. Er hat gesagt, er durfte noch nie so ein tolles Auto fahren. Da konnte er einfach nicht widerstehen.»

«Spinnt der? Weshalb wollte die Speck, dass dieses Auto nach Berlin gebracht wird? Andererseits, wer weiß … kann ja auch ganz harmlos sein. Vielleicht hatte sie Besuch und …»

«Nein, Frl. Krise, das war nicht harmlos! Denk doch mal nach. Ich hab dir doch erzählt, dass der Wagen von Lettkow in Berlin …»

«Ach, du Schreck! Meinst du, das war Lettkows Wagen?»

«Ja, das meine ich! Und das ist ja noch nicht alles. Weißt du, was die Frau Speck noch von ihm wollte? Er sollte den Autoschlüssel in Berlin wegwerfen, in den Kanal oder so. Das hat er auch gemacht!»

«Nein! Emine, das hört sich ja gar nicht gut an!»

«Eben! Und Burak macht sich natürlich jetzt Sorgen, weil seine Fingerabdrücke überall im Auto sind!»

«Zu Recht!»

«Ja, wa?»

Toll. Jetzt hänge ich an so einem Tropf, ich armer Tropf. Irgendein durchsichtiges Zeug läuft über meinen Handrücken in mein Blut, damit ich nicht vertrockne. Aber schlecht ist mir immer noch. Frl. Krise hat mich hier abgeliefert und ist dann wieder zum Hof gefahren. Ist ja auch nett. Ich finde, die kümmern sich im Krankenhaus zu wenig um mich. Vorhin kam kurz der Arzt, um diese Infusion anzuschließen, und ab und zu gibt mir eine Krankenschwester eine neue Pappkotzschale. Die haben mich noch nicht mal in ein Zimmer geschoben. Ich stehe mit diesem Rollbett im Gang. Na, wenigstens bin ich gleich neben dem Aufenthaltsraum des Pflegepersonals. Wenn ich was brauche, soll ich rufen, hat so eine Kleine vorhin gesagt, und jede Krankenschwester lächelt mich kurz an, bevor sie im Pausenraum verschwindet.

Dort trinken sie wohl Kaffee und schmieren sich Butterbrote, denn zwischen lautem Geschnatter höre ich auch Geschirrgeklapper. Da wird viel gelacht und gekichert. Diese Geräusche beruhigen mich ein wenig. Wenn mir nur nicht immer noch so schlecht wäre … Warum können die mir eigentlich nichts gegen die Übelkeit geben? Ich kotze ja jetzt schon fast seit sechs Stunden.

Dr. Nitzsche kommt den Gang entlang und bleibt vor meinem Bett stehen. «Na, Frau Freitag, geht es uns etwas besser?»

Ich schüttele den Kopf, und er fummelt an dem durchsichtigen Infusionspaket, aus dem die isotonische Flüssigkeit in meine Vene läuft, herum. «Austrocknen können Sie uns jedenfalls nicht mehr. Das Beste wäre, wenn Sie schlafen könnten, dann würde sich Ihr Magen vielleicht beruhigen. Zum Glück rauchen Sie nicht, Frau Freitag, das wäre das Todesurteil für Ihre Gesundheit, hehehe. Soll ich Ihnen ein leichtes Schlafmittel geben?»

Ich nicke und höre mein piepsiges «Ja, gerne». Meine Stimme klingt heiser, weil mein Rachen von der ganzen Magensäure extrem angegriffen ist.

Der Arzt tätschelt mir kurz die Schulter und verschwindet dann ins Schwesternzimmer. «Schwester Gerti, die Dame vor der Tür möchte schlafen. Bitte spritzen Sie ihr …»

Schlafen, super! Los, her mit der Spritze! Ich will schlafen, dann ist mir auch nicht mehr schlecht. Und wenn ich aufwache, dann soll das alles vorbei sein, wie ein blöder Traum. Dann möchte ich was frühstücken und nach Hause fahren. Ich will hier nicht in diesem Krankenhaus bleiben. Ich bin nicht krank. Ich habe mir nur den Magen verdorben. Mir ist nur schlecht. Oh Mann, warum kommt Schwester Gerti nicht? Ich will jetzt meine Spritze, ich will endlich schlafen! Das soll hier aufhören. Mein Zustand. Aufhören! Das Kotzen. Aufhören! Das Jetzt! Aufhören! Die Spritze, wo bleibt die Spritze, Schwester Gerti, los, beeil dich! Mir ist schlecht. Ah, da kommt sie. Los, jetzt hau mir das Zeug irgendwo rein, Hauptsache schlafen und nicht mehr kotzen. Pieks, aua, ach, nicht so schlimm. Ahhh, ich merke, wie das Zeug durch meine Blutbahn rauscht. So muss Heroin gehen.

«Die Wirkung dauert etwas, aber gleich werden Sie schlafen wie ein Baby», sagt die Schwester, und weg ist sie. Zurück in den Pausenraum. Dann höre ich sie weiterreden:

«Ja, aus Falkenthal. Der Hof, den kennst du doch. Am Weiher. Ja, Speck.»

Dann eine andere Frauenstimme: «Ist das der, den sie vermissen?»

«Nein, das ist doch der mit den Autos. Hildi wohnt in Grünsee, da kennt man den, und man sagt, dass der mit Ukrainern und Russen … das Geld …» Den Rest kann ich nicht verstehen.

«Aber der war doch …»

«Wer? Der mit den Autos?»

«Nein, die hatten wegen der Frau, sagt man … das wurde bei den Kindern vergessen … kannst du dir das vorstellen?»

«Das sind doch wieder solche Geschichten … ich hab gehört, der wollte in den Westen und ist geschnappt worden.»

Das Schlafmittel wandert durch mein Blut. Meine Beine werden schwer.

«Nein, Gerti, das stimmt. Ganz sicher. Mein Schwager hat … und der kannte den gut, den Speck. Ziemlich lange …»

Ich kann nicht mehr richtig zuhören. Ich döse immer wieder ein. «Aber die Autos waren doch von Grünsee …» Mein Kopf wird so schwer. «Hundert Jahre ohne den … Freunde, mit der Liebe und vielleicht keine Frau. Der Vater … nie mehr … einer immer größer als … wenn man nichts verrät … aber die Trauer bleibt … man kann nicht nehmen … das sind die Eier … ohne Kühlung, die Eier und Geflügel überhaupt … im Sommer und Eis … 10 Kilo bestimmt …»

Das Schlafmitt…

Dieser blöde Hof! Nicht mal Empfang hat man hier! Ich könnte natürlich in die Küche gehen und vom Festnetz aus telefonieren, aber ich will Emine nicht stören. Sie liegt da auf dem alten Sofa und schläft. Sie ist fertig, die Ärmste. Sie war wohl fast die ganze Nacht wach, und vorhin hat sie schon wieder Tee gekocht und nach den Kranken gesehen. Zum Glück geht es allen besser. Aber das Frühstück ist ausgefallen.

Ich muss dringend Männe anrufen und ihm erklären, weshalb ich heute später nach Hause komme. Der rechnet fest damit, dass ich gegen Mittag in Berlin bin. Aber das wird nicht klappen, Frau Freitag wartet ja auch noch in der Klinik auf mich. Hoffentlich kann ich sie später abholen, der Arzt meinte ja gestern, sie bräuchte eigentlich nur eine Infusion und Schlaf.

Ah, Burak ist draußen an der Scheune. Will der schon weg? Er muss mir helfen!

«Burak, guten Morgen! Alles klar? Ich habe eine Bitte: Erklär mir doch mal ganz genau, wo ich im Dorf guten Empfang habe, ich muss dringend telefonieren.»

«Kein Problem, Frl. Krise! Kommen Sie mit, ich zeige Ihnen. Ich will eh eine Runde drehen. Ich muss mal raus an die frische Luft.»

Schweigend laufen wir nebeneinander. Sonntagmorgen! Niemand ist zu sehen. Der Ort ist mal wieder wie ausgestorben.

«Manchmal kommt es einem so vor, als wäre hier ein Unglück passiert und alle wären geflüchtet. Richtig unheimlich, wenn man sonst in einer Großstadt lebt, wo sogar nachts der Teufel los ist!», sage ich, und Burak nickt.

«Ja, es ist ruhig hier. Aber im Dunkeln ist mehr los, als Sie glauben.»

«Wirklich?»

Burak grinst. «Da geht's ab! Sie würden staunen, Frl. Krise!»

Vielleicht erzählt er mir jetzt, dass er das Auto nach Berlin gebracht hat. Ich traue mich nicht, ihn direkt darauf anzusprechen. Schließlich hat er Emine die ganze Geschichte im Vertrauen erzählt.

«Kann ich mir gar nicht vorstellen. Wer treibt sich denn hier nachts noch draußen rum? Man kann ja nicht mal in eine Kneipe gehen!»

Burak lacht. «In eine Kneipe gehen? Braucht man nicht. Man kann ja seine Kumpel besuchen. Oder ein Mädchen. Oder eine Frau.»

«Welche Frau denn?»

Burak winkt ab. «Kennen Sie nicht. Obwohl ... doch, eine kennen Sie! Konsum-Gabi!»

«Wer?»

«Na, die Gabi Schmidt vom Konsum! Der Körnel nennt die immer so! Der kann sie nicht mehr leiden, seitdem er bei ihr abgeblitzt ist!»

«Ach!» Sieh mal einer an, der Körnel war an unserer Gabi interessiert. Was man alles erfährt, wenn man sich mit Burak unterhält. Der tut immer so ruhig und unauffällig, aber wahrscheinlich ist er besser über das Leben im Dorf informiert als wir alle zusammen.

«Was ist denn da nachts los bei Gabi?»

«Na ja, ehrlich gesagt, im Moment nicht viel! Aber letzten Sommer! Da kam nachts immer ihr Freund. Der ist ja jetzt ... Der schlich sich von der Waldseite her an, durch die Gärten, der kam nicht über die Straße. Den durfte ja keiner sehen, weil die Gabi noch den anderen Typen hatte.»

«Den Lettkow.»

«Genau! Der war ja sozusagen der richtige Freund von der Gabi. Aber der war meistens nur am Wochenende da, der andere kam dann immer in der Woche.»

«Mit ‹dem anderen› meinst du doch Sven Krause, oder?»

«Ja klar. Das war echt ein netter Typ, der Sven.» Burak bleibt stehen und sieht mich nachdenklich an. «Den Lettkow kann ich nicht ausstehen. Was die Gabi an dem findet!»

«Fand! Sie hat doch mit ihm Schluss gemacht, oder?»

Burak zögert. «Ja, nein, keine Ahnung. Jedenfalls hab ich schon gedacht … also, vielleicht hat irgendjemand den Sven umgebracht, jemand, der vielleicht eifersüchtig … Ich konnte mir von Anfang an nicht vorstellen, dass das Selbstmord war.»

«An wen denkst du, Burak? An Lettkow? An den Körnel?»

«Frl. Krise! Wie kommen Sie ausgerechnet auf den Körnel? Nein, ich denke an niemanden, konkret!» Burak zuckt mit den Schultern und geht schneller. Ich muss mich beeilen, um den Anschluss nicht zu verlieren. Komisch, dass er jetzt auf einmal dichtmacht. Zuerst erzählt er alles ganz offenherzig, und dann ist er plötzlich so zugeknöpft.

Burak greift in die Tasche und holt sein Handy hervor. Dann nickt er zufrieden und zeigt auf die Bushaltestelle. «Da, Frl. Krise. Auf der kleinen Mauer hat man den besten Empfang im ganzen Ort.»

«Endlich kommst du, Frl. Krise. Ich warte schon seit Stunden auf dich. Los, lass uns schnell zurück nach Berlin fahren.»

«Weshalb diese Eile, Frau Freitag? Hast du dich denn gut erholt?»

«Erholt? Das ist ein Krankenhaus, kein Wellnesshotel! Die hatten noch nicht mal ein Zimmer für mich. Ich stand die ganze Nacht auf dem Gang …»

«Du hast gestanden?»

«Haha, sehr witzig. Ich *stand* mit dem Bett auf dem Gang, aber eigentlich war das ganz praktisch, weil ich gleich neben dem Schwesternzimmer war. Die haben sich da über Lettkow unterhalten und sogar über den Körnel, aber irgendwann konnte ich nicht mehr zuhören, denn die hatten mir ein ganz tolles Schlafmittel gespritzt. Mann, war das ein geiles Zeug …»

«Was jetzt?»

«Na, dieses Schlafmittel. Ich wollte noch mal nachfragen, was das genau war, vielleicht gibt es das ja auch als Tabletten. Ich kann doch oft abends so schlecht einschlafen, da könnte ich doch … oder einfach mal so zur Entspannung …»

«Frau Freitag! Das dachte Michael Jackson bestimmt auch … nur mal so zur Entspannung …»

«Aber du mit deinem Gläschen Rotwein jeden Abend – das ist auch nichts anderes. Ach, lass uns mal nicht streiten, ich bin sooo froh, dass mir nicht mehr schlecht ist. Und jetzt fahren wir nach Hause, und die Sonne lacht … das Leben ist einfach perfekt!»

«So ganz perfekt leider doch nicht, Frau Freitag.»

«Wieso?»

«Na ja, also, als du im Krankenhaus warst, habe ich mich mal intensiver mit Burak und vor allem mit Emine unterhalten.»

«Ja und? Frl. Krise, nun mach es nicht so spannend.»

«Das wird dir nicht gefallen, was ich da gehört habe.»

«Emine hat sich in Burak verliebt, und die beiden wollen …»

«Nein, Quatsch. Aber Burak hat was Blödes gemacht. Ich weiß immer noch nicht, was ich davon halten soll. Also, pass auf: Burak rennt doch nachts immer durchs Dorf, weil er auf dem Hof sein Handy nicht benutzen kann. Und neulich, als er nachts wieder an der Bushaltestelle stand, da kam Erna Speck und hat ihn um einen Gefallen gebeten.»

«Na, das interessiert mich jetzt aber, was die alte Speck von Burak wollte.»

«Ja, halt dich fest, die hat ihm die Autoschlüssel von Lettkows Wagen gegeben und gesagt, er soll das Auto in Berlin verschwinden lassen.»

«Häh, wie kommt die Speck denn an die Autoschlüssel von Lettkow?»

«Das wusste Burak auch nicht, aber du kannst dir ja vorstellen, dass man den nicht zweimal bitten musste, einen fetten BMW irgendwo hin – also in diesem Fall nach Berlin – zu fahren. Ein bisschen Geld hat sie ihm auch noch dafür gegeben. Den Wagen hat die Polizei inzwischen gefunden! Ausgerechnet beim Praktikum unserer Schüler.»

«Ist ja verrückt. Ja, die Kinder haben von abgeschleppten Autos erzählt. Aber eine Sache verstehe ich nicht. Warum erzählt dir Burak das alles?»

«Das hat er doch nicht *mir* erzählt. Nein, er hat sich Emine anvertraut. Dem geht nämlich die Düse, seitdem er weiß, dass Lettkow vermisst wird und die Polizei das Auto gefunden hat.»

«Wieso?»

«Na, das ist doch voll mit seinen Fingerabdrücken, und bei seiner Vergangenheit kann man ja wohl davon ausgehen, dass jeder seiner Fingerabdrücke irgendwo gespeichert ist. Was ich mich frage, ist, wie kam die Erna an dieses Auto? Weshalb stand es vor ihrer Tür?»

«Hmmm, ja, komisch. Vielleicht war der Lettkow bei ihr oder bei der Grothe, aber vielleicht hat er da auch nur geparkt. Weißt du, was ich glaube, Frl. Krise? Ich glaube, dass hier Gabi ihre Hände im Spiel hat. Die wollte den Lettkow loswerden und hat den umgebracht, so wie sie den Sven Krause ertränkt hat. Man denkt, sie wäre einfach nur eine harmlose Brandenburgtussi, dabei ist sie die schwarze Witwe persönlich! Männermordendes …»

«Oh nein, jetzt geht das wieder los! Die arme Gabi! Was du der alles unterstellst! Frau Freitag, eins hast du noch gar nicht mitbekommen: Stell dir vor, der Körnel wollte auch mal was von der Gabi, aber die hat ihn abblitzen lassen! Wie baust du das jetzt noch in deine Theorie ein?»

«Na, ist doch klar, Frl. Krise, dann war es eben nicht Gabi, sondern der Körnel. Der hat den Lettkow aus Eifersucht gekillt und irgendwo verscharrt, der kennt sich ja im Wald aus.»

«Mann, Frau Freitag! Du mit deiner überbordenden Phantasie! Ein Wunder, dass du *mich* noch nicht verdächtigst hast!»

«Der Körnel, der Körnel, ja, der war's … Frl. Krise, wir haben Schüler bei einem Mörder geparkt. Au Backe!»

Beendet

«Mist, das habe ich ja total vergessen!»

Frl. Krise und ich wollten heute nach dem Unterricht eigentlich gleich nach Hause gehen, aber jetzt steht sie neben mir auf dem Schulhof und starrt mich an.

«Was denn? Was hast du denn vergessen, Frl. Krise?»

«Mensch, ich sollte die Sachen abholen! Unsere Teller und die Kanne von Susanne. Die sind jetzt fertig gebrannt.»

«Häh?»

«Frau Freitag, hatte ich dir doch erzählt, unser Geschirr, das wir neulich bei Markwarts Frauke im Laden angemalt haben. Und ich hatte versprochen, die Sachen heute abzuholen. Susanne kann nicht, die hat irgendeinen Termin wegen ihres Chors, und die Nolte muss ihre Mutter zur Ergotherapie fahren. Kommst du schnell mit?»

«Aber ich wollte doch heute zu Ikea, das wird doch dann alles so spät.»

«Ach komm, das dauert nicht lange, der Laden ist nicht so weit von hier. Ich hol nur schnell die Sachen ab, und dann fahren wir bei Ikea vorbei.»

«Na gut. Aber kein langes Gequatsche mit dieser Frauke! Okay?»

«Versprochen!»

In Fraukes Laden ist es nicht besonders voll. Ein paar Mütter sitzen mit ihren Kindern an den Tischen und bemalen Teller und Tassen. Zwei ältere Frauen stehen vor dem Regal mit den Rohlingen und gucken sich Obstschalen in verschiedenen Größen an. Das wäre hier nichts für mich. Ich bin zwar nicht immer gerne Lehrerin, aber so einen Laden möchte ich auch nicht haben. Das wäre mir zu langweilig, immer hier rumzuhängen, und man muss immer freundlich sein, zu jedem, der hier reinkommt. Dann lieber Unterricht und ab und zu mal herzhaft meckern.

Frauke steht hinter dem Tresen, vor ihr ein Mann, der ihre Hand hält und leise auf sie einspricht. Frl. Krise gibt mir mit dem Ellbogen einen heftigen Stoß in den Oberarm und zischt:

«Frau Freitag! Der Markwart!»

Noch bevor ich etwas antworten kann, hat uns Frauke gesehen und winkt uns zu sich:

«Frl. Krise, Frau Freitag, hallo! Habt ihr schon ...», sie spricht nicht weiter.

Tränen laufen ihr über die Wangen, und ihre Augen sind ganz geschwollen. Es muss etwas Schlimmes passiert sein, sie weint anscheinend schon länger. Dieter Markwart begrüßt uns leise, lässt dabei aber Fraukes Hand nicht los. Frl. Krise guckt mich verwirrt an, dann dreht sie sich zu Frauke.

«Ist was passiert?»

Frauke schnäuzt in ein Taschentuch und schluchzt danach ein paar Mal.

«Die Gabi ... die ...» Sie spricht nicht weiter, sondern hält sich die Hände vor die Augen und weint.

«Die Gabi wurde heute Vormittag verhaftet», sagt Dieter Markwart.

«Waaas???», fragt Frl. Krise und zieht ungläubig ihre Augenbrauen zusammen. Das sollte sie sich abgewöhnen, davon hat sie schon ganz tiefe Falten auf der Stirn bekommen.

«Verhaftet? Warum das denn?»

«Sie soll den Sven Krause umgebracht haben. So gegen elf kam die Polizei in den Konsum und hat sie mitgenommen. Ich wollte mir gerade Zigaretten kaufen. Die Grothe war auch da. Die wusste mal wieder Bescheid. Angeblich hat sich die Gabi mit dem Sven getroffen und ihm irgendwas in seine Bierflasche getan. Sie sind dann spazieren gegangen, und als er bewusstlos war, hat sie ihn in den See gestoßen, und dort ist er ertrunken.»

«Aber warum hat sie das getan?», fragt Frl. Krise.

«Die Grothe meinte, er habe sie erpresst.»

«Erpresst? Womit denn?»

«Mit der Polizei. Gabi war das mit dem Supermarkt in Grünsee. Sie hat den angezündet. Der Sven wusste das, denn damals haben sich die beiden öfter getroffen, und sie hat sich ihm anvertraut.» Der Markwart spricht ganz tonlos.

«Öfter getroffen? Nee, der Sven war unheimlich verliebt in Gabi», sagt Frauke. «Der hätte sie am liebsten geheiratet, aber sie wollte nicht, sie wollte ja nicht mal offiziell mit ihm zusammen sein. Sie hat immer gesagt, mit dem kann man keinen Staat machen, der sei so ein Hallodri, sie bräuchte einen richtigen Mann, einen, auf den man sich verlassen könnte und der es zu etwas bringt. Wenn es nach ihr gegangen wäre, dann hätte sie den Lettkow geheiratet, aber der wollte nicht.»

«Warte, warte, die Gabi war das mit dem Brand???»

Frauke nickt und flüstert: «Das hätte ich nie von ihr gedacht. Es gab ja auch einen Toten bei dem Brand. Ach, es ist alles so furchtbar.»

Markwart streichelt Frauke über den Kopf. «Als ich das heute Morgen gehört habe, bin ich gleich hergefahren, damit Frauke es nicht aus der Zeitung erfährt. Die Grothe meinte, der Sven hätte damit gedroht, zur Polizei zu gehen und Gabi zu verraten. Der wollte nicht akzeptieren, dass Gabi nichts mehr von ihm wollte. Und da hätte sie Panik bekommen, denn wenn das mit der Brandstiftung rausgekommen wäre, dann wäre sie ja wahrscheinlich im Gefängnis und Sandy im Heim gelandet.»

«Aber woher weiß die Grothe das alles?», frage ich und versuche mir die Verhaftungsszene im Konsum vorzustellen. Ob sich Gabi gewehrt hat? Wahrscheinlich nicht.

Frauke wischt sich mit dem Taschentuch über die Augen: «Gabi war oft bei Frau Grothe. Die war so eine Art Muttterersatz für sie. Ihre Eltern sind doch schon tot. Mich wundert das gar nicht, dass Gabi ihr von dem Brand erzählt … wer weiß, vielleicht hat sie ihr sogar von dem Mord erzählt.»

Frl. Krise schüttelt ungläubig den Kopf. «Die Gabi ... wer hätte das gedacht?»

«Na ja, man kann eben nicht in die Menschen hineinsehen», sagt der Markwart, und Frauke nickt nachdenklich.

«Aber wie ist die Polizei denn auf Gabi gekommen?», fragt Frl. Krise den Markwart. Der zuckt mit den Schultern. «Das wusste die Grothe auch nicht.»

«Vielleicht war sie es ja gar nicht.» Frl. Krise guckt zu Frauke. «Vielleicht ist es eine Verwechslung, und alles klärt sich auf ...»

Frauke schüttelt den Kopf. «Nein, nein, Frl. Krise, so schlimm, wie das klingt, ich bin mir ziemlich sicher, dass Gabi den Sven umgebracht hat. Sie war schon seit langem irgendwie komisch, und jetzt wird mir so einiges klar. Vor ein paar Tagen rief sie mich noch an und war ganz außer sich, weil wohl dieser Scott, also der Freund von Sandy, von der Polizei erwischt wurde. Er und sein Freund wären in mehrere Ferienhäuser eingebrochen. Daraufhin hat sie ihrer Tochter sofort den Umgang mit denen verboten. Sie hätte so Angst davor, dass Sandy kriminell werden könnte ... und dabei ist sie doch selbst eine eiskalte Mörderin. Schrecklich!»

Alle schweigen und gucken betreten nach unten.

«Ach, dann war das der Freund von Gabis Tochter, der bei uns eingebrochen ist, als wir bei Monika Nolte übernachtet haben?», fragt Frl. Krise plötzlich in die Stille hinein.

Frauke zuckt mit den Schultern. «Wahrscheinlich.»

Ich versuche unauffällig auf meine Armbanduhr zu sehen. «Ist doch jetzt egal», zische ich Frl. Krise zu. Ich will so schnell wie möglich hier raus. Mir ist das alles sehr unheimlich. Diese Gabi Schmidt hat nicht nur einen Supermarkt angezündet und ist für den Tod eines Feuerwehrmanns verantwortlich, sondern hat auch noch ihren Ex-Lover ermordet. Und trotzdem verkauft sie fröhlich Erdbeerkuchen und tut so, als sei nichts gewesen. Brandenburger sind irgendwie komisch.

Vor dem Laden sieht mich Frl. Krise mit großen Augen an. «Wo steht noch mal mein Auto? Mann, ich bin total durch den Wind. Ich muss das erst verdauen mit der Gabi! Gabi – eine Brandstifterin und Mörderin! Die war doch immer so nett! Verstehst du das?»

«Nee.»

«Und was ich auch nicht kapiere: Weshalb erzählt die Grothe das alles dem Markwart, kaum, dass die Gabi verhaftet ist. Ich meine, wenn sie sozusagen Gabis Muttterersatz ist, dann muss sie doch schweigen, um die Gabi zu schützen.»

«Ach, diese Grothe, die ist einfach so ein altes Waschweib. Die tratscht doch immer alles rum. Vielleicht war sie ja auch wieder besoffen. Die zwitschert sich doch gerne mal einen.»

«Ich weiß nicht. Ich bin jedenfalls schwer geschockt. Auch von der Frauke. Die heult da zwar rum, hat ihre Freundin Gabi aber ganz schön schnell fallenlassen.»

«Fallenlassen? Was meinst du denn, Frl. Krise?»

«Sie sagte doch, sie könnte sich das vorstellen, dass die Gabi das alles gemacht hat. Also, wenn jemand so was von dir sagt, dann wäre ich ...»

«Was wärst du dann, Frl. Krise?»

«Na, ich wäre deine glühendste Verteidigerin. Ist doch klar!»

«Auch wenn du dir sicher wärst, dass ich gemordet hätte?»

«Hm ... ja, ich glaube, schon! Ja!»

«Ach Frl. Krise, das freut mich sehr. Aber ich bin mir nicht sicher, ob ich deinetwegen einen Meineid begehen würde. Ich finde, wenn du jemanden umgebracht hast, dann musst du dafür auch zur Rechenschaft gezogen werden. Du nimmst das irgendwie mit dem Recht und den Gesetzen nicht so genau. Darüber solltest du mal nachdenken, Frl. Krise. Wenn die Gabi den Sven umgebracht hat, dann muss sie ins Gefängnis. Punkt, aus, basta. Und wahrscheinlich hat sie ja nicht nur den Sven, sondern auch noch den Lettkow auf dem Gewissen. Den einen, weil er sie zu sehr wollte, und den anderen, weil er sie nicht doll genug wollte. Und by the way – habe ich nicht schon die ganze Zeit gesagt, dass die Gabi ...»

«Nein, hast du nicht! ‹Den einen, weil er sie zu sehr wollte, und den anderen, weil er sie nicht doll genug wollte.› Seit wann bist du so kitschig, Frau Rosamunde Pilcher? Du hast doch jeden und jede verdächtigt! Und den Lettkow! Meinst du, den hat sie auch noch im See ersäuft? Kann ich mir überhaupt nicht vorstellen. Lettkow – niemals! Der taucht garantiert wieder auf.»

«So wie sein Auto, oder was? Wenn der auftaucht, dann nur als tote Leiche. Vielleicht hat die Gabi den ja auch zerstückelt und die Einzelteile gebrat…»

«Ihhhhhh, Frau Freitag! Sei still jetzt! Aber weißt du, was? Ein Gutes hat das Ganze!»

«Was soll denn an einem Doppelmord und einer Brandstiftung gut sein, Frl. Krise?»

«Doppelmord?»

«Ein Sven Krause und ein Feuerwehrmann. Beide tot, also doppelter Mord.»

«Ach so! Ich meinte, wir sind jedenfalls in *einer* Beziehung aus dem Schneider. Du hattest doch auch immer den Körnel in Verdacht. Da warst du aber ganz schön schief gewickelt, Frau Freitag! Der war es Gott sei Dank nicht! Jetzt wissen wir wenigstens, dass wir die Kinder keinem Verbrecher anvertraut haben! Allerdings … ihr Wassereis haben sie immer bei einer Mörderin gekauft!»

«Na, das hat doch was. Toll, und für Ikea ist es jetzt voll zu spät! Danke, Gabi!»

«Kauf dir mal den *Spiegel*», hat Männe heute Morgen beim Frühstück gesagt. «In der Titelstory geht's um alternative Erziehung, auch um Bootcamps!»

Also steuere ich nach dem Unterricht den Späti an. Onkel Ali schaut erfreut auf, als ich hereinstolpere. Er sitzt auf einem Hocker hinter der Theke und trinkt Eistee aus einem riesigen Tetrapak. Es ist aber auch heiß heute! Wir hatten Kurzstunden, deshalb bin ich schon früher als sonst auf dem Nachhauseweg. Eigentlich wollte ich auf Frau Freitag warten, aber die räumt noch im Kunstraum herum und will nachkommen. Warum muss sie auch immer mit Kleister arbeiten? Selbst schuld.

«Ich hätte gerne einen *Spiegel*! Da soll ein guter Artikel drinstehen», sage ich und wedele mir mit der Hand Luft zu. «‹Bootcamp statt Knast› oder so ähnlich. Interessiert mich, du weißt schon, wegen Falkenthal!»

Onkel Ali nickt. «Apropos Falkenthal! Da ist ja wat los! Haste schon mit Emine telefoniert? Die vasucht schon den janzen Tach, dich zu erreichen!»

«Echt?» Ich ziehe mein Handy aus der Schultasche. «Tatsächlich! Fünf Anrufe in Abwesenheit. In der Schule hab ich das Handy immer stumm ...»

«Ruf se sofort an, Frl. Krise!», unterbricht mich Onkel Ali. Er reibt sich nervös die Stirn. «Bei denen läuft jewaltich wat schief, gloob ick. Sie hat ma vorhin erzählt, da wär ein Reporter uffm Hof jewesen und der ...»

Reporter auf dem Hof? Weswegen? Wegen Lettkow? Wegen der Lebensmittelvergiftung? Wegen Burak? Oder wegen der Jungen? Oder wegen allem zusammen? Oh nein!

«Geh nach hinten zum Telefonieren, Frl. Krise», sagt Onkel Ali, «da haste Ruhe!»

Emine ist schon nach dem ersten Klingeln in der Leitung. «Frl. Krise! Gut, dass du anrufst!»

«Was ist los, Emine?»

«Frl. Krise, ich bin ganz durcheinander. Hier war heute früh ein Mann von einer Zeitung auf dem Hof. Ihr hattet den doch nicht bestellt, oder?»

«Nein! Wir bestellen doch keinen von der Zeitung! Ein Reporter? Was für einer?»

«Ich weiß auch nicht! Also, ich kam vom Einkaufen, da war der schon wieder im Abmarsch. Ich hab gerade noch mitgekriegt, dass der sich mit den Jungs unterhalten hat. Und mit dem Körnel muss er auch gesprochen haben. Zu dumm, ausgerechnet heute war ich ein bisschen länger weg als sonst. Ich musste zum Real fahren, weil unser Konsum doch geschlossen ist. Hast du schon gehört, dass die Gabi gestern verhaftet wurde? Frl. Krise, ich bin echt durch den Wind. Was sagst du dazu? Schrecklich, oder?»

«Ja, Emine, das haben wir gestern erfahren mit der Gabi. Unglaublich. Aber jetzt bleib mal bei dem Reporter. Was wollte der wissen?»

«Keine Ahnung. Der will wohl einen Artikel über uns in der *Havelpost* schreiben.»

«*Havelpost*?! Kenn ich nicht. Ist das so ein Regionalblatt?»

«Ja, ist eine Tageszeitung hier. Ich hab mich aber nicht interviewen lassen, du weißt schon, wegen Schwarzarbeit.»

«Sehr gut, Emine! Wie kam denn der Reporter eigentlich auf die Idee, diesen Artikel zu schreiben? Hat er was dazu gesagt? Woher wusste er vom Camp? Hat ihm jemand einen Tipp gegeben?»

«Nee, Frl. Krise, davon hat der nichts gesagt. Vielleicht hat der Körnel den bestellt. Der läuft hier auf dem Hof herum wie ein stolzer Hahn. Der bildet sich jetzt total was ein, nur weil er in die Zeitung kommt. Außerdem hat er vorhin gesagt: ‹Emine, warte nur ab, wir werden berühmt, das Fernsehen ist auch schon interessiert.›»

«Das WAS?»

«Fernsehen, Frl. Krise, RTL oder so. Ich weiß nicht genau, vielleicht auch Sat…»

«Emine, das kann nicht sein! Fernsehen, RTL! Das musst du verhindern! Wir sind doch alle aufgeschmissen, wenn das Camp ins Fernsehen kommt. Spinnt der Körnel jetzt komplett? Hol ihn bitte mal ans Telefon!»

«Geht nicht! Der ist vor zwei Minuten weg, Frl. Krise. Er wollte mit den Jungen an den See fahren. Ist doch so heiß heute. Ich fahr auch gleich noch hin. Soll ich ihm was sagen?»

«Nein, Emine, danke erst mal. Ich rede mit Frau Freitag und melde mich dann bei dir!»

«FERNSEHEN?? NICHT DEIN ERNST, ODER?»

«Ja, Frau Freitag! RTL oder Sat.1 oder was weiß ich. Der Körnel scheint durchzudrehen!»

«Oh Mann, dieser eitle Fatzke ... unglaublich. Ich kann mir genau vorstellen, wie er rumprahlt, wie gut er es draufhat. Er, der große Pädagoge, pfffff ...»

«Ja, total schlimm! Auf uns nimmt der gar keine Rücksicht! Es hilft nix, wir müssen was unternehmen. Am besten fahren wir sofort hin und reden mit ihm.»

«Jetzt? Och nööö! Ich dachte, wir trinken hier noch schnell einen Kaffee und fahren dann zusammen zu Ikea.»

«Bei der Hitze zu Ikea?! Auf keinen Fall!»

«Aber das hattest du mir versprochen! Und die haben doch Klima, äh Klimaanlage da.»

«Das mit dem Körnel geht jetzt vor! Zu Ikea können wir nächste Woche! Oder willst du das Camp morgen Nachmittag bei *Brisant* sehen?»

«Manno, immer dieses blöde Camp, Frl. Krise. Das nervt voll. Ich mach da doch gar nicht mehr mit. Willst du nicht lieber mit der Nolte oder Susanne ...»

«Frau Freitag! Hast du heute Morgen gut unterrichtet? Sogar mit *Kleister*?»

«Häh, was meinst du?»

«Beantworte meine Frage!»

«Oh Mann! Ja, ich habe gut unterrichtet. Sogar mit Kleister. Was ...»

«Und woran lag das? An deinen überrag...»

«Frl. Krise, Kunstunterricht ist ja nun eine meiner leichtesten Übungen. Ich bin einfach die geborene Lehrerin. Was meinst ...»

«Tzzzz … an deinen überragenden pädagogischen Fähigkeiten wohl nicht, wollte ich sagen! Dass heute alles glattlief, lag doch nur daran, dass die Störenfriede in Falkenthal sind! Ich sage nur: Günther und der Schleim auf der Jacke!»

«Schön. Und nu?»

«Na gut. Frau Freitag, ich gebe auf! Dann schließen wir eben das Camp. Frohes Schaffen mit Günther, Onur, Mert und …»

«Frl. Krise, du bist sooo gemein! Immer verdrehst du alles. Bei dir ist immer schwarz oder weiß. Wo sind die *Shades of Grey*?»

«Grautöne? Hier nicht! Entweder Camp oder Nichtcamp … dazwischen gibt es nichts.»

«Ja, ja, schon gut. Dann fahre ich eben mit. Aber nur noch dieses eine letzte Mal und auch nur, damit das Camp nicht ins Fernsehen kommt. Offiziell habe ich mit der ganzen Sache *nichts* mehr zu tun.»

«Alles klar, Frau Freitag! Mein Auto steht um die Ecke!»

«Frl. Krise, es ist so heiß im Auto!»

«Spiel bitte nicht an der Klimaanlage herum! Die ist optimal eingestellt»

«Aber ich schwitze!» Frau Freitag knabbert an ihren Fingernägeln.

«Wir sind doch gleich da!»

Ich frage mich schon die ganze Zeit, wie wir den Körnel davon abbringen können, das Fernsehen einzuladen. Wenn der sich was in den Kopf gesetzt hat, ist er doch so hartnäckig. Am besten zuerst mal mit Emine reden, die kennt ihn ja mittlerweile in- und auswendig.

Der sandige Zufahrtsweg ist knochentrocken, und es staubt wie verrückt, als wir auf den Hof fahren.

Komisch, diese Wolke müsste man doch schon von weitem sehen, aber niemand begrüßt uns. Frau Freitag rüttelt an der Haustür.

«Keiner da!», sagt sie etwas ratlos.

Wir rufen, gehen hinter den Stall, in den Garten – nichts, nicht mal ein Huhn ist in Sicht.

«Die sind wahrscheinlich noch alle am See! Emine auch! Wir könnten zur Badestelle fahren … aber nein, zu dumm, ich hab kein Schwimmzeug dabei.» Frau Freitag lässt sich auf die Stufen vor der Haustür fallen.

«Lass uns lieber hier im Schatten bleiben, Frau Freitag! Die kommen bald zurück. Jedenfalls Emine. Die wird ja nicht stundenlang baden gehen.»

Wir zerren die Liegestühle vor das Haus, und ich hole die Cola aus dem Auto. Die ist zwar lauwarm, aber besser als nichts. Wie heiß es heute ist! Der erste richtige Sommertag des Jahres. Die Sonne sticht, ein Bussard kreist hoch oben am tiefblauen Himmel, und kein Lüftchen rührt sich.

Frau Freitag schlenkert ihre Sandalen von den Füßen und begießt Beine und Arme mit Wasser aus der Gießkanne.

«Ah, das Wasser ist warm. Abgestanden. Aber trotzdem sehr erfrischend. Willst du auch mal?» Ich nicke.

«Wo ist der Wasserhahn?» Sie blickt sich suchend um und geht vorsichtig auf nackten Füßen Richtung Scheune.

Ich zucke mit den Schultern, lehne mich zurück und schließe die Augen. Wie still es auf dem Land sein kann … Außer dem leisen Sirren eines Insekts ist nichts zu hören – und ein Kätzchen miaut, aber weit entfernt. Bestimmt ist das unsere Katze. Die kleine Schwarze! «Unsere» – so weit bin ich schon. Als ob der Hof uns gehören würde.

Ach, aber es ist wirklich so, irgendwie fühle ich mich hier fast wie zu Hause. Wenn das Camp aufgelöst würde … ich mag mir das gar nicht vorstellen. Ich würde alles vermissen, den idyllischen Hof mit seinem Kopfsteinpflaster und der halbverfallenen Scheune, den kleinen Bauerngarten mit den Sommerblumen und dem Gemüse, die Jungen, die hier draußen so liebenswert sind, Emine und ihr gutes Essen, den Körnel mit seinen markigen Sprüchen, die Hühner und sogar …

«IHHHHHHHHHHHHHHH! Spinnst du, Frau Freitag! Na, toll, jetzt bin ich klatschnass!»

«Ich dachte, du wolltest eine Abkühlung?!» Frau Freitag lacht sich halb tot und schwenkt die Gießkanne hin und her.

«Aber doch nicht ohne Ankündigung! Und nicht übers T-Shirt!»

«Das trocknet doch ganz schnell wieder.» Frau Freitag lässt sich in den Liegestuhl fallen und kichert.

«Ach, übrigens, Frl. Krise, ich glaube, die Katze ist in dem Kabuff vom Körnel eingesperrt. Irgendwas miaut da die ganze Zeit in der Scheune.»

«Hab ich auch schon gehört. Aber was können wir machen? Ist doch abgeschlossen!»

«Willst du die da drin lassen, Frl. Krise? Ich bin entsetzt! Die verdurstet doch bestimmt. Wahrscheinlich ist sie irgendwie verklemmt und …»

«Du meinst eingeklemmt? Ach, Katzen kommen überall wieder raus.»

«Und falls sie stirbt, hat sie ja noch sechs andere Leben, oder wie? Also, ich kann es gar nicht fassen, wie herzlos du bist. Mit dem Baby spielst du dich immer auf wie Mutter Teresa, aber unsere süße kleine Katze, die ist dir egal. Die kann ja ruhig elendig vertrocknen im Waffenarsenal des Körnels …»

«Oh Mann, Frau Freitag! Ist ja gut! Ich lieg gerade so gemütlich hier. Aber wenn du meinst … Hast du schon probiert, ob die Tür abgeschlossen ist?»

«Nein, hab ich nicht. Los, jetzt steh mal auf, du Faultier. Komm mal mit in die Scheune. Vielleicht kann ich da oben reinklettern, dann müssen wir Räuberleiter machen.»

«Du willst da reinklettern? Auf keinen Fall! Wie willst du denn dann wieder rauskommen?»

«Pst, sei leise! Leg mal dein Ohr an die Tür. Hörst du? Da ist nichts! Das Miauen kommt gar nicht aus dem Kabuff. Das kommt von da drüben.»

«Stimmt. Hier! Hinter der Mauer. Guck mal, das war wohl früher eine Nische, die ist zugemauert worden.»

«Ja, komisch, warum hat man das nicht bis zur Decke hochgemauert? Sieht fast aus wie eine Duschkabine. Nicht sehr elegant.»

«Frau Freitag, kannst du sehen, ob das oben offen ist?»

«Hähhhh? Frl. Krise, die Wand ist doch bestimmt zweieinhalb Meter hoch, wie soll ich denn da sehen, ob das oben offen ist? Warte mal, ich schmeiß was rauf … hier so eine Schraube … dann hört man ja, ob die oben liegen bleibt oder durchfällt.»

«Liegen geblieben, oder?»

«Ja, oben ist zu.»

«Und wie soll die Katze da jetzt reingekommen sein, Frau Freitag?»

«Vielleicht durch ein Loch irgendwo oder so. Pst, hast du gehört? Die Katze! Das Miauen gerade! Die ist wirklich da drin.»

«Ja, aber raus kommt sie alleine nicht mehr! Knie dich doch mal hin und leg dein Ohr ganz unten an die Mauer. Ich kann das nicht, mein Knie!»

«Ihhhh, ich knie mich hier doch nicht hin. Ist doch total dreckig, der Boden. Und dein Knie … Ja, ja, das kommt dir ja sehr gelegen, Frl. Krise. Vielleicht kann man ein kleines Loch in die Wand machen, die Katze ist ja nicht so groß.»

«Ja, hier unten vielleicht. Man müsste ein oder zwei Steine herauslösen. Guck mal hier, wo der Putz schon ganz abgebröckelt ist, da müsste es gehen.»

«Frl. Krise, geh mal zur Seite. Mit dem Schraubenzieher kann man den Mörtel gut abkratzen. Und wenn der weg ist, dann können wir ein paar Ziegelsteine rausnehmen. Ein Stein würde ja eigentlich schon reichen für die kleine Katze.»

«Meinst du, das klappt?»

«Ja, ich hab das mal in so einem Gefängnisfilm gesehen. Und guck, dieser Mörtel ist wie Sand. Das lässt sich rauskratzen wie Butter.»

«Ja, gut! Ruckel den Stein mal so hin und her, dann kommt der raus.»

«Oh Mann, das geht aber schwer! So, da ist er! Und wo ist jetzt die Katze? Rutsch mal, Frl. Krise, dann fass ich da rein.»

«Wie laut sie schreit! Hast du sie?»

«Nee. Komisch, man kann gar nicht richtig tief reingreifen. Das ist alles voll mit Beton. Irgendwie ist das ausgegossen worden. Ein paar Hohlräume sind da … AUA! Das Mistvieh hat mich gebissen! Versuch du doch mal, Frl. Krise.»

«Die hat total Angst, die Arme. Wo ist sie denn jetzt? Warte mal, ich hab doch diese Taschenlampen-App, ich leuchte rein!»

«Und? Siehst du das Tier?»

«Ja, sie sitzt hier in diesem kleinen Hohlraum. Komm mal her, du dumme Pussykatze! So, ich hab sie! Was ist denn das da? … Frau Freitag, hier ist noch was drin! Guck du mal rein, ich halt das Handy. Kannst du erkennen, was das ist? Dieses Längliche, meine ich.»

«Ähhh? Das hier? In dem Beton? Ich glaube, da ist irgendwas drin … warte mal … was ist denn das? Frl. Krise – ich will ja nichts sagen, aber ich finde, das sieht aus wie KNOCHEN!»

«Knochen? Was für Knochen? Lass mich noch mal gucken! Ja, du hast recht! Wer weiß, vielleicht ist hier schon einmal ein Kätzchen reingesprungen und verhungert.»

«Frau Biolehrerin, das sind doch ganz eindeutig keine Kätzchenknochen! Die sind doch viel zu groß. Ich glaube auch nicht, dass die von einem Tier sind. Das sind MENSCHENKNOCHEN!»

«Menschenknochen?»

«Ja, jetzt verstehe ich auch, warum da der Beton drin ist. Hier ist jemand entsorgt worden. Eingemauert und mit Beton ausgegossen … gar nicht so dumm!»

«Eingemauert … mit Beton ausgegossen … ein Mensch, eine Leiche … ich glaub das nicht! Vielleicht sind das ja auch nur Knochen vom Schlachten, Kühe haben auch …»

«Hmmm, knochige Schlachtabfälle … alles klar, Frl. Krise!

Mensch, denk doch mal nach: Warum mauert man hier so eine Wand hoch, dass man eine schöne Nische hat, und warum gießt man dann noch Beton oben rein? Das macht man nicht, nur um ein paar Schweinefüße zu entsorgen. Warte, ich will mir das genauer ansehen. Leuchte mir mal.»

«Hier! Und?»

«Ahhhh, dachte ich es mir doch ... neben den Knochen hängt auch noch ein Stück Stoff aus dem Beton raus. Meinst du, deine Schlachtkühe haben Hosen getragen?»

«Ach, Quatsch. Aber wer ist das da drin? Und wer macht so was? Jemanden einmauern?»

«Keine Ahnung. Obwohl, wer soll das schon gemacht haben? Natürlich der Körnel!»

«Der Körnel?»

«Ja, wer denn sonst? Jetzt ist ja wohl auch klar, warum niemand in die Scheune durfte! Oh Gott, der Körnel – ein Mörder. Ich hab's doch gewusst!»

«Mann, Frau Freitag, puh, mir wird ganz komisch. Meine Beine sind wie Pudding. Ich muss mich mal setzen!»

Auweia, eine Leiche. Wir haben die Knochen von einem Toten entdeckt. Frl. Krise ist völlig fertig, und mir ist auch ganz mulmig. Wir müssen die Polizei holen! Wenn der Körnel kommt ... wer weiß, was der mit uns macht?

«Frl. Krise, ruf die Polizei an!»

«Die Polizei? Aber ... äh ... wie willst du denen denn erklären, was wir hier machen? Und das Camp ...»

«Frl. Krise, das Camp, das Camp, sieh es doch mal ein, der Körnel ist ein MÖRDER! Wer weiß, was der ...»

«Pst, Frau Freitag, leise!», flüstert Frl. Krise und hält sich den Zeigefinger vor den Mund. Oh nein, jetzt höre ich es auch. Motorengeräusche! Ein Auto! Der Körnel! Frl. Krise guckt mich mit aufgerissenen Augen an. Was sollen wir machen? Abhauen – das schaffen wir nicht mehr.

Au Backe, da kommt auch schon der Jeep auf den Hof gefahren.

Frl. Krise verzieht ängstlich den Mund und ballt beide Hände zu Fäusten. Der Wagen hält vor dem offenen Scheunentor. Der Körnel springt raus und kommt mit großen Schritten auf uns zu.

«Frl. Krise, Frau Freitag, hallo! Was für eine Überraschung. Wir hatten euch gar nicht erwartet. Mann, ist das eine Hitze heute! Aber trotzdem ein herrlicher Tag!» Er wischt sich mit einem Taschentuch über seine verschwitzte Stirn.

Oh Gott, der ist ja so gut drauf. Denkt, er kommt ins Fernsehen und wird der große Pädagogen-Promi. Aber daraus wird nichts.

Wo sind überhaupt die Jungs? Wo ist Emine? Er wollte doch mit den Jungen zum Baden fahren. Hat er die jetzt auch gekillt und im Wald verscharrt? Oh Gott, wie sollen wir das den Eltern beibringen? Der Fischer wird uns ...

«Die Jungs wollten unbedingt noch mit Emine am See bleiben. Ich hab gesagt, dass ich was zu essen hole und wir dann dort ein Picknick machen. Ich pack schnell alles ein, und dann fahren wir zusammen raus. Sie kommen doch mit, oder? Der See ist total erfrischend. Frau Freitag, Sie sehen aus, als könnten Sie eine Abkühlung vertragen.»

Ach, er will mit uns zum See. Wahrscheinlich, um uns dort kaltzumachen. Den Lettkow hat er bestimmt auch auf dem Gewissen, mit dem hatte er sich ja dauernd gestritten. Was sollen wir denn jetzt tun? Ich steige doch nicht freiwillig zu einem Mörder ins Auto. Oh nein, jetzt kommt er auf uns zu.

«Was ist das denn?», fragt er und geht an uns vorbei in Richtung eingemauerte Leiche. «Warum ist denn hier ein Ziegelstein draußen? Wer ...»

«Die Katze war da drin, und wir haben sie befreit», erklärt Frl. Krise mit piepsiger Stimme. Der Körnel nimmt den Stein in die Hand und guckt zu mir.

«Ach so. Na, wie gut, dass Sie hier waren und Miezi rausholen konnten. Das hat ihr bestimmt nicht gefallen da drin. Dass sie aber auch überall reinklettern muss! Sie können sich gar nicht vorstellen, wo ich die Kleine schon überall rausgeholt hab. Irgendwann krepiert das Vieh noch, weil wir es nicht mehr wiederfinden. Neulich war sie doch tatsächlich in der Küche hinter dem …»

Der Körnel erzählt kichernd irgendeine Katzengeschichte. Das verstehe ich nicht. Warum sagt er nichts zu der Leiche? Der muss doch damit rechnen, dass wir die eingemauerte Leiche gefunden haben. Jetzt hockt er vor dem Loch, guckt kurz rein und puhlt dann mit den Fingern an dem sandigen Mörtel herum. «Na, das kann ich reparieren. Vielleicht mit Mert. Ich hatte ihm sowieso versprochen, dass ich ihm zeige, wie man richtig mauert.» Er hebt den Schraubenzieher auf und kratzt in der bröckelnden Verfugung rum.

«Mann, dieser Mörtel ist Schrott. Wahrscheinlich zu viel Sand. Oder DDR-Zement, hahahaha.» Jetzt greift er durch das Loch in der Wand. «Was ist denn da eigentlich drin? Das habe ich mich ja schon immer gefragt.»

Ah, schlau, jetzt macht er einen auf ahnungslos. Vielleicht müssen wir ihn einfach konfrontieren.

«Was soll da denn drin sein? Tun Sie doch nicht so, als wüssten Sie das nicht!»

Frl. Krise guckt erschrocken zu mir und schüttelt wild den Kopf. Aber ich bin sauer und so in Fahrt, dass mich nichts stoppen kann. Auf diese scheinheilige Ich-weiß-gar-nicht-um-was-es-geht-Tour kommen mir die Schüler auch immer. Der Körnel guckt verwundert zu mir, dann zu Frl. Krise.

«Wie, was soll ich wissen?»

«DIE LEICHE! Die eingemauerte Leiche! Wir haben die Knochen gefun…»

«Leiche? Frau Freitag, was reden Sie da? Was für eine Leiche?»

Der Körnel stürzt so schnell zum Regal, dass Frl. Krise zusammenzuckt. Er kramt lautstark in einer Werkzeugkiste und flüstert dabei «Leiche, Leiche, was für eine Leiche?» vor sich hin. Dann geht er mit einer Taschenlampe wieder zu der Mauer und leuchtet in die Öffnung.

«So, was sollen da jetzt für Knochen … holy shit! WAS IST DAS?»

Er greift tiefer in das Loch hinein, zieht dann seinen Arm wieder raus und setzt sich langsam auf den Boden. «Sie haben recht. Das sieht aus wie Knochen.»

Plötzlich steht Frl. Krise neben mir und hat ihre Hände in die Seite gestemmt, als wolle sie ein ganzes Regiment kommandieren.

«So, so, so, mein lieber Körnel ... Sie wollen uns also allen Ernstes weismachen, dass Sie nichts mit diesen Knochen zu tun haben?»

Der Körnel legt sich die rechte Hand aufs Herz. «Frl. Krise, ich schwöre!»

Oh Mann, wie die Schüler! Aber irgendwie sieht er wirklich überrascht aus. Sollen wir ihm das jetzt glauben?

«Okay, okay, Sie wissen also nichts von dem Eingemauerten ... dann erklären Sie uns aber bitte mal, warum niemand in die Scheune darf!»

Der Körnel wirft einen schnellen Blick zu seinem Kabuff. Dann guckt er wieder zu uns: «Wieso? Ich habe doch nichts dagegen, dass jemand in die Scheune geht. Es ist nur ... also nur dort drüben», er zeigt auf die verschlossene Holztür, «das ist ... also das ist mein Privatraum, da möchte ich nicht ...»

«Privatraum! Ha, Waffen! Waffen haben Sie da!» Je lauter ich werde, umso weniger Angst habe ich.

«Ich sag Ihnen jetzt mal, was wir machen ...» Ich nehme mein Handy aus der Hosentasche und halte es ihm kurz entgegen. «Wir rufen jetzt die Polizei. Vielleicht kann die herausfinden, weshalb sich in Ihrer Scheune eine eingemauerte Leiche befindet. Und wenn die hier sind, werden die ja auch Ihr Waffenlager ent...»

«Frau Freitag! Nun warten Sie doch mal! Ich kann Ihnen alles erklären! Wenn Sie mir dann immer noch nicht glauben, dann können Sie sofort die Polizei holen!»

«Okay. Dann schießen Sie mal los!», höre ich mich sagen und hoffe, dass er das nicht zu wörtlich nimmt.

«Also, die Leiche ... damit habe ich nichts zu tun. Das müssen Sie mir glauben. Diese zugemauerte Wandnische gibt es hier schon, seitdem ich denken kann, und das mit den Waffen …» Frl. Krise macht einen kleinen Schritt rückwärts. «… also, das mit den Waffen … Ich weiß gar nicht, wie Sie darauf kommen, dass ich Waffen habe.»

«Na, Burak hat so was erzählt. Er sagt, aus Ihrer Zeit bei der Fremdenlegion, da hätten Sie …»

«Fremdenlegion, pfffff.» Der Körnel lacht kurz auf, holt ein Päckchen Zigaretten aus der Tasche und hält sie Frl. Krise unter die Nase. Die nimmt sich eine Zigarette und sucht in ihren Hosentaschen nach einem Feuerzeug. Der Körnel reicht mir das Päckchen.

«Danke.» Zittert meine Hand?

«Was ist denn nun mit den Waffen?», fragt Frl. Krise.

Der Körnel will doch nur Zeit schinden und von der Leiche und allem ablenken.

«Meine Damen, Frau Freitag, Frl. Krise, ich sage Ihnen jetzt mal etwas.»

Theatralisch zieht er an der Zigarette und starrt an die Decke der Scheune, während er den Rauch aus seinen Nasenlöchern entweichen lässt.

«Fremdenlegion war nich'!»

Frl. Krise guckt zu mir, um zu sehen, ob ich mehr verstanden habe als sie. Der Körnel wird mir langsam zu kryptisch, und das dauert mir hier alles zu lange.

«Was soll das heißen, Fremdenlegion war nicht? Nun sprechen Sie mal nicht in Rätseln! Die Polizei wird sonst …»

«Okay, okay! Also, ich war nie bei der Fremdenlegion. Und ich hatte auch noch nie mit Waffen zu tun. Ich wüsste gar nicht, wo man die herkriegen sollte.»

Jetzt verstehe ich gar nichts mehr, und Frl. Krise scheint es ähnlich zu gehen, denn nachdem sie mir einen kurzen Blick zugeworfen hat, dreht sie sich zum Körnel:

«Wenn ich Sie richtig verstanden habe, dann waren Sie also kein Berufssoldat.»

«Nein, noch nie!»

«Es gab gar keine Auslandseinsätze? Marokko, Algerien, Kosovo …»

«Nie da gewesen! Weiter als bis Polen und Süddänemark bin ich noch nicht gekommen. Das habe ich mir alles ausgedacht, weil … weil …»

«Ja, nun reden Sie schon! Warum?»

Der Körnel guckt sich in der Scheune um, als wolle er sichergehen, dass ihn niemand außer uns hört.

«Ich musste, also, ich brauchte eine Erklärung für meine … äh … Abwesenheit. Also, ich war doch jahrelang weg und hier im Dorf …»

«Wo waren Sie denn?», unterbricht ihn Frl. Krise.

«Im Knast. Ich habe zwei Jahre gesessen. Für Lettkow!»

Und dann erzählt uns der Körnel, wie er nach der Wende mit Lettkow krumme Geschäfte mit irgendwelchen Ukrainern gemacht hat. Gebrauchtwagen wurden in den Osten verschoben. Die beiden haben damit ziemlich viel Geld verdient, aber irgendwann wurden sie unvorsichtig, und die Polizei kam ihnen auf die Schliche. Der Lettkow hatte sich mit dem Geld sein Autohaus aufgebaut, und weil das schon gut lief, beschlossen sie, Lettkow aus der Sache rauszuhalten. Der Körnel nahm die Schuld auf sich und wanderte dafür ins Gefängnis.

«Das hätte der Heinz auch nicht verkraftet im Bau. Der tut zwar immer so hart, aber bei Tage gesehen ist der ein Weichei.» Der Körnel lässt seine Zigarettenkippe auf den Boden fallen und tritt die Glut mit dem Schuh aus. Eine komische Geschichte ist das mit dem Lettkow und dem Körnel und der Autoschieberei. Hat es ihm gar nichts ausgemacht, dass nur er ins Gefängnis musste und Lettkow nicht?

«Na, Sie sehen, da war die Story mit der Fremdenlegion gar nicht schlecht. Sie wissen doch, wie hier geredet wird. Mir hätte das ja nichts ausgemacht, aber meine Mutter wohnt doch auch im Dorf, und die hätte den Tratsch nicht ertragen.»

Frl. Krise verschränkt die Arme vor der Brust. Sie betrachtet den Körnel skeptisch.

«Also, mein lieber Herr Körnel, das klingt ja alles schön und gut, aber wir sind keinen Schritt weitergekommen. Wir wissen immer noch nicht, wer der Tote hier in Ihrer Scheune ist und wer die Leiche ermordet und eingemauert hat.»

«Hihi, Frl. Krise, du bist ja auch gut ... wer die Leiche ermordet hat! Kann man denn eine Leiche überhaupt ermor...»

«Mensch, Frau Freitag, jetzt sei doch nicht so kindisch!» Sie guckt mich böse an. Das kann sie richtig gut.

«Die Leiche und Ihr Kabuff da drüben ...» Frl. Krise zeigt auf die verschlossene Holztür. «Ich glaube Ihnen gar nichts mehr, bevor ich nicht sicher bin, dass dort keine Waffen lagern!» Der Körnel zieht ein Schlüsselbund aus seiner Hosentasche.

«Na, das ist doch gar kein Problem.» Er öffnet das Vorhängeschloss und hält mit der Hand die Tür auf. «Bitte, die Damen, überzeugen Sie sich selbst!»

Frl. Krise sieht mich mit einem unschlüssigen Blick an, dann betritt sie langsam den engen Raum. Ich stelle mich in den Türrahmen. Vorsicht ist die Mutter der Porzellankiste. Nicht, dass der uns hier einschließt!

Der Körnel tritt von einem Bein auf das andere.

«Ich lasse Sie kurz alleine», sagt er und geht schnell aus der Scheune Richtung Haus.

«Pffff, was ist denn mit dem los?», fragt mich Frl. Krise.

«Ich weiß nicht, aber mir ist das ganz recht, wenn der mal kurz weggeht. Hauptsache, er holt sich jetzt kein Messer aus der Küche und ...»

«Ach Quatsch, Frau Freitag, jetzt hör auf. Der musste aufs Klo. Und lass uns endlich gucken, warum er immer so ein Gewese um diesen Raum macht. Also, Waffen sehe ich hier nicht.»

An der Wand steht ein Tisch mit einer Schreibtischlampe. Darüber hängt ein Fotokalender, eine großbusige junge Frau mit sehr langen Haaren stützt sich mit ausgestreckten Armen auf einen

Autoreifen. Darunter steht: *Winterreifen von Dunlop machen Spaß!* Während ich noch darüber nachdenke, warum der Kalender noch beim Monat Januar ist, begutachtet Frl. Krise die Bücher und Hefte, die auf dem Schreibtisch verteilt sind. «Frau Freitag, ich glaub es ja nicht!»

«Was denn?»

«Hier! Guck, was der Körnel liest!» Sie hält mir ein Heft entgegen. Vorne ist ein kleiner gezeichneter Drache zu sehen, der einen Stift hält. Frl. Krise guckt jetzt selbst wieder auf den Umschlag, um den Titel vorzulesen: «*Schwungübungen mit Elbi* und hier», sie nimmt sich ein anderes Heft, «*Mein erstes Elbi Schreibheft.*»

Ich verstehe nur Bahnhof. «Hähh, Elbi?»

Frl. Krise grinst. «Ja, sogar mit Elbi-Großlineatur für alle Schriften und Schwünge.» Sie blättert durch das Heft. «Frau Freitag, jetzt verstehe ich! Der Körnel kann nicht schreiben! Und wir dachten, er hätte Waffen ...»

«Häh, wie? Was meinst du, er kann nicht schreiben?»

Frl. Krise wedelt mir mit diesen Elbiheften vor der Nase herum.

«Na hier, Opa, Papa, Nena, Timo ruft Oma ... Der Körnel ist Analphabet! Der schließt sich hier in diesem Kämmerchen ein und übt das kleine t und das große A. Ist doch irgendwie süß.»

«Süß? Frl. Krise, ich weiß nicht ... Okay, er kann nicht schreiben und will das lernen, das ist ja schön, aber was ist mit der Leiche? Glaubst du dem, dass er damit nichts zu tun hat? Dann ist er eben ein analphabetischer Mörder. Macht die Sache ja auch nur bedingt besser. Und dann diese komische Story mit dem Lettkow ... Und wo sind die Jungs und Emine? Mir ist das alles nicht geheuer.»

«Was ist Ihnen denn jetzt schon wieder nicht geheuer, Frau Freitag?», fragt der Körnel leise und hält uns zwei kleine Flaschen Cola light entgegen.

«Na, ich meine das hier ... das mit den Heften, das verstehe ich ja jetzt, also keine Waffen und so, aber die Leiche ...»

Der Körnel kratzt sich an der Stirn. «Ja, verdammt, was ist das mit der Leiche?»

Plötzlich reißt er die Augen auf. «Ahhh, wissen Sie, was wir machen?»

Frl. Krise und ich schütteln den Kopf.

«Wir fragen meine Mutter! Die wird uns sagen können, wer diese Mauer gebaut hat. Sie hat ja lange hier gewohnt. Wir können gleich nach dem Abendessen zu ihr rüberfahren.»

Frl. Krise wiegt langsam den Kopf hin und her. «Ja, ich glaube, das wird das Beste sein.»

Der Körnel schließt die Tür zum Kabuff ab. «Frl. Krise, Frau Freitag, das hier, äh, das bleibt aber unter uns, ja?», flüstert er und dreht sich dann mit einem breiten Grinsen zu uns. «Okay, dann befragen wir später meine Mutter. Aber jetzt fahren wir erst mal zu den anderen. Eine kleine Abkühlung im See wird uns allen guttun.»

Bestätigt

Der Körnel parkt seinen Jeep vor Ernas Haus. Er fährt den Wagen mehrmals ruckartig hin und her, bis er genau in der Mitte in der Einfahrt steht. Seine gute Laune ist verflogen, nervös drückt er seine Zigarette im Aschenbecher aus und klettert umständlich aus dem Wagen. Vielleicht fürchtet er sich davor, seiner Mutter von der Leiche zu erzählen. Womöglich fällt sie in Ohnmacht oder bekommt einen Herzanfall. Ich glaube, am liebsten würde er umkehren.

Die Haustür ist angelehnt, und wir hören Stimmen aus der Küche.

«Sie hat Besuch», zischt Frau Freitag.

Der Körnel schüttelt ärgerlich den Kopf. Dann schiebt er sich langsam in den fensterlosen Flur und tastet nach dem Lichtschalter, dabei fällt irgendetwas um.

Sofort öffnet sich die Küchentür. Erna steht in einer violetten Kittelschürze vor uns. In der einen Hand hält sie eine Spülbürste, in der anderen einen Teller. In der Küche sitzt Margot Grothe am Tisch. Sie guckt den Körnel mit großen Augen an. Vor ihr auf der geblümten Wachstuchdecke steht ein kleines Glas mit einer dunklen Flüssigkeit. Aufgesetzter, garantiert.

«Duuuu, Rüüüüdiger?», sagt Erna gedehnt und tritt einen Schritt zurück. «Was willst du denn um diese …?»

Sie bricht ab, als sie Frau Freitag und mich erblickt. Der Körnel antwortet nicht, sondern drängt sich an ihr vorbei in den kleinen Raum. Mit einer Handbewegung deutet er an, dass wir ihm folgen sollen. «Setzen Sie sich mal dahin!», sagt er und weist auf die Stühle.

Frau Freitag und ich sehen uns unschlüssig an. Wir trauen uns nicht, Erna guckt so böse.

«'n Abend, Margot!», sagt der Körnel. «Margot, tut mir leid, aber kannst du uns mal alleine lassen, wir müssen was mit meiner Mutter besprechen!»

«Margot bleibt hier!», faucht Erna. Sie schleudert die Bürste ins Spülbecken und drückt den Teller an die Brust.

«Das hier ist mein Haus, Rüdiger. Hier bestimme ich, wer kommt und wer geht. Wenn jemand geht, dann *die* da! Die hab ich nicht eingeladen.» Sie deutet mit dem Kinn in unsere Richtung.

«Mutter! Reg dich doch nicht gleich so auf. Jetzt hör bitte erst einmal zu. Wir müssen etwas mit dir besprechen. Etwas Unangenehmes, leider. Und es wäre wirklich besser, wenn Margot …»

«Nein, Margot bleibt, ich hab keine Geheimnisse vor ihr!» Erna stellt den Teller mit einem kleinen Knall auf dem Tisch ab.

«Okay, okay, wenn du meinst! Aber setz du dich bitte auch hin, Mutter.»

Der Körnel holt noch einen Stuhl aus einem anderen Raum, dann drängeln wir uns zu fünft um den Küchentisch.

«Und?» Ernas Stimme klingt spitz. «Was willst du mit mir besprechen? Wenn es wieder um das Geld von …»

«Es geht nicht um Geld, Mutter!» Der Körnel stützt sich mit den Ellbogen auf dem Tisch ab und vergräbt kurz sein Gesicht in den Händen. Dann holt er tief Luft und sagt langsam:

«Mutter, ich muss dich mal was fragen. Unsere Scheune … die hat doch eine besondere Bedeutung für dich, oder?»

Erna runzelt die Stirn und streicht sich ein paar wirre graue Haare aus der Stirn.

«Unsere Scheune? Bedeutung? Nein. Wieso? Was meinst du damit? Na ja, irgendwie … Die Scheune gehört natürlich zum Weiherhof, wie alles andere auch. Fang bloß nicht wieder davon an, dass du die abreißen willst! Da bin ich nicht …»

«Nein, ich will die Scheune doch gar nicht abreißen. Es geht um etwas ganz anderes. Wie soll ich sagen … Wir haben etwas gefunden in der Scheune, Mutter. Heute Nachmittag! Also, Frau Freitag und Frl. Krise haben … unsere Katze war … In der Scheune ist …»

Frau Grothe stößt einen komischen Laut aus. Sie setzt hektisch ihr Glas an den Mund. Dabei ist das Glas ganz leer.

«Was ist in der Scheune, Rüdiger?»

Irre ich mich oder ist Erna blass geworden? Vielleicht ist es auch nur das Licht. Es ist dämmrig in der Küche, die Konturen verschwimmen.

«Ja, in der Scheune … Da … Wir haben da einen Toten gefunden, in der Scheune. Eingemauert.» Die Stimme des Körnels klingt brüchig.

Erna und Margot sehen sich kurz an. Margot schlägt eine Hand vor ihren Mund, und Erna greift sich in die Haare. Ein Klämmerchen fällt auf den Tisch, und eine graue Strähne verdeckt ihr halbes Gesicht. Jetzt sieht sie ein bisschen irre aus.

Mit zitternden Händen befördert sie alles wieder an die richtige Stelle.

«Ja – und?», fragt sie dann mit leiser Stimme.

«Ja und?!», wiederholt der Körnel laut. «JA UND? Ist das alles, was du dazu zu sagen hast, Mutter?»

Er springt auf und versucht in der Küche hin und her zu laufen. Aber das geht nicht, es ist viel zu eng. Wie gefangen setzt er sich wieder an den Tisch, beugt sich zu seiner Mutter, legt ihr die Hände auf die Schultern und stiert ihr in die Augen.

«Mutter, wer ist der Tote? Was weißt du darüber?»

«Nichts! Nichts weiß sie!», sagt Margot schnell, viel zu schnell. «Sie weiß nichts und ich auch nicht!»

Der Körnel lacht höhnisch auf. «Das glaube ich dir nicht! Du weißt genau Bescheid, Margot, und du sowieso, Mutter, stimmt's? Deshalb sollte ich auch nicht an die Scheune ran! Deshalb warst du immer so dagegen, dass ich die Scheune …»

«Quatsch!» Erna schüttelt den Kopf und presst ihre Lippen zusammen. Wie ein eigensinniges Kind sieht sie aus. Ein eigensinniges Kind mit bösen Augen.

«Rüdiger», Margot seufzt tief. «Rüdiger, du musst uns glauben. Wir …»

«Den Teufel werd ich tun! Ich weiß nur eins: *Ich* habe niemanden auf unserem Hof eingemauert. Ich nicht. Also muss es jemand anderes getan haben. Und wer kommt da in Frage? Na bitte. Aber gut, wenn ihr mir keine Auskunft geben könnt, dann werden wir zur Polizei gehen. Das müssen wir sogar. Am besten gleich, noch heute Abend.»

Der Körnel erhebt sich langsam. Frau Freitag und ich sehen uns unschlüssig an. Pokert der oder will er das wirklich tun?

«Frau Freitag, Frl. Krise, kommen Sie! Los, wir fahren nach ...»

«Nein! NEIN! Junge!» Erna ist aufgesprungen und stellt sich dem Körnel in den Weg. «Die Polizei ... Lass die Polizei aus dem Spiel!»

Der Körnel schiebt seine Mutter unsanft auf ihren Stuhl zurück. Sie sackt wortlos in sich zusammen und schließt die Augen.

«Erna! Ist dir nicht gut? Du machst deine Mutter noch ganz zuschanden, Rüdiger, merkst du das nicht!» Margot greift unter den Tisch, befördert eine bekannte Flasche zutage und gießt eine dunkelrote Flüssigkeit in das Schnapsgläschen vor sich. «Hier! Trink das, Erna!»

Erna scheint sie nicht zu hören. Stumm und bewegungslos verharrt sie in ihrer Stellung. Ist sie ohnmächtig? Ach nein, dann wäre sie ja vom Stuhl gefallen. Die simuliert, stellt sich tot, will verhindern, dass wir zur Polizei fahren, die macht einen auf altes krankes Ömchen, das niemandem etwas zuleide tun kann! Der Körnel betätigt den Lichtschalter. Ein kaltes bläuliches Licht flimmert aus der Neonröhre über der Spüle auf. Oh Gott, wir sehen ja alle aus wie Gespenster, nicht nur Erna ist kreideweiß, auch die Grothe und Frau Freitag sind ganz bleich. Nur der Körnel hat noch eine halbwegs gesunde Gesichtsfarbe.

«So, zum letzten Mal!» Der Körnel baut sich drohend in der Tür auf. «Entweder ihr sprecht jetzt sofort, oder ...» Er klimpert mit den Autoschlüsseln.

«Margot, sag du ... ich kann nicht.» Erna ist aus ihrer Erstarrung erwacht.

«Erna!»

«Es hat doch keinen Sinn mehr!»

Margot rutscht unsicher auf ihrem Stuhl hin und her. «Soll ich wirklich? Aber …»

Erna nickt.

«Na gut.» Margot setzt sich bolzengerade hin und wischt sich kurz mit einem Taschentuch, das sie wieder aus ihrem Ärmel hervorgezaubert hat, über die Stirn.

«Wo soll ich anfangen? Also, das war … damals, da warst du so ungefähr acht Jahre alt, Rüdiger, da …»

«Er war sieben!», schaltet sich Erna ein.

Margot zuckt zusammen. «Na gut, also sieben! Erinnerst du dich noch an die Zeit, Rüdiger?» Sie zwinkert nervös und reibt sich die Augen

Der Körnel schweigt.

«Das war keine gute Zeit. Gar keine gute Zeit. Dein Vati, der … Deine Mutter hat den ganzen Tag geschuftet, von morgens früh bis spät in die Nacht. In der Melkerei. Und wenn sie heimkam, hatte sie auch noch den Haushalt, den großen Garten und die Hühner, das Holz und alles.»

Erna schluchzt auf: «Und niemand hat mir geholfen … nur du, Margot!»

Margot nickt und tätschelt stumm Ernas Hand.

«Weiter! Weiter!» Der Körnel schlägt leicht mit der Hand auf den Tisch. Mir ist ganz flau zumute. Ich könnte einen Aufgesetzten vertragen, aber man kann ja unmöglich jetzt danach fragen.

«Dein Vati war eigentlich nicht schlecht, Rüdiger, aber er hat …» Margot macht eine Handbewegung, als würde sie ein Schnapsglas zum Munde führen und den Inhalt hinunterkippen. Sie flüstert, wahrscheinlich durfte nie laut über den Alkoholkonsum von «Vati» gesprochen werden.

«Eigentlich war er eine Seele von einem Mann, aber wenn er betrunken war, wurde er unberechenbar, dann …»

«Seele?! Er hat mich geschlagen und Mutter auch!», bricht es aus dem Körnel heraus. «Ich erinnere mich genau. Mit dem Ledergürtel ...»

«Rüdiger!» Erna springt auf. Sie zittert am ganzen Körper. «Ja, er hat dich geschlagen, grün und blau hat er dich geschlagen. Ich konnte dich nicht vor ihm beschützen! Das war das Schlimmste für mich!»

«Zum Glück ist er ja irgendwann abgehauen, weil er ...», fällt ihr der Körnel ins Wort. Er schweigt für einen Moment. «Nein, nein ... er ist nicht abgehauen, er ist ... DU hast ihn ...»

Einen Moment lang scheint alles stillzustehen. Unser Atmen, das Flackern der Neonröhre, Margots Zwinkern, Ernas leises Schluchzen, die Drehung der Erde.

«Ja!» Erna strafft sich. «Ja! Du hast recht. Er ist nicht weggegangen. Da in der Scheune – das ist Vati! Es war ein Unfall, Rüdiger! Äh, eine Art Unfall! An dem Abend damals hat Vati mit Ludwig und Otto in unserer Küche Skat gespielt, und Margot und ich saßen dabei und haben Bohnen geschnippelt, zum Einmachen. Vati und Ludwig, Margots Mann, du hast ihn damals Onkel Ludwig genannt, weißt du noch? Und Otto, das war ein alter Nachbar, der ist schon lange tot. Otto und Ludwig waren auch ganz schön angetrunken, aber Vati ...»

Sie schüttelt traurig den Kopf. «Der war so betrunken, dass er gar nicht mehr wusste, was er tat. Er hat Streit angefangen, und dann ist er mit einem Messer auf Ludwig losgegangen. Die beiden Männer haben sich gewehrt, aber Vati war wie von Sinnen. Ich musste mit der Axt dazwischengehen, die lag noch zufällig neben dem Herd, wir haben den ja mit Holz befeuert. Vati ist dann ... er ist ... er ist verblutet!»

«Und ihr habt keinen Arzt geholt?» Der Körnel steht langsam auf. Er ist weiß wie die Wand.

Margot weint laut auf: «Sie wären doch ins Gefängnis gekommen. Sie konnten doch nichts dafür, es war Notwehr, sie sind ...»

«Und dann haben wir ihn eingemauert», sagt Erna fast trotzig. «Glaub mir, es war das Beste für uns alle.»

«Hat denn niemand nach Va... äh ... nach ihm gesucht?», haucht Frau Freitag. «Also, ich meine, wenn jemand so plötzlich verschwindet, dann sucht ...»

«Nein, warum? Er ist ja öfter abgehauen. Das wussten alle. Er war immer mal für ein paar Tage oder auch länger weg. Und er hat auch immer wieder davon gesprochen, dass er zurück nach Rostock wollte, wo er herkam. Er war ein Rumtreiber, ein Taugenichts, und niemand hat sich groß gewundert, als er weg war.»

«Es gab schon Gerüchte damals.» Margot lächelt fein. «Aber das Dorf hält zusammen. So ein Zugereister wie er ...»

«Rüdiger!» Erna lehnt ihren Kopf an Rüdigers Arm. «Mein Junge! Ich habe es doch für dich getan. Damit du ein schöneres Leben hast. Du wärst bestimmt ins Heim gekommen, wenn sie mich verhaftet hätten. Und es war dann auch besser so, unser Leben ohne Vati ... der war nicht gut zu uns. Nur wir beide, das war gut. Bis ... bis du ... Aber du gehst nicht zur Polizei, oder?»

Der Körnel legt den Arm um seine Mutter und schluckt. Er atmet schnell und flach. Ist sicher nicht einfach, zu hören, dass die eigene Mutter den Vater erschlagen und dann eingemauert hat.

Er schüttelt den Kopf. «Gib mal her, die Flasche», sagt er zu Margot und hebt den Aufgesetzten an den Mund. «Das muss ich alles erst mal verdauen.»

«Frl. Krise, mach das Fernlicht aus, da hinten kommen uns schon wieder lauter Autos entgegen.»

«Frau Freitag, du hast ja so was von keine Ahnung! Du hast doch noch nicht mal einen Führerschein!»

«Na und, man braucht ja wohl keinen Führerschein, um zu sehen, dass du die anderen Autos blen...»

«Ach, Quatsch. So, ausgemacht. Zufrieden? Ich bin fix und fertig. Das war alles zu viel heute. Die Leiche, Erna, der Körnel ... was machen wir jetzt bloß?»

«Keine Ahnung. Der Körnel … tzzzzz … wenigstens wissen wir jetzt, dass der kein Mörder ist.»

«Aber ein Krimineller ist er trotzdem. Knast! Zwei Jahre! Und seine Mutter … eine Mörderin! Ich werde wahnsinnig, wenn ich daran denke. Zu dieser Familie haben wir unsere Schüler gegeben! Damit sie sich bessern. So ein Hohn!»

«Ja, Frl. Krise, alles Verbrecher, diese Specks und dann noch Mörder-Gabi – voll das Mörderdorf, dieses Falkenthal. Und was haben sie mit dem Lettkow gemacht? Der ist doch auch noch nicht wiederaufgetaucht, oder?»

«Nee. Wer weiß, auf welchem Seegrund der liegt.»

«Was ich nicht verstehe, ist die Sache mit der Autoschieberei. Warum ist damals nur der Körnel ins Gefängnis gegangen?»

«Ich kann mir nicht vorstellen, dass er aus reiner Männerfreundschaft die ganze Schuld auf sich genommen hat. Vielleicht hat der Lettkow auch gar nichts verbrochen, und der Körnel hat uns das nur erzählt, um sich reinzuwaschen.»

«Nee, Frl. Krise, das glaub ich nicht. Der Lettkow ist so eklig, der hat bestimmt Dreck am Stecken. Wahrscheinlich hat er den Körnel erpresst, oder er hat ihn bezahlt, oder was weiß ich. Vielleicht hat er gesagt, wenn du nicht für mich in den Knast gehst, dann zeige ich allen im Dorf deine Aldi-Schreibübungshefte.»

«Elbi, nicht Aldi! Na ja, das war bestimmt nicht der Grund. Mann, war dem Körnel das peinlich, als wir seine Schreibübungen gefunden haben. Aber er hat es gut überspielt!»

«Ja, total. Das war aber auch eine Image-Implosion – vom coolen Fremdenlegionär mit eigenem Waffenlager zum legasthenischen Knastbruder.»

«Zum analphabetischen Knastbruder, Frau Freitag! Legasthenisch bist du!»

«Pöh, und wennschon … Rechtschreibung wird maßlos überbewertet. Sag mal lieber was zu der Leiche von Vati. Was passiert denn nun mit der? Bleibt die jetzt da drinne? Also in der Scheune? Mauert der Körnel den Papa wieder ein?»

«Kommt drauf an, ob wir zur Polizei gehen oder nicht. Du hast es doch gehört, der Körnel will seine Mutter nicht anzeigen. Der meint ja, die Tat sei eh verjährt. Also, ein Gutes hat die ganze Sache: Das Fernsehen oder irgendwelche anderen Zeitungsfritzen wird er jetzt nicht mehr auf den Hof einladen.»

«Oh Mann, Frl. Krise, ich glaub es ja nicht! Jetzt willst du auch noch einen Mord vertuschen! Also bitte!»

«Ich doch nicht! Der Körnel!»

«Wieso? Du hast doch eben gesagt, wenn wir nicht zur Polizei gehen, dann kann das Camp einfach so weiterlaufen. Frl. Krise, ich sag dir jetzt mal was: Wenn ich nicht schon längst aus der Sache ausgestiegen wäre, dann würde ich das spätestens jetzt machen.»

«Ja, schön. Tu nur so, als ob du überhaupt nicht beteiligt warst. Wenn ich morgen zur Polizei gehe, bist du auch mit dran. Aber ich sag dir eins: Bevor ich irgendwohin gehe, verständige ich erst einmal die anderen. Also unsere Kollegen! Am besten trommeln wir sie morgen in der ersten großen Pause zusammen. Bin gespannt, was die sagen!»

«Ja, da komme ich auch, ich freu mich schon auf das Gesicht von der Nolte, wenn sie vom Betonvati erfährt.»

Begrenzt

«Okay, dann machen wir das so, wie Frl. Krise vorgeschlagen hat, oder was meint ihr?», fragt Susanne Brendel vorsichtig.

Wir sitzen heute schon das zweite Mal zusammen. In der ersten großen Pause kamen wir gerade mal dazu, den anderen Kollegen vom eingemauerten Herrn Speck und dem Besuch bei Frau Speck zu berichten. Jetzt diskutieren wir schon die halbe Mittagspause darüber, was mit dem Camp passieren soll. Frl. Krise hat gerade vorgeschlagen, dass wir in den nächsten Tagen das Camp auflösen und die Jungs nach Berlin bringen sollen. Niemand ist besonders begeistert davon.

«Nun macht doch nicht so ein Gesicht. Es sind doch bald Sommerferien. Wir hätten die Jungs doch sowieso nicht den ganzen Juli und August dort lassen können», sagt Frl. Krise.

«Aber was ist mit nach den Ferien?», fragt Susanne Brendel piepsig und hält sich beide Fäuste vor den Mund. «Sollen denn Mert und Onur und Günther und Thomas H. dann wieder ganz normal in die Klassen zurückgehen?»

Bei dem Gedanken schütteln auch Felix und sogar Frau Nolte den Kopf. Peter Pommer steht auf, drückt die Hände gegen seinen unteren Rücken und versucht umständlich, seine Hüfte nach vorne zu schieben. Ich glaube, er möchte sich dehnen.

Dann sagt er in die Stille hinein: «Susanne, also erstens ist unser Freund Thomas H. gar nicht im Camp, der schwänzt einfach nur. Der könnte jeden Tag wieder in deinem Unterricht sitzen.»

Alle gucken den Pommer an und warten. Aber er sagt nichts.

«Und zweitens?», fragen Herr Voss und Frl. Krise fast gleichzeitig.

«Ja, äh, und zweitens müssen wir uns wohl an den Gedanken

gewöhnen, dass die Jungs wieder zu uns kommen. Und Susanne, du hast Nihat vergessen.»

Bei dem Namen zuckt Frl. Krise kurz zusammen.

Susanne lässt nicht locker. «Okay, okay, also ich verstehe ja, dass wir das Camp schließen müssen, aber können wir nicht irgendetwas anderes finden für die Jungs? Irgendwas in Berlin? Gibt es nichts, wo sie hinkönnen, wo sie eher praktisch arbeiten?»

«*Stadt als Schule!*», schreit Monika plötzlich, und alle gucken sie erwartungsvoll an. Auch Susannes Augen bekommen einen hoffnungsvollen Schimmer. «Das wäre doch was für die Jun...»

«Kannste vergessen, Monika!», unterbricht sie der Pommer «Das Schulprojekt *Stadt als Schule* gibt es nicht mehr. Abgewickelt. Runtergewirtschaftet.»

Frl. Krise guckt auf ihre Armbanduhr. «Also, Leute, was machen wir denn nun? Ich denke wirklich, dass wir keine andere Möglichkeit haben. Wir müssen die Jungs wieder nach Berlin holen.»

«Ja, und ihr könnt alle von Glück sagen, dass ihr noch nicht aufgeflogen seid», versuche ich die Kollegen zu trösten. Vielleicht sehen sie ja ein, dass es nicht das Schlimmste ist, die Jungs wieder im Unterricht zu haben. «Stellt euch doch mal vor, der Fischer hätte das rausgefunden oder der Schulrat. Ihr würdet nicht nur alle eure Jobs verlieren, es gäbe bestimmt auch Strafverfahren wegen Kindeswohl ...»

Frl. Krise gibt mir einen richtig dollen Stoß in die Seite. Ihr Ellenbogen ist total spitz. Aua!

«Mensch, Frau Freitag, jetzt fang doch nicht damit wieder an.»

Pommer guckt giftig zu mir. «Frau Freitag, was heißt denn eigentlich IHR? Hast du Amnesie, oder was?»

«Häh, wieso Amnesie?»

«Na, wenn ich mich richtig erinnere, dann warst du doch immer mit dabei. Du hast doch die Jungs mit nach Falkenthal gebracht!»

«Peter, lass mal. Das habe ich schon tausendmal mit ihr durchgekaut. Ist doch jetzt egal», sagt Frl. Krise und guckt dann jeden von uns kurz an. «Wir müssen jetzt nur organisieren, wie wir die Jungs nach Berlin transportieren.»

«Und wie wir sie dazu bringen, nichts auszuplaudern», sagt plötzlich Herr Voss, der bisher nur zugehört hat.

Monika reagiert als Erste: «Kollege Voss hat recht. Wir könnten noch nachträglich in Teufels Küche kommen, wenn die Jungen nicht aufpassen, was sie vom Camp erzählen. Eigentlich dürfen sie überhaupt nicht davon sprechen!»

«Na, das wirst wohl nicht mal *du* verhindern können, liebe Monika», sagt der Pommer gehässig. «Die werden auf jeden Fall erzählen, wo sie waren, und dann sind wir …»

«Nicht unbedingt», wirft jetzt Herr Voss ein. Er sieht ominös in die Runde und wartet, bis er die totale Aufmerksamkeit von allen hat. «Die Knaben lassen sich doch bestimmt bestechen.»

«Bestechen?», ruft Monika etwas zu laut «Womit soll man die denn bestechen? Pffff, mit Schokolade? Oder Kaugummis? Oder was?»

Tobias Voss schüttelt den Kopf. «Technik! Man besticht die Jugend mit Technik!»

Susanne Brendel guckt verwirrt von Herrn Voss zu mir und dann zu Frl. Krise. Oh Mann, dass die aber auch immer ihre Verpeiltheit sofort offenlegen muss.

Felix 26 grinst. «Jaaaa, wir legen zusammen und kaufen denen ein, ein …»

«Ein iPhone!», sagt Voss trocken, und alle starren ihn an.

«Ein iPhone?», kreischt Monika. «Wissen Sie, was das kostet?»

«Das neue 5c bekommt man mit 16GB schon ab 599 Euro», sagt der Voss trocken.

«Aber mit dem 5c brauchen wir den Jungs gar nicht zu kommen. Das sind Mädchenhandys», kontert der Pommer.

«Ach, sind das diese hübschen bunten? In den Pastellfarben?», fragt Susanne Brendel piepsig wie immer.

«Ja, genau die. Falls die Jungs käuflich sind, dann nur mit dem neuen 5s. Kostet zwar einen Hunni mehr, aber wie gesagt, über das 5c müssen wir gar nicht erst sprechen.»

Monika ruckelt sich in eine aufrechte Sitzposition: «Vielleicht lieber ein iPad. Da gibt es jetzt neue. Mini. Das wäre vielleicht was für die Jungen. So eins hat mein Neffe gerade zum Geburtstag bekommen. Die kosten auch nicht so viel. Ich glaube, die gibt es ab 300 Euro.»

Pommer macht eine wegwerfende Handbewegung. «Sorry, Monika, für 300 bekommst du die nur ohne Retina-Display, und Retina möcht' scho sein. Also, ich würde sagen, wir einigen uns auf das 5s. In Schwarz ist das wirklich der Hammer.»

«Okay, das wären dann vier mal 600 Euro, das sind zusammen ...»

Frl. Krise tut so, als rechne sie im Kopf die Summe aus, dabei weiß ich genau, dass sie nur darauf wartet, dass jemand anderes das Ergebnis sagt.

«2400 Euro, genauer gesagt: 2396 Euro, denn die kosten ja nur 599», klärt uns der Voss auf. «Dann muss jeder von uns genau 342,28 Euro zahlen.»

Typisch Mathelehrer. Die tun immer so, als wäre diese ganze Kopfrechnerei ein Kinderspiel. Das nervt. Bestimmt kann der Voss kein Englisch, und zeichnen kann der auch nicht.

«So viel?», schreit Felix.

Monika wirft ihm einen strengen Blick zu. «Möchtest du lieber ins Gefängnis, mein lieber Felix?»

Er schüttelt schnell den Kopf. Bevor wir dieses Treffen jetzt gleich auflösen und die Kollegen alle zustimmen, die 340 Euro zu zahlen, muss ich aber noch etwas klarstellen.

«Also, ihr Lieben, das wird aber jeden noch einen Fuffi mehr kosten, also genau 399,33 Euro pro Person, denn *mich* müsst ihr ja rausrechnen. *Ich* mach doch bei dem Camp gar nicht mehr ...»

Keiner reagiert. Dann ...

Aua, was soll denn das? Irgendjemand hat mir eine Federtasche an den Kopf geworfen. Na toll. Und so was nennt sich Kollegen …

«Ich habe gestern Abend alles wieder zugemauert», sagt der Körnel. «Wegen der Kinder und wegen Emine!»

Frau Freitag nickt und schüttelt dann den Kopf. Ich bin auch hin und her gerissen. Er hat die Wand also wieder verschlossen. Das ist natürlich gut, weil es wirklich fatal gewesen wäre, wenn die Jungen etwas von der Leiche mitbekommen hätten. Und auch Emine muss nichts von dem erfahren, was sich damals auf dem Hof zugetragen hat. Onkel Ali würde uns umbringen, wenn er wüsste, was wir nun wissen.

Aber heißt das jetzt, der Mord bleibt ewig ungesühnt? Will der Körnel etwa den Rest seines Lebens mit seinem gleich hinter dem Jeep geparkten Vati verbringen?

Vielleicht reißt er ja auch die Wand wieder auf und geht zur Polizei, wenn wir die Jungen abgeholt haben. Im Grunde kann uns das egal sein. Ich will, ehrlich gesagt, gar nicht wissen, was er vorhat. Ich will nur noch das Projekt beenden. Lieber heute als morgen.

Deshalb sind wir auch heute gekommen, wir wollen mit ihm besprechen, wie wir unseren geordneten Rückzug am besten organisieren können.

Der Körnel hat geschluckt, als wir es ihm gesagt haben. Schwer geschluckt.

«Dachte ich mir schon!», hat er gesagt und geseufzt. «Da wird es ja bald verdammt ruhig auf dem Weiherhof.»

Er tat mir direkt leid. Wir haben mit angesehen, wie aus dem coolen Coach ein jämmerlicher Analphabet wurde, der heimlich den Satz «Vati fährt Auto» in vereinfachter Ausgangsschrift übt. Dabei ist Vati … nein, nicht dran denken. Der demontierte Körnel – kein schöner Anblick.

Er fixiert uns mit gerunzelter Stirn. «Ich weiß, ich müsste zur Polizei gehen und die Tat anzeigen. Aber soll ich meine alte Mutter ins Gefängnis bringen? Wegen diesem … diesem Schläger und Säufer, der beinahe ihr und mein Leben kaputt gemacht hätte? Nach allem, was sie für mich getan hat? Nein, das kann ich nicht.»

«Rüdiger!»

Wenn man vom Teufel spricht! Frau Speck steht plötzlich wie angewurzelt vor dem Hühnerstall. Sie hat sich wieder durch den Garten angeschlichen und schaut uns erstaunt an. Sicher hat sie nicht mit uns gerechnet.

«Rüdiger», sagt sie etwas leiser, «kannst du mal … ich wollte nur …»

«Komm doch her, Mutti!»

Der Körnel streckt einen Arm nach ihr aus. Wie nett der Körnel auf einmal ist. Mutti, sagt er. Mutti! Sonst nannte er sie doch immer «Mutter». Komisch. Die ganze letzte Zeit fetzte er sich mit ihr, und kaum hat er rausbekommen, dass sie eine Mörderin ist, behandelt er sie mit ausgesuchter Höflichkeit. Das verstehe, wer will. Aber vielleicht verbindet so ein gemeinsames Schicksal.

Die alte Speck humpelt langsam über den Hof auf uns zu. Sie sieht ramponiert aus. Ihre Haut ist ganz grau, die Augen sind verschwollen, die Haare nur nachlässig zusammengesteckt, und die Kittelschürze ist schief geknöpft. Ein Bild des Jammers.

Sie bleibt einen Schritt vor uns stehen und schaut uns scheu von unten an. Bestimmt fürchtet sie sich vor uns, bestimmt denkt sie, wir waren schon bei der Polizei.

Verrückt. Nachmittägliches Treffen mit einer Mörderin. Wie verhält man sich eigentlich in so einem Fall?

Soll man lächeln und grüßen oder sich lieber wegdrehen? Knigge ist einem da auch keine Hilfe. Ach, Quatsch, Frl. Krise, die Speck ist doch nur eine arme alte Frau, die sich vor fast fünfzig Jahren in höchster Not …

Aber mit einer Axt! Mit einer Axt!

«Rüdiger, ich wollte nur fragen … willst du heute Abend zum Essen zu mir kommen? Herbert hat mir Spargel gebracht.

Von seinem Feld. Ich dachte, du isst doch so gerne Spargel. Früher …»

«Nee, Mutti, ich kann nicht. Tut mir leid.»

«Früher hast du immer so gerne Spargel gegessen, Rüdi. Aber ich konnte nie welchen kaufen. Wir hatten ja kein …»

«Mutti, es geht wirklich nicht. Ich muss heute Abend nach Grünsee. Unbedingt. Die machen da eine Versammlung wegen Heinz Lettkow. Die überlegen, was man noch machen könnte. Die Polizei hat den doch immer noch nicht gefunden.» Der Körnel guckt trübe in die Ferne. Dann reißt er sich zusammen.

«Aber vielleicht wollen die Damen?», fragt er und grinst uns etwas mühsam an. «Frischer Spargel direkt vom Erzeuger. Und meine Mutter kocht gut, sehr gut!»

Frau Freitag und ich fahren überrascht zusammen, auch Erna scheint ein bisschen erschrocken zu sein. Aber dann verzieht die alte Speck ihren schmalen Mund zu einem kleinen Lächeln und zwinkert uns zu. Richtig freundlich. Das gab es ja noch nie! Bisher hat sie uns doch immer nur finster gemustert und sogar beschimpft. Und nun dies! Für einen kurzen Moment kann ich mir ihr Gesicht als junge Frau vorstellen. Bestimmt war sie einmal hübsch. Sie hatte lange braune Haare und ein paar Sommersprossen, und sie hat Vati geheiratet, den Charmeur aus Rostock, und bald einen kleinen Sohn bekommen. Aber dann hat das Leben ihr schwer zugesetzt, ihr Mann entpuppte sich als Säufer, und sie musste die Familie als Melkerin durchbringen. Und der liebe Rüdi machte auch Probleme, er war schlecht in der Schule, er konnte nicht …

«Ja, bitte, kommen Sie doch!», sagt Erna eindringlich und greift nach meiner Hand. «Kommen Sie mich besuchen. Sie gehören doch schon fast zur Familie!»

Frau Freitag gibt mir von hinten einen leichten Stoß.

«Hm, Spargel!», sagt sie sehnsüchtig. «Ich hab dieses Jahr überhaupt noch keinen Spargel gegessen.»

«Ja, dann wird es aber höchste Zeit, es gibt nicht mehr lange

Spargel!» Erna hat rote Bäckchen bekommen, sie wirkt auf einmal ganz munter. «Also, Sie kommen, oder?»

«Ja, sehr gerne. Danke für die Einladung, Frau Speck!», sagt Frau Freitag und kneift mir erfreut in den Arm.

Na toll, jetzt soll ich schon mal vorgehen zu Frau Speck. Ohne Frl. Krise. Die hilft Emine beim Haartönen. Und Emine will Strähnchen. Das dauert. Ich würde mich wohler fühlen, wenn die Krise jetzt schon mitgekommen wäre. Ich werde einfach ein bisschen trödeln. Ich habe extra nicht das Fahrrad genommen. Zu Fuß dauert das dann eben länger. Worüber soll ich denn mit der alten Speck reden? Die spannenden Sachen erzählt sie ja bestimmt nicht. Mich würde schon interessieren, wie sie damals ihren Mann mit der Axt …

Hoffentlich ist ihre Freundin, die Grothe, auch da. Die ist immer so nett, und mit der kann man sich auch gut unterhalten. Irgendwie ist das ja auch süß von der Frau Speck, die Krise und mich zum Spargelessen einzuladen. Frl. Krise meinte, das macht sie nur, weil sie gut Wetter mit uns machen will und weil sie so viel Spargel hat und nicht möchte, dass der schlecht wird. Aber das ist Quatsch, den hätte sie einfrieren können. Wahrscheinlich ist sie auch ganz schön erleichtert, dass wir nicht zur Polizei gegangen sind. Ich finde ja, dass wir vielleicht doch noch zur Polizei gehen sollten. Wenn wir die Jungen wieder in Berlin haben, dann könnten wir eine anonyme Anzeige machen. Das muss ich noch mal mit Frl. Krise besprechen.

Hmmmm, Spargel. Ich freu mich schon. Hoffentlich gibt es auch Sauce hollandaise. Nur mit Butter ist langweilig, und gekochter Schinken muss auch dabei sein. Und hoffentlich hat die Speck den auch ordentlich geschält. Ist voll eklig, wenn die Schale noch da dran ist. Oder bei Rührei, wenn da die Eierschale mit reinkommt. Bähhhh. Oh Mann, hab ich Hunger. Hmmm, Spargel und Kartoffeln, lecker. Vielleicht lege ich doch einen Zahn zu. Ich werde mal die Krise anrufen, ob die schon auf dem Weg ist ... oh Mist, hatte ich total vergessen, dass hier nirgends Empfang ist. Na, die wird schon kommen, ist ja auch gleich acht.

«Frau Freitag, dann prost!», skandieren Frau Speck und Frau Grothe im Chor und setzen die Schnapsgläser an ihre faltigen Lippen. Ein Begrüßungsschnaps muss sein, meinte die Speck, und der Spargel dauere eh noch ein paar Minütchen. Dieser selbst hergestellte Likör schmeckt mir überhaupt nicht. Frl. Krise findet den richtig lecker, aber die ist ja auch Alkoholikerin. Der schmecken doch alle Arten von Spirituosen. Wo bleibt die Krise überhaupt? Oh nein, jetzt füllen die Damen mir das Glas schon wieder voll.

«Frau Speck, ich kann nicht so viel ...»

«Auf die Freundschaft! Na los, Frau Freitag, trinken Sie!» Mir wird ein wenig schwindlig. Die Grothe steht jetzt neben Erna und beugt sich zu mir. Lachend zeigt sie ihre großen gelben Zähne. «Kommen Sie, auf einem Bein kann man nicht stehen!», zischt sie.

«Emine, so, fertig! Das letzte Strähnchen. Hoffentlich wird das was.»

«Bestimmt! Auf jeden Fall ist es besser als vorher.» Emine betrachtet sich wohlgefällig im Spiegel. Ihr Kopf sieht lustig aus mit den vielen dachziegelartig übereinanderliegenden Alublättchen, in denen die blondierten Haare verpackt sind.

«Danke, Frl. Krise. So verwahrlost, wie ich aussah, hätte ich ja nicht nach Berlin fahren können. Ach, eigentlich will ich gar nicht zurück. Ich bin traurig, dass nun alles vorbei ist hier auf dem Hof.»

«Finden wir ja auch, aber das geht leider wirklich nicht anders. Ich hab dir doch erzählt, dass unser Schulleiter das Camp nicht ...»

Emine nickt. «Ist schon klar, Frl. Krise. Wenn euch der Chef

Stress macht, müsst ihr natürlich aufhören. Das verstehe ich. Aber ich werde den Hof vermissen. Sehr sogar.»

«Ich auch, Emine, ich auch. Du kommst jetzt alleine klar, oder? Wo ist eigentlich meine Handtasche? Ich muss weg!»

Ich habe es eilig, weil ich ein ganz schlechtes Gewissen habe. Emine glaubt, der Fischer hätte uns angewiesen, das Camp aus versicherungsrechtlichen Gründen zu schließen. Das habe ich ihr gesagt. Ich kann ihr kaum noch in die Augen schauen. Aber die Story von dem abgemurksten Vati ihres Arbeitgebers hätte ich ihr ja auch nicht erzählen können.

Auf dem Weg runter ins Dorf begleitet mich das schwarze Kätzchen. Es läuft hin und wieder ein Stückchen vor oder verschwindet kurz hinter einem Gebüsch, kehrt aber immer wieder zu mir zurück und streicht mir um die Beine. Wie anhänglich die kleine Miezi ist! Das macht mich fast ein bisschen wehmütig. Jetzt ist es vorbei mit dem Hof und mit Falkenthal. Wer hätte gedacht, dass das Ende des Camps so plötzlich käme? Die Jungen werden sich auch wundern, sie ahnen noch nichts. Aber unsere kleine Bestechungsgabe wird ihnen den Abschied versüßen. Wenn sie nur dichthalten! Der Körnel wird ihnen morgen schonend beibringen, dass wir am Samstag kommen, um sie abzuholen. Pommer, die Nolte und ich fahren am besten alle drei mit den Autos und nehmen Susanne, Frau Freitag und den Voss mit. Emine will noch ein schönes Abschiedsessen zubereiten – dann wird die ganze Bagage eingepackt, winke, winke und ab nach Hause. Morgen müssen wir unbedingt die Eltern verständigen. Die werden sich freuen – hoffe ich jedenfalls. Im Gegensatz zu den meisten Kollegen. Aber unsere Jungen haben Fortschritte gemacht, das steht fest, das Camp war ein Erfolg. Die Kollegen bräuchten sich eigentlich nicht davor zu fürchten, dass die Jungen wieder in den Unterricht kommen …

Burak überholt mich mit dem Fahrrad. Er winkt nur kurz, und weg ist er. Ach, Burak! Mit ihm fing alles hier an. Ob er für immer in Falkenthal bleibt? Vielleicht hat er eine feste Freundin im Dorf …

Ah, die Tür von Ernas Häuschen ist nicht abgeschlossen, genau wie gestern. Scheinen die im Dorf alle so zu machen. Na ja, außer ein paar Morden passiert ja hier auch nichts. Die Küchentür steht offen – und Margot ist auch wieder da. Ohne die läuft aber auch gar nichts bei Erna. In der Küche ist es warm und feucht, an der beschlagenen Fensterscheibe und den hellblauen Kacheln laufen Wassertropfen hinunter, irgendetwas blubbert heftig in einem großen Kessel, ein Deckel klappert laut, und auf dem Tisch stehen schon vier Teller und Gläser. Das schöne alte Küchenbuffet mit den Glastüren ist mir gestern Abend gar nicht aufgefallen. Die Küche ist klein, aber gemütlich. Bestimmt sitzen Erna und Margot hier immer zusammen, trinken Kaffee oder Aufgesetzten und zerreißen sich die Mäuler über ihre Nachbarn und uns.

Erna schwenkt mir ihren gehäkelten Topflappen wie eine Fahne entgegen.

«Kommen Sie rein, Frl. Krise! Immer rein in die gute Stube!» Sie sieht aufgekratzt aus, ganz anders als heute Nachmittag. Auch Margot macht einen aufgeräumten Eindruck, kein Wunder, sie hantiert schon wieder mit einer Likörflasche. Frau Freitag hockt etwas schief am Tisch und hält ein Schnapsgläschen in der Hand. Sie sieht mich mit geöffnetem Mund und halb zugekniffenen Augen an. Oje, die hat schon was intus. Das kann ja heiter werden, die verträgt doch gar nichts. Hoffentlich wird ihr nicht nachher im Auto schlecht – dann haben wir die Sauerei, und ich darf es aufputzen.

«Kommst du auch schon, Frl. Krise?!», sagt sie mit wackeliger Stimme. «Prost, du … du!»

Sie hebt ihr Glas, sieht es kurzsichtig an und setzt es mit einem Ruck wieder ab.

«Eigentlich, ich wollte nicht mehr … aber … aber …», stammelt sie.

«Austrinken!», befiehlt die Grothe. «Runter damit, Frau Freitag!»

«Ja, genau, Prösterchen, ex und hopp», assistiert Erna, die – in eine Dampfwolke gehüllt – die Kartoffeln abgießt. Schöne Arbeitsteilung: Erna kümmert sich um das Essen, und Margot betreut uns alkoholisch.

Gehorsam, wenn auch langsam, führt Frau Freitag das Glas zum Mund. Warum macht sie das? Sie weiß doch, dass ihr so schnell schlecht wird!

«Nehmen Sie auch einen Kleinen als Vorspeise, Frl. Krise!»

Schon steht auch vor mir ein Gläschen mit der öligen roten Flüssigkeit. Jetzt ist die Flasche leer. Ein Glück.

«Danke nein, ich muss noch Auto fahren. Wir wollen nach dem Essen zurück nach Berlin. Ich hätte lieber ein Wasser!»

«Ach, *ein* Likörchen! Das geht doch immer!»

Eigentlich hat sie recht. «Na gut, einen trink ich!»

«Mit dem Spargel dauert es noch einen Moment.» Erna setzt sich zu uns an den Tisch und sieht uns zufrieden an. «Ja, der Aufgesetzte! Den mache ich selber. Aus schwarzen Johannisbeeren und Korn. Der ist gut gegen alles. Margot und ich trinken den wie Medizin! Noch einen, Frau Freitag?»

Frau Freitag gibt einen gepressten Laut von sich. Sie stützt sich mit einer Hand auf dem Tisch ab und steht langsam auf. Dabei gerät ein Teller ins Rutschen und fällt klirrend zu Boden. Kaputt natürlich!

«Oh, das ... Verzeihung ... ich muss mal ...» Frau Freitag stiert mich kurz an, schwankt knirschend durch die Scherben und verschwindet aus der Küche. Mannometer, ich hab's doch gewusst. Ihr ist übel. Na ja, vielleicht besser so. Besser, sie kotzt hier ins Klo als auf den Beifahrersitz meines Autos. Also, ich frage mich, wie viel die in dieser kurzen Zeit wohl schon getrunken hat? Von wegen Medizin. Und nun ist auch noch ein Teller zu Bruch gegangen, dabei war der bestimmt von dem «guten» Geschirr.

Zum Glück scheint das Erna nicht viel auszumachen. Jedenfalls sagt sie nichts.

Ich hebe schnell die großen Scherben auf, Margot fuchtelt mit einem Handfeger in der Gegend herum, und Erna putzt kichernd mit einem Lappen über den Boden. Von dem Bücken ist mir ein bisschen schwindelig geworden, ich setze mich lieber wieder hin.

Wo bleibt Frau Freitag? Langsam könnte sie wiederkommen. Ob ich mal nach ihr schaue? Aber was sollen Erna und Margot von uns denken, wenn wir zum Spargelessen eingeladen sind und dann den halben Abend auf dem Klo rumhängen? Trotzdem …

«Ich guck mal kurz nach Frau Freitag, vielleicht ist ihr nicht gut!», sage ich und stehe langsam auf.

«Ich mach das schon!» Margot ist wieselflink vor mir an der Tür und gibt mir sogar einen kleinen Schubs. «Bleiben Sie mal hier! Das Essen ist fertig!»

«Ja, der Spargel ist gleich so weit!», bestätigt Erna und guckt in den dampfenden Topf.

Margot ist schon draußen. Erna macht sich an ihrem Küchenbuffet zu schaffen und zaubert eine grüne Flasche hervor.

«Das ist die Letzte vom letzten Jahr!», sagt sie verschwörerisch.

Oh nein, will die uns mit Gewalt betrunken machen? Reicht es nicht, dass Frau Freitag schon fast aus den Latschen gekippt ist? Wir sind zum Spargelessen gekommen und nicht, um uns zu besaufen. Aber vielleicht ist das ja auf dem Dorf so. Trinken gehört dazu, ist sogar wichtiger als Essen. Wie lange will die Erna eigentlich noch diesen Spargel kochen lassen? Der muss ja schon total matschig sein!

«Machen Sie Sauce hollandaise zum Spargel, Frau Speck? Oder gibt es geschmolzene Butter?»

«Ich … äh … Soße! Nein, Butter!», sagt Erna und reißt ihre blassen Augen auf. «Ach ja, stimmt, die muss ich ja noch fertig machen.»

Unschlüssig trippelt sie vor ihrer Spüle hin und her.

Dann schaut sie aus dem Fenster, kneift die Augen zusammen und schnauft.

«Kommen Sie, Frl. Krise, wir heben schnell noch einen, bevor die beiden wiederkommen!»

«Sind die draußen, Frau Speck?» Ich dachte, Frau Freitag wäre auf der Toilette. Oder ist die rausgegangen? Ich trete ans Fenster, sehe aber niemanden im Vorgarten.

Frau Speck reicht mir ein gefülltes Glas. «Auf die Gesundheit, Frl. Krise!», sagt sie und lächelt mokant.

Nee, jetzt ist aber Schluss! Ich lass mich doch nicht mit Likör abfüllen. Ich trinke nichts mehr! Und außerdem: Irgendwas stimmt hier nicht! Die Kartoffeln liegen da auf dem Brett und sind bestimmt längst eiskalt, der Spargel kocht schon ewig wie verrückt, und warum holt sie nicht endlich die Butter aus dem Kühlschrank? Der Spargel! Warum riecht es eigentlich nicht nach Spargel? Es riecht nach Verdunstung und nach Kartoffeln und sonst nichts.

Erna hebt wieder ihr Glas hoch.

«Jetzt aber!», flüstert sie. «Stoßen Sie mit mir an, Frl. Krise!»

Mit einem Satz bin ich am Herd. Au, der Deckel ist natürlich glühend heiß, und ich lasse ihn mit einem Aufschrei fallen.

Im Topf wallt Wasser, viel Wasser.

Aber kein Spargel, nicht die kleinste Stange.

Erna! Margot!

Wie die uns verarscht haben! Die haben uns gar nicht zum Essen eingeladen, sondern ... sondern ... sie ...

Frau Freitag! Der Schnaps! Oh mein Gott, vielleicht war das gar kein Schnaps! Jedenfalls nicht nur! Da war irgendwas drin im Schnaps ...

Raus, raus, hier aus der Küche! Ich muss Frau Freitag suchen!

Wo ist die Toilette? Ah, da! Die Tür steht sperrangelweit auf. Niemand ist drin. Ein Gästehandtuch liegt nass und zerknüllt auf dem Fliesenboden, eine Rolle Toilettenpapier ist aus dem Halter gerutscht und hat sich bis auf den Flur abgerollt. Ach du Schande, was ist hier passiert?

Im Haus scheint niemand zu sein. Aus der Küche ruft Frau Speck: «Frl. Krise, wo wollen Sie hin?»

Ich reiße die Haustür auf und laufe die Eingangstreppe hinunter. Mann, wo sind die beiden? Wie komme ich in den Garten? Ah, der schmale Plattenweg zwischen Garage und Haus. Da kann man durch.

Der Garten ist ja riesig! Eine richtige Terrasse am Haus gibt es nicht, wild wuchernde Heckenrosen und große blühende Stauden stehen um eine schon länger nicht mehr gemähte Wiese voller Margeriten. Weiter hinten gibt es anscheinend noch Gemüsebeete.

Wo ist die Freitag? Von der Grothe ist auch nichts zu sehen. Aber da! Ich höre was! Leises Wimmern. Oh nein! Ist das Frau Freitags Stimme? Schnell über die Wiese auf die andere Seite des Hauses. Die Heckenrosen sind hochgewachsen und verdecken die Sicht. Da! Die Grothe! Sie zerrt gebückt an einem Sack oder Bündel herum und stöhnt vor Anstrengung, denn sie … Frau Freitag! Das ist kein Sack, das ist ja Frau Freitag!

Nein, das kann nicht sein … Geht es ihr so schlecht? Ist sie betäubt? Sie haben sie vergiftet! Sie liegt ganz komisch verrenkt halb auf dem Bauch, halb auf der Seite am Rand einer Grube, die sich direkt vor der Hauswand befindet. Die Grothe reißt an ihr herum. Oh Gott, ein Bein von Frau Freitag hängt schon in der Grube, und gleich wird sie ganz reinstürzen!

«Halt, Frau Grothe! Lassen Sie los!»

Die Grothe drückt Frau Freitag weiter vorwärts. Sie macht das absichtlich! Sie will Frau Freitag reinschubsen!

«Halt! Achtung, Frau Freitag!»

Warum reagiert sie nicht?

Die Grothe dreht sich nach mir um. Wir sehen uns voll in die Augen. Kalt sind ihre Augen, eiskalt und ohne jedes Mitgefühl. Ich bin plötzlich wie gelähmt, kann mich nicht mehr bewegen.

Erst als die Grothe sich umdreht, ist es, als ob mein Körper aus seiner Erstarrung erwacht. Ich stürze mich auf sie, bekomme einen Arm zu fassen, gerate aber gleichzeitig mit einem Fuß an einen großen Haken, stolpere, verliere das Gleichgewicht und knalle auf den Boden.

Mit diesem Ding hat sie wohl die Metallabdeckung der Grube aufgehebelt … Mann, plötzlich kapiere ich, was hier vorgeht.

Das ist eine offene Jauchegrube!

Die Grothe versucht, Frau Freitag in Frau Specks Jauchegrube zu stoßen! Sie will sie umbringen!

Mit einem Satz bin ich wieder auf den Beinen, aber ... ich zerspringe, ich taumele, ein schwerer Schlag hat mich getroffen, meinen Hals, mein Ohr, mein Gesicht. Ich sinke auf die Knie, in meinem Kopf explodiert etwas. Ich öffne mühsam die Augen und starre auf braune Filzpantoffeln und eine Pfanne. Erna! Mit einer Pfanne in der Hand steht sie vornübergebeugt keuchend vor mir.

Irgendjemand schreit wie verrückt. «Hilfe, Hilfe, HILFE, HILFE!»

Ich bin es, die so schreit. Ich schreie um Frau Freitags Leben, um mein Leben. Hilft uns denn keiner? Sie haben Frau Freitag vergiftet, und mir ist von dem Hieb ganz schwindelig, ich komme kaum wieder hoch ...

«Hilfe, Hilfe!»

Da fährt eine dunkle Gestalt zwischen Erna und mich. Erna stürzt mit einem Aufschrei vor mir zu Boden, Frau Grothe taumelt plötzlich seitlich an uns vorüber und fällt wie in Zeitlupe krachend auf die Metallplatte, und Frau Freitag wird an uns vorbei bis auf die Wiese geschleift.

Eine Hand streckt sich mir entgegen. Ich ergreife sie und lasse mich hochziehen.

«Alles okay, Frl. Krise?» Burak lächelt mich an. «Keine Angst, ich hab die Polizei schon verständigt.»

Wo bin ich? Was ist passiert? Über mir ist der Himmel. Ich liege auf einer Wiese. Warum? Jemand haut mir mit der flachen Hand ins Gesicht.

«Aua! Nicht!»

Eine Männerstimme: «Frau Freitag, Frau Freitag, hören Sie mich? Hallo!»

Wer ist das? Wer ruft mich? Wo ist Frl. Krise? Was ist mit dem Spargel? Ich habe Hunger. Hat Frl. Krise den Spargel alleine aufgegessen? Frl. Krise und die alten Frauen. Frau Speck und Frau Grothe. Was ist denn passiert? Wieso liege ich im Garten und bin nicht in der Küche? Ich kann mich nicht bewegen. Bin ich gelähmt? Oh Gott, oh Gott, oh Gott! Bin ich im Wachkoma?

Jetzt hat mich wieder jemand gehauen.

«Aua!»

Ein Mann beugt sich über mich und grinst. Er trägt eine Uniform. Ein Polizist.

«Alles klar, sie ist wieder da!», sagt er zu einem anderen Polizisten. Der steht am Haus und stochert mit einem langen Stab in einem Loch im Boden herum.

«Puhhhh, Jauche … immer wieder schön!», ruft er seinem Kollegen entgegen.

Da ist auch Burak und neben ihm der Körnel und Frl. Krise. Sie stößt den Körnel an und zeigt auf mich:

«Gucken Sie, jetzt ist sie wach. Aber am besten lassen wir sie noch einen Moment liegen, sie hat doch so einen niedrigen Blutdruck, und der Krankenwagen kommt gleich.»

Der Körnel wischt sich mit einem Tuch über die Stirn.

«Ja, die müssen die Margot auch mitnehmen. Das sieht nicht gut aus mit ihrer Hüfte. Meine Mutter sollen sie dann auch gleich durchchecken, aber die werden sie wahrscheinlich erst mal auf dem Revier verhören wollen. Die Kripo dürfte ja wohl jeden Moment auftauchen.»

«Garantiert», sagt Frl. Krise. «Was macht der Polizist da eigentlich? Weshalb stochert der in der Jauchegrube rum?»

«Ich glaube, dem ist vorhin seine Mütze da reingefallen, und er versucht schon die ganze Zeit, sie rauszuangeln.»

Der Körnel geht kurz weg und kommt mit zwei Gartenstühlen wieder. Jetzt sehe ich die alte Speck. Sie sitzt auf dem Rasen. Zu ihren Füßen liegt Frau Grothe. Warum liegt sie? Was ist passiert? Und warum riecht es hier so komisch? Und warum kümmert sich keiner um mich?

Der Körnel stellt die beiden Stühle nebeneinander.

«Hier, Mutter, setz dich mal.»

Frau Grothe sagt etwas zu Erna, aber ich kann nicht verstehen, worüber sie sprechen. Der Körnel sitzt neben seiner Mutter und schüttelt heftig den Kopf. Erna Speck hat die Arme verschränkt. Der Körnel guckt immer wieder zu dem Polizisten, der in der Jauchegrube herumstochert. Was sucht der eigentlich?

«Ach, lass mich in Ruhe, Margot!», zischt Frau Speck plötzlich etwas lauter und guckt in eine andere Richtung. «Du sagst immer, es wird alles gut. Nichts wird gut! Nichts. Du bist doch an allem schuld. Hätte ich bloß nicht auf dich gehört.»

Frau Grothe stützt sich auf ihre Ellenbogen und stöhnt. Bestimmt hat sie Schmerzen. Jetzt guckt sie böse.

«Ach, Erna, ohne mich würdest du dich doch heute noch von deinem Mann, dem alten Säufer, grün und blau schlagen lassen. Aber bitte, du hättest ja gerne damals zur Polizei gehen können. Guten Tag, hallo, ich heiße Erna Speck, und ich habe ...»

«Schhhhhhh! Margot! Sei leise!»

Der Körnel hat den Zeigefinger auf den Mund gepresst. Sein Blick ist auf die Polizisten fixiert. Anscheinend möchte er nicht, dass Margot hier Familiengeheimnisse ausplaudert, aber das scheint Margot nicht zu stören.

«Ach, lass doch, Rüdiger, die können uns sowieso nicht hören. Außerdem ist jetzt schon alles egal.»

Dann dreht sich die Grothe wieder zu Frau Speck: «Also, Erna, dann sag mir doch, warum du nicht zur Polizei gegangen bist. ‹Hupps, ich habe gerade meinen Mann mit einer Axt erschlagen. Tut mir leid, aber ging nicht anders.› Warum hast du das denn nicht gemacht damals? Du hättest dich doch selbst anzeigen können. Und dann 20 Jahre in den Bau. Das liegt doch bei euch Specks in der Familie! Dein Sohn war ja auch schon im Gefängnis.»

Jetzt wird der Körnel lauter: «Margot! Jetzt reicht es aber! Du weißt ganz genau, dass ich für den Lettkow in den Knast gegangen bin.» Mittlerweile scheinen sich die drei nicht mehr daran zu stören, dass ihnen bei ihrem Streit jemand zuhören könnte.

Frau Grothe hält ihren Zeigefinger auf den Körnel gerichtet: «Ach was, du stecktest da doch auch mit drin in diesen Russlandgeschäften. Jetzt tu bloß nicht so märtyrerhaft! Der Lettkow hat dich doch dafür jahrelang bezahlt. Das hattet ihr euch doch gemeinsam ausgedacht, dass du die Schuld alleine auf dich nimmst, damit er seine dreckigen Geschäfte weitermachen kann. Finanziell hat sich das doch für dich und Erna gelohnt.»

Frau Speck dreht sich zu Frau Grothe: «Margot, der Lettkow hat schon seit über einem Jahr nichts mehr gezahlt. Das weißt du ganz genau.»

«Wenn der Rüdiger seinen Anteil damals nicht auf den Kopf gehauen hätte, dann ...»

«Margot, du weißt doch, dass ich Mutti davon das Haus gekauft habe», versucht der Körnel sich zu rechtfertigen. «Und außerdem haben wir nicht mit Russen, sondern mit Ukrainern zusammengearbeitet.» Aber Frau Grothe macht eine wegwerfende Handbewegung.

«Ja, das Häuschen für deine Mutti ... und für dich den Jeep, das Motorrad, den BMW, und den Rest hast du doch im Casino gelassen. Und Erna, du hättest dem Lettkow ja den Hof am Weiher verkaufen können. Da wärst du ja noch mal zu Geld gekommen.»

Der Körnel schüttelt schon die ganze Zeit den Kopf:

«Margot, den Hof, niemals. Das ist mein Elternhaus.»

Frau Speck guckt ihre Freundin verächtlich an. «Ja klar, Margot, schön den Hof verkaufen, und dann finden sie meinen Mann in der Scheune. Prima Idee.»

«Hier ist was!», ruft plötzlich einer der Polizisten, und sein Kollege, der am Gartenzaun steht und raucht, wirft die Zigarette auf die Straße und rennt zu ihm. Sie flüstern, und der eine spricht in sein Funkgerät. Ich kann nicht verstehen, was er sagt, aber jetzt stochern plötzlich beide in der Jauchegrube herum.

Frau Speck, ihr Sohn und Frau Grothe beobachten die Polizisten.

Frau Speck sieht giftig zu ihrer Freundin: «Weg ist weg, ha! Margot, nie ist weg weg!»

Frau Grothe schüttelt den Kopf und zischt: «Schhhhh!» Sie lässt die Polizisten nicht aus den Augen. «Schhhh, Erna! Nicht!»

«Ach, Margot, das hat doch keinen Sinn mehr! Sie finden ihn. So wie sie meinen Mann gefunden haben, so wie sie Sven Krause gefunden haben. So wie sie jeden immer finden! Die Toten tauchen immer wieder auf. Sie verfolgen uns.»

«Mutter, hast du etwas mit Svens Tod zu tun?», fragt der Körnel besorgt. «Und wen sollen sie finden? Wovon sprecht ihr?»

Frau Speck dreht sich zu ihrem Sohn: «Ich habe nichts mit dem toten Krausejungen zu tun. Das war doch Gabi. Aber Ersatzmama Margot hier» – sie zeigt auf Frau Grothe –, «die hat die Fäden in der Hand gehabt. Es war *ihre* Idee, den Supermarkt anzuzünden, *ihre* Idee, den Sven zu töten.»

«Er hat Gabi erpresst!», schreit Margot jetzt wütend. «Was hätte sie denn machen sollen? Er wollte zur Polizei gehen und sie anzeigen.»

«Ja, natürlich, da bleibt einem ja auch nichts anderes übrig, als den armen Mann zu betäuben und dann im See zu ertränken.»

«Sie konnte doch nicht wissen, dass er nicht schwimmen ...»

«Ach, Margot, hör doch auf, jeder wusste, dass der Sven nicht schwimmen konnte. Und von wem hat denn die Gabi den Stechapfelsud bekommen? Das einfältige Ding hätte doch gar nicht gewusst, wie man jemanden aus dem Weg schafft. Nein, nein, Margot, ich sag dir: Ohne dich würde der Sven noch leben.» Jetzt beugt sich Frau Speck zu Frau Grothe hinunter und zischt: «Du bist auch eine Mörderin, Margot!»

«ICH???? Ich bin doch keine Mörderin! Du ...»

«Ach, wessen Idee war es denn, die beiden Lehrerinnen umzubringen?»

Lehrerinnen? Meinen die mich und Frl. Krise? Wollten die alten Weiber uns *umbringen*? Oh Gott!

Die Speck ist voll in Fahrt und imitiert Margots Stimme: «Ach komm, Erna, wir betäuben die – ein bisschen Stechapfel in den Schnaps und dann ab in die Jauchegrube, Deckel drauf und fertig

… da findet sie niemand! Das hast du doch gesagt oder etwa nicht? Weil du niemandem traust! Die beiden wären wahrscheinlich gar nicht zur Polizei gegangen, aber du wolltest ja auf Nummer sicher gehen. Du und deine tollen Ideen. Dein Plan, Sven Krauses Tod wie einen Selbstmord aussehen zu lassen, hat ja auch so grandios geklappt. Das war doch klar, dass die Polizei schnell dahinterkommen würde, dass der Abschiedsbrief nicht echt war. Die Gabi hat den doch auf ihrem eigenen Computer getippt. So was ist heutzutage ganz einfach nachzuweisen. Und deine tolle Idee, den Sven in den See zu werfen … tzzzzz. Weg ist weg! Aber wie du siehst, taucht alles wieder auf.»

«Mutter, was, was …» Der Körnel beugt sich zu Erna. Ich kann nicht verstehen, was er sagt. Frau Speck zuckt mit den Schultern und sagt: «Frag Margot!»

«Margot, was ist da in der Jauchegrube?»

Margot Grothe verschränkt die Arme vor der Brust und zieht die Unterlippe leicht über die Oberlippe. Der Körnel springt zu ihr und schüttelt sie heftig an den Schultern. «MARGOT! NUN SAG SCHON! WAS IST IN DER JAUCHEGRUBE???»

Frau Grothe hat ihren Blick immer noch auf die Polizisten gerichtet, dann dreht sie sich zum Körnel und flüstert kaum hörbar:

«Der Lettkow!!!»

«Mönsch, Frl. Krise!» Onkel Ali springt auf, quetscht sich hinter seiner Theke hervor und strahlt mich an. «Allet okay? Ick meine, nach diese schrecklichen Vorfälle?»

«Hallo, Onkel Ali! Mir geht's gut. Ich brauche jetzt nur einen Kaffee mit Zucker, bitte.»

«Jerne, aber Kaffee dauert. Muss ich erst noch machen! Wat is eijentlich mit Frau Freitag? Is die wieder uffm Damm?»

«Ja, die war heute sogar schon in der Schule. Sie kommt auch gleich noch.»

Ach, Frau Freitag! Die lag immerhin drei Tage im Krankenhaus. Natürlich ist sie wieder auf der Station von Dr. Nitzsche gelandet.

«Also würklich, Frl. Krise! Diese alten Frauen ... Ick kann dit immer noch nich gloobn ... die wollten euch UMBRINGEN ...» Fahrig schüttet Onkel Ali Wasser in und vor allem neben die Kaffeemaschine.

«Ja, und weißt du, womit? Mit so einem Zeug, das in dem Garten von der Erna Speck wächst! Stechapfel!»

Onkel Ali dreht sich um und guckt mich groß an. «Ist dit erlaubt, so wat im Jarten zu ham?»

«Ja, warum nicht? Normalerweise will man ja keinen umbringen! Goldregen zum Beispiel ist total giftig, und der wächst überall, und Tollkirsche ...»

«Kenn ick allet nich. Is ja ooch ejal. Na, ick bin jedenfalls heilfroh, dit diese Kräuterhexen jetzt hinter Gittern sind. Sind se doch, oder?»

Bestimmt ist die Grothe noch im Krankenhaus. Mindestens Oberschenkelhalsbruch oder Hüfte kaputt oder was weiß ich! Wie tierisch das gescheppert hat, als sie auf die Metallplatte geknallt ist ... An dieses Geräusch werde ich mich mein ganzes Leben erinnern. Burak hat ihr aber auch eine verpasst. Na ja, geschieht der Ollen ganz recht.

Und Erna? Bestimmt hat die Haftverschonung wegen ihres Alters – Fluchtgefahr besteht ja wohl keine.

«Wie auch immer, der Prozess wird ihnen gemacht werden, Onkel Ali, darauf kannst du dich verlassen. Die haben ja nicht nur versucht, uns umzubringen. Den Lettkow, du weißt schon, diesen Autohändler aus dem Nachbarort, den haben sie doch auch auf dem Gewissen.»

«Frl. Krise, warum ham die den eigentlich umjebracht? Emine meinte, dit war 'n alter Schulfreund von euerm Herrn Körnel.»

«War er auch. Und er hat mit dem Körnel auch lange zusammen *gearbeitet* – wenn man das so nennen will. Also, die haben Autos verschoben gleich nach der Wende. Irgendwann ist die ganze Chose aufgeflogen, und der Körnel hat deswegen gesessen.»

Onkel Ali kratzt sich am Kopf. «Frl. Krise, dit versteh ick ooch nich. Warum ist denn der Lettkow nich bestraft wordn?»

«Die beiden hatten sich überlegt, dass es günstiger wäre, wenn sie Lettkow aus der Sache raushielten. Sein Autohaus lief doch bestens. Wenn er auch noch in den Knast gekommen wäre, hätte er den Laden vergessen können. Und Geld gab's ja für den Körnel auch …»

«Na, dit muss aba 'n schöna Batzen jewesen sein, den dieser Lettkow bezahlt hat.»

Ich wüsste auch echt gerne, wie viel ihn seine Freiheit gekostet hat! Aus dem Körnel ist ja leider in der Beziehung nichts herauszuholen, und Lettkow hat sein Geheimnis mit in sein … äh … mit in die Jauchegrube genommen. Ich darf nicht daran denken, dass Frau Freitag da auch beinahe … Ich schüttele mich.

«Is wat, Frl. Krise?» Onkel Ali mustert mich besorgt.

«Nee, nee, schon gut, Onkel Ali.»

Wo waren wir stehen geblieben? Ach ja, bei dem Geld.

«Der Lettkow, der hat dem Körnel auch noch monatlich was überwiesen. Schweigegeld sozusagen. War wohl nicht sehr viel, aber immerhin haben er und seine Mutter davon leben können.»

«Frl. Krise, jetz vasteh ick aba noch weniger, warum diese Frau Speck …»

«… den Lettkow umgebracht hat? Das war so: Der wollte ein Wellnesshotel in Falkenthal bauen. Eigentlich hatte er das Haus von dem Markwart dafür ausgeguckt, aber der war stur und ließ sich nicht vertreiben. Dann kam Lettkow auf die Idee, der alten Speck den Hof abzukaufen. Aber die weigerte sich. Sie hätte zwar das Geld gut gebrauchen können, aber da war ja noch der einbetonierte *Vati* in der Scheune. Lettkow stellte daraufhin seine monatlichen Zahlungen ein, um ihr Druck zu machen.»

«Okay, okay, dit kapier ick ja noch. Sie wollte nich verkoofen, und denn jabs keene Kohle mehr. Aber wieso hamse den dann umjebracht? Dann konnte ja ooch keen Geld mehr fließen.»

«Der Frau Speck war klar, dass ihr Sohn sie wahrscheinlich eines Tages zwingen würde zu verkaufen. Ohne die regelmäßigen Zahlungen sah es ja auch für ihn mau aus. Da sah sie wohl nur noch einen Ausweg: Lettkow musste beseitigt werden, und ihre Freundin Margot Grothe hat sie dabei tatkräftig unterstützt.»

Onkel Ali nickt und schweigt. Er stiert vor sich hin.

Sicher denkt er daran, dass sich seine Emine die ganze Zeit im Dunstkreis dieser Mörderinnen aufgehalten hat. Bestimmt macht er sich Vorwürfe … oder uns.

Langsam greift er nach der Kanne. «Ach, der Kaffee is' schon durch. Hier, Frl. Krise!»

«Danke!»

«Und dann? Wie ging's dann weiter?»

«Dann haben sich die alten Damen etwas ganz Schlaues ausgedacht. Sie taten so, als ob Erna den Hof jetzt doch verkaufen wolle. Lettkow kam abends vorbei, man einigte sich, und der Deal wurde natürlich mit dem *guten* Aufgesetzten begossen. Und zwar reichlich. Was in seinem Glas noch drin war, kannst du dir ja denken.»

«Steckapfel!»

«Stechapfel, Datura stramonium! Von dem Gesöff wird einem total schlecht, hat Frau Freitag gesagt. Wahrscheinlich ist Lettkow zusammengebrochen oder ohnmächtig geworden. Jedenfalls konnten sie ihn in den Garten bugsieren und in die Jauchegrube verfrachten. Deckel drauf, Affe tot.»

«Krass! Aba irjendwie ooch ja nich so dumm, die Omis.»

«Omis? Das sind eiskalte Mörderinnen!»

Onkel Ali nickt. «Wenn ick ma vorstelle, dit du und Frau Freitag ooch beinah den ihr Opfer …»

«Ja, nicht zu glauben, oder? Die dachten wohl, wenn sie uns aus der Welt schaffen, ist alles wieder gut. Dann gibt es niemanden mehr, der weiß, dass *Vati* in der Scheune eingemauert ist. Außer dem Körnel natürlich.»

«Hattn die denn keene Angst, dit se erwischt werdn, wenn se een nachm andern umlejen??»

«Nee, warum? In all den Jahren ist ihnen doch niemand auf die Schliche gekommen. Und als Lettkow verschwand, hat sie auch keiner verdächtigt. Da dachten die wohl, das geht immer so weiter.»

«Nee, nee, Frl. Krise, wenn ick jewusst hätte, dit ick meene Emine in so ein ...»

«Halli, hallo, hallöchen!»

«Frau Freitag! Da bist du ja. Was hast du so lange gemacht, du wolltest doch gleich nachko...»

«Ja, ja, ist nicht meine Schuld, und ich hab auch gar nicht viel Zeit. Sorry, Onkel Ali. Kaffee muss heute leider ausfallen. Arzttermin, und dann wollte ich doch noch zu Ikea. Aber Frl. Krise, ich muss dir unbedingt was erzählen. Los, trink aus und lauf mit mir zur U-Bahn!»

«Okay, okay, aber stress nicht so! Tschüs, Onkel Ali! Was gibt's denn nun so Wichtiges?»

«Also, als ich gehen wollte, kam die Nolte. Die hatte heute das Gespräch beim Chef. Wegen Falkenthal. Du weißt schon.»

«Oh, nein! Was hat sie gesagt? Kriegen wir ... müssen wir ... werden wir entlassen?»

«Nicht alle. Nur du und die Nolte. Hehehe.»

«Sehr lustig, Frau Freitag. Kitzel mich mal, damit ich lachen kann!»

«Oh Mann, so empfindlich heute ... also: Von Entlassung oder irgendwelchen Strafen war gar nicht die Rede. Jetzt halt dich mal fest – der Fischer hat vor dem Schulrat so getan, als hätte er die ganze Zeit vom Camp gewusst.»

«Vielleicht wusste er das ja wirklich schon. Voss! Der könnte ihm das gesteckt haben, dieser Verräter.»

«Nein, nein, der Fischer wollte seinen eigenen Arsch retten. Wenn das rausgekommen wäre, dass seine Lehrer hinter seinem Rücken so ein Ding drehen ... na, ich glaube, das wäre seiner Karriere auch nicht gerade ...»

«Ach so, verstehe! Und den Schulpreis hätte er auch zurückgeben müssen.»

«Ganz genau, und so konnte er gleich noch mit einer tollen ‹Außenstelle› für schwer integrierbare Schüler glänzen.»

«Gar nicht so dumm, der Fischer! Und super für uns!»

«Ja, voll. Und das Camp soll nach den Sommerferien sogar offizieller Kooperationspartner unserer Schule werden. Der Fischer hat Monika nach der Nummer von dem Körnel gefragt.»

«Ein Glück, dass der Fischer mit der Nolte gesprochen hat. Ich hätte mir in die Hosen gemacht, wenn der mich zu sich bestellt hätte.»

«Puhhh, ja, ich auch.»

«Ach, da fällt mir was ein. Ich hab vorhin mit dem Körnel telefoniert. Stell dir vor, der ist bei *Stern TV* eingeladen und will auch unbedingt hingehen. Er fragt, wer von uns mitkommt.»

«*Stern TV?*»

«Ja, ein kleines Interview über das Camp und so. Ich hätte schon Lust dazu. Aber nur mit dir zusammen!»

«HAAAALLLOOOO???? Frl. Krise, geht's noch? *Stern TV*, ich geh doch nicht ins Fernsehen! Das kannst du vergessen! Nimm die Nolte mit. Die schiebt doch immer so 'ne Welle. Und sie will sowieso noch irgendwas ganz Wichtiges mit dir besprechen, meinte sie.»

«Mit der Nolte ins Fernsehen? Nee, niemals, da komm ich doch gar nicht zu Wort!»

«Tja.»

«Und was will die mit mir besprechen?»

«Keine Ahnung. Irgendwas wegen Weihnachten.»

«Die Monika spinnt doch – Weihnachten … in ein paar Tagen fangen die Sommerferien an. Was die wohl wieder ausbrütet?»

«Ja, ja, Frl. Krise … die Nolte und ihre tollen Ideen. Die fangen so ganz harmlos an, und am Ende hängt man vergiftet im Güllebecken einer Doppelmörderin.»

«Ach, Frau Freitag, nun übertreib mal nicht. Es war doch nicht alles schlecht …»

ENDE

Frl. Krise und Frau Freitag bei Polaris und rororo

Der Altmann ist tot

Übertrieben tot

Frl. Krise bei rororo

Ghetto-Oma

FSC
www.fsc.org
MIX
Papier aus verantwortungsvollen Quellen
FSC® C083411

Das für dieses Buch verwendete FSC®-zertifizierte Papier
Lux Cream liefert Stora Enso, Finnland.